Josephine Cantrell
Wenn wir Sterne wären

Das Buch

Es ist Sommer, als Lilian nach Carraig zurückkehrt, in den malerischen Ort inmitten des irischen Hügellands, wo sie ihre Kindheit verbracht hat. Sie ist gekommen, um ihre geliebte Tante Violet in deren letzten Wochen zu begleiten. Die Zeit mit Violet ist kostbar und das Leben gewinnt eine neue, nie gekannte Intensität.

Als sie Tiernan wiedertrifft, ihren ehemals besten Freund und Seelenverwandten, brechen alte Wunden auf. Nach einem schlimmen Unfall hat er den Kontakt zu ihr abgebrochen – bis heute weiß sie nicht, warum. Endlich kann Lilian ihm all ihre Fragen stellen. Doch es ist Violet, die das größte Geheimnis enthüllt …

Die Autorin

Josephine Cantrell lebt in Baden-Württemberg. Beruflich ist sie als Psychologin und Heilerziehungspflegerin in der Begleitung von Menschen mit Behinderung tätig.

Ihre Freizeit verbringt sie am liebsten mit ihrem Mann und ihrem Hund. Sie liebt die Atlantikküste, besucht gern Konzerte und interessiert sich für Kunst. Bücher gehören schon seit früher Kindheit zu ihrem Leben – Josephine Cantrell liest gern, doch noch viel lieber schreibt sie selbst. Nach den Bestsellern »Als der Sommer verschwand«, »Als die Tage leiser wurden« und »Als der Wind die Wellen rief« ist »Wenn wir Sterne wären« ihr vierter Roman.

Josephine Cantrell

WENN WIR *Sterne* WÄREN

ROMAN

TINTE & FEDER

Deutsche Erstveröffentlichung bei
Tinte & Feder, Amazon Media EU S.à r.l.
38, avenue John F. Kennedy, L-1855 Luxembourg
Juni 2023
Copyright © der deutschsprachigen Ausgabe 2023
By Josephine Cantrell

Umschlaggestaltung: zero-media.net, München
Umschlagmotiv: © Jag_cz/Shutterstock; © zalatanya/Shutterstock;
© LedyX/Shutterstock; © buritora/Shutterstock;
© Angelina Tyshkovets /Shutterstock;
© Sina Ettmer Photography /Shutterstock;
© Mihai-Bogdan Lazar /Shutterstock
Illustration Faolán: © Sylvia Leumann
1. Lektorat: Marketa Görgen
2. Lektorat: Rainer Schöttle
Korrektorat: Manuela Tiller/DRSVS
Gedruckt durch:
Amazon Distribution GmbH, Amazonstraße 1, 04347 Leipzig /
Canon Deutschland Business Services GmbH, Ferdinand-Jühlke-Straße 7,
99095 Erfurt /
CPI books GmbH, Birkstraße 10, 25917 Leck

ISBN: 978-2-49671-395-4
e-ISBN: 978-2-49671-394-7

www.tinte-feder.de

Für alle Freundinnen und Freunde.
Lasst die Tür füreinander offen.

PROLOG

Das Gedächtnis ist ein merkwürdiges Archiv. Manche Erinnerungen lässt es verschwinden, andere kramt es hervor, um sie in quälenden Endlosschleifen ablaufen zu lassen.

Ich erinnere mich daran, wie man Fahrrad fährt und wie Violet an einem Aprilmorgen durch ihren Garten schlenderte, um die ersten Blumen zu pflücken. Sie trug einen Kaftan, von dessen Saum Perlen baumelten, die wie Tautropfen im Sonnenlicht schimmerten. Ihr Gang war wippend, fast tänzelnd. An diesen Moment erinnere ich mich so lebhaft, als wären seither nur Minuten verstrichen. Andere Begebenheiten geraten nach einem Wimpernschlag in Vergessenheit. Wo habe ich meinen Bibliotheksausweis hingesteckt? Habe ich vorhin das Schlafzimmerfenster zugemacht oder regnet es mir gerade ins Bett?

Fakten kann ich mir gut merken. In Irland gibt es weder Schlangen noch Maulwürfe – das habe ich schon als Kind abgespeichert. Ich erinnere mich an meinen Geburtstag, verschiedene Straßennamen und an die alte Telefonnummer meiner Eltern. Ich erkenne mich selbst im Spiegel und kann seit meinem elften Lebensjahr jede Strophe von *MMMBop* der Hansons auswendig mitsingen. Ich weiß, dass ich als Kind nach tagelangem Fieber einen epileptischen Anfall hatte, auch wenn ich mich nicht daran erinnern kann.

Es gibt viele Dinge, die mir entfallen sind. Nicht nur winzige Details, sondern ganze Zeitabschnitte sind in mein Unterbewusstsein abgetaucht. Tage fließen ineinander. Jahre verbinden sich zu einer Kindheit. Das ist normal. Vergessen ist gesund. Der kontinuierliche Zeitstrom, in dem alle Menschen schwimmen, wird nur durch außergewöhnliche Ereignisse unterbrochen. Fährt dir etwas ins Herz? Hast du den Boden unter den Füßen verloren und strampelst in der Luft? An solche Dinge erinnert man sich mit kontrastreicher Schärfe.

Ich saß neben meinem besten Freund. Als mein Kopf gegen das Wagendach geschleudert wurde, war ich siebzehn Jahre alt, trug ein fließendes Abendkleid, das mit seinen Glitzersteinen aussah wie die sternenklare Nacht, und hatte gerade mein *Leaving Certificate* in der Tasche – den Schlüssel zur Zukunft. Doch daran erinnere ich mich nicht.

Ich habe mein Gedächtnis therapeutisch erforschen lassen, in jeder Windung nachgesehen. Mir fehlt ein Stück. Die sechs Monate vor dem Unfall sind mit schneeweißen Kalenderblättern gepflastert. Andere Menschen haben ihre Erinnerungen darauf notiert, damit ich ein paar Anhaltspunkte habe, doch Tiernan fehlt.

Das Gedächtnis ist ein labyrinthartiges System – wo sind wir?

KAPITEL 1

Neben einer vergessenen Tasse Schwarztee flackerte eine Kerze, deren Wachs nahezu verzehrt war. Die Flamme schlug gegen das Glas und hinterließ daran verrußte Spuren. Auf dem Etikett stand, dass die Kerze einen ätherischen Zedernduft verströmen würde, doch abgesehen von einer unbestimmten Süße roch es nur nach abgebranntem Streichholz.

Auf dem Schreibtisch lag ein aufgeschlagenes Wörterbuch – an den Rändern hingekritzelte Notizen, zwischen den Seiten bunte Klebezettel, die an vergangene Arbeiten erinnerten.

Seit zwei Stunden saß Lily an der Übersetzung einer Geburtsurkunde ins Französische. Es fiel ihr schwer, sich auf ihre Arbeit zu konzentrieren. In ihrem Magen rumorte es wie in einem Froschteich, was vermutlich daran lag, dass sie gestern mit ein paar Kolleginnen im Pub versackt war.

Warum war sie überhaupt ausgegangen? Vergebens suchte Lily nach Ablenkung, um nicht ständig an ihre bevorstehende Reise zu denken, doch es half nichts. Seitdem feststand, dass Tante Violet den Winter nicht mehr erleben würde, fiel ihr alles schwer. Sogar das Umblättern einer hauchdünnen Wörterbuchseite erschien ihr wie ein Kraftakt. Mit beiden Händen tätschelte sie ihre Wangen und versuchte, sich selbst

9

anzuspornen. *Komm schon, Lily, wach auf!* Sie streckte den Rücken durch, zog die Schultern hoch und ließ sie wieder fallen. Als sie sich vorbeugte, um sich dem Dokument zu widmen, ertönte ein leiser Gong und eine Mitteilung ploppte am rechten Bildschirmrand auf: *Elsie anrufen!*

»Feierabend.«

Als hätte sie darauf gewartet, klappte Lily ihr Notebook zu, nahm einen Schluck bitteren Schwarztee und zupfte das Ladekabel von ihrem Handy. Nachdem sie eine Weile dem monotonen Freizeichen gelauscht hatte, legte sie wieder auf.

Ihre Schwester arbeitete in einer Kommunikationsagentur und war schwer damit beschäftigt, die Karriereleiter hochzuklettern. Wahrscheinlich saß sie gerade bei einem wichtigen Abendessen mit bedeutenden Menschen – wie so oft. Seit ihrem letzten Telefonat waren mindestens zwei Wochen vergangen. Obwohl ihre Beziehung paradoxerweise inniger geworden war, seitdem Elsie in London lebte, schafften sie es nur mit Mühe, regelmäßig zu telefonieren, um einander auf dem neuesten Stand zu halten. Gerade arbeitete Elsie an einem Nachhaltigkeitsprojekt, das ihre Wochenenden verschlang und für das sie ohne mit der Wimper zu zucken Überstunden anhäufte. So war sie. Elsie wusste ganz genau, wohin sie wollte, und war felsenfest davon überzeugt, dass es für jedes Problem eine Lösung gab. Geben musste! Sie glaubte, dass sich alles durch zielgerichtete Anstrengung kontrollieren ließ. Diese Einstellung brachte sie manchmal schier zur Verzweiflung, dann rief sie bei Lily an, denn sie war einer der wenigen Menschen, die genau wussten, dass sich hinter der toughen Fassade ihrer Schwester eine Frau verbarg, die ständig um Anerkennung kämpfte. Als müsste sie sich erst auf einen Sockel stellen, um gesehen zu werden. Im Gegenzug profitierte Lily von der entschlossenen Art ihrer Schwester. Wenn sie vor mehreren Optionen stand und keine Ahnung hatte, wie sie sich entscheiden sollte, gab Elsie ihr den letzten Schubser. Egal, worum es sich dabei handelte. Welche Jacke? Welcher Studiengang? Elsie traf Entscheidungen aus der Hüfte. So unterstützten sie sich gegenseitig – jede auf ihre Art.

Begleitet von einem inbrünstigen Seufzer erhob sich Lily von ihrem Stuhl und schob die Vorhänge beiseite. Ein Jugendlicher mit Sommersprossen, Akne und blondem Haar lehnte an ihrem VW Golf und rauchte. Gerade als sie den Blick abwenden wollte, bückte er sich, um seine Kippe sorgfältig am Vorderreifen auszudrücken. Vielleicht sollte sie jetzt das Fenster aufreißen, um ihn zurechtzuweisen, doch es war ihr egal. Es kümmerte sie so wenig wie der ganze Müll, den die Leute in ihren Fahrradkorb schmissen, wenn sie das Rad zu lange vor dem Haus stehen ließ. In letzter Zeit waren ihr viele Dinge egal geworden, über die sie sich früher aufgeregt hätte. Lily fühlte sich so weich und verletzlich, als wäre der Panzer aufgeplatzt, den sie sich so mühsam erarbeitet hatte.

Plötzlich zerriss ein Klingeln das dumpfe Rauschen der Stadt.

»Lily! Sorry, dass ich mich jetzt erst melde. Ich war nach dem Meeting noch mit der neuen Kollegin im Cinnamoon, um ihr die Londoner Kulinarik näherzubringen. Das hat länger gedauert«, meldete sich eine melodiöse Frauenstimme. »Wie geht's dir?«

»Um ehrlich zu sein, fühle ich mich hundeelend. Habe schon zwei Aspirin genommen, aber es wird nicht besser.«

Elsie blies in den Hörer. »Hast du Party gemacht? Unter der Woche?«

»Nicht wirklich. Wir saßen nur im Pub und hatten ein paar Drinks«, erwiderte sie und trat zurück ans Fenster. Der Junge war inzwischen verschwunden. Nun staksten zwei Tauben über den Gehweg und nickten dabei synchron mit den Köpfen. »Ach, ich hätte einfach zu Hause bleiben sollen, aber ich hab's gestern

nicht ausgehalten, mit mir allein zu sein. Du kennst mich ja …
Wie lief dein Meeting? Hast du sie um den Finger gewickelt?«

»Und wie! Wir haben den Deal. Jetzt müssen die Verträge
fertig gemacht werden, dann starten wir mit dem Projekt. Bald
gibt's auf jedem Flachdach einen Garten und jeder Londoner
will sein eigenes Bienenvolk.« Elsie kicherte. »Wir haben uns
so viele Slogans überlegt. ›Bee the future.‹ ›London krönt die
Bienenkönigin.‹ ›London summt.‹«

Eine Weile verlor sich Elsie in ihren Ideen für die
Nachhaltigkeitskampagne, sie glühte vor Begeisterung.
Währenddessen versuchte Lily, sich daran zu erinnern, wann sie
zum letzten Mal so für ihren Job geschwärmt hatte. Vielleicht
noch nie. Sie war in das Studium reingerutscht, nachdem sie
mehrere Absagen von Kunstakademien eingesteckt und verzweifelt nach einer neuen Perspektive gesucht hatte. *Für irgendwas
muss man sich eben entscheiden,* hatte Elsie gesagt. *Du kannst ja
nebenher malen. Sei pragmatisch.* In der Studienberatung hatte
man sie gefragt, ob sie sich für andere Sprachen interessiere und
Freude daran habe, mit Worten zu jonglieren. Beides traf zu.
Weil sie in der Schule einen Kurs in Französisch belegt und
darin hervorragende Noten erhalten hatte, fiel ihre Wahl darauf.
Bachelor. Master. Zwischendurch ein Auslandssemester. Sie
mochte ihren Job, doch dabei ging es ihr nicht um Erfüllung,
sondern in erster Linie ums Geldverdienen.

Lily griff nach dem salbeigrünen Vorhang und fuhr mit den
Fingerspitzen über den Stoff. Hinter Belfast sank die Sonne und
der Samt schimmerte im Abendlicht wie taubenetztes Moos.

»Genug von mir. Entschuldige. Es gibt viel wichtigere
Dinge zu besprechen«, unterbrach Elsie ihren Monolog und
räusperte sich, um in einen ernsten Modus zu wechseln. »Du
fährst nach Carraig, richtig? Mam hat es mir erzählt.«

»Mhm. Violet kann nicht allein bleiben, und ganz davon
abgesehen möchte ich jetzt wirklich bei ihr sein.« Lily schob mit

dem Fuß einen Karton beiseite und ließ sich auf die Matratze plumpsen.

»Wusstest du, dass Mam schon auf gepackten Koffern saß? Sie wollte nach Carraig ziehen, wenn es so weit ist, wollte ihre kleine Schwester keine Sekunde allein lassen, aber Violet hat dankend abgelehnt. Ich habe die Dynamik ihrer Beziehung ja noch nie verstanden«, murrte Elsie. »Sie lieben sich abgöttisch, erdrücken sich aber gegenseitig, wenn sie zusammen sind. Erinnerst du dich, wie dramatisch dieser Streit im Sommer war? Violet ist mit wehendem Haar abgezischt, Mam hat sich mit einer Flasche Wein ins Gras gesetzt und geweint.«

»Ach, solche Streitereien sind wir doch gewohnt«, warf Lily ein. »Ihre Beziehung ist explosiv. Ich hoffe nur, dass noch genug Zeit bleibt, damit sie alles aussprechen können, was ihnen auf dem Herzen liegt.«

»Mhm, wenn sie nur nicht so dickköpfig wären … Moment, jetzt wird's laut.« Es klang, als würde Elsie einen Presslufthammer bedienen, als sich ihre Kaffeemaschine ans Werk machte, um Bohnen zu mahlen. »Wann fährst du denn nach Carraig?«

»Ich habe mit Violet ausgemacht, dass ich am Freitag komme. Gerade kümmere ich mich um mein Gepäck. Hier sieht's aus, als hätte 'ne Bombe eingeschlagen, weil ich einfach nicht weiß, was ich mitnehmen soll. Was packt man denn ein, wenn's zum Sterben geht, hm?« Lily warf einen flüchtigen Blick auf das Porträt, das neben einem Stapel ungelesener Bücher auf ihrem Nachttisch stand: Violet inmitten ihres wilden Gartens. Sie trug eine schneeweiße Bluse mit Pluderärmeln, darüber eine Weste und einen bodenlangen Rock. Sonne im rotblonden Haar, Katze auf dem Schoß, Lächeln im Gesicht. Alles erschien so warm und blühend wie der Frühling. Doch das war lange her.

Der Hirntumor war vor vier Jahren diagnostiziert worden. Es folgten zwei große Operationen, Chemotherapien und Strahlenbehandlungen. Hinter ihr lag eine Odyssee, bei der die Hoffnung langsam erstickt war. Die Ärzte waren einhellig der Meinung, dass Violet nicht geheilt werden konnte und es ohnehin einem Wunder glich, wie lange sie durchhielt. Sie gehörte zu den fünf Prozent der Erkrankten, die es so weit schafften. Ein Grund zur Freude, dennoch war allen bewusst, dass nur noch wenig Zeit blieb.

»Das ist so bitter!«, stieß Elsie aus. Ihre Stimme vibrierte vor Anspannung. »Das wird kein Ausflug ins Grüne, den man jederzeit abbrechen kann, sobald Wolken aufziehen. Du begleitest einen sterbenden Menschen, Lily. Bist du dir sicher, dass du ins Schneehaus ziehen willst? Schaffst du das?«

Das leuchtend weiße Schneehaus. Sie überhörte die Zweifel ihrer Schwester und lächelte, als das zweigeschossige Landgut vor ihrem inneren Auge erschien. Inmitten der kargen Hügellandschaft sah es aus wie ein Tropfen Milch. Wenn das Haus unsichtbar wurde, so scherzte man in Carraig, war das ein Zeichen für Magie oder für hohen Schnee. Je nachdem, woran man glauben wollte. So hatte sich der winterliche Name in den Sprachgebrauch eingeschliffen. Selbst im Frühjahr, wenn das Haus von weißen Strauchrosen umblüht wurde, der Weißdorn austrieb und die Sonne alles zum Strahlen brachte, erinnerte es aus der Ferne an eine Schneeflocke. Doch es war kein kalter Ort. Ganz im Gegenteil. Für Lily war es der wärmste Ort der Welt, denn dort lebte der herzlichste Mensch, dem sie je begegnet war.

»Ich muss bei Violet sein«, erklärte sie. »Nicht nur, weil sie mich darum gebeten hat, sondern auch für mich selbst ... Ich habe das Gefühl, dass ich es sonst nicht ...« Ihre Kehle schnürte sich zu. Für einen Moment schloss sie die Augen, um sich zu besinnen. »Es ist ihr größter Wunsch, solange es möglich ist, im Schneehaus zu bleiben. Meinen Dokumenten ist's egal, wo ich sie übersetze. Wer außer mir wäre so flexibel?«

»Die Frage ist doch vielmehr, wer außer dir sich das zutrauen würde. Ich könnte das nicht. Bei aller Liebe … Es würde mir das Herz zerreißen, jeden Tag aufzuwachen und mich fragen zu müssen, ob sie noch lebt. Das würde ich einfach nicht verkraften. Und dabei war ich immer der Meinung, *du* wärst das Sensibelchen in unserer Familie. Klar, du hast ein sonniges Gemüt, aber du bist so zart besaitet, nimmst dir alles zu Herzen.«

»Das schließt einander ja nicht aus«, erwiderte Lily mit einem erschöpften Grinsen. Elsies Worte waren ein ewiges Echo aus Lilys Kindheit. Sie wurde unterschätzt und allenfalls belächelt, wenn sie mal einen Treffer landete – vielleicht war sie deswegen auch so entschlossen, ins Schneehaus zu ziehen. Sie wollte nicht nur ihre Liebe zu Violet, sondern auch ihre Stärke beweisen.

»Ich ruf morgen bei ihr an«, verkündete Elsie. »Das schiebe ich schon ewig vor mir her. Soll ich einfach übers Wetter reden oder ihr vorjammern, dass meine Miete schon wieder erhöht wurde? Sollte ich Fragen stellen? Was kann ich sagen, ohne sie zu verletzen?«

»Ach, denk nicht so viel darüber nach«, sagte Lily und bemühte sich um einen Tonfall, der Unbekümmertheit vortäuschte. »Violet freut sich, wenn du dich mal wieder meldest. Dann erzählt sie dir bestimmt vom Garten und ihrem neuen Handy, mit dem sie sogar ins Internet kann. Davon ist sie vollkommen begeistert. Sie versucht, die Situation für alle leichter zu machen, verhält sich ganz normal. Man merkt zwar, dass sie schneller müde wird, aber ihr Wesen hat sich nicht verändert, nicht im Kern.«

»Mam meinte, dass sie Aussetzer hat. Dann weiß sie plötzlich nicht mehr, worüber man gerade geredet hat. Außerdem ist sie viel gereizter.«

»Liegt das an der Krankheit oder an Mam?«, fragte Lily und stieß ein routiniertes Lachen aus, obwohl ihr Herz tiefer sank.

»Tja, gute Frage.« Elsie stöhnte gequält auf. »Mir wird schlecht, wenn ich daran denke, wie krank sie ist. Ihr ganzer Körper … Erst die Lähmung, dann die Sehstörungen. Dieser Hirntumor hat ihr schon so viel abverlangt. Ich kann mir gar nicht vorstellen, wie das werden soll.«

»Ich auch nicht«, murmelte Lily. »Aber ich freue mich auch irgendwie, wieder im Schneehaus zu wohnen. Noch eine Weile bei Violet zu bleiben, zwischen den Hügeln, ihrer Kunst und dem Garten … Keine Ahnung, wie ich dieses Gefühl beschreiben soll, aber es kommt mir vor, als hätte ich nie etwas Sinnvolleres getan. Ich brauche diese Zeit mit ihr.«

»Um Abschied zu nehmen«, sagte Elsie mit matter Stimme. »Ihr hattet schon immer eine wahnsinnig enge Beziehung zueinander. Ihr seid euch so ähnlich wie Schwestern. Ich weiß, wie schwer das für dich ist. Tante Violet ist wahrscheinlich der wichtigste Mensch in deinem Leben.«

»Sie ist eben mein Kompass. Sie hat mir immer das Gefühl gegeben, dass alles gut wird, egal, wie's kommt. Dass ich in Ordnung bin, egal, welche Fehler ich mache. Sie hat nie über meine Träumereien gelacht, egal, wie unrealistisch sie waren. Violet hat mich einfach träumen lassen.«

Schweigen breitete sich aus und verlieh den Worten ein Gewicht, das sich wie eine Manschette um ihren Brustkorb legte.

»Hey, erinnerst du dich noch an die Phase, in der du davon überzeugt warst, dass du expressionistische Malerin werden solltest?«, fragte Elsie mit merkwürdig verzerrter Stimme. »Violet hat dir diesen Floh ins Ohr gesetzt und Mam ist schier

16

verzweifelt, weil du dich geweigert hast, zur Schule zu gehen. ›Man kann auch ohne Algebra malen‹, hast du gesagt. Das waren erbitterte Kämpfe.«

»Oh ja! Ich hatte echt ernsthafte Träume. Aber ich wollte auch mal Kardiologin, Gärtnerin oder Wetterfee auf RTÉ werden. Dann hätte ganz Irland an meinen Lippen gehangen und ich …« Lily verstummte, als es an der Tür klingelte. »Sorry, Elsie. Ich muss leider aufhören. Maggy wollte auf einen Tee vorbeikommen.«

»Wer ist Maggy?«

»Die Nachbarin von untendrunter.«

»Du wohnst über einem Kino, Lily.«

»Mhm, und Maggy ist Filmstar«, witzelte sie, während sie durch den Flur schritt. »Sie kümmert sich ums Popcorn und kurbelt den Projektor an. Außerdem lässt sie mich immer umsonst rein.«

Lily erwähnte nicht, dass sie zweimal wöchentlich selbst an der Popcornmaschine stand, Nachokäsesoße aus dem Wärmebehälter kratzte und künstlich eingefärbtes Slush-Eis zapfte, um sich etwas dazuzuverdienen. Was als Zwischenlösung gedacht gewesen war, um über eine Auftragsflaute ihrer freiberuflichen Übersetzungstätigkeit hinwegzukommen, entpuppte sich als Dauerzustand.

* * *

Lilian Sheridan stand in kugelschreiberblauen Großbuchstaben auf dem Paket, das vor ihrer Wohnungstür wartete. Auf eBay hatte sie zwei muschelförmige Tassen ersteigert, die Anfang des letzten Jahrhunderts in einer Dubliner Porzellanmanufaktur hergestellt worden waren. Ein Geschenk für Violet. Umständlich klemmte sie sich den Karton unter den Arm und betrat ihre

Dreiraumwohnung. Im Flur stand ein Koffer, vollbepackt mit Kleidung für alle Wetterlagen.

Lily lud das Paket auf ihrem Schreibtisch ab, schälte sich aus ihrem Trenchcoat und klickte eine Nachricht ihrer Mutter an. 12 Minuten und 34 Sekunden. Es war keine Sprachnachricht, sondern ein Podcast – Shannon hörte überhaupt nicht mehr auf zu reden.

»Es ist ganz toll, dass du dich dazu bereit erklärt hast, aber du bist keine Krankenschwester. Nicht umsonst gibt es Experten. Das Palliativteam kümmert sich um Violet und das sind wirklich ausgezeichnete Leute. Du musst wissen, dass deine Tante starke Medikamente nimmt. Die machen einen Nebel im Kopf und fahren das ganze System runter. Als ich vorgestern mit ihr telefoniert habe, war Violet so durcheinander, dass ich fast den Notarzt hingeschickt hätte. Ich mache mir einfach Sorgen, dass du dich übernimmst und am Ende heillos überfordert bist.«

Lily legte das Telefon auf ihren Schreibtisch und ließ Shannon weiterquasseln, ohne ihr länger zuzuhören. Ihre Entscheidung war gefallen und daran gab es nichts zu rütteln.

Elsie hatte recht. Sie war ein Sensibelchen, ihr ging alles nah. Und trotzdem würde sie morgen nach Beara reisen, auf die bergige Halbinsel im Westen, um bei ihrer Tante einzuziehen. Bisweilen war die Angst überwältigend, dann lagen Steine auf ihrer Brust und sie wollte in den Wind schreien, dass der Tod so verdammt unfair war, dass es den falschen Menschen traf und sie nicht damit umgehen konnte, dass allein die Vorstellung sie auffraß. Dennoch wollte sie da sein – mittendrin und nah dran.

»Wenigstens wohnen die O'Boyles gleich nebenan und helfen, wo sie nur können«, tönte die Stimme ihrer Mutter.

Als Lily an die Nachbarsfamilie dachte, zog sich ihr Magen zusammen. Ein Gefühl, von dem sie nicht wusste, ob es nach Honig oder Galle schmeckte. Tiernan O'Boyle war ein Jahr älter als sie und gehörte zu ihrer Kindheit wie Seegras ins Meer.

Noch bevor ihre ersten Erinnerungen einsetzten, waren sie ein Team gewesen. Auf der Krabbeldecke, auf dem Spielplatz. Später hatten sie gemeinsam auf Prüfungen gebüffelt und an ihren Mountainbikes herumgeschraubt, um damit durch die Hügel zu heizen. Als Tiernan endlich den Führerschein hatte, waren sie mit dem klapprigen weißen Corsa seiner Mutter stundenlang … Halt!

Diese Freundschaft war mit einem Schlag zu Ende gegangen. Nach siebzehn Jahren hatten ihre Eltern beschlossen, Carraig zu verlassen und in einen Belfaster Vorort zu ziehen, weil ihr Vater dort einen lukrativen Job ergattert hatte. Doch das war nicht der wahre Grund für das Ende ihrer Beziehung – das behauptete Lily nur, wenn zufällig das Gespräch darauf kam. Es gab diese wunde Stelle in ihrem Herzen, die schmerzte, sobald sie nur touchiert wurde. Zum Beispiel, wenn sie sich zu lang und intensiv vorstellte, wie der weiße Corsa von der Straße abkam und drei Meter in die Tiefe stürzte. Seither steckte Tiernan wie ein Bonbon in ihrem Hals, das sie weder runterschlucken noch ausspucken konnte. Am Anfang hatte es sich nach Ersticken angefühlt, aber inzwischen hatte sie gelernt, mit weniger Luft auszukommen.

»Ich muss jetzt Schluss machen, Schätzchen. Ruf mich bitte heute Abend an, ja? Bye, bye, bye«, unterbrach Shannon ihre Gedanken.

Unsanft riss Lily das Zopfgummi aus ihrem Haar und stapfte ins Badezimmer, um sich eine Wanne einzulassen. Mit einer Hand strich sie ihre Locken zur Seite und betrachtete im Spiegel die helle Narbe oberhalb ihres Ohres, die sich bis zu ihrem Hinterkopf zog. Die sichtbare Erinnerung an einen Unfall, von dem sie nur aus Erzählungen wusste. Danach hatte sich ihr Leben auf eine Weise verändert, die sie nie für möglich gehalten hätte. Tiernan fehlte. Wie lange hatte sie seinen Namen nicht mehr in den Mund genommen?

»Tiernan O'Boyle.« Sie sprach ihn aus wie eine Zauberformel – fremd und bedeutungsvoll.

Wer konnte länger freihändig Fahrrad fahren? Vierunddreißig Sekunden, dann ein Schlagloch und aufgerissene Knie. Einmal hatten sie Goldfische aus dem Aquarium der Schuldirektorin geangelt, um sie im See auszuwildern. Ein andermal hatten sie versucht, einen angeketteten Hund zu befreien, waren aber nicht weit gekommen, weil der Farmer ihnen mit seinem Traktor hinterhergejagt war. Die erste Zigarette, der erste Rausch voll jugendlicher Dramatik. Diese Abenteuer trugen alle seinen Namen. Tiernan. Seit zehn Jahren gab es diesen Menschen nicht mehr. Und sie wusste nicht, warum.

KAPITEL 2

Sieben Stunden war sie schon unterwegs. Ihre Augen brannten vor Müdigkeit. Der Kaffee, den sie sich in Cork aus einem Automaten gelassen hatte, war wässrig und wirkungslos gewesen. Musik dröhnte aus den Lautsprechern. In Glengarriff verließ sie die N71 und bog auf eine schmale Landstraße ein, die wie ein Fragezeichen ins Hügelland der Halbinsel mäanderte.

Es regnete und regnete. Die Schafe, die am Straßenrand ausharrten, starrten sie so anklagend an, als hätte sie die Wolken heraufbeschworen und eigenhändig über dem Land ausgewrungen. In den Asphaltmulden sammelte sich das Wasser zu schwarzen Pfützen. Trotz ihrer Erschöpfung war Lily aufgewühlt. Die Trauer begleitete sie wie ein Schatten, berührte sie mit den Fingerspitzen oder griff nach ihr, um ihre Gedanken herumzuschleudern. Zum letzten Mal fuhr sie ins Schneehaus, um Violet zu besuchen. Zum letzten Mal. Nun würden viele letzte Dinge kommen – eine letzte Tasse Tee, die letzten Seiten eines Buches, der letzte Abend im Garten, die letzten Worte, Blicke, Wahrheiten. Wenn sie den Ort verließ, würde Violet nicht mehr leben. Es war eine seltsame Eigenart, dass man bereits anfing zu trauern, wenn der Mensch, den man betrauerte, noch am Leben war. Der Abschied begann vor dem Tod, aber vielleicht war das auch eine Chance, um jeden Moment mit Violet voll und ganz in sich aufzunehmen, abzuspeichern und nie wieder zu vergessen.

Carraig lag in einem einsamen Tal zwischen Torfmooren, tiefen Wäldern und weiten Wiesen. Hinter der kleinen Ortschaft erhoben sich die Hügel, die sich schon bald zu den *Caha Mountains* aufschwangen. Im Spätsommer würden sich die Berge verfärben – aus blühenden Hängen allmählich schroffe Wüsten werden, bis der erste Schnee fiel und sie in eine weiße Decke hüllte. Lily liebte dieses Farbspiel.

Je näher sie Carraig kam, desto lebendiger wurden ihre Erinnerungen. Im Hügelland sollte angeblich der letzte Wolf Irlands gesichtet worden sein. Sie erinnerte sich, dass Tiernan nach der Schule mit seinem knallgelben Fernglas und ein bisschen Hundefutter losmarschiert war, um das Tier aufzuspüren. Irgendwann hatte er jedoch einsehen müssen, dass es schon lange keine Wölfe mehr in der Gegend gab und man nur von ihnen erzählte, um Kinder davon abzuhalten, sich zu weit in die Berge vorzuwagen.

Als ein schwarzer Ford wie ein Pfeil an ihr vorbeischoss, um zu überholen, warf sie einen Blick in den Rückspiegel. Auf der Rückbank stand ein Karton, aus dem ihr Notebook ragte und in dem sich neben Büchern und einem Bluetoothlautsprecher ihr alter Aquarellkasten befand. Sechsundzwanzig Näpfe, eine ganze Palette hochpigmentierter Farben.

Sie hatte lange nicht mehr gemalt. Nur nachlässige Zeichnungen auf Seitenränder gekritzelt, während sie in Warteschleifen festhing, Skizzen auf Servietten, Entwürfe auf der Rückseite einer Stromrechnung. Zwar war sie keine Georgia O'Keeffe, keine Rosa Bonheur oder Mary Cassatt, aber sie hatte Kunst schon immer geliebt.

Seit Jahren hatte sie sich nicht mehr dazu aufgerafft, die verkümmerten Triebe ihrer Kreativität zu pflegen. Ihr fehlten

Inspiration, Zeit und Zuversicht. Dabei gab es im Schneehaus unbegrenzten Raum für Fantasie – Violet lebte davon. Sie war nicht nur eine erfolgreiche Buchautorin, sondern illustrierte ihre Geschichten allesamt selbst. Jedes Kind in Irland kannte ihre Figuren. Die Seefee mit einer Mähne aus Wasserpflanzen. Amadeus Albatros, der mit einem verstümmelten Flügelchen die Welt umflog. Oder die kleine Oíche, die sich durch ihre eigenen Tränen in einen weißen Wolf verwandelte.

* * *

Das Schneehaus leuchtete ihr von Weitem entgegen, als sie das Schulgebäude hinter sich ließ und den Schotterweg hinauffuhr, der in die Hügel führte. Stellenweise war der Weg so steil, dass sie vermutete, ihr VW würde einfach zurückrollen, wenn sie nur kurz vom Gas ginge. Mit dem Fahrrad waren diese Steigungen unmöglich zu bewältigen – schon gar nicht bei Gegenwind. Wasser strömte in Bächen den Weg hinab, riss Stöckchen und Kiesel mit sich. Der Regen hatte zugenommen, trommelte unablässig auf das Wagendach – so laut, dass die Musik kaum zu hören war. Lily schaltete das Radio aus und konzentrierte sich darauf, nicht in einem der tiefen Schlaglöcher zu landen. Die Wiesen, die das Schneehaus umgaben, wurden von einer Kalksteinmauer eingefasst. An manchen Stellen überwucherten dottergelbe Ginsterbüsche das Mauerwerk.

Würde Lily den Weg weiter verfolgen, käme sie nach wenigen Minuten zum Hof der O'Boyles. Früher wurden dort Galloway-Rinder gezüchtet, aber das war schon lange vorbei. Jetzt vermietete Dolores O'Boyle ihr Gartencottage an Touristen, während Henry sein Geld als Taxifahrer verdiente. Er fuhr Violet zu ihren Behandlungen nach Bantry. Außerdem kümmerte er sich darum, dass sie genug Torfbriketts hatte, um das Haus warm zu halten.

Als Lily das steinerne Hochkreuz erreichte, das wie ein Wachtposten am Straßenrand stand, setzte sie den Blinker und bog scharf links in die Einfahrt. Es war keine schrille Aufregung, sondern ein leichtes Kribbeln, das ihre Wirbelsäule emporkroch, als sie sich dem Schneehaus näherte. Auch wenn sie nie selbst dort gewohnt hatte, besaß sie an das Leben in seinen Zimmern so viele Erinnerungen, dass sie etliche Bücher damit hätte füllen können. Die grauen Schindeln glänzten wie Fischhaut, Wasser schwappte über die Dachkante und wurde zu einem tropfenden Vorhang.

Ihr Blick wanderte zu den Fenstern des zweigeschossigen Hauses. Es brannte kein Licht, kein Schatten bewegte sich hinter den Glasscheiben. Doch unter einer Holzbank, die zwischen der Tür und dem Hagebuttenstrauch stand, entdeckte sie einen schwarzen Kater. Aus gelben Augen starrte er ihr entgegen.

»Schön, dich mal wieder zu sehen, Lysander«, grüßte sie, obwohl das Tier sie nicht hören konnte. Sie brachte den Wagen zum Stehen und stellte den Motor aus. Endlich konnte sie die Hände vom Lenkrad nehmen. Endlich. Für einen Moment schloss sie die Augen und atmete tief durch. Nun stand ihr die größte Herausforderung ihres Lebens bevor, größer noch als die Bewältigung des Unfalls – bedeutungsvoller.

An das Wohnhaus grenzte ein separates Gebäude, das Violet als Atelier nutzte. Durch den Regenschleier war hinter den Fenstern goldenes Licht zu erkennen. Dort steckte sie also. Lily griff nach ihrem Parka, schlüpfte hinein und zog sich die Kapuze tief in die Stirn, dann ließ sie die Tür aufspringen. Kaum war sie ausgestiegen, peitschten ihr schwere Tropfen ins Gesicht. Irgendwo hatte sie aufgeschnappt, dass die Schotten mehr Wörter für Schnee kannten als die Inuit. Wie viele Wörter kannten die Iren für Regen? Als Übersetzerin sollte sie so etwas wissen. Das irische Wort für Regen lautete *báisteach* und setzte sich aus den Wörtern *baiste* und *bá* zusammen – Taufen und Ertrinken. Typisch irischer Humor. Mit gesenktem Kopf rannte sie am Haus entlang bis zum Atelier. Dröhnende Geräusche drangen durch die Tür. Was veranstaltete Violet dadrin? Lily klopfte, wartete aber nicht auf eine Einladung. Sie öffnete die Tür und schlüpfte in einen aufgeheizten Raum.

»Hallo?« Helle Nebelwolken schwebten durch die Luft und sanken langsam zu Boden – es roch nach Holz und Lösungsmittel. Aus dem Kofferradio auf der Werkbank dröhnte ein Lied von *Duran Duran*. Wo war die Staffelei? Wo waren die Farben, Pinsel und Leinwände?

Wo war Violet?

Lily zog die Kapuze von ihrem Kopf und hätte vor Schreck fast einen spitzen Schrei ausgestoßen, als ein fremder Mann mit Schutzbrille und Schleifgerät hinter einem Regal hervortrat.

»Entschuldigung …«

»Macht nichts. Bei dem Lärm höre ich nie, wenn jemand anklopft«, erwiderte er lässig. Er schob sich die Brille ins Haar und legte das Schleifgerät neben ein pechschwarzes Holzstück, das aussah, als hätte er es gerade noch rechtzeitig aus einem Feuer gezogen. »Du musst Lily sein. Sieht man sofort. Die Ähnlichkeit um die Nase herum, meine ich.«

»Und Sie sind?«

»Ich bin Arwyn Cox, ein alter Freund deiner Tante«, sagte er und machte drei große Schritte auf sie zu, um ihr eine behandschuhte Hand zu reichen. »Violet lässt mich seit ein paar Wochen hier arbeiten, weil ich Platz für meine Mooreichen gebraucht habe. Du siehst ja, wie groß die Dinger sind.«

Lily ließ ihren Blick durch den Raum huschen und erkannte kaum etwas von dem Atelier wieder, in dem ihre Tante früher gearbeitet hatte. Nur die Sprossenfenster. Nur den goldgerahmten Spiegel an der gegenüberliegenden Wand, der das Licht reflektierte, sodass der Raum an manchen Tagen sonnendurchflutet war. Ansonsten hatte sich alles verändert – so als wäre Violet längst nicht mehr hier.

»Mooreichen. Davon hat sie mir gar nichts gesagt«, murmelte Lily verständnislos. An den fensterlosen Wänden lehnten schwarze Stämme und Wurzelwerke. Auf den Regalen reihten sich unzählige Skulpturen aneinander. Organische Formen, die den natürlichen Wuchs des Holzes betonten, rundgeschliffen und glänzend poliert. »Was ist denn aus ihrem Atelier geworden?«

»Wir haben ihren ganzen Kram ins Haus geräumt. Jetzt könnte sie theoretisch sogar im Bett malen. So wie Frida Kahlo. Die hat ja auch im Bett gemalt, als sie das mit dem Rücken hatte. Aber meistens fehlt deiner Tante die Kraft, um den Pinsel zu schwingen.«

Entgeistert glotzte sie den Mann an, der so gelassen mit ihr sprach, als wären sie sich längst bekannt und als gehörte er schon seit jeher zum Schneehaus.

Er durchquerte den Raum und trat an einen völlig überfrachteten Schreibtisch. Bei jedem Schritt stiegen kleine Wölkchen auf. Seine Schultern waren ebenso mit Holzstaub bedeckt wie sein grau meliertes Haar.

Als Arwyn sich aus einer Thermoskanne Tee einschenkte und auf eine zweite Tasse deutete, schüttelte sie den Kopf. »Ich muss zu Violet. Ist sie im Haus?«

»Jawohl. War gerade noch bei ihr. Wir haben uns eine Suppe gegönnt und ein bisschen geplaudert. Jetzt hat sie sich hingelegt und hört Musik. Das Ding in ihrem Kopf macht sie immer so müde«, erklärte er unbekümmert. *Das Ding in ihrem Kopf.* Lily musste sich am Riemen reißen, um ihn nicht zurechtzuweisen. »Ist echt schön, dass du gekommen bist. Ihr habt bestimmt eine mächtig gute Zeit zusammen.«

Arwyn wusste von der Erkrankung ihrer Tante. War ihm klar, dass die mächtig gute Zeit, von der er sprach, mit dem Tod enden würde?

»Wir werden sehen. Ich geh mal zu ihr«, beendete sie das Gespräch und rang sich ein Lächeln ab. »Hat mich gefreut, Arwyn. Bis dann.«

Da sie vermeiden wollte, dass Violet ihretwegen aufstand, um die Tür zu öffnen, rannte sie über das feuchte Gras – zweimal rutschte sie aus und wäre fast hingefallen. Schließlich stand sie unter dem üppigen Blätterdach der Eiche. Gab es das Versteck noch? Sie legte den Kopf in den Nacken. Wie früher baumelte aus einem Astloch weit oben im Geäst ein Stein an einer Kordel. Lily zog daran. Erst steckte der Schlüssel fest, doch dann fiel er ihr in die Hände.

Zurück beim Haus schloss sie die Tür auf und schlüpfte in eine behagliche Wärme. Im Korridor war es dunkel und still. Lily zog ihren tropfenden Parka und die nassen Stiefel aus, dann tapste sie weiter. Es roch nach altem Holz, Kaffee und einem niedergebrannten Torffeuer. Es roch wie Kindheit und fühlte sich wie eine Umarmung an.

»Violet?«, rief sie ins Dämmerlicht. »Ich bin's. Lily.«

Keine Antwort. Im Erdgeschoss gab es neben einer winzigen Haushaltskammer und dem Badezimmer nur zwei Räume, in denen sich ihre Tante aufhalten könnte. Zuerst warf Lily einen Blick in die Küche, die trotz des Regens, der sich über dem Land ausgoss, hell und freundlich wirkte. Alles war an seinem Platz. Der Teekessel auf dem Herd, die Brotbackmaschine, der Eimer für die Küchenabfälle, der Wandkalender. Über dem Fenster hingen Kräuterbündel zum Trocknen und neben der Spüle stand ein Strauß frischer Lichtnelken. Violet hatte ihre Streifzüge durch die Natur noch nicht aufgegeben, stellte Lily erleichtert fest. Ein gutes Zeichen.

Die Küche sah aus wie immer, nur verwaist. Zielstrebig marschierte sie durch den langen Flur, bis sie vor einer verschlossenen Tür stehen blieb. Violet hatte sich im Wohnzimmer eingerichtet, weil sie es kaum schaffte, die steile Treppe ins Obergeschoss zu bezwingen.

Vorsichtig drückte Lily die Klinke hinab. Sofort fiel ihr Blick auf das Krankenbett ihrer Tante, das vor einer bodentiefen Fensterfront stand. Von hier aus überblickte man einen üppig blühenden Garten. »Darum kümmern sich Rotkehlchen, Igel und Bienen. Ich muss gar nichts machen«, hatte Violet früher immer behauptet und trotzdem Stunden damit zugebracht, ihre Pflanzen zu pflegen. Inmitten des Grundstücks stand der Vardo, ein ausrangierter Pferdewagen aus Holz, dessen Front florale Muster zierten, die Violet selbst aufgemalt hatte. Darin lebten ihre Enten.

»Bist du wach?«, flüsterte Lily und knöpfte ihren Cardigan auf. Stille füllte den Raum aus. Nur die glühenden Scheite im Kamin knisterten leise vor sich hin, begleitet vom Regen, der gegen die Fenster tröpfelte. Auf einem georgianischen Schreibtisch lagen das Grafiktablett, abgegriffene Ölkreiden, Pinsel und jede Menge Skizzenblöcke – hier arbeitete Violet an ihren Illustrationen. Lily ließ ihren Blick über den Entwurf eines runden Kindergesichts wandern, bevor sie sich umwandte. Auf der anderen Seite des Zimmers stand ein Chesterfield-Sofa mit so wolkenweichen Polstern, dass man zu tief einsank, um elegant wieder aufzustehen.

Leise trat sie ans Bett und betrachtete den schmalen Körper ihrer Tante. Die Hände hatte sie über der Decke wie zum Gebet gefaltet. Ihre Fingernägel waren fein säuberlich in einem zarten Rosé lackiert, um ihr Handgelenk trug sie ein Armband, das Lily ihr zum ersten Chemotherapiezyklus geschenkt hatte. Der *Dara Knot* stand für innere Kraft – Violet schlug sich tapfer.

Aus dem Kopfhörer tönten satte Klänge. Violet hatte nicht bemerkt, dass jemand neben ihr stand. Das silberne Haar war inzwischen nachgewachsen, reichte bis zu ihren Schultern. Bleiche Haut spannte sich über hohe Wangenknochen. Die Jahre hatten die Sommersprossen aus ihrem Gesicht verschwinden lassen, aber nicht ihre Schönheit.

Wärme stieg in Lily auf, als ihre Tante anfing, im Takt der Musik mit den Füßen zu wippen. Mit den Fingerspitzen berührte sie ihren Unterarm.

»Was?« Hektisch nahm Violet die Kopfhörer ab. Aus weit aufgerissenen Augen starrte sie zu Lily hinauf und presste dabei die Hand auf ihre Brust. »Mein armes Herz! Ich meine, ach … Im ersten Moment dachte ich, du wärst Shannon oder sonst wer. Wie bist du hier reingekommen?«

»Ich habe den Schlüssel aus der Eiche geholt.«

»Ach, dieses alte Versteck. Dass du dich daran erinnerst …«, sagte Violet mit einem versonnenen Lächeln und rappelte sich auf. »Entschuldige, Liebes. Ich war so versunken, dass ich alles um mich herum vergessen habe. Bekomme ich eine Umarmung?«

Vorsichtig setzte sich Lily auf den Bettrand. Violet fühlte sich anders an – knochiger, zerbrechlicher –, aber sie roch wie früher. Lavendel und ein orientalisches Parfüm von Guerlain, das durch all ihre Kindheitserinnerungen wehte.

»Wie geht's dir heute?«

»Mit den Tabletten ist es auszuhalten.« Violet löste sich aus der Umarmung und griff nach ihren Händen. »Ich bin so froh, dass du gekommen bist, Lily. Ich kann dir gar nicht sagen, wie viel mir das bedeutet. Wir machen's uns schön. Wenn ich einen guten Tag habe, könnte ich Bäume ausreißen, dann fahren wir zum Meer oder spazieren durch die Hügel.« Ihre Stimme war matt und klang, als würde bei jedem Wort zu viel Luft entweichen.

»Was immer du möchtest«, sagte Lily. »Ich bin da.«

»Es ist ein bisschen wie früher, nicht wahr? Wann warst du zum letzten Mal so lange am Stück bei mir? Ich weiß es gar nicht mehr.«

»Das dürfte ein Jahr nach unserem Umzug gewesen sein. Meine Freundinnen sind nach Teneriffa geflogen, aber ich wollte den Sommer unbedingt hier verbringen.«

»Oh, stimmt! Das war dieser düstere Sommer, in dem kein einziges Mal die Sonne geschienen hat. Jedenfalls nicht für dich. Ich erinnere mich gut daran. Du hast das Haus nur verlassen, um dich wie eine Minnesängerin unter sein Fenster zu stellen. Das war herzzerreißend.« Violet nickte in Richtung der O'Boyles, deren Anwesen sich hinter einem dunklen Dickicht verbarg.

»Lange her.« Hastig deutete Lily auf die Kopfhörer, aus denen dumpfe Musik ertönte. »Was hörst du da?«

»Weiß ich nicht. Das Gerät spielt automatisch irgendwelche Lieder und sie gefallen mir alle. Dieser Algorithmus ist pure Magie, wobei das natürlich ein Widerspruch ist. Es kommt mir trotzdem vor wie Zauberei«, sagte Violet, zog ihr Handy unter der Decke hervor und ließ die Musik verstummen. »Arwyn hat ein Musikprogramm installiert.«

»Arwyn!« Sie funkelte ihre Tante an. »Ich habe ihn schon kennengelernt. Er belagert dein Atelier und fräst an Baumstämmen herum. Wer ist das?«

»Oh, Arwyn ist ein sehr alter Freund.«

»Ein sehr alter Freund«, echote Lily. »Und woher kommt er so plötzlich? Du hast nie von einem Mann namens Arwyn gesprochen.«

»Weil ich ihn schon fast vergessen hatte.« Sorgfältig zupfte Violet dunkle Katzenhaare aus dem Gewebe ihres Pullovers. »Er ist hier aufgewachsen, hat seine ganze Kindheit in Carraig verbracht, dann ist er fortgezogen und wir haben uns aus den Augen verloren.« Ein Lächeln schlich sich auf ihre Lippen.

»Aber wenn man Glück hat, kreuzen sich die Wege erneut und man erinnert sich an die guten alten Zeiten. Arwyn wohnt im Cottage seiner Eltern gleich neben der Schule. So wie früher.«

»Und er ist Künstler wie du?«

»Mhm. Er hat im *Irish Time Museum* gearbeitet. Deswegen kennt er sich ausgezeichnet mit Uhrwerken und verstreichender Zeit aus, aber jetzt kümmert er sich lieber um morsches Holz wie meine Wenigkeit.« Violet bedachte sie mit einem spöttischen Blick. »Oh nein! Dieses Grinsen kenne ich, doch da muss ich dich enttäuschen, Liebes. Wir sind nur alte Freunde. Das sieht man an unseren grauen Haaren und den ganzen Falten, die nicht mal der Wind glatt ziehen kann.«

»Verstehe«, sagte Lily schmunzelnd. »Dann ist Arwyn sicher der geheimnisvolle Einkäufer, der dich mit Essen versorgt, oder?«

»So ist es. Wenn ich es hinbekomme, etwas zu kochen, speisen wir manchmal zusammen.« Mit einer erstaunlich flinken Bewegung schlug Violet den karierten Quilt zurück und schwang die Beine über die Bettkante. »Möchtest du einen Tee?«

»Ich koche welchen. Bleib ruhig hier.«

»Papperlapapp. Das bekomme ich schon hin. Du musst jetzt erst mal ankommen und dich einrichten«, widersprach Violet, griff mit eiskalten Händen nach ihrem Unterarm und stützte sich daran ab, um sich hochzuhieven. »Das Obergeschoss gehört dir. Dort kannst du wirken, wie es dir gefällt. Ich schlafe hier. Das ist viel komfortabler und ich muss mich nicht ständig die Treppe hochkämpfen. Mir geht ja schon nach zwei Stufen die Puste aus.«

»Wenn du mich fragst, ist das Wohnzimmer ohnehin der schönste Raum im ganzen Haus.« Lily deutete zu den Fenstern, an denen der Regen in Bächen hinabströmte. »Es ist fast so, als würdest du mitten im Garten liegen. Dort bist du ja sowieso am liebsten.«

»Eben. Außerdem habe ich von hier aus meine Enten im Blick und kann Alarm schlagen, sobald sich der Fuchs anschleicht.«

»Sehr praktisch«, erwiderte Lily und griff zu dem hölzernen Gehstock, der am Schreibtisch lehnte, um ihn ihrer Tante zu reichen. »Ich soll dich übrigens von allen ganz herzlich grüßen. Mam ruft später an.«

»Ich weiß. Wir telefonieren wieder sehr oft miteinander, bestimmt jeden zweiten Tag. So nah waren wir uns seit Jahren nicht mehr. Ich weiß, was Shannon kocht, wann sie zur Frauengymnastik geht, und dass die Parktickets unverschämt teuer geworden sind, weshalb sie lieber den Bus nimmt, auch wenn der immer Verspätung hat.«

»Bist du enttäuscht, dass sie nicht zu dir gekommen ist?«

»Enttäuscht? Du meinst wohl erleichtert«, scherzte Violet in ihrer warmherzig humorvollen Art. »Shannon hat es mir natürlich angeboten und ich habe lange darüber nachgedacht, aber ich glaube, es wäre mir zu anstrengend, sie den ganzen Tag um mich zu haben. Erinnerst du dich an ihren achtwöchigen Besuch kurz nach der Diagnose? Sie hat das Zepter an sich gerissen, jeden meiner Schritte überwacht und meinen heiligen Rhythmus durcheinandergebracht. So viel Bemutterung ertrage ich nicht.«

»Sie ist eben deine große Schwester und hat Angst, nicht genug für dich getan zu haben. Sie würde sofort alles stehen und liegen lassen, um bei dir zu sein.«

»Das weiß ich doch. Und trotzdem …« Bedächtig strich Violet ihren rostroten Pullover glatt – er war ihr mittlerweile mindestens zwei Nummern zu groß geworden –, dann blickte sie aus müden Augen zu Lily auf. »Als mir die Ärztin mitgeteilt hat, dass ich nicht allein im Schneehaus bleiben sollte, musste ich sofort an dich denken. Du bist früher so oft bei mir gewesen. Hier im Garten hast du laufen gelernt, bist herumgewatschelt wie ein frisch geschlüpftes Küken. Unsere Filmabende, die vielen Gespräche im Garten, während wir nebeneinander Unkraut gezupft haben. Wir waren stundenlang zusammen im Atelier. Dort hast du zwar ein heilloses Chaos veranstaltet, aber es war wunderbar. An all das musste ich denken.«

Lily wollte etwas Lustiges erwidern, doch dann schossen ihr Tränen in die Augen – heiß und unerwartet. »Ich hatte echt Schiss davor, hierherzukommen, aber ich wollte es trotzdem, weil du für mich …« Ihre Kehle war heiß und eng. Sie schluckte. »Ich hab Angst vor allem, was kommt, dass du irgendwann fehlst.«

Tröstend streichelte Violet ihr über die Schulter. »Du musst keine Angst haben, Liebes. Es passiert nichts Schlimmes.«

»Für mich schon«, wisperte sie.

»Das vergeht. Du wirst schon sehen. Das vergeht.«

In diesem Moment zerbrach etwas. Tränen strömten über Lilys Gesicht, schwemmten die Anspannung aus ihr heraus und versickerten in einem Wollstoff, der an ihrer Wange kratzte, als Violet sie umarmte.

* * *

Die Harfe stand direkt vor dem Fenster. Einunddreißig Saiten, mit verzierter Rosenholzdecke und vergoldeten Mechaniken. Andächtig strich Lily über den Schwanenhals des Instruments. Violet hatte wegen der Schmerzen, doch vor allem wegen des Tremors in ihren Händen mit dem Spiel aufgehört.

Das dezente Lindgrün des Zimmers besäße eine beruhigende Wirkung, wenn die Einrichtung schlichter gewesen wäre. Unter einem Wandspiegel stand der Sekretär, auf dessen Regalbrett sich unzählige Taschenbücher stapelten. So hoch, dass sie das Spiegelbild halb verdeckten. An der Stuhllehne hing ein Strohhut mit schwarzer Borte, den Violet oft getragen hatte,

33

wenn sie im Sommer durch die Hügel spaziert war. Lily griff danach und setzte ihn auf, bevor sie auf den Alkoven zusteuerte, in dem das Bett stand, so wie es in alten Landhäusern üblich war.

Ächzend wuchtete sie ihren Koffer auf die Matratze, dann trat sie einen Schritt zurück, um das Gemälde zu betrachten, das in einem feinen Goldrahmen über dem Bett hing.

Carnation, Lily, Lily, Rose lautete der Titel. Zwei Mädchen standen in einem wild wuchernden Garten und zündeten Papierlaternen an. Schon immer hatte Lily diese Abendszene geliebt, kannte jede Farbnuance, jeden Pinselstrich. Lange war sie davon überzeugt gewesen, dass Violet das Bild gemalt hatte, doch in Wahrheit war es die Replikation eines Gemäldes von John Singer Sargent.

Nachdem Lily den Strohhut zurückgehängt hatte, trat sie ans Fenster und stemmte die Arme in die Hüfte. Heidekraut, bizarre Steinformationen, windgepeitschte Sträucher, die Ruinen eines Cottages – auf diesen Hügeln hatte sie ihre Kindheit verbracht. Die Landschaft zerfloss vor ihren Augen. Würde es jemals wieder aufhören zu regnen? Sie war an Regen gewöhnt und mochte das Rauschen – dieses beständige *fff* –, aber für die Zeit im Schneehaus wünschte sie sich Sonne bis zum Schluss. Licht ohne Ende!

Lily widmete sich dem Karton mit den Arbeitsmaterialien. Viel war es nicht. Das Notebook landete samt dem Ladekabel und ihrem Wörterbuch auf dem schmalen Sekretär. Nachdem sie ein paar Stifte, Marker und Tipp-Ex ausgeräumt hatte, fingerte sie ihr Telefon aus der Hosentasche. Sie schrieb Nachrichten an ihre Eltern, Elsie und zwei Freundinnen aus Belfast, in denen sie ihnen mitteilte, dass sie gut angekommen war. Abends würde sie mit ihrer Mutter telefonieren, das hatte sie ihr versprochen.

Auf dem Nachttisch stand eine Fotografie, auf der zwei Mädchen vor dem Schneehaus posierten. Sie trugen dunkle Kleider mit weißen Kragen und flatternden Bändern im Haar. Violet war darauf ungefähr drei Jahre alt und hatte den Kopf in den Nacken gelegt, um angestrengt in die Wolken zu starren. Das größere Kind, ihre Mutter, zeigte ein bitterernstes Gesicht. Aus Kulleraugen schaute sie in die Kamera – bang, als würde sie dem Apparat nicht trauen und sich vor dem Blitzlicht fürchten. Das Foto war so typisch für die Schwestern, dass Lily schmunzelte. Im Hintergrund war eine schemenhafte Gestalt zu erkennen. Vermutlich Callum. Ihr Großvater, ein leidenschaftlicher Mediziner, hatte alles verarztet, was ihm in die Hände geraten war. Menschen und Tiere, zerbrochene Teller und die gerissenen Saiten einer Geige – er hatte es geliebt, Dinge zu reparieren. Leider besaß Lily keine Erinnerungen an ihn, doch sie kannte unzählige Erzählungen: warmherzig, tüchtig, gewitzt. Das Unglück war über ihn hereingebrochen, als seine Frau Grace nur drei Tage nach Violets Geburt starb. In seiner Trauer war er vollends überfordert mit der Erziehung, weswegen Frauen aus dem Dorf kamen. Sie kümmerten sich um die Kinder, putzten jeden Winkel des Hauses und kochten Töpfe voller Essen. So ging es eine Zeit lang. Die Familie erholte sich allmählich von ihrem Verlust. Fortan gab es im Schneehaus nur noch Callum mit seinen zwei Mädchen.

* * *

Die Kartoffeln waren klein und erdverkrustet. Sie schrubbte sie mit einer Bürste sauber, während eiskaltes Wasser aus dem Hahn strömte und Violet am Küchentisch saß, um Tabletten in eine Medikamentenbox einzusortieren. Inzwischen war der Regenschauer zu einem friedlichen Tröpfeln abgeklungen. In der Ferne glommen die Lichter des Dorfes.

»Hast du eigentlich mal wieder was von Tiernan gehört?«, erkundigte sich Lily beiläufig, als sie das Backblech aus dem Ofen nahm.

»Och, na ja …« Lily warf ihrer Tante einen fragenden Blick über die Schulter zu. Violet ließ einen leeren Blister in den Mülleimer fallen. »Ich habe schon das ein oder andere gehört, ja.«

»Aha, und was?«

»Du hast immer gesagt, dass du nichts mehr von ihm wissen willst«, murmelte Violet, ohne Lily dabei anzusehen. »Daher wollte ich es dir persönlich mitteilen. Ich konnte nicht so ganz einschätzen, wie du darauf reagierst.«

»Wie ich auf was reagiere?« Lily schnappte sich ein Messer, um die Kartoffeln zu vierteln. »Hat er geheiratet? Ist er wieder Vater geworden?«

»Es ist noch ganz frisch im Grunde, erst seit ein paar Wochen. Ich war mir nicht sicher, ob du kommen würdest, wenn du davon erfährst.«

Das Zögern ihrer Tante trieb sie in den Wahnsinn. Mit einem Knall landete das Messer im Spülbecken. Lily wirbelte herum. »Was ist denn los?«, fragte sie gereizt. »Reiß das Pflaster einfach ab.«

Mit zitternden Händen schloss Violet eine große Tablettenschachtel, dann lehnte sie sich zurück und schlug die Beine übereinander. »Er ist wieder da.«

»Wieder da«, echote Lily und stieß ein kümmerliches Geräusch aus, das weder Lachen noch Winseln war. »Wo?«

»Drüben.« Violet deutete vage in die Richtung, in der sich das Anwesen der O'Boyles befand. »Tiernan wohnt vorübergehend im Gartencottage.«

Lilys Brustkorb schrumpfte und drückte hart gegen ihr Inneres. Seit zehn Jahren hatte sie kein vernünftiges Wort mehr mit Tiernan gewechselt. Nach dem Unfall hatte sie monatelang versucht, mit ihm zu sprechen, doch er hatte alle ihre Versuche abgewehrt, indem er irgendwelche Ausflüchte erfand. *Danke für den Anruf, aber ich muss dann mal wieder los. Im Moment ist es echt schlecht. Ich melde mich, wenn mal Zeit ist.*

Es war nie Zeit gewesen.

Bis heute steckte diese Enttäuschung wie ein Stachel in ihrem Fleisch. Irgendwann hatte sie aufgegeben. Unpersönliche Geburtstagsgrüße auf Facebook, zu denen sie sich verpflichtet fühlte, mehr war von ihrer Freundschaft nicht übrig geblieben.

»Warum?«, ächzte sie. Gedankenlos griff sie nach einer rohen Kartoffel und knibbelte mit dem Fingernagel an der Schale herum.

»Ich hatte befürchtet, dass du nicht kommen würdest, wenn ich dir davon erzähle.«

»Warum ist Tiernan wieder hier? Ich dachte, er lebt in Boston und ist dort überglücklich mit seiner kleinen Familie.«

»Das war einmal. Sie haben sich vor einem halben Jahr getrennt. Tiernan hat versucht, es allein hinzubekommen, aber es war schwer mit der Kleinen und seiner Arbeit, deswegen … Ihm hat die familiäre Anbindung gefehlt. Er braucht Unterstützung, um alles unter einen Hut zu bekommen.«

»Und jetzt macht er Urlaub, um sich von den Strapazen zu erholen?« Mit weichen Knien sank Lily auf einen Stuhl und taxierte ihre Tante.

Violet fummelte an der Medikamentenbox herum, ließ die Tabletten von einer Seite zur anderen kullern. »Vor ungefähr einem Monat ist er mit Sack und Pack zurückgekommen. Jetzt wohnt er mit der Kleinen im Gartencottage, bis er etwas Besseres gefunden hat.«

»Er ist mit seiner Tochter hier?«

»Ihr Name ist Ava.« Violets Miene erhellte sich. »Sie lebt bei ihm.«

»Das hast du mir die ganze Zeit verschwiegen? Jedes Mal, wenn wir miteinander telefoniert haben?« Lily war überrumpelt. Ihre Brust dehnte sich aus, um all den widerstreitenden Gefühlen Platz zu machen, die in ihr aufwallten.

»Ich habe einfach nicht den richtigen Zeitpunkt gefunden. Seit eurem Unfall sind so viele Jahre vergangen … Ich dachte, dass du mittlerweile vielleicht damit abgeschlossen hast. Du hast ihm ja noch nicht mal zur Geburt seiner Tochter gratuliert, Lily.«

Sie erinnerte sich an diesen einen verpassten Anruf mitten in der Nacht, den sie mit Genugtuung zur Kenntnis genommen hatte. Tiernan hatte versucht, sie zu erreichen, doch für sie war das Kapitel längst beendet gewesen. Auch wenn sie mit sich gerungen hatte – Lily blieb hart, rief nicht zurück, schrieb ihm keine Nachricht. Erst später hatte sie erfahren, dass in dieser Februarnacht seine Tochter geboren worden war. Vielleicht hatte er sie in einem Anflug von Sentimentalität darüber informieren wollen. *Ich bin Vater!* Vielleicht war es eine Kurzschlussreaktion gewesen. Vielleicht auch nur ein Versehen, weil sein Finger vor lauter Aufregung zwischen Liam und Lisbeth verrutscht war.

»Tiernan hat den Kontakt zu mir abgebrochen und ich habe seine Entscheidung akzeptiert«, entgegnete sie.

»Aber du hast sehr darunter gelitten.«

»Am Anfang, klar, aber irgendwann habe ich mich eben damit abgefunden. Was soll ich machen? Mein Leben geht weiter.« Sie stöhnte gequält auf. »Wenn ich mir nur vorstelle, ihm hier ständig über den Weg zu laufen, wird mir übel.«

»Ist das wirklich so schlimm für dich?«

Lily starrte hinab zu ihren nervös wippenden Füßen. Es war nicht die räumliche Nähe, die sie belastete, sondern die Tatsache, dass Tiernan nach dem Unfall so getan hatte, als wäre sie ihm völlig egal. Monatelang war sie gegen Wände gerannt und hatte sich über sein Verhalten den Kopf zerbrochen – manchmal, wenn sie sentimental wurde, passierte das noch heute. Ihre Fragen waren geblieben, nur die damit verbundenen Gefühle hatten sich verändert. Vermutlich hatte sie alle Trauerphasen durchlaufen und war bei »*Es ist, wie es ist*« angekommen.

»Keine Ahnung«, murmelte sie. »Wir sind beide durch eine schwere Zeit gegangen. Während ich ihn gebraucht hätte, um die Sache zu bewältigen, wollte Tiernan den größtmöglichen Abstand zu mir.«

»So wie das Auto ausgesehen hat, hättet ihr genauso gut tot sein können. Jeder von euch musste seinen eigenen Weg finden, mit dieser Katastrophe umzugehen. Der arme Junge hat sein halbes Bein verloren und lag wochenlang im Krankenhaus. Du weißt ja, wie aktiv er früher gewesen ist und wie gern er Fußball gespielt hat. Für ihn ist eine Welt zusammengebrochen.«

»Und was ist mit mir? Ich hab Wochen meines Lebens verloren, weil ich mich nicht daran erinnern kann«, zischte Lily und tippte sich mit dem Zeigefinger gegen die Stirn. »Ich hatte auch zu kämpfen. Das vergessen die Leute gern, weil man meine Wunden nicht mehr sieht. Ich war auch verletzt, bin es im Grunde immer noch.«

Violet strich über ihr graues Haar, worunter sich eine lange Narbe verbarg, die von ihrer ersten Operation herrührte, bei der man versucht hatte, den Tumor zu entfernen. »Wir können froh sein, dass ihr beide überlebt habt. Das ist die Hauptsache.«

Nachdem Lily aus einem viertägigen Koma zurückgeholt worden war, hatte es eine Weile so ausgesehen, als würde sie unter einer globalen Amnesie leiden. Sie erkannte weder die Gesichter ihrer Eltern, die an ihrem Bett saßen, noch wusste sie, was geschehen war oder wie ihr Name lautete. Da war nichts mehr, nur eine panische Angst und das Gefühl, sich selbst verloren zu haben. Mit der Zeit waren jedoch die meisten Erinnerungen zurückgekehrt und hatten sie wieder zu einem

Menschen gemacht, der flüssig seine Lebensgeschichte erzählen konnte. Trotz dieser sechsmonatigen Lücke.

»Da gab es doch diese Neuropsychologin, die mit mir trainiert und meine Erinnerungen durchforstet hat. Sie war total fasziniert von der Diagnose. Eine reine retrograde Amnesie, ein Gedächtnisverlust ohne Störung des Neugedächtniserwerbs. Wie spannend.« Lily lachte verhalten. »Sie hat mir versprochen, mein Gedächtnis würde sich vollständig regenerieren. Ich sei ja blutjung, das Gehirn noch in der Entwicklung.«

»Sie wollte dir eben Hoffnung geben.« Seufzend hob Violet die Schultern. »Im Gegensatz zu vielen anderen Menschen, die ein so heftiges Schädel-Hirn-Trauma erlitten haben, bist du dazu in der Lage, neue Erinnerungen zu sammeln. Dir fehlen nur ein paar Tage deiner Vergangenheit, Lily, nur ein kurzer Abschnitt.«

»Mhm, trotzdem frage ich mich, ob es da nicht etwas gibt, das ich wissen sollte. Alle sagen, mein Leben wäre so vor sich hingedümpelt, und das klingt auch logisch, immerhin habe ich mich auf die Abschlussprüfungen vorbereitet, aber irgendwie … Da muss doch mehr gewesen sein.«

Violet riss den Kopf hoch, um sie aus zusammengekniffenen Augen anzusehen. »Was meinst du?«

»Es ist nur so ein Gefühl. Als wäre vor dem Unfall etwas passiert, das Tiernan mir nicht verraten und schon gar nicht verzeihen kann.«

Die Miene ihrer Tante entspannte sich. »Ach, das kann ich mir beim besten Willen nicht vorstellen, Lily. Ein paar Tage vor eurem Unfall habt ihr mir geholfen, den Vardo zu verschieben. Ihr habt euch mit ausgerissenen Grasbüscheln beworfen und seid später zusammen abgezischt, um ins Kino zu gehen. Alles war in bester Ordnung.«

»Du meinst also, der Unfall ist die einzige Erklärung für sein abweisendes Verhalten?«

Violet nickte. »Tiernan musste sich auf seine Genesung konzentrieren. Außerdem seid ihr beide umgezogen. Erst bist du nach Belfast gegangen, dann hat Tiernan den Studienplatz in Boston ergattert, weil er der Meinung war, Biochemie könnte man nur auf der anderen Seite des Atlantiks studieren. Tja, es ist schwer, Freundschaften über so eine Distanz aufrechtzuerhalten. Da spreche ich aus eigener Erfahrung. Als Arwyn fortgegangen ist, haben wir uns ein paar Briefe geschrieben, aber irgendwann ist das im Sande verlaufen. So ist es eben.«

Lily erhob sich und fischte das Messer wieder aus dem Spülbecken, dann fuhr sie fort, die Kartoffeln zu vierteln. »Ja, die Umzüge kamen erschwerend dazu«, räumte sie ein und verlor sich in einem wirren Gedankenwust, während sie Kartoffelschnitze auf dem Blech auslegte, mit Öl beträufelte und Rosmarin darüberstreute. Tiernan war zwar in greifbarer Nähe, aber so, wie sie die Situation einschätzte, unerreichbar. Wie sollte sie ihm unter die Augen treten? In welche Rolle müsste sie schlüpfen, um davon unberührt zu bleiben?

»Er wird nicht begeistert sein, mich hier zu sehen«, mutmaßte sie.

»Wenn ich ihn treffe, erkundigt er sich immer nach dir, und ich meine, dabei ein bisschen Wehmut rauszuhören«, ertönte Violets besonnene Stimme. »Als Kinder wart ihr unzertrennlich. So ein Band zwischen zwei Menschen verschwindet nicht einfach.«

»Aber es verliert an Bedeutung. Er hat seit zehn Jahren kein vernünftiges Wort mehr mit mir geredet.«

»Na, womöglich hat sich seine Haltung gewandelt. Er ist erwachsen und hat eine Tochter, für die er Verantwortung trägt. Daran reift man. Außerdem ist er zurück in Carraig, was ihn zwangsläufig an eure gemeinsame Kindheit erinnern wird. Ich kann mir nicht vorstellen, dass Tiernan immer noch so verbohrt ist.«

»Aber ich.« Sie gab sich störrisch, obwohl sie innerlich zerfloss. Mit zusammengekniffenen Lippen marinierte sie Schnitzel aus Erbsenprotein, die sie aus Belfast mitgebracht hatte. Ihr war der Appetit vergangen. Violet hatte sie ins offene Messer laufen lassen und sie musste jederzeit damit rechnen, Tiernan zu treffen. Daran führte kein Weg vorbei. Wie denn auch? Er lebte weniger als hundert Meter vom Schneehaus entfernt, in einem Nest mit knapp siebenhundert Einwohnern. Sie konnten sich nicht voreinander verstecken.

»Dürfte ich am Sonntag deine Fahrkünste in Anspruch nehmen?«, riss Violet sie aus ihren Gedanken. »Ich möchte runter ins Dorf, um die Messe zu besuchen.«

»Die Messe? Seit wann gehst du denn in die Kirche?«, fragte Lily verdutzt und schmiss die Schnitzel in eine gusseiserne Pfanne, die bereits auf dem Herd wartete.

»Seitdem ich mich regelmäßig mit Father Quinn unterhalte. Das ist der neue Priester hier. Mittwochs kommt er immer vorbei, dann sitzen wir im Wohnzimmer, trinken Tee und plaudern über den Tod. Er nennt das Seelsorge … Mir gefällt das Wort.«

»O-okay, klingt toll. Ihr redet über den Tod?«

Als sie sich zu Violet umwandte, kam sie ihr viel zerbrechlicher vor. Das Gespräch schien sie auszulaugen. Unter den wässrigen Augen zeichneten sich dunkle Schatten ab, die Lippen waren schmal und blutleer. Obwohl sie nichts mehr auf den Rippen hatte, wirkte ihr Gesicht merkwürdig aufgedunsen. Violet versuchte, das Zittern ihrer Hände zu verbergen, indem sie die Arme vor der Brust verschränkte.

»Jetzt schau nicht so bestürzt, Lily. Die Ärzte sagen, es bestehe keine Hoffnung mehr für mich, aber das ist nicht wahr. Ich habe immer noch die Hoffnung auf schöne Tage im Schneehaus und ein friedliches Ende.«

Lily schluckte trocken. Unter Hoffnung subsumierte sie alles Lebendige, das in die Zukunft wies. Man hoffte auf lukrative Projekte, sonniges Wetter, erwiderte Gefühle und darauf, dass es besser wurde. Der Realität zum Trotz hoffte sie, niemals Abschied nehmen zu müssen.

Violet stützte sich an der Tischkante ab und hievte sich hoch. »Meine Güte, hast du gehört, wie meine Gelenke knirschen? Der ganze Apparat funktioniert nicht mehr richtig.«

»Wi-willst du nichts essen?«, fragte Lily und hob den Pfannenwender empor, von dem Fett auf die Fliesen tropfte.

»Ich muss mich hinlegen. Nur für einen Augenblick. Mir ist nicht wohl.« Humpelnd verschwand Violet aus der Küche. Ihr Gehstock schlug unregelmäßig auf die Dielen. Sekundenlang starrte Lily auf die Schnitzel, die in der Pfanne brutzelten, dann schaltete sie den Herd aus.

Auf ihrem alten Handy, das sie nach dem Unfall mit detektivischer Akribie durchforstet hatte, gab es keine Spuren. Nicht nur nichts Auffälliges, sondern nichts. Es gab keine Fotos von Tiernan, keine SMS oder Anrufe, die darauf hinwiesen, dass sie sich überhaupt gekannt hatten. Angesichts ihrer engen Freundschaft war das vollkommen abstrus, doch Lily hatte sich abgewöhnt, die Fragen wiederzukäuen. Nur wenn sich der Unfall jährte, schlüpften sie wie Larven aus den Eiern und schwirrten eine Weile durch ihren Kopf, bis sie sich wieder verkrochen und vor sich hinbrüteten.

Jetzt lagen die Dinge anders. Tiernan war zurück und damit die Frage:

Warum hast du mich aus deinem Leben gestrichen?

KAPITEL 3

Am nächsten Morgen lernte Lily eine der zwei Palliativschwestern kennen, die täglich ins Schneehaus kamen, um sich um Violet zu kümmern. Kathleen war eine Endvierzigerin, die eine beruhigende Kompetenz ausstrahlte. Man merkte ihr an, wie vertraut sie mit Violet war. Während sie den Portkatheter oberhalb der rechten Brust kontrollierte, plauderte sie ganz unbekümmert.

»Bin immer gern hier.« Mit einem zufriedenen Lächeln steckte Kathleen das Thermometer zurück in die Schachtel. »Hat ein ganz besonderes Flair, dieses Haus. Das liegt an unserer Patientin, nicht wahr? Violet ist eben Künstlerin und verschönert alles, was sie umgibt. Selbst die Menschen. Fühle mich immer ein bisschen schöner, nachdem ich hier war.«

»Jetzt übertreibst du aber«, gab sich Violet bescheiden.

»Sie hat ein Porträt von meinem Hund gemalt«, schwärmte die Krankenschwester. »Das hängt in meiner Küche und wird von allen bewundert. Dann erzähle ich von der Malerin, die ich jeden Tag besuchen darf. Ich habe noch nie jemanden kennengelernt, der so berühmt ist.«

»Berühmt«, echote Violet und schlüpfte in ihren Cardigan. »Meine Figuren sind vielleicht berühmt, aber ich bin …«

»Hungrig«, wurde sie von Kathleen unterbrochen. »Habe ich recht? Ich seh's dir an der Nasenspitze an.«

Bevor die Krankenschwester zu ihrem nächsten Einsatz eilte, zeigte sie Lily den Therapiepass, den Violet immer bei sich tragen sollte, aber viel zu oft vergaß. Darin wurden neben den Diagnosen alle Medikamente, Blutwerte und sämtliche Behandlungen eingetragen. »Ihre Krankenhaustasche steht im Korridor. Im Notfall, wenn's schnell gehen muss, nimmst du die Tasche mit, okay? Da sind Kopien der wichtigsten Unterlagen drin.«

»Davon hat Violet mir schon erzählt. Gibt es denn etwas, worauf ich ganz besonders achtgeben muss? Irgendwelche Symptome zum Beispiel?«, wollte Lily wissen.

»Violet wird engmaschig von uns begleitet. Ich denke, es ist wichtig, dass du hier bist, sie unterstützt und ihr schöne Momente ermöglichst.« Kathleen warf einen kurzen Blick auf ihr Telefon, dann fuhr sie sich durch ihr stumpfblondes Haar. »Für alle medizinischen Angelegenheiten gibt es Fachleute wie ihren Onkologen. Wir kommen jeden Tag vorbei, immer um acht. Wenn ihr Hilfe braucht, könnt ihr uns natürlich jederzeit anrufen. Auch bei Fragen. Wir sind rund um die Uhr erreichbar.«

»Vielen Dank. Das erleichtert mich enorm, hab eure Nummer schon eingespeichert.« Lily verschränkte die Arme vor der Brust und lehnte sich mit der Schulter gegen die Wand. »Offen gesagt, habe ich Angst davor, Situationen falsch einzuschätzen und dann Fehler zu machen. Ich kenne mich nicht aus, habe mich nur ein bisschen eingelesen.«

»Ach, du musst keine Expertin sein«, beruhigte sie Kathleen und schenkte ihr ein verhuschtes, doch warmes Lächeln. »Weißt du, ich habe schon viele sterbenskranke Menschen und ihre Angehörigen begleitet. Niemand erwartet, dass du alles perfekt machst. Man gerät leicht ins Fahrwasser der eigenen

Ansprüche. Achte auf dich und deine Kräfte. Sterben ist ja kein isoliertes Ereignis, sondern findet mitten im Leben statt. Du darfst lachen, genervt sein, Zeit für dich beanspruchen. Das gehört dazu.« Kathleen kramte einen Autoschlüssel aus der Tasche ihres Hemdes, aus der neben Stiften eine Schachtel Zigaretten hervorlugte. »So, jetzt muss ich aber Gas geben. In zwanzig Minuten muss ich in Glengarriff sein. Du kennst ja diese verfluchten Landstraßen.«

Nachdem sie gefrühstückt hatten, stellte Lily eine Waschmaschine an, saugte Staub im Untergeschoss und fütterte Lysander – der Kater bekam unter anderem jeden Tag eine grüne Olive, mit der er zuerst eine Weile spielte, bevor er sie fraß. Violet döste auf einem Liegestuhl im Garten. Im Sonnenlicht, das durch die Eichenblätter auf sie hinabfiel, sah sie aus wie vergoldet. Eigentlich hatte Lily sich direkt hinter den Computer klemmen wollen, um zu arbeiten, doch dann fiel ihr Blick auf den Vardo. Sie schnappte sich Eimer und Schaufel und stapfte über die Wiese, um den Wagen zu säubern und mit frischem Einstreu auszukleiden. Zwei Enten planschten in der ausrangierten Badewanne, die anderen patrouillierten im Watschelschritt über die Wiese. Der Himmel spannte sich azurblau auf. Keine Wolke zog darüber hinweg, kein Wind raschelte durch die Bäume. Schon morgens war es so warm – das Thermometer zeigte knapp 24 °C –, dass Lily nur Jeansshorts und ein luftiges Shirt trug. Barfuß schlenderte sie durch den Garten, zupfte welke Blätter und goss die Blumen. Weiße Ackerwinde schlängelte sich entlang des Zaunes. Für andere war es Unkraut, das bekämpft werden musste, doch Violet liebte die kelchförmigen Blüten und ließ sie ungehindert sprießen.

Da Lily nicht vorhatte, sich heute ihrer Übersetzung zu widmen, kümmerte sie sich auch noch um die runden Trittsteine, die vom Haus zum Vardo führten. Mit einer Zahnbürste schrubbte sie die eingesunkenen Fußabdrücke. Jedes Jahr hatten Elsie und sie sich in weichen Beton gestellt, um später ihre Namen mit Stöcken einzuritzen. Murmeln, Münzen und Muscheln zierten die Fliesen. Den letzten Trittstein hatte sie mit zehn gestaltet – farbenfrohe Scherben einer Keramiktasse umrahmten ihre Füße. Diese Tasse war ein Souvenir, das Tiernan ihr aus Spanien mitgebracht hatte. Das ist übrig geblieben, dachte sie verdrossen. Bunte Splitter. Hatte er sich nachts nie schlaflos herumgewälzt und bereut, dass ihre Freundschaft zerbrochen war? Obwohl sie davon überzeugt war, dass er sie vermisst hatte, signalisierte er mit seinem Verhalten genau das Gegenteil.

Gedankenverloren starrte sie zu den Eiben, hinter denen sich das Anwesen der O'Boyles befand. Sie wartete nur darauf, dass er wie früher aus dem Schatten trat. Wann würde sie ihm begegnen? Gestern hatte sie bis tief in die Nacht wach gelegen und versucht, sich Gleichgültigkeit einzureden. Er gehörte nicht in ihr Leben, war nur ein Fußabdruck auf dem Weg, den sie hinter sich gebracht hatte. Es gab andere Menschen, Chancen und Hoffnungen. Dafür brauchte sie ihn nicht mehr.

Nachdem sie eine Kartoffelsuppe gekocht und mit Violet gegessen hatte, fuhr Lily runter ins Dorf, um ein paar Besorgungen zu machen. Während der Schulzeit hatte sie im Supermarkt ausgeholfen, Waren etikettiert und eingeräumt. Nelly Carter war eine strenge Chefin gewesen, die ihre Mitarbeiter nie aus den Augen gelassen hatte. Minutiös wachte sie über die Pausen, registrierte jede Trödelei und bellte wie eine Offizierin ihre Befehle durch den Laden. Trotzdem hatte Lily gern dort gearbeitet. Das lag vor allem an Conor, mit dem sie sich die Schichten geteilt hatte. Ein Freund ihrer Schwester, sieben Jahre älter, erwachsen und selbstbewusst. Wahrscheinlich hatte das für sie schon ausgereicht, um heimlich für ihn zu schwärmen. Bevor sie tiefer in diese Erinnerung abtauchen konnte, schnappte sie sich einen Einkaufskorb.

Das Sortiment hatte sich kaum verändert. Toilettenpapier neben Katzenfutter neben Süßkram neben herzförmigen Duftkerzen. Zielstrebig marschierte sie durch die Gänge und füllte den Korb.

Nelly wachte die ganze Zeit hinter ihrem Tresen und beobachtete sie mit Argusaugen. Als Lily auf sie zusteuerte, blies sie die Wangen auf. »Na, wenn das nicht die kleine Sheridan ist«, flötete sie. »Kennst dich noch gut aus hier, was? Du hast mir übrigens nie deinen Kittel zurückgegeben.«

Lily wuchtete den Korb auf die Theke und strahlte Nelly an, als könnte sie sich keinen schöneren Anblick vorstellen als das Gesicht einer Frau, die allem misstraute, was ein lebendiges Herz besaß. »Tut mir leid. Nach meinem Unfall habe ich einfach vergessen, dir den Kittel zurückzugeben.«

»Natürlich, entschuldige. Ich wollt's nur gesagt haben. Diese Schürzen sind teuer und das Geld wächst ja nicht auf Bäumen.«

Während Nelly die Waren scannte, schimpfte sie über unsaubere Handwerker, verspätete Lieferanten und über die Kundschaft, die nicht kapierte, dass man bei ihr nicht anschreiben lassen konnte. »Bin doch nicht die Wohlfahrt.«

Hastig verstaute Lily die Einkäufe in ihrem Rucksack. »War schön, mit dir zu plaudern«, sagte sie und wollte sich gerade aus dem Staub machen, als Nelly sich weit über den Tresen lehnte.

»Ich hatte überall Kameras. Auch im Personalraum mit den Spinden. Früher ging das ja noch, ohne dass man dafür Ärger bekommen hat«, wisperte sie. »Kannst von Glück sagen, dass ich nicht zu deinen Eltern gegangen bin.«

»Womit denn? Ich hab nie etwas mitgehen lassen!«, stieß Lily aus, obwohl sie sich regelmäßig an den Schokoriegeln bedient hatte.

Ein Grinsen verzog den faltigen Mund. »Conor wohnt jetzt in Dublin, hat eine eigene Kanzlei und verdient gutes Geld. Manchmal kommt er vorbei, fährt einen richtigen Brummer. So ein amerikanisches Modell. Wusstest du das?«

Perplex schüttelte Lily den Kopf. Was hatte sie im Personalraum getan? Nichts. Nicht dort. Genüsslich leckte sich Nelly über die Lippen, nachdem sie aus ihrer fleckigen Kaffeetasse getrunken hatte. Jeder wusste, dass sie statt Milch irgendwas Hochprozentiges reinkippte, um sich bei Laune zu halten.

»Du hast dich ja immer gut mit dem Knaben verstanden und deine Pausen mit ihm vertrödelt. Dabei war er doch mit deiner Schwester befreundet, wenn mich nicht alles täuscht. Was macht Elsie jetzt eigentlich? Sie war so ein reizendes Mädchen.«

»Sie kümmert sich um Bienenvölker in London«, erklärte Lily bissig und stolzierte aus dem Laden. Nie wieder würde sie hier einkaufen. Lieber fuhr sie eine Stunde bis zum nächsten Supermarkt, als dieser Frau auch nur einen Cent in ihren gierigen Rachen zu werfen.

»Scheiße!« Sie pfefferte den Rucksack auf den Beifahrersitz und stieg ein. Das mit Conor war ein riesengroßer Fehler gewesen, dem sie seit Jahren keinen einzigen Gedanken mehr gewidmet hatte. Jetzt malträtierten sie Erinnerungen. Er hatte sich bei ihr ausgeheult, weil Elsie ihm nach vier Monaten den Laufpass gegeben hatte. Das konnte der vor Eitelkeit strotzende Schönling weder verstehen noch verkraften. So fing alles an. Nach der Arbeit brachte er Lily nach Hause und fuhr extra Umwege, um länger mit ihr durch die Gegend zu gurken als nötig. Sie fühlte sich wahnsinnig geschmeichelt, weil er sie wie eine Erwachsene behandelte und sich dafür interessierte, was sie zu sagen hatte. Irgendwann fing er an, ihr Komplimente zu machen, die sie in ihrem ganzen Leben noch nicht gehört hatte. Er fand sie sexy. Allein dieses Wort löste heute in ihr einen Würgereiz aus, doch damals hatte er damit einen Nerv getroffen.

Kurz nach ihrem sechzehnten Geburtstag besuchte sie ihn. Conor wohnte in einer kleinen Wohnung über dem Friseursalon und hatte sie zu sich eingeladen, um ihr ein Geschenk zu machen. So nannte er den billigen Alkohol, die Teelichter auf der Stereoanlage und die seichte Musik. Wenn sie nur daran dachte, zog sich alles in ihr zusammen. *Du bist nicht so wie die anderen Mädchen.* Lily schüttelte den Kopf, um die Erinnerungen an seine fleischige Zunge und das Gestöhne loszuwerden.

Nach diesem Abend hatte sie die Schicht gewechselt, was er ungerührt zur Kenntnis nahm. Es gab keine Autofahrten mehr, keine Teelichtabende oder sonst irgendwas. Es war einfach vorbei, nur ihr schlechtes Gewissen war bis heute geblieben. Elsie durfte niemals davon erfahren. Wenn sie wüsste …

»Es folgen die Todesanzeigen«, tönte es aus den Lautsprechern. Da auf Beara nur wenige Menschen lebten, war es üblich, Sterbefälle im Radio bekannt zu geben. Viermal täglich wurden die Namen heruntergerattert. Es gab sogar eine Hotline, bei der sich für 95 Cent die aktuellen Todesfälle abhören ließen. Lily schaltete das Radio aus und bog auf die Straße ein, die sich durch die Hügel schlängelte.

Tiernan, Conor, verbrannte Erde. Die Vergangenheit holte sie ein. Sie drückte das Gaspedal durch, als könnte sie ihr so entkommen. Erst als sich das Schneehaus vor ihr erhob, ließ sie die Schultern sinken. Es war nicht die Vergangenheit, um die sie sich kümmern musste.

Nachdem Lily die Einkäufe aufgeräumt hatte, bat Violet sie, in die Dachkammer zu steigen, um dort halb vollendete Gemälde und Skizzenbücher zusammenzusuchen. »Wir haben das

Atelier auf den Dachboden verfrachtet, als Arwyn mit seinen Mooreichen eingezogen ist. Da oben lagert jetzt alles, was ich je geschaffen habe. Ich würde so gern durch die alten Skizzen blättern.«

»Um dich von dir selbst inspirieren zu lassen?« Lily blinzelte ihrer Tante zu und schloss die Tür zum Vorratsraum.

»Nein, das ist es nicht. In den alten Arbeiten stecken alte Versionen von mir. Jedes Bild erzählt, wer ich früher gewesen bin«, sagte Violet nachdenklich. »Ich würde gern einen Blick darauf werfen. Außerdem steht da immer noch dein Kunstkarton.«

»Mein Kunstkarton?«

»Mhm. Ich habe deine ganzen Skizzenbücher aufbewahrt. Vielleicht sind sogar ein paar Pinsel und Farben dabei. Ich habe schon lange nicht mehr reingeschaut.«

»Wow!« Lily schnappte sich einen Apfel und rieb ihn an ihrer Jeans sauber. »Ich habe total vergessen, dass es den Karton noch gibt.«

»Ich weiß, Lily. Du hättest ihn am liebsten in den Müll befördert, wenn ich dich nicht davon abgehalten hätte.«

»Na ja, ich wollte eben Ballast loswerden.«

»Du warst frustriert, weil dich alle drei Kunsthochschulen abgelehnt haben, bei denen du dich beworben hattest«, erinnerte Violet sie.

»Die Absagen haben mich hart getroffen, weil ich niemals damit gerechnet hätte. Ich dachte, ich wäre ein Rohdiamant, der nur ein bisschen geschliffen werden müsste, aber in den Augen der Expertenkommission waren meine Bilder vollkommen banal. Mehr Dekoration als Kunst. Natürlich war ich frustriert, aber heute kann ich die Entscheidung nachvollziehen. Die Akademien suchen eben nach Regelbrüchen, nach polarisierender Einzigartigkeit. So war ich nicht.«

»Das mag sein, aber ich habe deine Bilder immer geliebt. Deine feinsinnigen Beobachtungen, die Details ... Da war so viel Potenzial in dir.«

»Aber meine Bilder waren bedeutungslos. Sie waren ...«

»Wie kannst du so etwas sagen?«, wurde sie von Violet unterbrochen. Ihre Stimme hatte eine ungewohnte Schärfe angenommen. »Es waren *deine* Bilder und sie haben dir etwas bedeutet. Das macht ihren Wert aus. Es spielt überhaupt keine Rolle, was studierte Kunstmenschen darüber gesagt haben. Meinst du, ich hätte jemals eine Hochschule von innen gesehen?«

»Und ob. Was ist mit deiner Gastdozentur an der Design School in Cork?«

»Da hatte ich mir längst einen Namen in der Szene gemacht. Das zählt nicht.«

Lily hob ihre Mundwinkel zu einem angedeuteten Lächeln.

* * *

Die Glühbirne, die von der Decke baumelte, surrte so laut, als wäre in ihr ein Fliegenschwarm gefangen. Eine geschlagene Stunde durchstöberte Lily vergessene und abgeladene Habseligkeiten. Die Pappe der Kartons war so alt, dass sie schon bei der leisesten Berührung zerbröselte. Alle Kunstmappen waren mit Jahreszahlen versehen. Vorsichtig stapelte sie zehn davon aufeinander – die erste Dekade –, dann kramte sie in einer Holztruhe, um Skizzenbücher zusammenzusuchen.

Über der Staffelei hing ein Leintuch, sodass es aussah, als stünde ein fleckiges Gespenst unter der Dachluke. Dahinter entdeckte sie die Box mit ihren Kunstwerken. Acht Skizzenbücher und eine pralle Mappe voller Bilder, die sie mit Pastellkreiden und Aquarellfarben angefertigt hatte. Lily kniete sich hin und schlug ein abgegriffenes Buch auf, dessen Seiten dick genug waren, um mit Wasserfarben darin zu malen, ohne dass die

Feuchtigkeit durch die restlichen Blätter zog. *Menschen* stand auf der ersten Seite. Darunter hatte sie unterschiedliche Köpfe skizziert, um ihre Proportionen zu studieren. Auf den nächsten Seiten reihten sich Hände aneinander – geöffnet, zur Faust geballt, mit gespreizten Fingern, krallend.

Wer war sie damals gewesen, als sie zum Bleistift gegriffen und nächtelang gezeichnet hatte? Wer hatte die Zeichnungen mit Aquarell eingefärbt? Es kam ihr vor, als könnte sie sich an diesen Menschen kaum erinnern. Die Farben waren verblasst, die Konturen unscharf. Lily hatte nie aufgehört, sich für Kunst zu interessieren, aber sie hatte ihre Leidenschaft verloren. Nun blickte sie auf einen Karton hinab, in dem ihre alten Werke lagen – Versionen ihrer selbst.

Nachdem sie ihren Kunstkarton ins Schlafzimmer geschleift hatte, stieg sie mit Violets Mappen die Treppe hinab.

»Mir war gar nicht bewusst, dass ich früher an so vielen Skizzenbüchern gearbeitet habe«, sagte sie, als sie den Packen auf dem Küchentisch ablud.

»Mhm. Du warst immer begeistert bei der Sache.«

»Von wem ich das wohl hatte?« Lily warf ihrer Tante einen belustigten Blick zu. »Du hast meine Begeisterung ja fleißig gefüttert. Wo wir gerade dabei sind … So langsam habe ich Hunger. Du auch?« Ohne eine Antwort abzuwarten, riss sie die Kühlschranktür auf und inspizierte den Inhalt, dann griff sie zu Eiern, Cheddar und einem Bund Karotten.

»Vielleicht könntest du mal wieder zum Stift greifen?«, fragte Violet und strich über die oberste Mappe. Staub rieselte zu Boden. Sie pustete ihn von ihren Fingerspitzen, dann wischte sie die Hände an ihrer Hose ab.

»Vielleicht, um ein paar Lottoscheine auszufüllen«, scherzte Lily.

Violet ignorierte ihre spöttische Bemerkung. »Nun, es wäre ja möglich, dass du dich inspiriert fühlst, wenn du dich mit deinen Kunstwerken befasst.«

»Könnte sein, aber vermutlich wäre ich nur frustriert, weil ich komplett aus der Übung bin.« Sie bewegte ihre Finger. »Komplett eingerostet. Ich bekomme höchstens ein paar Strichmännchen hin.«

»Papperlapapp. Alles eine Frage der Hingabe. Wäre doch eine schöne Beschäftigung für verregnete Nachmittage, hm?«

»Sieht leider nicht nach Regen aus«, bemerkte Lily und fing an, die Eier aufzuschlagen. »Im Radio sprechen sie sogar von einem Rekordsommer. Es soll heißer werden als je zuvor. Die Regierung hat letzte Woche einen *Hosepipe Ban* erlassen, um Wasser einzusparen. Hast du das mitbekommen? Kein Autowaschen mehr, keine Sprinkleranlagen auf Sportplätzen und so.«

»Mhm. Ich sammle schon seit jeher Regenwasser für meinen Garten, aber es wird von Jahr zu Jahr weniger. Das ist alarmierend.« Violet massierte mit den Zeigefingern ihre Schläfen. »Elsie arbeitet doch an dieser Bienenkampagne, nicht wahr? Ich hoffe, ich kann sie noch sehen, diese Dachgärten. Das stelle ich mir wunderschön vor.«

»Aber das Projekt ist auf vier Jahre angelegt«, warf Lily ein. Hitze schoss in ihre Wangen, als ihr bewusst wurde, was sie damit angedeutet hatte. »Sorry, das war nicht so gemeint.«

»Du musst dich nicht entschuldigen. Mir ist klar, dass es viele Dinge gibt, die ich nicht mehr erleben werde, aber ich träume trotzdem davon.« Entspannt lehnte Violet sich zurück und schlug die Beine übereinander. »Auf deiner Hochzeit hätte ich liebend gern eine Rede mit rührenden Anekdoten gehalten. Ich wollte Daiquiris trinken und die ganze Nacht zu Hippo tanzen oder wie diese Musik heißt.«

»Du meinst Hip-Hop.« Halbherzig erwiderte sie das Lächeln. »Aber keine Sorge. Ich habe überhaupt nicht vor zu heiraten. Also verpasst du nichts.«

»Ich kann mich nicht erinnern, dass du mir jemals einen Mann vorgestellt hättest. Vielleicht hast du am Rande mal erwähnt, dass du mit jemandem ausgegangen bist, aber mehr ist daraus nie geworden. Möchtest du denn keine Partnerschaft?«

»Ach, das ist ein leidiges Thema.« Erschöpft winkte sie ab. »Bisher habe ich einfach noch niemanden kennengelernt, mit dem ich mir was Längerfristiges vorstellen kann. Ich treffe Männer, bin ein paar Wochen verliebt, aber dann verpufft dieses Gefühl und nichts ist mehr übrig. Vielleicht bin ich nicht kompatibel, habe zu hohe Ansprüche, zu wenig Verständnis. Ich weiß es nicht.«

»Irgendwann findest du schon jemanden, mit dem du glücklich wirst.«

»Ich bin doch glücklich«, behauptete Lily, entzündete das Gas und stellte eine Pfanne auf den Herd. »Ich bin unabhängig und muss mit niemandem diskutieren, wofür ich mein Geld ausgebe und wann endlich der Geschirrberg gespült wird. Es hat auch Vorteile, allein zu sein.«

Violet beugte sich vor, um Lysander auf den Schoß zu nehmen, der maunzend um die Tischbeine geschlichen war. »Das habe ich mir auch immer eingeredet, aber in letzter Zeit frage ich mich oft, wie mein Leben wohl ausgesehen hätte, wenn ich mutiger gewesen wäre.«

»Warum hat dir der Mut gefehlt?«

»Die berühmte Frage nach den Ursachen, die man nur mit Spekulationen beantworten kann«, sagte Violet und zupfte an einem Katzenohr.

Die Eier stockten in der Pfanne, während Lily den Käse würfelte. »Lass es mich anders formulieren: Wann hat dir der

Mut gefehlt? Was würdest du anders machen, wenn du die Chance dazu hättest?«

»Ach, da gibt's einige Begebenheiten. Zum Beispiel würde ich einen Brief abschicken, den ich mit achtzehn geschrieben habe.«

Lily wandte sich zu ihrer Tante um. »An wen?«

»Dieses Geheimnis nehme ich mit ins Grab.«

Bevor sie nachbohren konnte, klopfte Violet auf den Tisch. »Was ist denn jetzt mit dem Käse? Kommt der noch in die Pfanne? Ich habe einen Bärenhunger und das sollte ich ausnutzen.«

KAPITEL 4

Nach einer warmen Nacht – sie hatte bei offenem Fenster geschlafen – stieg Lily unter die Dusche. Im Rauschen des eiskalten Wassers wurde ihre Haut krebsrot und ihr Geist kristallklar. Sosehr ihr die Vorstellung, Tiernan zu begegnen, widerstrebte, so sehr sehnte sie es auch herbei. Es würde früher oder später sowieso passieren. Kurz spielte Lily sogar mit dem Gedanken, zum Gartencottage zu spazieren, um diese bange Warterei zu beenden. Auf ein Tässchen Tee. Auf ein Tür-vor-der-Nase-Zuknallen.

Blödsinn. Sie würde keinen Finger mehr krumm machen. Lange genug hatte sie versucht, Tiernan zu erreichen – ihn irgendwie zu erweichen, damit sie endlich aufhören konnten, sich wie Fremde zu verhalten. Nein! Das war vorbei.

Klitschnass stieg sie aus der Dusche und trocknete sich nachlässig ab, während sie ins Schlafzimmer trippelte. Das Handtuch landete über der Harfe.

Als Lily die Vorhänge zurückzog, flutete Sonnenlicht das Zimmer. Tau glitzerte in den Wiesen wie die Tropfen auf ihrer Haut. Die Enten führten einen schnatternden Diskurs, der sich vermutlich um das Futter drehte, das vor dem Vardo auslag. Violet war also schon auf den Beinen. Nachdem Lily sich angezogen und einige Nachrichten beantwortet hatte, stieg sie die Treppe hinab. Aus der Küche erklang Musik, dann die Stimme eines enthusiastischen Moderators. *Guten Morgen, Beara, du wilde Schönheit!*

»Guten Morgen«, flötete Lily.

»So eine Dusche wirkt wahre Wunder, hm?« Violet ließ das Buch sinken, in dem sie gelesen hatte. Ihr schmaler Körper war in einen farbenprächtigen Morgenmantel gehüllt. Im Kontrast dazu sah ihr Gesicht vollkommen blutleer aus. »Hast du gut geschlafen?«

»Wie ein Baby. Und du?«

»Es geht. Nachdem ich eine dieser Knock-out-Tabletten genommen habe, hat mein Kopf aufgehört, sich zu drehen. Das war eine Wohltat. Dafür bin ich jetzt ziemlich duselig und müsste das System wieder ankurbeln.« Violet winkte ab. »Diese Krankheit macht aus meinem Körper das reinste Chemielabor.«

»Tut mir leid. Kann ich etwas tun?«

»Kathleen war schon da und hat mich ein bisschen aufgepäppelt. Jetzt trink erst mal einen Tee. Ich würde sagen, wir lassen das Auto stehen und spazieren runter ins Dorf. Was meinst du? Wenn wir in zehn Minuten aufbrechen, schaffen wir's noch rechtzeitig.«

»Ach, stimmt. Du wolltest ja heute in die Kirche.«

Ihre Tante hatte die Angewohnheit, Teebeutel neben dem Spülbecken aufeinanderzustapeln, anstatt sie direkt wegzuwerfen. Auch jetzt lag dort ein nasser Klumpen aus mindestens sechs Beuteln. Lily beförderte ihn kommentarlos in den Müll, dann goss sie Tee ein und lehnte sich gegen den Kühlschrank. »Schaffst du den ganzen Weg zum Dorf?«, fragte sie. »Ist ziemlich weit.«

»Von mir aus können wir dieses hässliche Teil mitnehmen, das die O'Boyles mir gebracht haben. Ich weiß, dass es hilfreich ist, aber leider auch sehr unästhetisch.«

»Meinst du deinen Gehstock?«

»Quatsch. Der ist doch hübsch, oder nicht? Schwarzdornholz. Hat Arwyn gemacht.« Violet schmunzelte. »Ich meine diesen grässlichen Rolli, der in der Garage steht. Mir wäre ja ein Oldtimer lieber gewesen, weißt du? So ein knallroter Ford Falcon.«

»Verständlich.« Lily nippte an ihrem Tee und fragte sich kurz, ob der Rollstuhl wohl ein Erbstück von Tiernan war. Vermutlich. »Wir nehmen ihn trotzdem mit. Nur zur Sicherheit.«

Ächzend stand Violet auf und wollte sich zu ihrem Gehstock umdrehen, der hinter ihr an der Wand lehnte, als sie strauchelte.

Lily sprang vor, schüttete Tee über die Fliesen und packte den Arm ihrer Tante. »Was hast du?«, fragte sie erschrocken.

»Nichts, nichts. Bin nur aus dem Takt gekommen.«

Der Wind umwehte sie lau und duftend. Während sie gemächlich den Hügel hinabspazierten, erzählte Violet von ihren Reisen, die sie als junge Frau unternommen hatte. Monate in einem israelischen Kibbuz mit Feldarbeit in sengender Sonne. Wochen auf einem Kreuzfahrtschiff als Küchenhilfe und zwei Jahre in einem Künstlerquartier auf Achill Island, wo sie nicht nur ihre Liebe zur Kunst, sondern auch ihr Talent entdeckt hatte.

»Junge Leute von überallher, wahnsinnig inspirierende Persönlichkeiten mit einer Schaffenskraft, wie ich sie selten erlebt habe. Ich wäre vielleicht geblieben, wenn Pa nicht krank geworden wäre. Aber so war es eben. Ich habe die Kunst eingepackt und mit nach Hause genommen. Pa hat nicht schlecht gestaunt, als ich ihm meine Bilder präsentiert habe. *Dich haben wohl die Feen geküsst*, hat er gesagt, aber nicht abfällig, sondern mit stolzgeschwellter Brust. Er hat mich immer unterstützt. Der Zweifel ist der Kompagnon des Künstlers, nicht wahr? Da braucht man bisweilen ein bisschen Zuspruch.«

Als sie am Ortseingang den Kreisverkehr erreichten, der eine schnurgerade Straße unterbrach und damit völlig unsinnig war, schwelgte Violet noch immer in Erinnerungen. Lily schwieg die meiste Zeit und strengte sich an, gedanklich nicht abzudriften. Sobald ein Auto an ihnen vorbeifuhr, starrte sie ins Wageninnere, weil sie immer damit rechnete, Tiernan darin zu sehen. Es könnte jeden Moment so weit sein …

Sie passierten den Sportplatz, überquerten die Brücke ins Dorf und erreichten schließlich die Kirche – ein monumentales Kalksteingebäude, vor dem sich schon einige Menschen eingefunden hatten. Keine Spur von Tiernan, stellte sie mit einer seltsamen Mischung aus Enttäuschung und Erleichterung fest. Nicht mal von seinen Eltern.

Kaum hatte Lily den Rollstuhl geparkt, wurde sie von ein paar Frauen umringt und mit Fragen gelöchert. Alte Freundinnen ihrer Mutter, Nelly aus dem Supermarkt und eine ehemalige Lehrerin, die nicht müde wurde, Anekdoten aus ihrer Schulzeit zu erzählen. Es dauerte eine Weile, bis es Lily gelang, sich loszueisen.

»Ich besorge mir einen Kaffee und warte draußen«, flüsterte sie Violet zu. »Sobald die Messe fertig ist, bin ich zur Stelle und hole dich ab, okay?«

Im Gehen zückte Lily ihr Handy und überflog eine Nachricht von Elsie:

> Jetzt krieg dich mal wieder ein. Du tust ja so, als wäre es die reinste Folter. Tiernan ist wieder zu Hause und zu Hause ist ein guter Ort, um mal richtig aufzuräumen. Könnte eine Chance sein. Beim Ausmisten finde ich immer irgendwelchen Kram, den ich schon völlig vergessen hatte. Manchmal landet er im Müll, manchmal kommt's mir vor, als hätte ich einen Schatz geborgen.

Nette Metapher. Lily blies die Wangen auf, dann ließ sie das Handy wieder in ihrer Tasche verschwinden. Gestern Abend hatte sie Elsie in aufgewühltem Zustand eine Nachricht geschrieben, in der sie ihr ausführlich darlegte, weshalb es sie störte, dass Tiernan nur einen Steinwurf entfernt wohnte. So wie früher. So, als wäre nichts gewesen.

Hinter dem altehrwürdigen Schulgebäude rauschte der Fluss. Bei der Tankstelle kaufte sich Lily einen Kaffee und setzte sich damit auf eine Bank.

Auf den Straßen war nichts los. Die Leute besuchten entweder die Kirche, lagen in ihren Betten oder saßen am Frühstückstisch. An Sonntagen war Carraig wie leer gefegt. Vögel zwitscherten in den Büschen, flatterten von einer Stromleitung zur nächsten. Auf dem Dach eines schwarzen Autos hatte sich eine Katze zusammengerollt.

Lily nahm den Deckel von ihrem Cappuccino und rührte mit dem Holzstäbchen um, bis der Schaum nahezu verschwunden war. Wenn sie aus der Ferne an Violet gedacht hatte, war es ihr fast unerträglich erschienen, tagtäglich bei ihr zu sein und mitansehen zu müssen, was die Krankheit angerichtet hatte. Jetzt, da sie im Schneehaus wohnte, war sie erleichtert. Die Konfrontation war weniger schlimm als die Erwartungsangst, mit der sie hierhergefahren war.

Plötzlich ertönte das helle Lachen eines Kindes, dann ein paar Wortfetzen. *Schneller. Aufpassen. Kopfüber.* Lily wusste es, bevor sie ihn auf dem Spielplatz entdeckte. Tiernan O'Boyle stand vor dem Karussell, auf dem sich seine Tochter drehte, sodass ihr Haar aussah wie eine Flagge im Wind.

Ihre Hand verkrampfte sich. Cappuccino schwappte über und besudelte ihre Stiefel. Was jetzt? Sollte sie hier sitzen bleiben und darauf hoffen, dass er sie nicht bemerkte? Sollte sie ihn ansprechen? Damit würde sie immerhin beweisen, dass sie erwachsen war und souverän mit der Situation umgehen konnte.

Ihr fehlte der Mut. Suchend huschte ihr Blick über den Weg, zur Schule und den geparkten Autos. Sie würde sich unbemerkt davonstehlen, würde fliehen, um ihm nicht unter die Augen treten zu müssen. Nicht so, nicht jetzt.

Hastig stand sie auf, schmiss den halb vollen Kaffeebecher in die Mülltonne und schulterte ihre Tasche. Sie starrte auf ihr Handy, scrollte durch einen Liveblog, in dem tagesaktuelle Nachrichten veröffentlicht wurden. *Hitzewelle, Papst Franziskus besucht Irland, Heftige Stürme erwartet.* Kaum gelesen, schon vergessen. Dann begann sie, eine Antwort an Elsie zu tippen. Der Weg schlängelte sich am Spielplatz vorbei, bevor er hinter der Mauer verschwand, die den Pausenhof der Schule umfriedete. Es war nicht mehr weit.

»Lily?«, vernahm sie eine tiefe Stimme. Als sie sich umwandte, ging ein Stoß durch ihren Körper. Seine Gesichtszüge hatten ihre jugendliche Weichheit verloren, doch es war immer noch der Junge von damals, mit dem sie Feuerwanzen gesammelt und in Marmeladengläser gesperrt hatte. Tiernan stand vor ihr. Eisblaue Augen wanderten über ihr Gesicht wie über eine Landkarte, auf der er nach dem Weg suchte.

Lily schlang die Arme um ihren Oberkörper, als müsste sie sich festhalten, um nicht panisch die Flucht zu ergreifen. Ihr Herz zog in alle Richtungen.

»Du bist hier?« Mehr bekam sie nicht heraus.

Sein braunes Haar stand zerzaust von seinem Kopf ab, seine Wangen waren gerötet, als hätte er zu lange in der Sonne gesessen. Früher war er schlaksig wie Seegras gewesen, dünn und beweglich, doch sein Körper hatte sich verändert, war kräftiger und kantiger. Über seiner Schulter hing ein Rucksack mit glitzernden Applikationen.

»Schon eine ganze Weile. Das ist Ava, meine Tochter.«

»Ich habe gehört, dass du eine Tochter hast, also …« Lily zwang sich zu einem Lächeln. »Ava ist ein sehr schöner Name.«

Das Mädchen trug ein grünes Cordkleid zu rosafarbenen Strumpfhosen, die an den Knien zerbeult und dreckig waren. Ihr Haar schimmerte wie Kastanien und umrahmte ein putziges Gesichtchen. Aus hellblauen Augen schaute sie zu Lily auf.

»Wer ist die Frau?«

»Das ist Lilian Sheridan.«

Ava zog an seiner Hand. »Ja, aber wer ist das?«, forderte sie eine Erklärung.

»Ähm, Lily ist eine alte Freundin.« Sein Blick flog über ihr Gesicht, dann starrte er knapp an ihrem Kopf vorbei. »Wir haben oft zusammen gespielt, als wir noch Kinder waren. Irgendwann ist sie umgezogen.«

»Warum?« Diesmal hatte sich das Mädchen direkt an Lily gewandt.

Obwohl ihr Körper vor Anspannung vibrierte, bemühte sich Lily, mit fester Stimme zu sprechen. »Unsere Familie ist nach Belfast gegangen, weil mein Vater dort Arbeit gefunden hat. Das ist ziemlich weit weg, ganz im Norden von Irland.«

»Aber jetzt ist sie wieder hier und wohnt im Schneehaus, um Tante Violet ein bisschen zu helfen«, ergänzte Tiernan und kratzte sich am Hinterkopf. Sein Lächeln wirkte angestrengt. »Stimmt's, Lily?«

»Genau. Ich gieße die Blumen und füttere die Enten. Solche Sachen.«

»Violet hat mir vor ein paar Tagen mitgeteilt, dass du kommen würdest. Seitdem warte ich darauf, dir über den Weg zu laufen.«

»Tja, jetzt ist es also passiert«, erwiderte sie und hätte sich beinahe für die Störung entschuldigt, weil er ihr zu oft das Gefühl vermittelt hatte, genau das zu sein. Eine Belästigung. »Wohnt ihr nicht mehr in Boston?«

»Nein, nein. Dort war's uns zu verregnet, deswegen sind wir wieder nach Irland gekommen«, scherzte er, denn Irland war zweifelsohne eine gnadenlos verregnete Insel. »Wir haben uns vorübergehend im Gartencottage einquartiert.«

»Violet hat mir davon erzählt.«

Es entstand eine zähe Stille, in der sie es nicht schaffte, den Blick von ihm abzuwenden. Lily kannte ihn, hatte sein Gesicht öfter gesehen und intensiver inspiziert als ihr eigenes. Trotzdem erschien er ihr wie ein Fremder. Seine Kiefermuskeln traten hervor, als mahlte er mit den Zähnen. Offensichtlich war er ebenso angespannt wie sie selbst.

»Ich weiß gar nicht, was ich sagen soll«, brach sie das Schweigen und lachte leise. »Wir haben uns seit Ewigkeiten nicht mehr getroffen, Tiernan, und jetzt ... Es ist wirklich lange her.«

»Aye, lange her! Müsste Weihnachten vor sechs Jahren gewesen sein.« Er beugte sich zu seiner Tochter hinab und nahm sie anscheinend mühelos auf den Arm. »Ein Jahr später ist dieser kleine Wildfang zur Welt gekommen.«

»Ich bin fünf«, lispelte das Mädchen und streckte wie zum Beweis fünf schmutzige Finger empor.

»Fünf. Wow! Ich gratuliere. Dann gehst du ja schon in die Vorschule, oder?«

»So schließt sich der Kreis. Ava geht in dieselbe Schule wie wir damals.«

Zwei Augenpaare fokussierten sie und Lily wusste nicht, welchen Blick sie erwidern sollte. In ihr brodelten Worte, die nur darauf warteten, endlich auszubrechen. Sie schluckte trocken und spähte auf ihre Armbanduhr. »Violet ist in der Messe. Ich muss sie gleich abholen.«

»Es ist gut, dass jemand bei ihr ist«, sagte er. »Sie ist in letzter Zeit oft gestürzt. Das Haus ist eine einzige Stolperfalle.

Eigentlich sollte Violet die ganzen Teppiche rauswerfen, mit denen sie das Schneehaus gepflastert hat, aber sie weigert sich.«

»Einmal war ihr ganz plötzlich schwindelig im Kopf und dann ist sie von der Treppe gefallen«, erzählte Ava und verzog ihren kleinen Mund.

»Davon habe ich gehört. Violet ist leider ein bisschen krank.« Lily schob die Hände in ihre Hosentaschen und warf Tiernan einen unsicheren Blick zu.

»Wenn du im Schneehaus wohnst, sehen wir dich spätestens am Freitag.«

»Am Freitag? Warum?«

»*Fairy Friday*«, säuselte Ava und drückte ihre Nase gegen die gerötete Wange ihres Vaters. »Aber das ist unser Geheimnis.«

»Prima! Du hast es direkt ausgeplaudert.« Tiernan bedachte sie mit einem liebevollen Lächeln. »Aber das ist überhaupt nicht schlimm. Lily war als Kind nämlich ständig bei den Feen. Sie weiß Bescheid.«

»Ihr feiert den *Fairy Friday*?«, fragte sie und spürte, wie sich ihr Herz öffnete. »So wie früher?«

Der Glaube an eine jenseitige Welt war in Irland weit verbreitet. Deswegen waren sie damals jeden Freitag mit Violet zum Weißdorn gepilgert, um den Feen kleine Geschenke zu bringen. *Fairy Friday*. Selbst wenn viele Menschen zweifelten, praktizierten sie die alten Rituale. Nur für den Fall der Fälle, dass diese übernatürlichen Wesen existierten und verborgen in den Hügeln lebten. Das Unheil geschah nicht zufällig, hieß es, sondern ließ sich kontrollieren, indem man die Feen milde stimmte.

»Wir feiern den *Fairy Friday*«, bestätigte er. »Eines Tages hat Ava beim Spielen die winzige Tür am Weißdorn entdeckt. Du weißt schon … dort, wo die Feen wohnen. Violet hat ihr die gleichen Geschichten erzählt, mit denen sie uns früher bespaßt hat. Man muss den Feen Geschenke bringen, damit sie keinen Schabernack treiben. Sie mögen Blumen, Milch und Kieselsteine. Ava weiß das alles. Sie kümmert sich sehr gut um unsere kleinen Nachbarn.«

»So ist das also.« Lily zwinkerte dem Mädchen zu, dessen Grinsen immer breiter wurde und eine beachtliche Zahnlücke zum Vorschein brachte. »Hast du sie schon mal gesehen, die Feen?«

»Ja, wirklich. Ich hab sie schon ganz oft gesehen. Sie sind winzig wie ganz kleine Käfer. Und es ist ein richtiges Dorf mit einer Königin.« Mit ernster Miene strich sich Ava ein paar Haarsträhnen aus der Stirn. »Sie schläft die ganze Zeit und braucht kein Essen, weil sie von ihren Träumen lebt, sagt Tante Violet.«

Die kindliche Begeisterung rührte Lily an, da sie sich darin selbst erkannte. Früher hatte sie in allem etwas Magisches gesehen und an keinem Märchen gezweifelt, das man ihr erzählte.

»Mhm, es gibt schlafende Feen, aber das kommt selten vor«, erklärte sie. »Die meisten Feen sind wild und machen lauter Unsinn, wenn man sie mal vergisst.«

»Was für Unsinn?«

»Na, hast du noch nie von den *céilithe* gehört, ihren nächtlichen Besuchen?«, fragte Lily mit gespielter Verwunderung. »Wenn es dunkel wird, klauen sie Wäsche von der Leine, am liebsten Socken, lassen die Blumen verblühen und Brot verschimmeln oder machen irgendwas kaputt.«

Ava klammerte sich an Tiernans Hals fest. »Machen sie auch Menschen kaputt? Weil mein Daddy hat nämlich …«

»Nein, nein. Die Feen sind frech, aber lieb«, unterbrach er seine Tochter.

»Ganz lieb«, bestätigte Lily. »Sie machen allerhöchstens Tassen und Teller kaputt oder kitzeln dich, wenn du im Bett liegst und schlafen sollst.«

»Genauso ist es. Jetzt müssen wir aber los, Ava.« Behutsam setzte er das Kind auf dem Boden ab. »Du kannst dich bestimmt am Freitag mit Lily unterhalten, wenn sie zu Hause ist.«

»Wann kommt ihr denn?«

»Am späten Nachmittag. Aber keine Sorge. Wir statten den Feen nur einen kurzen Besuch ab, dann verschwinden wir.«

»Ihr könntet zum Abendessen bleiben«, schlug Lily überhastet vor, doch als er irritiert die Brauen hob, hätte sie das Angebot am liebsten wieder ausradiert. Es war zu vertraulich, unpassend, wirkte viel zu bedürftig.

Als Tiernan seine Mundwinkel zu einem Lächeln hob, glaubte sie für einen Augenblick, er würde sogar zustimmen.

Langsam schüttelte er den Kopf. »Wir sind schon verplant, aber danke für die Einladung.«

Seine Bewegungen waren fließend, nur wenn man sich auf seinen Gang konzentrierte, fiel ein leichtes Humpeln auf. Ava hüpfte an der Hand ihres Vaters den Weg hinab, während Lily zurückblieb. Erst jetzt bemerkte sie, wie heftig ihr Herz pochte. Kurz entschlossen hob sie ihr Handy in die Höhe und knipste ein Foto. Seit dem Unfall hatte sie sich angewöhnt, besondere Ereignisse fotografisch festzuhalten, um zu verhindern, dass sie je in Vergessenheit gerieten. Aufmerksam betrachtete sie das Bild, registrierte die kleine Hand in seiner und den winzigen Rucksack über seiner Schulter, den er so selbstverständlich trug wie früher seine Sporttasche. Lily kannte zahlreiche Facetten von Tiernan – die des Vaters war ihr fremd und wühlte sie auf, weil sie ihr vor Augen führte, wie viel sie verpasst hatte. Sie erinnerte sich lebhaft an seine starre Miene bei ihrer letzten Begegnung vor sechs Jahren. Am Weihnachtsmorgen waren sie sich zufällig auf der Straße begegnet und mussten ein paar Worte wechseln, weil sie einander nicht ausweichen konnten.

»Ach, du auch hier?«

»Es ist Weihnachten.«

»Der Weg von Amerika ist weit.«

»Mit dem Flugzeug geht's.«

Ein Theaterstück ohne Generalprobe. Hölzerne Sätze, affektiertes Lachen. Mehr hatten sie nicht hinbekommen. Danach waren sie wieder in ihre Leben abgetaucht. Weit entfernt voneinander.

Als Lily vom Display aufblickte, waren Tiernan und Ava hinter der Mauer verschwunden. Sie schulterte ihre Tasche, steckte das Handy ein und machte auf dem Absatz kehrt. Was war in den Wochen geschehen, an die sie sich nicht mehr erinnern konnte?

»Der übliche Trott«, sagte Elsie, wenn sie darüber sprachen. »Alles war wie immer«, erklärten ihre Eltern. »Keine Besonderheiten«, behauptete Violet, und ihre damaligen Freunde erzählten von den Abschlussprüfungen, die ihnen den letzten Nerv geraubt hatten. »Nur Schulstress und so.«

Während Lily die Straße hinabstapfte und ihren Gedanken nachhing, läuteten die Kirchenglocken das Ende der Messe ein.

An den Wochenenden hatte es früher viele Jugendliche in die Hügel gezogen, wo sie in der Burgruine feierten. Mit dem Fahrrad brauchte man knapp fünfzehn Minuten, um über verschlungene Pfade das Gemäuer zu erreichen. Es war weit genug vom Dorf entfernt; die Feiernden blieben völlig ungestört. Niemand bekam mit, wenn sie rauchten, Alkohol tranken und die Musik bis zum Anschlag aufdrehten. Auch nach dem *Debs*, dem Schulabschlussball Ende August, war dort eine Party gestiegen. Inoffiziell, unbeaufsichtigt, eskalierend. Lily hatte ein mitternachtsblaues Kleid getragen und darin mit ihren Freundinnen für Fotos posiert. Ihre Erinnerungen an diese Nacht waren vollkommen ausradiert, doch aus Erzählungen wusste sie, dass man sie abseits der Ruine beobachtet hatte.

Mit Tiernan hätte sie mitten in der Heide gestanden und wild diskutiert. Später hatte er bei der Polizei ausgesagt, er habe sie nach Hause bringen wollen. Er habe das Auto genommen, um schneller wieder zurück auf der Party zu sein. Obwohl er selbst getrunken hatte. Diesen Umstand hatte Lily ihm nie vorgeworfen. Im Gegenteil. Sie hatte die Schuld immer bei sich gesucht. Lag es daran, dass er ihretwegen ins Auto gestiegen war? Führte jede Begegnung mit ihr zu einem Flashback, der ihn in sein Trauma zurückkatapultierte? Sie triggerte ihn. Anders konnte sie sich sein Verhalten einfach nicht erklären.

Zwei Gestalten lösten sich aus dem Dunkel des Portals. Neben Violet schritt ein Mann in weißem Messgewand über den Vorplatz der Kirche. Der Priester war jung, besaß feine Gesichtszüge und ein Strahlen, das an ihren Mundwinkeln zupfte, bis sie sein Lächeln erwiderte.

»Father, darf ich Ihnen meine jüngste Nichte vorstellen?«, fragte Violet. »Lily ist extra aus Belfast angereist, um bei mir zu sein.«

»Das kam mir schon zu Ohren. Freut mich sehr, Sie persönlich kennenzulernen, Lily.« Der hochgewachsene Mann reichte ihr die Hand. »Ursprünglich kommen Sie aus Carraig, nicht wahr?

»Genau, ich bin hier aufgewachsen, aber dann sind wir nach Belfast gegangen, weil mein Vater einen Job angenommen hat. Da musste ich leider Gottes mit. Wie lange sind Sie schon in Carraig?«

»Ich bin vor anderthalb Jahren hier angekommen, frisch aus Maynooth. Dort habe ich das Priesterseminar besucht.«

»Und haben Sie sich gut eingelebt?«

»Na ja, es ist ein bisschen abgeschieden. Aber das gefällt mir. Immerhin kennt man jedes Schäfchen mit Namen, wenn man sich abends im Pub trifft.«

»Damit könnten Sie recht haben«, amüsierte sich Lily.

»Die Leute mögen Sie, Father Quinn«, schaltete sich Violet ein und knöpfte ihren Tweedmantel zu. »Sie kümmern sich selbst um verlorene Schäfchen wie mich. Das weiß man hier zu schätzen, diese Offenheit.«

»Na ja, ich gebe mein Bestes.« Er senkte den Blick und strich über seine grüne Stola.

»Am Mittwoch besuchen Sie mich doch sicher, nicht wahr?«

»Wie immer. Es sei denn, Sie haben mit Lily etwas anderes geplant?«

»Ach, am Dienstagmorgen muss ich zu meinem Arzt nach Bantry. Danach fühle ich mich immer wie gerädert, aber wenn ich den Rest des Tages verschlafe, sollte ich am Mittwoch wieder auf den Beinen sein.«

»Dann ist es abgemacht? Ich komme am Mittwoch auf eine Tasse Tee im Schneehaus vorbei.«

Nachdem sich der Priester von ihnen verabschiedet hatte und in der Kirche verschwunden war, deutete Violet auf den Rollstuhl, der unter dem Glaskasten mit den Aushängen stand.

»Wenn es dir nichts ausmacht, würde ich mich chauffieren lassen, Lily. Meine Beine zittern. Ich bin wahnsinnig erschöpft.«

»Natürlich.« Lily löste die Bremsen des Rollstuhls und brachte ihn in Position, sodass Violet sich setzen konnte.

»Gar nicht so unbequem«, bemerkte sie und tätschelte die Armstützen. »Aber dennoch ein ästhetisches Desaster.«

»Ich wusste gar nicht, dass Father Quinn so jung ist. Bei Priestern denke ich immer an betagte Männer mit Geheimratsecken.« Lily kippte den Rollstuhl nach hinten, um eine kleine Schwelle zu überwinden, bevor sie ihn auf den Gehweg schob.

»Es gibt kaum noch junge Männer, die sich für das Priesteramt interessieren und ein lebenslanges Zölibat auf sich nehmen.« Violet fummelte ein Taschentuch aus ihrer Tasche und schnäuzte sich ausgiebig. »Wir hatten Glück. Seitdem Father Quinn hier ist, sind die Predigten regelrecht unterhaltsam. Das ist die reinste Wunderkur. Er bringt sogar kauzige Männer dazu, wie Nachtigallen zu trällern und haufenweise Kuchen für wohltätige Zwecke zu backen.«

»Vor allem bringt er dich dazu, wieder in die Messe zu gehen.«

»Bevor man geht, sollte man Frieden schließen, und ich hatte mit der Kirche noch ein paar Rechnungen offen. Wir sind nicht immer einer Meinung, aber mit Father Quinn kann ich sehr unverblümte Gespräche führen.«

»Was ist eigentlich mit Mam?«

Letzten Sommer war es zu einem hitzigen Schlagabtausch zwischen den Schwestern gekommen. Danach herrschte wochenlang Eiszeit. Lily hatte versucht, die Risse zu kitten und zwischen den beiden zu vermitteln – wirkungslos. *Zerbrich dir nicht den Kopf. Das sind alte Kamellen.* Und dann ein Seufzen aus tiefster Seele. Lily kannte das schon. Diese alten Kamellen wurden stets von einem Seufzer begleitet, so als gehörte dieses Geräusch wie eine Silbe dazu. *Alte Kamellen. Seufzen.*

»Ach, bisher haben wir es leider noch nicht geschafft, alles aus dem Weg zu räumen. Vielleicht haben wir dazu noch Gelegenheit«, erwiderte Violet und faltete die Hände im Schoß.

»Und wenn nicht?«

»Ich habe ein paar Briefe verfasst. Sobald ich tot bin, werden sie verteilt.«

»Schöne Idee. Wen hast du als Briefträger auserkoren?«

»Den Father. Der bringt mich ja auch unter die Erde.«

Missbilligend schnalzte Lily mit der Zunge. »Du und deine Scherze …«

»Das war kein Scherz.«

Die Straße stieg allmählich an, sodass Lily sich gegen den Rollstuhl stemmen musste, um ihn hinaufzuschieben. Während Violet sinngemäß wiedergab, was Father Quinn über Vergebung gepredigt hatte, drehten sich ihre Gedanken um Tiernan. Nun ziepten die alten Wunden wieder. Langsam stapfte sie an den letzten Cottages des Dorfes vorbei, umrundete den stillgelegten Brunnen und die Skulptur der heiligen Brigid, dann bog sie auf den Weg ein, der in die Hügel führte. Der Ginster blühte in sattem Gelb und verströmte einen nussig-süßen Duft. Fuchsienhecken säumten den Weg und schon von Weitem hörte man das Rauschen des Flusses. Nicht weit von hier waren sie verunglückt.

»Violet!« Abrupt blieb sie stehen.

»Brauchst du eine Pause?«

»Ich habe Tiernan auf dem Spielplatz getroffen.«

»Was hast du denn auf dem Spielplatz verloren? Bist du aus dem Alter nicht schon raus?« Violet drehte sich zu ihr um. Ein unschuldiges Lächeln verzog ihre Lippen, doch dann nahm ihr Gesicht ernste Züge an. »Wie war die erste Begegnung?«

»Ich hatte so weiche Knie, dass ich fast eingeknickt wäre«, gab sie zu. »Plötzlich stand er vor mir. Ich wusste gar nicht, wie ich mich verhalten sollte. Zum Glück war seine Tochter dabei. Das hat es irgendwie leichter gemacht.«

»Kann ich mir vorstellen. Sie ist ein Goldstück, nicht wahr?«

»Sie ist ihm wie aus dem Gesicht geschnitten. Die blauen Augen, der Mund … Ava hat mir erzählt, dass ihr den *Fairy Friday* wieder aufleben lasst.«

»Ja, freitags spazieren wir gemeinsam zum Weißdorn. Es ist herrlich, ihr zuzuhören, wenn sie mit den Feen schwatzt.« Von den Hügeln wehte ein scharfer Wind. Violet schlug den Kragen ihres Mantels hoch. »Übrigens sammelt sie Feenmünzen. Erinnerst du dich? Du hast sie immer auf dem Fenstersims

ausgelegt und wehe, jemand hat es gewagt, sie anzurühren …
Da bist du stinksauer geworden.«

Fairy Coins – Feenmünzen – waren in Wirklichkeit stern-
förmige Fossilien von Seelilien, die vor Jahrmillionen am Grund
der Gewässer gelebt hatten. Um diese winzigen Sternsteine
rankten sich unzählige Mythen. Den Kindern erzählte man,
sie seien vom Himmel gefallen und dass die Feen damit ihren
Dank ausdrückten, wenn man ihnen Geschenke brachte.

»Das war ja auch hart verdientes Geld«, schmunzelte Lily.
Über die Schulter blickte sie zum Fluss, der aus den Hügeln ins
Tal hinabbrauste. Sie erinnerte sich an glutheiße Sommertage,
an denen sie mit Tiernan so lange durchs Wasser gewatet war,
bis ihre Beine ausgesehen hatten wie die Stelzen eines Storches.
Die Hosentaschen voller Sterne.

Lily umschloss die Griffe des Rollstuhls fester. »Was macht
Tiernan jetzt eigentlich? Ich kann mir kaum vorstellen, dass er
sich mit ein paar Feenmünzen über Wasser hält. Wie verdient
er sein Geld?«

»Er war ja lange Zeit als Biochemiker an der Universität in
Boston beschäftigt und hat dort in der Forschung gearbeitet.
Den Job musste er aufgeben, als er nach Irland zurückgekom-
men ist.«

»Und jetzt lebt er von seinen Ersparnissen?«

»Nein, nein. Wie es der Zufall so wollte, hat sich in Carraig
etwas aufgetan …«

»Aha, und was?«, fragte sie mit wachsender Ungeduld.
Violet schien es zu genießen, ihr Wissen nur tröpfchenweise
preiszugeben.

»Er ist bei *The Botanicals* eingestiegen. Die McCarthy-
Brüder haben ja vor einigen Jahren die Gin-Destillerie in den
Hügeln übernommen, und weil Lewis McCarthy schon ewig
mit Tiernan befreundet ist, haben sie ihm ein lukratives Angebot
unterbreitet. Also hat er ein paar Anteile gekauft. Seitdem

arbeitet er dort.« Langsam wandte ihre Tante sich um. Das Lächeln fächerte winzige Fältchen um ihre Augen herum auf. »Am Anfang musste ich ihm noch unter die Arme greifen ...«

»Wie darf ich das verstehen? Wobei hast du ihm geholfen?«

»Ach, ich hatte nur eine beratende Funktion. Der Gin soll wie Beara schmecken, nach unserer Luft und unserer Erde, nach dem Moor und dem Salz. Die Jungs wollten vor allem Pflanzen verwenden, die hier wachsen. Also habe ich ihnen ein paar Tipps gegeben. Als Biochemiker kennt Tiernan sich zwar ganz gut mit Gewächsen aus, mit Fotosynthese und dem ganzen Kram, aber die Flora auf unserer schönen Halbinsel war ihm erschreckend fremd. Ich habe ihm einen Crashkurs gegeben. Abends saßen wir oft zusammen im Garten und haben die Botanik studiert. Jetzt ist er fit genug, um Gänseblümchen von Margariten und Kamille zu unterscheiden.«

»Davon hast du mir nie erzählt, Violet. Wir haben so oft telefoniert und kein einziges Mal hast du seinen Namen fallen gelassen.« Entgeistert schüttelte Lily den Kopf. »Wie kann das sein?«

»Tut mir leid. Ich war unschlüssig. Zwischen euch ist so viel passiert und gleichzeitig viel zu wenig. Ihr solltet miteinander sprechen. Jetzt, da ihr beide zurück in Carraig seid und euch persönlich austauschen könnt. Es ist an der Zeit.«

Für einige Schritte schwiegen sie, überquerten eine Brücke und begegneten ein paar Suffolk-Schafen mit windgepeitschter Wolle und pechschwarzen Köpfen. Aus der Ferne sahen sie eigenartig gesichtslos aus.

»Was macht Tiernan mit seinem Kräuterwissen? Braut er Zaubertränke wie ein Druide?« Lily bemühte sich um einen heiteren Tonfall.

»So könnte man es ausdrücken, ja. Er sammelt die Botanicals für den Gin und pflegt die Gärten hinter der Destillerie. Außerdem veranstaltet er Tastings, rührt Cocktails an, führt

Touristen übers Gelände und erklärt ihnen jeden Handgriff. Du solltest unbedingt eine Führung buchen.«

»Eine Führung buchen«, echote sie.

»Wahrscheinlich nimmt er dich auch ohne Reservierung mit. Ich kann das in die Wege leiten. Die McCarthys sind mir sowieso noch einen Gefallen schuldig. Immerhin waren meine Beratungen vollkommen kostenlos.«

»Eigentlich habe ich gar keine Lust.«

»Aber ich.« Violet griff nach hinten und tätschelte ihre Hand. »Es ist schön zu sehen, was die jungen Leute aus der Anlage gezaubert haben. Tiernan macht seinen Job übrigens richtig gut.«

Lily verdrehte die Augen, musste aber im selben Moment lachen. Der Besuch entpuppte sich schon jetzt als emotionale Achterbahnfahrt. Wo sollte das nur enden? »Du bittest mich, bei dir einzuziehen, ohne auch nur mit einer Silbe zu erwähnen, dass Tiernan wieder in Carraig lebt. In direkter Nachbarschaft. Es gibt den *Fairy Friday* und Lektionen in Kräuterkunde. Warum hast du mir das alles verschwiegen?«

Mit dem Zeigefinger tippte Violet sich an die Schläfe. »Diese Krankheit …«

»So ein Blödsinn.« Lily war kurz davor, mit dem Rollstuhl ins nächste Schlagloch zu donnern, kriegte aber im letzten Moment die Kurve.

KAPITEL 5

Der Mittwoch begann mild und milchig. Die Sonne legte Goldkappen auf die Hügel und beleuchtete die Nebelschwaden, die um die grünen Hänge waberten. Nachdem Kathleen zur morgendlichen Routine gekommen war, setzte sich Violet an ihren Schreibtisch. Sie war voller Elan, wollte unbedingt ein paar Unterlagen sortieren. Währenddessen kümmerte sich Lily um den Haushalt.

Als sie mit einem Eimer Torfbriketts zurück zum Haus stapfte, hörte sie hinter sich Kiesel knirschen. Ein schwarzer Wagen tuckerte die Auffahrt hinauf. Aus den geöffneten Fenstern schepperte ein basslastiges Lied. Knapp einen Meter von ihr entfernt kam der Ford zum Stehen, dann verstummte die Musik.

Tiernan streckte den Kopf aus dem Fenster. Mit seiner Wayfarer-Sonnenbrille sah er aus wie ein Arthouse-Regisseur auf dem Weg zum Filmset. »Habt ihr vergessen, die Mülltonnen rauszustellen?«

»Ach, stimmt, Mittwoch ist Mülltag«, erinnerte sie sich. »Das hatte ich nicht mehr auf dem Schirm.«

Ohne ein weiteres Wort zu verlieren, stieg er aus und steuerte mit großen Schritten auf die Scheune zu.

»Was machst du denn?«, rief sie ihm nach.

»Ich erledige das schnell.«

»Warte!« Sie stellte den Torfeimer ab, dann hastete sie ihm hinterher. Nebeneinander zerrten sie die beiden Tonnen über den Schotterweg und platzierten sie vor dem Hochkreuz. Mit der flachen Hand schlug Lily auf den Tonnendeckel. »Danke, dass du deswegen extra angehalten hast.«

»Reine Gewohnheit«, erwiderte er ungerührt. »Ich mache das schon seit ein paar Wochen, damit Violet sich nicht abmühen muss.«

»Jetzt bin ich ja da.«

»Aye, das bist du. Dachte nur, dass du dich auch nützlich machen würdest, wenn du schon mal hier bist.«

Als seine Worte zu ihrem Verstand durchgedrungen waren, wollte sie protestieren, doch er winkte ab. »Nichts für ungut. Ich fange erst an, mich wie ein normaler Mensch zu verhalten, wenn ich einen kräftigen Kaffee intus habe. Dafür hatte ich heute Morgen noch keine Zeit. Ava hat einen Aufstand gemacht, weil sie unbedingt die Waschmaschine in die Schule mitnehmen wollte.«

»Sie wollte die Waschmaschine mitnehmen?«

»Ein Karussell für Fische. Frag nicht … Dieses Kind kommt auf merkwürdige Ideen.«

»Und hat ein Herz für Tiere«, ergänzte Lily schmunzelnd.

»Mhm. Jedenfalls bin ich wegen ihrer Tierliebe viel zu spät dran. Jetzt muss ich fix machen.«

»Fährst du in die Destillerie?«

Er nickte, dann stieg er ins Auto und startete den Motor. »Grüß Violet von mir. Wir sehen uns spätestens am Freitag!«

Erst als der Ford hinter den Hecken verschwunden war, stiefelte sie mit dem Eimer zurück zum Haus.

»Ist Arwyn gekommen?«, ertönte die Stimme ihrer Tante.

»Nee, das war Tiernan. Er wollte sicherstellen, dass unsere Mülltonnen ordnungsgemäß am Straßenrand stehen.« Lily schlüpfte aus ihren Stiefeln, dann betrat sie das Wohnzimmer und kniete sich vor dem Ofen nieder, um das Feuer mit Torf zu füttern.

»Oh, das müssen wir uns für später notieren. Es gibt so unglaublich viel zu tun, wenn man stirbt. Müll und Milch müssen abbestellt werden.« Violet wedelte mit ein paar losen Papieren, die sie einem dicken Aktenordner entnommen hatte. »Versicherungspolicen, Tantiemen, mein letzter Wille. Alles muss in Ordnung gebracht werden.«

Vielleicht beruhigte es Violet, dass sie Vorkehrungen treffen konnte. Wenigstens etwas, worüber sie noch die Kontrolle besaß. Sie löste die ersten Knoten, weil sie irgendwann nicht mehr hier sein würde. Das war für Lily immer noch unvorstellbar, doch der Tag rückte näher. Es kam ihr vor, als würden die Zeiger der Uhr viel zu schnell übers Ziffernblatt rasen.

Als das Feuer loderte, sank sie auf das Chesterfield-Sofa und beobachtete ihre Tante. Violet hatte ein wenig Rouge aufgetragen, was sie gesünder aussehen ließ, als sie war. Mit gespitzten Lippen sortierte sie ihre Unterlagen. Manchmal runzelte sie die Stirn, hob ihre goldene Lesebrille an und hielt sich das Papier dicht vors Gesicht.

»Hast du eigentlich noch einen Wunsch?«, fragte Lily vorsichtig.

»Meinst du so etwas wie Tee, den du in Porzellantässchen mit selbst gebackenen Biskuits servierst?«

»Nein, nein.« Sie streckte die Beine dem Feuer entgegen. »Ich meine etwas, das du unbedingt noch erleben möchtest. Im Heißluftballon über den Hungry Hill fliegen, eine Kutschfahrt durch die Wicklows, Wildwasserrafting oder so.«

Verächtlich verzog Violet das Gesicht. »Das brauche ich alles nicht.«

»Gibt es vielleicht Menschen, die wir einladen sollen, damit du sie noch mal sehen kannst? Alte Freundinnen zum Beispiel?«

Violet räusperte sich mehrmals, dann schob sie die Papiere beiseite und lehnte sich zurück. Als sie den Blick senkte und sekundenlang in ihrer Position verharrte, sah es aus, als wäre sie eingeschlafen. Ihre Unterlippe bebte, dann zuckten ihre Mundwinkel.

»Violet?«, fragte Lily beunruhigt. »Alles okay?«

Ein Wimmern drang aus ihrem Mund, dann riss sie die Augen auf, blinzelte ein paarmal, als versuchte sie, wieder klar zu sehen. »Wo-wo waren wir?«

»Hattest du einen dieser Anfälle?«

»War nur kurz in Gedanken«, wischte Violet ihre Sorgen fort. Sie setzte das Lächeln auf wie einen Hut, der ihr weder passte noch gehörte. »Also, Lily, was war das Thema?«

»Ich, ähm, ich wollte wissen, ob du irgendwelche letzten Wünsche hast.«

»Da gibt es nicht viel. Jemand muss sich um Haus und Garten kümmern, sonst verfällt alles. Und die Tiere müssen natürlich versorgt werden.«

Unbeholfen hob Lily die Schultern. »Und das war's?«

»Das ist alles! Jetzt muss ich mich aber ausruhen. Mehr als eine Stunde kann ich mich nicht konzentrieren. Schon gar nicht auf diesen fürchterlichen Schriftkram.« Mit beiden Händen stützte sich Violet an der Tischplatte ab und wuchtete sich aus ihrem Stuhl. Als Lily aufspringen wollte, um ihr zu helfen, winkte sie ab. Schwerfällig durchquerte sie den Raum, schlurfte über den Teppich und ließ sich auf die Matratze fallen. »Wenn ich ein Hausgeist werde, fällt mir das Geistern hoffentlich leichter.«

Lily grinste. »Früher hast du immer behauptet, der einzige Geist, der hier sein Unwesen treibt, wäre der Weingeist, den du für deine Tinkturen benutzt.«

»Vielleicht habe ich mich geirrt«, überlegte Violet. Langsam lehnte sie sich zurück und hob dabei die Beine aufs Bett. »Es ist mittlerweile ja bekannt, dass der Mensch nur einen begrenzten Ausschnitt der Wirklichkeit wahrnimmt. Mich tröstet die Vorstellung, nicht ganz zu verschwinden. Mein Körper zerfällt. Ich brauche ihn dann nicht mehr. Aber was ist mit meinem Geist? Wohin geht meine Seele?«

»Ich hoffe jedenfalls, dass du nicht als Geist im Schneehaus festsitzt.«

»Ja, ja, ja. Das war auch nicht ernst gemeint.« Mit zitternden Fingern strich Violet den Quilt glatt, dann zog sie ihn hoch bis zum Kinn. Sie blickte Lily durch halb geschlossene Lider an. »Weißt du, man kann die Seele nicht mit den Mitteln der Mathematik vermessen, aber sie vermisst sich selbst und hält sich ständig den Spiegel vor. Bin ich ein guter Mensch gewesen, habe ich die richtigen Entscheidungen getroffen? An solchen Fragen können manche verzweifeln. Dann fällt das Loslassen schwer.«

»Kannst du loslassen?« Sie wollte sehen, wie Violet den Kopf schüttelte, wollte hören, dass sie sich mit aller Kraft am Leben festklammerte, doch Lily wusste, wie die Antwort lautete.

»Ich habe schon damit angefangen«, erwiderte Violet bedächtig. »Es ist kein Zuckerschlecken. Ich habe sehr gern gelebt, aber jeder muss sterben. Das ist die einzige Gerechtigkeit auf der Welt. Vielleicht treffe ich meine Mutter. Jeden Tag denke ich daran, wie es wäre … Ich habe sie mein ganzes Leben lang vermisst.«

Lily schluckte trocken. Als sie sprach, geriet ihre Stimme ins Schlingern. »Du bist so stark. Weißt du das? Du bist unglaublich stark.«

»Oh, ich bin's wohl geworden«, sagte Violet und hob das Kinn, was ihr einen kühnen Ausdruck verlieh und einmal mehr ihre Kraft unterstrich.

»Eigentlich dachte ich, dass ich diejenige bin, die dich tröstet und unterstützt. Jetzt kommt es mir so vor, als hätten wir die Rollen getauscht. Bist du nicht traurig?«

»Ich lebe nicht erst seit gestern mit dieser Krankheit. Ich war wütend und verzweifelt, hab all diese Phasen mehrmals durchlaufen. Aber ja. Sicher bin ich traurig, Lily. Manchmal stehe ich auf und frage mich: Wozu überhaupt? Was gibt's für jemanden wie mich noch zu gewinnen? Am Morgen träume ich von den Stunden bis zum Abend. Weiter reichen meine Träume nicht mehr. So ist es eben. Melancholie gehört zu dieser Lebensphase wie Blaubeeren ins Moor. Damit komme ich zurecht.« Ein schwaches Lächeln verzog ihre Lippen. »Wenn ich sehr aufgewühlt bin, vertraue ich auf laute Musik mit Baldrian und Rosenwurz.«

Violet hatte sich ein enzyklopädisches Wissen über Pflanzen angeeignet. Für nahezu jedes Leiden kannte sie ein pflanzliches Heilmittel. Salben aus Fichtenharz, Honig und Ringelblumen. Säfte aus Efeu und Kapuzinerkresse – Lily war als Kind oft in den Genuss ihrer Behandlungsmethoden gekommen.

»Du bist und bleibst eine *Cailleach*«, meinte sie.

»Aye! Warum sonst sollte ich in einem Schneehaus leben, hm?«

In der keltischen Mythologie verkörperten *Cailleachans* den Winter. Es waren zauberkundige Frauen, die über das Land herrschten und seine Gestalt bestimmten. Mit ihren Händen formten sie Berge und Täler, zerfurchten die Erde mit ihren Fingerspitzen. Manchmal ließen sie Stürme peitschen, dann wieder sanfte Lüftchen über die Wiesen wehen. *Cailleachans* hüllten sich in schneeweiße Schleier und waren so blaugesichtig, als wären sie fast erfroren – Violet hingegen war schön und warm.

»Jetzt dämmert mir so einiges«, scherzte Lily, zog ihre Wollsocken straff und wollte gerade die Beine auf dem Sofatisch ablegen, als es an der Tür klingelte. »Erwartest du jemanden?«

Violet hatte sich aufgerichtet. Stirnrunzelnd blickte sie in den dunklen Korridor.

»Heute wird der Müll abgeholt. Also ist Mittwoch …«

»Und am Mittwoch wollte Father Quinn kommen«, fügte Lily hinzu und stand mit einem Satz auf den Beinen. »Soll ich ihm sagen, dass du dich ausruhen musst?«

»Papperlapapp. Bitte ihn ruhig herein. Wir haben uns ja schon auf das Thema eingestimmt, was?«

Wäre nicht das weiße Kollar gewesen, das wie ein Stück Papier aus seinem Pullover hervorragte und ihn als Priester auswies, hätte Lily ihn nicht erkannt. Father Quinn trug Jeans, Turnschuhe und eine hellgrüne Funktionsjacke, deren Ärmel zu kurz waren und schmale Handgelenke entblößten.

»Ah, hallo Lily, hatte schon wieder vergessen, dass Sie hier sind«, grüßte er und klopfte auf eine abgegriffene Ledertasche, die über seiner Schulter hing. »Geht's gut?«

»Ach ja, den Umständen entsprechend. Wir wühlen uns schon den ganzen Morgen durch Unterlagen und versuchen, alles in Ordnung zu bringen.« Sie trat einen Schritt zurück, um ihn eintreten zu lassen.

»Ich weiß, was Sie meinen. Die Reisevorbereitungen können mitunter recht strapaziös sein.« Er schlüpfte aus seiner Jacke und hängte sie so routiniert an die Garderobe, dass seine Vertrautheit mit dem Haus offensichtlich wurde. »Wie geht's Violet heute?«

»Ganz gut. Gerade hat sie sich ein bisschen ausgeruht. Möchten Sie einen Tee?«

»Ich würde einen Kaffee bevorzugen, wenn's Ihnen keine Umstände macht. Heute war ich schon so früh auf den Beinen … Ein bisschen Koffein kann nicht schaden.«

Lily deutete zur Wohnzimmertür. »Gehen Sie einfach zu ihr durch. Sie ist wach. Ich koche derweil Kaffee. Milch, Zucker oder andere Wünsche?«

Nachdem sie ein Tablett mit Kaffee und Biskuits ins Wohnzimmer gebracht hatte, verzog sich Lily in ihr Zimmer. Oben angekommen, riss sie die Fenster auf und machte es sich mit dem Kunstkarton auf ihrem Bett bequem.

Zuerst öffnete sie die Mappe und griff zu ihren Gemälden. Sie hatte das Papier damals mit Klebeband auf dem Tisch befestigt, sodass alle Bilder einen weißen Rahmen besaßen. Fantasiewesen, Landschaften, Stillleben. Dazwischen ein halb fertiges Selbstporträt, dem die Augen fehlten. Am Anfang hatte sie sich auf realistische Darstellungen konzentriert, dann wurde ihre Kunst experimenteller. Lily hatte die Freiheit ausgeschöpft, ihre Idee der Wirklichkeit auf Papier gebannt und aus fließenden Farben Luftschlösser errichtet.

Die Kunst war mehr Identität als Hobby gewesen.

Nachdem sie das letzte Gemälde begutachtet hatte, widmete sie sich ihren Skizzenbüchern. Kleinformatige Landschaften. Zarte Nuancen, hauchdünne Linien. Während sie ihre Bilder betrachtete, wurde ihr bewusst, dass sie es in ihrem ganzen Leben nie geschafft hatte, ein Buch von der ersten bis zur letzten Seite auszufüllen. Sobald sich die Fehler gehäuft hatten und ihre Frustration darüber unerträglich geworden war, hatte sie die Seiten bündelweise ausgerissen. Immer wieder hatte sie neue Bücher gekauft. Nun, als Lily ihre Werke aus zeitlicher Distanz betrachtete, erkannte sie ihre Schönheit. Sie waren nicht vollkommen, aber darin hatte sie sich selbst verewigt. Weshalb hatte sie geglaubt, jede Seite mit steriler Perfektion füllen zu müssen?

Lily griff zu einem kobaltgrünen Skizzenbuch, das sie zu ihrem sechzehnten Geburtstag geschenkt bekommen hatte. Am Anfang hatte sie sich bemüht, präzise zu zeichnen, doch dann wurden ihre Entwürfe halbherziger. Als hätte sie nur zum Stift gegriffen, um hektisch etwas loszuwerden. Ein Bild zeigte den Vardo vor einem indigoblauen Nachthimmel. Es folgten anatomisch akkurate Herzen, die gotischen Bogenfenster der Burgruine und ein Cottage inmitten der Hügel aus verschiedenen Perspektiven.

Seitenweise hatte sie Seerosen gemalt. Mal mit Kohlestift, dann mit Aquarell eingefärbt. Lily glitt mit dem Zeigefinger über eine Lücke zwischen den Seiten. Einige Blätter hatte sie fein säuberlich aus der Klebebindung gelöst, um mit ihren Entwürfen einen Belfaster Tätowierer aufzusuchen. Sie erinnerte sich deutlich an das brennende Gefühl, als die Nadel in ihre Haut stach, das Surren der Maschine und die seltsame Befriedigung, die sie dabei empfunden hatte. Nun zierte eine Seerose ihr Brustbein – eine gut versteckte Erinnerung an unbeschwerte Sommertage.

Schließlich schlug sie die letzte Doppelseite auf. Zwölf pausbäckige Gesichter mit hellen Augen, umrahmt von lockigem Haar. Mal wütend, dann traurig oder mit breitem Grübchengrinsen. Sie hatte mit sämtlichen Gesichtsausdrücken experimentiert. Auf den Seitenrand hatte sie eine Farbpalette gemalt, um die richtigen Töne für die Koloration zu finden. Perylengrün, Bergblau, Indischgelb. Die schiere Endlosigkeit der Nuancen hatte sie schon immer beeindruckt. Sie wollte umblättern, als sie ein paar Worte entdeckte, die kaum lesbar zwischen den Gesichtern standen.

Tilly. Was soll ich nur tun? Es bricht mir das Herz, dass ich mich nicht freuen kann.

Ihr Magen zog sich zusammen. *Tilly.* Sollte das ein Sinnbild ihrer symbiotischen Freundschaft zu Tiernan sein? Ein Mischwesen, ein seltsamer Hybrid. *Was soll ich nur tun? Es bricht mir das Herz, dass ich mich nicht freuen kann.* Was war damals nur in ihrem Kopf vorgegangen?

Schneeweiße Kalenderblätter.

Hastig schlug sie ihre Seerosenstudie auf, mit der sie zwanzig Seiten gefüllt hatte. Das war nichts gegen Monet, der zweihundertfünfzig Seerosenbilder gemalt hatte, ohne ihrer überdrüssig zu werden. *Es bricht mir das Herz, dass ich mich nicht freuen kann.* Der Satz schepperte in ihrem Kopf, als schlüge er auf Metall.

* * *

Nachdem Father Quinn sich verabschiedet hatte, war Violet erschöpft und schlief binnen weniger Minuten ein. Da sich Lily dringend um einen Auftrag kümmern musste, setzte sie sich mit ihrem Notebook auf die Terrasse. Irgendwo pflügten schwere Landmaschinen durch die Erde – das Brummen war deutlich zu vernehmen. Ansonsten war es still, nicht mal der Wind wehte. Sie saß im Schatten, damit sie auf dem Bildschirm etwas entziffern konnte. Trotzdem war es so warm, dass ihre Stirn von einem Schweißfilm bedeckt war. Immer wieder lehnte sie sich zurück, um den Blick durch den Garten schweifen zu lassen, während sie gedanklich Sätze formulierte. Sie kam gut voran und widmete sich schließlich ihrem Postfach, in dem einige Nachrichten auf Antwort warteten.

Als die Sonne schon fast hinter den Hügeln verschwunden war, trat Violet auf die Terrasse. »Ein wunderschönes Licht. Man sollte es malen, aber ich fürchte, dass keine Farbpalette der Welt je ausreichen würde, um diese feinen Übergänge einzufangen«, bemerkte sie mit Blick zum Himmel, dann ließ sie sich auf die Bank sinken. »Woran arbeitest du da?«

»Ach, ich habe nur ein paar Mails mit einem französischen Auftraggeber ausgetauscht. Ich soll eine Homepage für Haarprodukte übersetzen.«

»Klingt spannend.«

»Nicht wirklich. Werbetexte sind immer recht ähnlich. Vielversprechend, einprägsam und gleichzeitig so simpel, dass sie jeder verstehen kann. Spannend sind eigentlich nur die Wortspielereien. Die fordern mich heraus«, erwiderte Lily und klappte das Notebook zu. »Was ist mit dir? Hast du dich ausgeruht?«

»Mhm, bin so frisch wie eine Bachforelle«, erklärte sie. Auf ihrem Gesicht flackerte warmes Sonnenlicht und ließ ihre Augen funkeln. »Ich kümmere mich heute ums Abendessen. Hast du Lust auf meinen berühmten Gemüsekuchen?«

»Und wie! Soll ich dir helfen?«

»Nicht nötig, arbeite ruhig weiter. Ich werkle ohnehin gern allein in der Küche. Dabei kann ich mich wunderbar entspannen.« Violet straffte die Schultern, griff nach ihrem Gehstock und wollte aufstehen, doch Lily hielt sie zurück.

»Ich habe mir übrigens meinen Kunstkarton vorgeknöpft. Danke, dass du ihn aufbewahrt hast. Die Bilder sind gar nicht so dilettantisch, wie ich's mir eingeredet habe. Manche gefallen mir sogar ausgesprochen gut«, stellte sie fest. »Ich hatte sie nur vergessen.«

»Das Schneehaus weckt alte Erinnerungen, hm? Wer weiß, was es noch zutage bringt, wenn du erst mal eine Weile hier bist.«

»Was soll das denn heißen?«

»Na, du bist jetzt wieder am Ort deiner Kindheit. Hier sind viele deiner tiefsten Erinnerungen entstanden. Manchmal muss man dem Gedächtnis auf die Sprünge helfen, indem man ihm etwas zum Anknüpfen bietet. Ein altes Lied, ein Duft oder eben halb vergessene Bilder. Darin bist du doch Expertin. Manche Erinnerungen schlummern vor sich hin und müssen erst geweckt werden, nicht wahr?«, fragte Violet, stützte sich auf ihrem Gehstock ab und wuchtete sich hoch. »Möchtest du nicht doch mit in die Küche kommen, Liebes? Dann können wir uns weiter unterhalten.«

Während Lily am Küchentisch saß und Gemüse schnippelte, rührte Violet den Teig an. Im Plauderton philosophierte sie über ihr Lieblingsthema.

»Weißt du, was mich an Kunst begeistert? Sie ist frei und begegnet dir immer auf emotionaler Ebene. Du kehrst dein Innerstes nach außen, färbst es ein und gibst ihm eine Gestalt, die du mit anderen Menschen teilen kannst. Das ist die schönste Erfahrung, die ich kenne.«

»Aber es macht dich extrem angreifbar«, entgegnete Lily und erinnerte sich an ein niederschmetterndes Gespräch an der Dubliner Art Academy. Die rollkragentragende Expertin hatte ihr Portfolio in der Luft zerrissen. *Malerei für die Fußgängerzone, Postkartenmotive.*

»In der Kunst ist es wie in der Liebe. Es geht immerzu um Gefühle. Du musst etwas von dir preisgeben, in der Hoffnung, dass andere davon bewegt werden. Natürlich wird es immer irgendwelche Kritiker geben, die dich dafür abstrafen, dass sie nichts in deinem Werk sehen, noch nicht mal den Mut dahinter. Solche Menschen muss man ausblenden. Halte dich lieber an Menschen, die dein Licht erkennen.«

Für einen Augenblick hielt Lily inne. Nachdenklich beobachtete sie, wie ihre Tante am Schüsselrand Eier aufschlug und die Schalen achtlos ins Spülbecken warf.

»Du hattest echt großes Glück, Violet«, sagte sie. »Wie viele Künstler sitzen in einem stillen Kämmerchen und träumen von einer Karriere, wie du sie hingelegt hast? Du lebst von deiner Kunst. Die Leute lieben, was du machst. Und ich auch. Besonders Oíche. Ich weiß nicht, wie oft ich mir dieses Buch angeschaut habe.«

Violet bedachte sie mit einem prüfenden Blick. »Warum ausgerechnet Oíche?«

»Na ja, das Buch ist rausgekommen, als wir schon längst in Belfast gewohnt haben. Immer wenn ich es aufgeklappt habe, hat es sich angefühlt, als würde ich nach Hause kommen«, erklärte Lily und halbierte ein Fenchelherz. »Aber ganz davon abgesehen liebe ich deine Illustrationen, diese märchenhaften Landschaften, in denen alles eine Seele besitzt. Aber Oíche ist meiner Meinung nach die schönste Figur, die du je erschaffen hast.«

»Ach, sieh an. Mir war gar nicht klar, dass du so viel mit dieser Geschichte verbindest. Das ist interessant.« Violet drehte sich um und trocknete die Hände an ihrer Schürze ab – ein großmütterliches Modell mit Rüschen und einem Streublumenmuster.

»Es ist die Botschaft dahinter, denke ich. Wenn Oíche weint, verwandelt sie sich in einen Wolf, und plötzlich hat sie den Mut, durch stockfinstere Wälder zu wandern. Das gefällt mir, weil Schwäche nichts mehr ist, vor dem man sich fürchten muss. Oíche wird ja erst durch ihre Tränen stark.« Lily steckte sich ein Stück Fenchel in den Mund, das nach dem ersten Bissen einen ätherischen und scharfen Geschmack verströmte.

»Erinnerst du dich eigentlich noch an Faolán?«, fragte Violet. »Wir haben uns die Geschichte damals zusammen mit

Tiernan ausgedacht. Da solltet ihr für ein Schulprojekt irische Volksmärchen erfinden und seid zu mir gekommen, damit ich euch helfe.«

»Das ist so lange her«, meinte Lily und hob die Schultern. »Faolán war auf jeden Fall ein kleiner Wolf. Sagt ja schon der Name. Da waren wir nicht sehr kreativ.«

»Ich erinnere mich daran, dass er allein in den Hügeln lebt und sich nicht aus seiner Höhle traut. Den Rest habe ich vergessen. Vielleicht kann sich Tiernan noch erinnern. Am Freitag kommt er ja mit Ava vorbei …«

KAPITEL 6

Lily war damit beschäftigt, Abgabefristen in ihrem Kalender zu notieren, als ein Läuten sie aufschreckte. Sofort kehrte die Unruhe zurück, donnerte in ihre Brust wie ein Geschoss. Ihr Blick huschte zur Uhr, dann zum Fenster, hinter dem sich ein wolkenloser Himmel aufspannte. Sie klappte den Kalender zu, trat vor den Spiegel und kämmte mit den Fingern durch ihre dunklen Locken. Das Mandelöl, das sie nach dem Duschen einmassiert hatte, duftete immer noch und glänzte in den Spitzen.

Bedächtig strich Lily über den Spitzenkragen ihrer Bluse, zupfte das Taillenband zurecht und schlüpfte in einen wollenen Cardigan. Durch die Tür drang Gemurmel aus dem Untergeschoss zu ihr hinauf.

»Also, ich will hunderttausendmillionen Feenmünzen und ein paar Zerquetschte!«, verkündete eine helle Kinderstimme, dann hörte sie Schritte auf knarzenden Dielen, dribbelnde Füßchen.

Urplötzlich kam ihr eine Gemeindefahrt nach Rom in den Sinn, bei der sie Münzen in den Trevi-Brunnen geworfen hatten. *Für immer*, hatten sie sich mit Pathos geschworen und waren sich dabei ganz geheimbündlerisch vorgekommen. Lily verzog das Gesicht. Warum überfiel sie jedes Mal so eine verdammte

Wehmut, wenn sie an Tiernan dachte? Seine Stimme dröhnte durchs Haus, als er mit Ava sprach, dann hörte man ihn lachen. Heftig schüttelte sie den Kopf. Keine Gefühlsduseleien. Sie musste sich an Tatsachen orientieren, und Fakt war: Er hatte sie fallen gelassen wie einen brennenden Topflappen.

Lily zog die Tür auf und stieg die Treppe hinab. Aus dem Wohnzimmer fiel Licht in den Korridor, Wind blähte die Vorhänge auf. Sie entdeckte Tiernan auf der Terrasse. Er trug ein gestreiftes Shirt, hielt eine Tasse in der Hand und schaute dabei zu, wie Violet mit einer Pflanzenschere durch den Garten spazierte. Daneben schwenkte Ava ein gelbes Eimerchen.

»Hallo«, sagte Lily und wickelte sich so eng in ihren Cardigan, dass es sich anfühlte wie eine Umarmung. »Was ist mit dir? Sammelst du keine Blüten?«

»Heute nicht. Wenn ich Blüten sammle, dann nur für Hochprozentiges, das man auf Eis trinkt.«

»Davon habe ich schon gehört. *The Botanicals*. Gefällt dir der Job?«

»Absolut. Modern, innovativ, aber traditionsbewusst. Außerdem kann ich halbtags arbeiten, was mir als Vater natürlich entgegenkommt.« Tiernan lehnte sich an die Hauswand und musterte sie unverhohlen. »Und du? Immer noch als Übersetzerin aktiv?«

Sie könnte nun ausholen und ihm von ihrem Höllenjob bei einer Wirtschaftsprüfungsgesellschaft erzählen, für die sie Übersetzungen angefertigt und die Terminologiedatenbank gepflegt hatte. Vor einem Jahr hatte sie gekündigt, weil sie zu oft im Fahrstuhl gestanden und gegen die Tränen angekämpft hatte. Sie könnte Tiernan auch von den Schwierigkeiten als Freelancerin berichten, von den mickrigen Einnahmen und dem duftenden Popcorn, das sie abends in rote Papiertüten füllte, um über die Runden zu kommen. Doch was interessierte es ihn?

»Ja, immer noch. Technische Übersetzerin für Französisch mit Zertifikat für die Translation offizieller Dokumente«, erwiderte sie steif und beobachtete Ava, die im Gras kniete und roten Klee zupfte, während Violet auf ihren Gehstock gestützt neben ihr stand.

»Wie ist es für dich, wieder hier zu sein? Mit Violet und so. Kommst du klar?«

»Geht schon. Ich bin froh, dass ich noch ein bisschen Zeit mit ihr habe. Das ist wichtig. Violet braucht mich, aber ich brauche sie genauso, um zu begreifen, dass sie bald ...« Lily verstummte, suchte nach den richtigen Worten, fand sie aber nicht.

»Diese beschissene Krankheit. Es könnte jeden Tag so weit sein. Der Tod steht schon vor der Tür und wartet auf seinen Auftritt.«

»Heute nicht«, stieß sie aus und warf ihm einen missbilligenden Blick zu. Nicht, weil sie die Wahrheit leugnete, sondern weil sie nichts davon hören wollte.

»Es ist jedenfalls echt stark, dass du gekommen bist, um für sie da zu sein. Das könnte nicht jeder.«

»Ich bin mir auch nicht sicher, ob ich das hinbekomme«, gab sie zu. »Aber ich versuche es. Man wächst ja bekanntlich mit seinen Aufgaben.«

»Wahrscheinlich passt du irgendwann nicht mehr durch die Tür, weil du so groß geworden bist.« Sein Lachen klang samtig wie früher und brachte ihr Herz ins Schlingern.

»Daddy! Wir gehen jetzt zu den Feen!«, rief Ava und winkte ihnen zu.

»Sag schöne Grüße, ja?«

»Jaha!« Ava hüpfte neben Violet her, die langsam um den Vardo herumhumpelte, um in einen abgelegenen Teil des Gartens zu gelangen. Der Weißdorn – das Reich der

Feen – wuchs hinter einem Brombeerdickicht, durch das ein schmaler Pfad führte, den man regelmäßig freischneiden musste.

Tiernan stützte sich auf dem Zaun ab, der den Garten von der Terrasse trennte, und ließ seinen Blick wandern. »Sind echt schöne Tiere«, sagte er und deutete zu den Enten, die über die Wiese watschelten und dabei friedlich schnatterten. »Nur die Namenswahl ist ziemlich schablonenhaft, findest du nicht? Ich dachte, Violet sei kreativer. Seit mindestens dreißig Jahren bekommen die Enten immer die gleichen Namen.«

»Leicht zu merken. Parsley, Sage, Rosemary und Thyme wie in diesem Lied.« Sie schmunzelte. »Kräuter sind eben ein Spleen von ihr.«

»Aye. Das ist nicht zu leugnen.«

Eine Weile beobachteten sie die Enten – mehr aus Verlegenheit als aus wahrem Interesse. Es war merkwürdig, wie damals neben Tiernan zu stehen und plötzlich so erwachsen zu sein, dass sich die ersten Fältchen um die Augen abzeichneten. Halbherzig erkundigte er sich nach Elsie und ihrer Karriere, doch es kam ihr vor, als würde er gar nicht richtig zuhören, als sie antwortete. Schließlich spulte er herunter, mit wem er abends in den Pub ging, wenn er mal Zeit dazu fand, und erklärte, dass sich in Carraig überhaupt nichts verändert hätte. Nur er selbst und damit alles.

»Dolores und Henry sind bestimmt froh, dass du wieder zu Hause bist«, sagte sie.

»Oh ja, sie vergöttern Ava, und ich bin ständig damit beschäftigt, sie davon abzuhalten, händeweise Schokolade in dieses Kind reinzustopfen.« Seufzend hob Tiernan die Schultern. »Aber ich bin froh. Zurückzukommen – das war die beste Entscheidung für uns. Hier haben wir wenigstens Familie.«

»Was ist denn mit Avas Mutter?«

»Tja, was ist mit ihrer Mutter? Vicky lebt in Boston und ist dort ein ziemlich hohes Tier bei einer Softwarefirma. Achtzig Wochenstunden sind keine Seltenheit.«

»Dann hat Ava wohl nicht viel von ihr gehabt«, resümierte sie.

»Nicht viel bedeutet in diesem Fall fast nichts. Jetzt telefonieren wir manchmal mit Vicky. Das war's. Sie hat entschieden, dass sie keine Mutter im klassischen Sinne sein möchte. Wir haben das besprochen und uns geeinigt. Ava wächst bei mir auf.«

»Vermisst sie ihre Mutter nicht?«

Tiernan stellte die Tasse auf der Balustrade ab, dann verschränkte er die Arme vor der Brust. »Sie kennt es nicht anders. Wie soll man etwas vermissen, das man nie hatte? Aber so langsam fängt sie an, Fragen zu stellen, weil sie natürlich mitbekommt, wie andere Kinder leben, und dass deren Mütter nicht nur sporadisch auftauchen, nicht nur gelegentlich anrufen, wenn's zeitlich reinpasst.«

Lily nickte und wollte fragen, wie er als alleinerziehender Vater zurechtkam, als er sie mit dem Ellbogen sanft anstieß. »Wie ist es bei dir? Gibt es inzwischen jemanden, mit dem du in Belfast zusammenlebst?«

»Zimmerpflanzen.«

»Hört, hört«, feixte er. »Das klingt ambitioniert.«

»Ich lebe allein. Das wollte ich damit sagen. Es hat sich bisher eben noch nichts ergeben.«

Das entsprach nicht der Wahrheit. Lily dachte an ihre letzten Bekanntschaften. Vieles hatte sich ergeben, doch bevor es richtig beginnen konnte, war sie geflüchtet. Es fiel ihr leicht, Menschen kennenzulernen, aber sie schaffte es nie, bei ihnen zu bleiben. Sobald von ihr Verbindlichkeit und emotionale Nähe verlangt wurden, überfiel sie eine unerklärliche Panik. Sie war wie eine dieser Flussperlmuscheln, die sich fest verschlossen, sobald es jemand wagte, ihr Innerstes zu berühren. War sie wirklich so unfähig? In ihrem Handy gab es so viele Nummern, die sie wählen könnte. So viele Menschen, und trotzdem fühlte sie sich allein. Sie hatte Angst vor Erwartungen, die sie nicht erfüllen konnte. Angst vor Verlust. Und dabei kam sie sich so lächerlich vor. Andere schafften das doch auch, führten einigermaßen glückliche Beziehungen, kauften Bettwäsche in zweifacher Ausführung und nannten ihr Auto irgendwann Familienkutsche. Lily installierte Dating-Apps. Weiter war sie nie gekommen. Manchmal fühlte es sich an, als könnte sie nicht mal mit sich selbst leben.

»Verstehe.« Tiernan blies sich eine dunkle Haarsträhne aus der Stirn und lehnte sich mit der Schulter gegen einen Holzbalken. »So etwas kann man sowieso nicht planen. Manches passiert einfach. Ich hätte auch nie gedacht, dass ich mal als alleinerziehender Vater ende und wieder nach Irland komme, um halbtags in einer Destillerie zu arbeiten.«

»Manches passiert einfach«, murmelte sie. So wie der Unfall, so wie ein Geschwür im Kopf, so wie ein Regenschauer aus heiterem Himmel. Lily griff nach der Gießkanne, die neben dem Fußabtreter stand. Die Hortensien wuchsen als rosafarbene und bläuliche Wolken entlang des Zauns – eigentlich benötigten sie kein Wasser, aber sie brauchte eine Beschäftigung für ihre Hände und eine Möglichkeit, seinem bohrenden Blick zu entgehen.

»Angeblich muss man einen rostigen Nagel in der Erde vergraben, dann blühen sie blau. Liegt an irgendeinem Mineral. Wusstest du das?«

»Ah, interessant!« Tiernan stützte sich mit den Ellbogen auf dem Geländer ab. »Violet meinte, du würdest gern mal in der Destillerie vorbeikommen.«

»Irgendwann, wenn mal Zeit dafür ist.«

»Es gibt jeden Vormittag um zehn eine Führung. Dauert eine knappe Stunde. Du musst keinen Platz reservieren oder so. Komm einfach vorbei.«

»Danke. Vielleicht mache ich das.« Sie stellte die Gießkanne ab und nahm stattdessen eine Pflanzenschere vom Haken, um aprikosenfarbene Dahlien zu schneiden, die zwischen Mauerpfeffer und Blutweiderich blühten. Nachdem sie die Blumen arrangiert hatte, streckte Lily ihm den Strauß entgegen. »Wäre das was für euren Küchentisch?«

Wortlos nahm er die Blumen und schnupperte daran, dann blickte er auf. Seine Wimpern waren dicht und kohlrabenschwarz, sodass es aussah, als hätte er mit Kajal nachgeholfen. Den Kopf leicht zurückgelehnt, musterte er sie. Lily kannte das Zucken seiner Augenbrauen von früher. Er wälzte Gedanken – und machte sie damit nervös.

»Also ich hab jedenfalls gern frische Blumen im Haus«, erklärte sie. »In meiner Wohnung, meine ich, in der Küche, um genau zu sein.« Ihr Lachen klang unnatürlich, doch Tiernan fing es auf und lockerte seine Schultern.

»Gut zu wissen. Ich hab mich oft gefragt, wie du dir dein Leben so eingerichtet hast.« Die Vertraulichkeit in seiner Stimme schien zu einem weit entfernten Leben zu gehören – nicht zu den Menschen, die an diesem Nachmittag voreinanderstanden.

»Du hättest mich ja mal fragen können.« Lily hängte die Pflanzenschere zurück, dann trat sie wieder auf die Terrasse und setzte sich auf die Bank. Es verstrichen einige Minuten, in denen sie sich anschwiegen.

»Seitdem ich Vater bin, hat sich so viel verändert. Ganz praktische Angelegenheiten, aber vor allem mein Mindset. Ava hat alles auf den Kopf gestellt.« Tiernan pflanzte sich ans andere Ende der Bank. »Ich denke echt oft daran, wie wir früher waren. Du und ich. So eine Kindheit wünsche ich mir für Ava.«

»So eine Freundschaft?« Sie klammerte sich mit beiden Händen an der Sitzbank fest und schaute hinab zu ihren Füßen, an denen dunkle Erde klebte.

»Ja, das auch, zumindest einen Teil davon.«

Ihr Blick wurde abgelenkt. Unter seinem Shirt blitzte eine kunterbunte Kette mit herzförmigen Perlen auf.

»Du trägst Schmuck?«

Mit der flachen Hand fuhr er über seinen Hals. »Oh, die hab ich wohl vergessen. Ava fädelt gerade gern.«

»Sieht schön aus.« So unpassend die kindliche Perlenkette an ihm wirkte, so perfekt unterstrich sie dieses neue Kapitel seines Lebens.

KAPITEL 7

Vereinzelt standen verwitterte Cottages in den Hügeln – nur noch vom Wind bewohnt. Die Menschen waren in die Städte abgewandert oder vor der großen Hungersnot im 19. Jahrhundert nach Amerika geflohen. *Long cónra* – Sargschiffe – wurden die Kähne genannt, in denen sich halb verhungerte und kranke Iren aufgemacht hatten, den Ozean zu überqueren. Viele von ihnen überlebten die lange Reise nicht, gingen lebendig an Bord und auf der anderen Seite des Meeres tot an Land. Violet sprach davon, als sie am Montag nebeneinander im Auto saßen, um zur Destillerie zu fahren.

»Habe ich dir jemals von Violet Jessop erzählt?«, fragte sie. »Nach ihr wurde ich benannt. Grace, deine Großmutter, war ganz beeindruckt von ihrem Schicksal und hat jeden Zeitungsschnipsel über sie gesammelt. Violet war eine bemerkenswerte Frau, eine kleine Berühmtheit.«

»War sie Künstlerin?« Lily verlangsamte die Geschwindigkeit und bog auf eine asphaltierte Straße ein, die flankiert von Kalksteinmauern zur Destillerie führte.

»Nicht direkt. Sie ist als Stewardess auf luxuriösen Dampfern zur See gefahren.«

»Und dafür ist sie berühmt geworden?«

»Für das, was mit ihr passiert ist. Das erste Schiff, die *Olympic,* ist vor der Isle of Wight mit einem Kriegsschiff kollidiert, aber es sank nicht und konnte sich zurück in den Hafen retten. Violet hat also überlebt. Nur ein Jahr später ist sie dann an Bord der *Titanic* gegangen. Wir alle wissen, was mit diesem Ozeanriesen passiert ist.«

»Lass mich raten ... Violet hat wieder überlebt?«

»Ganz genau. Man sollte meinen, dass sie danach nie wieder einen Fuß auf ein Schiff gesetzt hätte, aber weit gefehlt! Während des Ersten Weltkriegs arbeitete sie als Krankenschwester auf der *Britannic.* Auch dieses Schiff ist gesunken, nachdem es mit einer Seemine kollidiert ist. Und wieder ... Wie durch ein Wunder hat Violet überlebt. Dabei konnte sie nicht mal schwimmen.«

»Ernsthaft? Das ist unfassbar!« Lachend schüttelte Lily den Kopf. »Wie viel Glück kann ein einziger Mensch haben? Oder ist es Pech?«

Violet nahm ihre Brille ab und fing an, die Gläser mit einem Stofftaschentuch zu polieren. »Ich vermute, es ist beides. Pech und Glück.« Nachdem sie die Brille wieder aufgesetzt hatte, wandte sie sich zu Lily um. »Freust du dich eigentlich, Tiernan gleich zu sehen?«

Was sollte sie antworten? Anziehung und Ablehnung wechselten sich im Sekundentakt ab, sodass Lily mit ambivalenten Gefühlen zu kämpfen hatte.

»Och, es geht. Ich freue mich vor allem auf die Führung«, erwiderte sie und drosselte erneut die Geschwindigkeit, um durch ein Schlagloch zu fahren, das der Größe nach zu urteilen von einem Meteoriteneinschlag hätte stammen können.

Aus der Ferne erkannte man Gewächshäuser mit beschlagenen Scheiben. Davor erhob sich ein imposantes Gebäude aus rotem Backstein. Rauch quoll aus den Schornsteinen in den Morgenhimmel.

Die Fassade des Hauses wurde von einem Schriftzug geziert, der im Tageslicht glänzte: THE BOTANICALS. Die Flügel des tannengrünen Tors standen offen und gaben den Blick in einen hell erleuchteten Raum frei.

»Ist das etwa ein Souvenirshop?«, fragte Lily belustigt und parkte den Wagen neben einer Reihe kleiner Transporter.

»Dort treffen wir uns. Wir sind früh dran. Du kannst dir also ruhig noch eine Mütze kaufen, Salzstreuer oder vielleicht eine hübsche Tasse.«

»Mal sehen.« Lily ließ den Motor verstummen und lehnte sich zurück. »Vielleicht warten wir einfach hier, bis es losgeht.«

Bedächtig schloss Violet die Knöpfe ihres Mantels, zupfte an ihrem Schal und prüfte ihr Aussehen im Rückspiegel, dann tätschelte sie ihre Tasche. »Ich habe keine Zeit zu warten«, sagte sie. »Los, steig aus.«

Ehe Lily sich regen konnte, öffnete Violet die Tür. Ein kalter Windzug drang ins Innere des Wagens, nachdem sie ausgestiegen war.

»Was ist?« Violet schlug mit der flachen Hand aufs Wagendach. »Komm schon.«

Kaum hatte sie die Autotür zugeworfen, sah sie einen Mann in derben Stiefeln über den Hof marschieren. Er trug einen Karton und steuerte damit auf den Shop zu.

»Wie oft wollen Sie die Tour noch machen, Mrs Sheridan?«, fragte er, als er sie entdeckte. Sein rotes Haar glänzte wie ein Penny. »Das ist doch bestimmt schon das zehnte Mal, was?«

»Es ist wichtig, gelegentliche Qualitätskontrollen durchzuführen«, erwiderte Violet und stützte sich auf ihren Gehstock. »Ist Tiernan bereit?«

»Aye, natürlich ist er das! Er scharrt schon mit den Hufen. Heute sind ein paar Franzosen dabei.«

Violet warf ihrer Nichte einen amüsierten Blick zu. »Das ist dein Metier, Lily. Vielleicht darfst du als Simultanübersetzerin einspringen.«

»Tut mir leid, aber ich bin heute nicht im Dienst.«

»Lilian?« Der Mann neigte den Kopf zur Seite, dann lachte er. »Na, das hätte ich mir ja gleich denken können. Alex Sweeney. Erinnerst du dich noch an mich?«

»Alex Sweeney«, murmelte sie und kniff die Augen zusammen, als könnte sie ihn auf diese Weise besser erkennen. Er besaß feine Gesichtszüge mit tief liegender Augenpartie und hohen Wangenknochen, die ihm ein androgynes Aussehen verliehen. »Ich fürchte, du musst mir auf die Sprünge helfen.«

»Ich habe mit Tiernan in einer Mannschaft gespielt. Gaelic Football. Jeden Donnerstag haben wir die Pille über den Platz gejagt. Du warst doch auch dabei, als wir zum kleinen Meer rausgefahren sind. Diese wilde Mittsommernacht. Schon vergessen? Wir waren ziemlich stürmisch drauf.« Die Art, wie er ihr zuzwinkerte, kam ihr anzüglich vor. Als wäre am kleinen Meer – so wurde Glenmore Lake von den Einheimischen genannt – etwas passiert, das er nicht aussprechen wollte. Weißes Kalenderblatt. Hitze stieg in ihr auf.

»Ach, stimmt!«, erwiderte sie und schob ein gekünsteltes Lachen hinterher.

»Wir haben's ein bisschen übertrieben. Tiernan hat es irgendwann nicht mehr ausgehalten, weil er der Einzige war, der nüchtern geblieben ist. Weißt du noch, wie er dich zum Auto geschleift hat? Meine Güte. Hat sich wie deine Nanny aufgeführt. Ich glaube, am liebsten hätte er dir Hausarrest erteilt.«

»Ist mir wohl entfallen.« Lily registrierte den forschenden Blick, mit dem Violet sie bedachte.

»Ist ja auch lange her. Ich erinnere mich nur so gut daran, weil wir an dem Tag unseren Collie vom Züchter abgeholt haben. Boogy ist letztes Jahr gestorben. So lange ist das schon her.« Alex klopfte mit den Fingerspitzen auf den Karton, als wäre er eine Trommel. »Muss jetzt weiter. Gleich kommst du in den Genuss des besten Gins der Welt. Ist ein edler Tropfen. Wahrscheinlich machst du danach eine Großbestellung.«

»Mal sehen. Eigentlich hab ich's nicht so mit Spirituosen.« Sie grinste schief und legte eine Hand auf die Schulter ihrer Tante. »Wir müssen los, oder?«

Vereinzelt standen Menschen vor deckenhohen Regalen, in denen sich Ginflaschen aneinanderreihten. Andere betrachteten die Landschaftsbilder an den Wänden, drehten am Postkartenständer und unterhielten sich leise.

Aus den Lautsprechern ertönten keltische Klänge. Tiernan stand hinter dem Ladentisch und plauderte mit einer jungen Frau. Beide trugen dunkelgrüne Sweater, die sie als *The Botanicals* auswiesen.

»Guten Tag«, grüßte Violet und trat an den Tresen.

»Oh, hallo! Da seid ihr ja.« Wie zum Appell straffte Tiernan die Schultern. »Wir legen gleich los. So wie ich das sehe, sind wir nämlich komplett. Warst du schon mal hier auf dem Gelände, Lily?«

»Vor Jahren, aber damals war das Gebäude noch eine Ruine und keiner dachte, dass daraus jemals wieder etwas werden würde.«

»Lag eine Weile im Dornröschenschlaf, die Destillerie, aber du wirst gleich sehen, dass diese Zeiten längst vorbei sind.« Er griff nach einem Schlüsselbund und versenkte ihn in seiner Hosentasche, dann wandte er sich zu der jungen Frau um. »Das ist übrigens Paula. Solange wir unterwegs sind, bereitet sie unser Tasting vor. Heute gibt's was mit Holunder, richtig?«

Paula nickte und schenkte ihnen ein höflich distanziertes Lächeln, bevor sie fortfuhr, Magnete mit Preisschildern zu versehen.

Mit großen Schritten umrundete Tiernan den Tresen und positionierte sich in der Mitte des Raums. Er wirkte souverän und entspannt, als er die Stimme erhob. »Meine Herrschaften, Sie haben später noch Gelegenheit, sich mit Souvenirs einzudecken. Versprochen.« Kurz legte er eine Pause ein und wartete, bis ihm die gesamte Aufmerksamkeit galt. »Im Namen der ganzen Belegschaft darf ich Sie bei *The Botanicals* willkommen heißen. Mein Name ist Tiernan O'Boyle und ich bin heute Ihr Guide. Wie die meisten, die hier arbeiten, habe ich meine ganze Kindheit auf Beara verbracht. Wir lieben unser Land und haben es uns zur Aufgabe gemacht, diese Liebe in jeden Tropfen Gin fließen zu lassen. Bevor es ans Eingemachte geht, möchte ich Ihnen kurz erzählen, wie es dazu gekommen ist, dass ich nicht auf einer Yacht vor Barbados herumschippere, sondern mit einer Pflanzenschere durch die Torfmoore marschiere.«

Angestrengt versuchte Lily, sich auf die Geschichte der Destillerie zu konzentrieren, doch ihre Gedanken kreisten um die fehlenden Erinnerungen. Eine wilde Nacht am See. Gähnende Leere in ihrem Kopf.

Unverhohlen betrachtete sie Tiernan, der lässig an einem Regal lehnte und mit den Gästen kokettierte. Er war schon immer attraktiv gewesen. Ein hübsches Kind, das alle mit seinen Kristallaugen verzauberte, ein athletischer Teenager, der von den Mädchen angeschmachtet wurde. In seiner Gegenwart hatte Lily sich immer stärker und schöner gefühlt. Als hätte er ihr seinen Stempel aufgedrückt. Sie hatte es genossen, von ihm bevorzugt zu werden – bis zu diesem Unfall, bis alles zu nichts zerronnen war.

»Blüte für Blüte, Blatt für Blatt«, riss er sie aus ihren Gedanken. »Von April bis Oktober sind wir unterwegs, um unsere Kräuter in den Hügeln und Sümpfen zu sammeln. Dabei achten wir penibel darauf, immer neue Orte aufzuspüren. Wir wollen die Natur nicht ausbeuten, sondern ihre Vielfalt schützen. Das ist uns echt wichtig.«

Tiernan führte sie zwischen schlauchartigen Gewächshäusern hindurch, zeigte ihnen eine Lagerhalle und öffnete schließlich die Tür zu einem lichtdurchfluteten Raum, in dem die Kräuter auf Holzregalen zum Trocknen auslagen. Die Düfte waren so intensiv, dass Lily niesen musste.

»Man gewöhnt sich dran«, raunte er ihr zu, bevor er sich wieder an die Gruppe wandte. »In jeden Gin gehört Wacholder. Aber *The Botanicals* braucht mehr. Neben Zimt, Süßholz und Orangenschalen haben wir uns für achtzehn Kräuter entschieden, die seit Menschengedenken auf Beara wachsen. Heidekraut zum Beispiel. Wir hatten das große Glück, dass Violet Sheridan uns bei der Auswahl geholfen hat. Sie kennt sich mit Pflanzen aus wie kein anderer Mensch auf Beara. Und sie ist heute hier.« Tiernan trat neben Violet und legte einen Arm um ihre schmalen Schultern. »Violet hat mir alles beigebracht, was ich Ihnen heute über unsere Kräuter erzählen kann. Daher bin ich immer ziemlich nervös, wenn sie an einer Führung teilnimmt. Vielleicht könnten Sie sich beeindruckt zeigen, auch wenn Sie's nicht sind. Das würde mir helfen.«

Gedämpftes Gelächter erfüllte den Raum.

Wilder Thymian, Beifuß, roter Klee, junge Birkenblätter und Sumpfmyrte – Lily war es unmöglich, sich alle Kräuter zu merken, die Tiernan ihnen unter die Nase hielt.

»*The Botanicals of Beara*. Das ist das Bouquet unserer Heimat, dem schönsten Landstrich, den Sie in Irland finden werden«, erklärte er und rieb beide Hände sorgfältig an seinen Jeans ab. »Wir leben zwischen schroffen Berghängen, am Meer, in alten Eichwäldern, an Flüssen, im Moor – hier wachsen unsere Pflanzen, so schmeckt unser Gin. Folgen Sie mir. Jetzt zeige ich Ihnen, wo das Herz der Destillerie schlägt.«

Die Gruppe marschierte durch einen schmalen Gang, vorbei an Lagerräumen und Büros, bis Tiernan die Tür zu einer düsteren Halle öffnete. Feuchte Wärme umfing sie. An den Wänden stapelten sich Eichenfässer aufeinander, verliehen dem Raum etwas Archaisches. Ein Mann in schwarzer Schürze wanderte um eine Kupferbrennblase herum.

»Darf ich vorstellen? Das ist unser Brennmeister Christy neben *Pretty Ginny*. In ihrem Kessel wird der Alkohol mit den Kräutern erwärmt. Die Dämpfe steigen auf und verwandeln sich zu einem Destillat, das wir im Kondensator auffangen. Im Prinzip ein simpler Vorgang und trotzdem bleibt die Destillation ein Mysterium, das nur Ginny kennt. Durch ihre Rohre sind jedenfalls schon viele Geister gekrochen.«

Die kupferne Apparatur hätte in einem alchemistischen Laboratorium stehen können. Ihr Kessel war wuchtig, der lange Hals verjüngte sich und mündete in der Wand.

»Schauen Sie sich in aller Ruhe um. Vielleicht haben Sie ja ein paar Fragen an unseren Brennmeister. Aber Vorsicht! Er redet wie ein Wasserfall, erzählt Ihnen liebend gern von seiner Cousine, die letztes Jahr einen Preis für den größten Zierkürbis in Carraig gewonnen hat, oder von seinem blinden Hund, dem er 1985 durch Handauflegen das Augenlicht zurückgegeben hat.«

Belustigt schüttelte Christy den Kopf. »Ach, glauben Sie diesem Mann kein Wort. Sobald er den Mund aufmacht, erzählt er einen Bockmist, mit dem man bestenfalls den Acker düngen kann. Halten Sie sich lieber an Leute, die etwas von ihrem Job verstehen.«

»Wen meinst du?«

Die beiden Männer lachten sich an. Tiernan schnalzte mit der Zunge, dann wandte er sich zu den Gästen um und breitete die Arme aus.

»Meine Herrschaften, Christy wird Ihnen nun Schritt für Schritt erklären, wie so eine Destillation abläuft. Wir treffen uns in zehn Minuten zum Tasting.«

Auf dunklen Eichenfässern lagen Rosmarinzweige mit blassvioletten Blüten, dazwischen flackerten Kerzen. Für jeden Gast standen zwei Drinks bereit: Gin und ein milchiger Cocktail. An der Stirnseite des Raums befand sich eine kleine Bar, hinter der Paula und Alex Gläser polierten und sich angeregt miteinander unterhielten.

»Jetzt können Sie sich selbst überzeugen«, versprach Tiernan, griff zu einem Glas und schnupperte daran. »Nehmen Sie einen kleinen Schluck. Zuerst schmecken Sie vielleicht Limette, bevor sich die süßen und erdigen Aromen entfalten. Wie bei Parfüm. Kopfnote, Herznote, Basisnote. Sie wissen schon.«

Lily nippte an der klaren Flüssigkeit und musste sich zusammenreißen, um nicht das Gesicht zu verziehen. Kalte Schauer liefen ihren Rücken hinab.

»Ist eben eine Spirituose.« Tiernan zwinkerte ihr zu, bevor er sich wieder der Gruppe zuwandte. »Wenn Ihnen der Gin zu heftig ist, probieren Sie mal unseren Cocktail mit Holunderblütensirup, Zitrone und äh …«

»Gurke«, rief Paula von hinten. »Und Gin.«

Vertraulich beugte sich Tiernan zu Violet hinab. »Für dich natürlich ohne Alkohol. Das ist eine Kräuterlimonade.«

Während die Gäste mit gläsernen Röhrchen an ihren Getränken schlürften, trat Tiernan zu ihnen und stützte sich mit den Ellbogen auf das Fass.

»Violet hat die Show ja schon mehrmals gesehen«, erklärte er mit einem verwegenen Grinsen. »Was sagst du, Lily? Habe ich meinen Job gut gemacht?«

»Hast du. Ich gebe dir vier von fünf Punkten.« Sie hob ihr Glas empor, um ihm zuzuprosten.

Er zog die Augenbrauen zusammen. »Womit habe ich den Abzug verdient?«

»Na ja, ich glaube, eine Schokoladenfabrik hätte mich mehr begeistert.« Sein konsternierter Blick erheiterte sie. »Spaß beiseite. Der Besuch hat sich auf jeden Fall gelohnt. Mir gefällt eure Verbundenheit zu Beara und der nachhaltige Ansatz, mit dem ihr hier arbeitet. Ich kann mir sicher nicht alles merken, was du heute erzählt hast, aber jetzt weiß ich immerhin, womit du dein Geld verdienst.«

»Und da du meine Tochter kennengelernt hast, weißt du auch, wofür ich's ausgebe.« Tiernan ließ ein Lächeln durchscheinen, dann klopfte er gegen das Fass. »So, die Pflicht ruft. Ich sollte die gnädigen Herrschaften dazu animieren, unser Lager leer zu kaufen. Wir sehen uns, hoffe ich.«

Lily nuckelte an ihrem Cocktail und sah ihm nach. *Wir sehen uns.* Was ihnen jahrelang nicht gelungen war, schien sich nun spielerisch zu entfalten.

»Woran denkst du?«, erkundigte sich Violet.

»Tiernan ist wie ausgewechselt. Er redet mit mir, als wäre alles in Ordnung. Diese Lockerheit bin ich gar nicht mehr gewohnt.«

Mit einer Serviette tupfte sich Violet über den Mund. »Ich hab's dir doch gesagt. Eure Freundschaft hat ziemlich viel Staub angesammelt und bewegt sich nicht so geschmeidig wie früher, aber sie ist noch da.«

Lily beobachtete, wie Tiernan sich mit einem asiatischen Paar unterhielt. Seine Worte untermalte er mit beiden Händen und einem charismatischen Lächeln. Dabei stand er direkt unter einer Deckenlampe und wurde bestrahlt wie eine Bühnenfigur. Eine Erinnerung schoss ihr durch den Kopf: Mit offenen Schuhen und einem gebrochenen Arm, der komplett eingegipst war, stand sie vor der Schule und brüllte ihrer Schwester hinterher. Doch Elsie stürmte mit den anderen Kindern die Straße hoch, ohne sich nach ihr umzusehen. Nur Tiernan kehrte um, kniete sich hin und schnürte ihre Schuhe. Früher – und daran bestand kein Zweifel – hatte sie ihm wirklich etwas bedeutet.

»Gehen wir?«, fragte sie an Violet gewandt.

»Willst du noch in den Shop?«

»Nein, nein. Ich muss jetzt an den Schreibtisch und ein bisschen arbeiten.«

»Zum Glück. Ich kann mich kaum noch auf den Beinen halten.« Violet legte sich ihren Schal um die Schultern und griff zu ihrem Stock. Im Vorbeigehen winkte sie Tiernan zu, der immer noch in ein angeregtes Gespräch vertieft war. Sie waren schon fast aus der Tür, als jemand ihren Namen rief. Alex hatte sich auf dem Tresen abgestützt und spielte mit einer Streichholzschachtel.

»Wir gehen nach der Arbeit ins *Fox & Swan*. Komm doch dazu.«

»Danke.« Sie zwang sich zu einem Lächeln. »Aber heute Abend wollte ich zu Hause sein. Violet bekommt Besuch und braucht ein bisschen …«

»Papperlapapp«, wurde sie von ihrer Tante unterbrochen. »Mit Arwyn werde ich allein fertig. Der ist schon glücklich, wenn ich ihm ein paar Kartoffeln mit Kräuterquark kredenze. Geh nur aus, Lily. Mach dir einen schönen Abend.«

»Na also, wer sagt's denn!« Alex warf die Streichholzschachtel hoch und schnappte sie aus der Luft. »Wir treffen uns um acht.«

»Vielleicht schaue ich kurz vorbei.« Bevor sie sich abwandte, begegnete ihr ein stechender Blick.

Tiernan hatte sich an ein Fass gelehnt und die Arme vor der Brust verschränkt. »Dann bis heute Abend«, sagte er.

KAPITEL 8

Arwyn hatte sie runter ins Dorf gefahren und vor dem Pub abgesetzt. Jetzt stand sie etwas verloren da und wusste nicht, ob sie hineingehen oder davor warten sollte.

Über der blickdichten Strumpfhose trug sie ein olivgrünes Kleid aus changierendem Stoff, der ihrem leicht gebräunten Teint schmeichelte. Das Haar lockte sich über ihre Schultern und verfing sich immer wieder in den Knöpfen der Jacke, weswegen sie es zu einem nachlässig verschlungenen Dutt zusammenband. Aus den Fenstern des *Fox & Swan* fiel Licht in die Dunkelheit, zeichnete goldene Rechtecke auf den Asphalt. Lily atmete tief durch, dann drückte sie die Tür auf. Schwere Gerüche empfingen sie. Noch während sie auf den Tresen zusteuerte, schälte sie sich aus ihrer Jeansjacke.

An den Wänden hingen eingestaubte Bilder von Schwänen und Füchsen. Es war nicht viel los. An der Theke saßen die üblichen Verdächtigen – Männer mit roten Nasen und schütterem Haar, die erst ihr Vieh, dann den Zapfhahn molken. Menschen standen mit ihren Pints um Stehtische, aber von Alex und den anderen fehlte jede Spur. Auch Peter, der raubeinige Wirt, war nirgends zu sehen. Kurz überlegte Lily, ob sie nicht doch lieber vor dem Pub warten sollte, doch als sie einen Platz am Ende des Tresens entdeckte, umrundete sie die Bar und kletterte auf den wackeligen Hocker. Sie zückte ihr Handy und schrieb eine Mitteilung an Maggy – mehr aus Verlegenheit als aus Notwendigkeit. Es wurde ein ausführlicher Text mit allen Eindrücken, die sie heute gesammelt hatte.

Als Lily das Telefon sinken ließ, stand ihr der Wirt gegenüber und musterte sie unverhohlen. Peter Murphy hatte sich seit ihrer letzten Begegnung vor langer, langer Zeit kaum verändert. Obwohl sein Haar silbern schimmerte, schien seine Haut von den Jahren unberührt geblieben zu sein – prall, rosig und straff.

»Bist du nicht die Kleine von Shannon?«, wollte er wissen. »Lilian?«

»Ja, genau. Wir waren immer mittwochs zum Abendessen hier, weil du da frische Muscheln reinbekommen hast. Dazu gab's Boxty.«

»Mittwoch ist Muscheltag. Das hat sich nicht verändert«, erwiderte er. »Jetzt wohnst du also wieder im Schneehaus, ja? Schön, schön. Wir haben uns schon die ganze Zeit gefragt, wann endlich jemand aus der Familie kommt. Violet kann doch nicht allein bleiben, so wie sie dran ist.«

Der leise Vorwurf, der in seinen Worten lag, traf sie. Zwar war sie immer wieder nach Carraig gefahren, um Violet zu besuchen, hatte regelmäßig angerufen, aber das Angebot hätte von ihrer Seite kommen müssen, bevor ihre Tante den Wunsch äußern konnte. *Ich bin bei dir.*

»Es ging nicht früher«, erklärte Lily und straffte die Schultern. »Aber jetzt bin ich da und bleibe bis zum Schluss.«

»Und was ist mit Shannon? Immerhin ist sie ihre Schwester und sollte ihr in dieser schweren Stunde beistehen. Aber das ist nur meine bescheidene Meinung. Ich weiß ja nicht, was zwischen den beiden vorgefallen ist.«

»Gar nichts ist vorgefallen. Meine Mutter war am Anfang wochenlang bei Violet, hat sie zu sämtlichen Terminen begleitet, aber in letzter Zeit ist ihr Verhältnis ein bisschen ...« Lily stoppte sich selbst, verschränkte die Arme vor der Brust und lehnte sich so weit zurück, dass sie die kühle Wand im Rücken spürte. »Eigentlich wollte ich hier nur ein Guinness trinken und nicht über Familienangelegenheiten sprechen.«

»Nichts für ungut.« Augenblicklich entspannten sich seine Gesichtszüge. »Eure Familie war schon immer von einem ganz besonderen Schlag, was?«

»Das klingt ja fast so, als wären wir irgendwelche Fabelwesen.«

»Na, Violet hat unstreitig was Fabelhaftes an sich, wenn du mich fragst. War ein bildhübsches Ding. Mit ihren langen Haaren und diesen Grübchen hat sie den Jungs ganz schön den Kopf verdreht. Einmal, als sie durchs Dorf spaziert ist, hat Seamus Cavendish vor lauter Hinterherglotzen einen Dachziegel fallen gelassen und der hätte mich um ein Haar erwischt. Ist gerade noch mal gut gegangen.« Sein Lächeln verwandelte sich in ein breites Grinsen, dann klopfte er auf den Tresen. »Also, was kann ich dir bringen, Liebes? Ein Guinness, ja?«

Während Peter sich am Zapfhahn zu schaffen machte, beobachtete sie den alten Mann und dachte über seine Worte nach. *Von einem ganz besonderen Schlag.* Mit dem Zeigefinger strich sie über ihre Wange, hob die Mundwinkel, bis sie ihr Grübchen spürte.

Gerade hatte sie den ersten Schluck genommen, als die Tür aufschwang und ein Grüppchen hereingeschneit kam. Die Tür fiel ins Schloss, doch Tiernan war nicht dabei.

Alex blieb vor dem Tresen stehen und ließ seinen Blick durch den Pub wandern. Als er sie entdeckte, hob er die Hand und schob sich zu ihr durch. »Da bist du ja. Hallo Lily. Kennst du die anderen?« Ohne eine Antwort abzuwarten, legte Alex eine schwere Hand auf ihre Schulter. »Leute, das ist Lilian

Sheridan. Sie ist die Nichte von Violet und wohnt jetzt wieder in Carraig.«

»Wir haben uns heute Morgen kennengelernt.« Paula zog sich die Mütze vom Kopf und fuhr mit den Fingern durch ihr Haar, das gerade lang genug war, dass sie einen Seitenscheitel ziehen konnte. »Ich hoffe, der Cocktail hat geschmeckt.«

Sie kannte jedes Gesicht vom Sehen, aber die Namen waren ihr entfallen. Nach beherztem Händeschütteln setzte sich das Grüppchen an den Tresen und bombardierte Peter mit Bestellungen.

»Tiernan kommt später, weil er noch seine Tochter ins Bett bringen will«, erklärte Alex und nippte an seinem frisch gezapften Stout. »Das nimmt er sehr ernst, dieses Ritual mit der Gutenachtgeschichte. Wahrscheinlich singt er sogar Schlaflieder. Stellt euch das mal vor.«

Die Vorstellung, wie Tiernan am Bettrand eines Kindes saß und Wiegenlieder sang, bis es eingeschlafen war, rührte und belustigte sie gleichermaßen. »Kaum zu glauben. Gerade waren wir doch selbst noch Kinder und haben uns gegenseitig Juckpulver in den Kragen gesteckt. Das ist doch nicht zu fassen.«

»Seid ihr schon lange miteinander befreundet, du und Tiernan?«, erkundigte sich Paula, legte den Kopf in den Nacken und warf sich eine Handvoll Erdnüsse in den Mund.

»Befreundet? Na ja, wir kennen uns von früher.«

»Das ist ja wohl die Untertreibung des Jahrhunderts«, protestierte Alex und ließ ein kehliges Lachen ertönen. »Die beiden waren ein Herz und eine Seele.«

»Wir sind eben zusammen aufgewachsen.« Lily griff nach einem Bierdeckel, knibbelte an den Rändern, riss dünne Papierstreifen ab.

»Und jetzt seid ihr keine Freunde mehr?«, fragte Paula.

»Nicht wirklich«, sagte sie. »Meine Familie ist nach Belfast gezogen, als ich siebzehn war. Tiernan ist irgendwann zum

Studieren nach Boston gegangen. Wir haben es einfach nicht geschafft, Freunde zu bleiben.«

Alex hatte die Hände um sein Glas gelegt und starrte in den Schaum, doch dann hob er den Kopf und blickte sie verwundert an. Lily hatte den Unfall verschwiegen – die Zäsur, den Schlussstrich. Gerade hatte Paula den Mund geöffnet, um etwas zu erwidern, als die Tür aufgestoßen wurde und Tiernan eintrat.

»Wenn man vom Teufel spricht.«

Seine eisblauen Augen huschten durch den Pub, blieben bei Lily hängen und trieben Hitze in ihre Wangen. Er nickte ihr zu, dann bestellte er ein Pint und beobachtete über den Tresen gelehnt, wie Peter das Glas füllte.

»Komm rüber, Kumpel!«, rief ein stämmiger Mann mit Elvistolle, der ihr vorhin als Darcy aus dem Marketingteam vorgestellt worden war. Anstatt sie zu begrüßen, setzte sich Tiernan ans andere Ende der Bar und würdigte sie keines Blickes mehr. Seine Lippen hingen entweder am Glas oder redeten auf Darcy ein.

»Hat er dich überhaupt gesehen?«, fragte Paula vorsichtig. »Ist ja ziemlich voll und wir sitzen im hintersten Eck.«

»Keine Ahnung. Vielleicht quatschen wir später.« Eher würde sie Treibstoff trinken, als sich ihre Enttäuschung anmerken zu lassen. »Ich muss sowieso aufs Klo. Hältst du mir den Platz frei?«

Der Spiegel hatte so viele blinde Flecken, dass es aussah, als wäre ihr Gesicht voller Sommersprossen. In der ersten Zeit nach dem Unfall hatte sie sich oft vor den Spiegel gestellt, um sich selbst zu betrachten – ein Akt der Vergegenwärtigung. Ihre Augen sahen traurig aus und ihre Lippen fühlten sich schlaff an. Lily übte ein Lächeln, riss die Augenbrauen hoch, tätschelte ihre bleichen Wangen. Was hatte sie sich eingebildet? Wir prosten uns zu, erzählen lustige Anekdoten aus unserer Kindheit und schunkeln zu den *Chieftans*? Natürlich nicht! Der Unfall hatte einen Keil zwischen sie getrieben, um den sie herumschlichen wie um einen Marterpfahl. Sie kramte einen Lippenstift aus ihrer Tasche, um wenigstens ihren Lippen ein wenig Farbe zu verleihen. *Kriegsbemalung*, würde Violet sagen, doch Lily war nicht hier, um zu kämpfen.

»Hat jemand von euch Lust auf Dart?«, fragte sie in die Runde, nachdem sie zurück an den Tresen getreten war.

Paula war dabei und so begaben sie sich in einen düsteren Winkel des Pubs, in dem zwischen Emailleschildern und der Toilettentür eine Wurfscheibe hing. Früher hatte hier die ganze Familie gespielt. Fuchsjagd, Shanghai, blinder Killer. Lily kannte sämtliche Variationen, aber sie hatte schon lange keinen Pfeil mehr in die Hand genommen – geschweige denn einen Treffer gelandet.

»Siehst du die Typen da drüben?«, wisperte Paula ihr zu und gab vor, die stählernen Points der Pfeile zu kontrollieren, indem sie ihren Finger dagegendrückte. »Ich wette mit dir, dass sie in zwei Sekunden hier sind.«

Unauffällig ließ Lily den Blick durch den Pub schweifen, dann erfasste sie die beiden Männer, die breitbeinig an einem der Tische saßen. Unbekannte Gesichter, vielleicht Touristen.

Paula sollte recht behalten. Kaum waren die ersten Pfeile geflogen, erhoben sie sich.

»Zwei Ladys an der Scheibe. Das könnte gefährlich werden«, scherzte der Blonde und lehnte sich mit der Schulter an die Wand. Er war Anfang dreißig, hatte einen dunklen Bartschatten und gerötete Augen, so als hätte er lange im Wind gestanden. Während er ihre Technik kommentierte, gab sein Freund ihnen Tipps, wie sie ihre Trefferquote erhöhen könnten. Paula antwortete kurz angebunden, lachte verhalten und schien sich ebenso unwohl zu fühlen wie Lily. Sollte sie einen Konflikt riskieren oder es einfach aushalten, wie ein Kind behandelt zu werden? Sie biss die Zähne zusammen und ignorierte die flachsigen Bemerkungen, doch als der Blonde ihr einen Pfeil aus der Hand nehmen wollte, um seine Treffsicherheit unter Beweis zu stellen, konnte sie sich nicht mehr beherrschen.

»Danke, aber es reicht jetzt«, sagte sie gereizt. »Ich brauche kein Training. Ich will einfach nur spielen.«

»Immer ruhig Blut.« Abwehrend hob er die Hände. »Wie wär's mit einem Drink zur Entspannung?«

»Gute Idee«, sagte sie und deutete zum Tresen. »Besorgt euch was zu trinken und lasst uns die Partie in Ruhe zu Ende spielen, okay? Danach seid ihr dran und könnt euch gegenseitig zeigen, wie professionell ihr seid.«

Sein Lachen sah aus wie Zähnefletschen. »Arrogante Engländerin«, zischte er im Gehen und schwenkte dabei sein Pint, sodass Bier auf den Boden schwappte.

Engländerin. Sie korrigierte ihn nicht, obwohl sich die Wurzeln ihres Herzens zusammenzogen, stattdessen holte sie aus und pfefferte den Pfeil gegen die Wurfscheibe.

Zehn Minuten später bestellten sie sich ein Guinness an der Bar. Tiernan saß immer noch bei Darcy, doch während er ihm zuhörte, irrten seine Augen suchend umher, bis sie ihre fanden. Durchdringend starrte er sie an. Lily hielt seinem Blick stand. Als sie fragend die Brauen hob, stand er auf und tätschelte Darcys Schulter.

Tiernan drückte sich an der Wand entlang, bis er schließlich vor ihr stand. »Lily Sheridan! Ich hatte ja so meine Zweifel, ob du wirklich kommen würdest, aber da bist du«, eröffnete er das Gespräch. Im Gegensatz zu heute Morgen war er gründlich rasiert und hatte seine Haare gebändigt.

»Hier bin ich«, erwiderte sie. »Warum auch nicht?«

»Stimmt. Warum eigentlich nicht?« Tiernan leckte sich weißen Schaum von der Oberlippe und lehnte sich an den Tresen. »Und, äh, ist alles klar im Schneehaus?«

»Mhm. Arwyn Cox ist gerade zu Besuch. Kennst du ihn?«

»Sicher. Ist ein guter Kerl. Mein Vater war schon als Kind mit ihm befreundet, ging mit ihm in eine Klasse, wenn mich nicht alles täuscht«, antwortete Tiernan, krempelte seine Ärmel hoch und entblößte muskulöse Unterarme. »Arwyn hat für Ava einen Anhänger geschnitzt, mit dem man angeblich Feen anlocken kann. Du hättest ihr Gesicht sehen sollen ... Hätte mich nicht gewundert, wenn sie vor lauter Dankbarkeit in Tränen ausgebrochen wäre.«

»Hast du sie gut ins Bett gebracht?«

»Schläft tief und fest. Jetzt passt meine Mutter auf sie auf. Übrigens lesen wir gerade ein Buch über irische Sagen. Violet hat's uns gegeben. Es ist schon ziemlich alt und auf der ersten Seite steht dein Name. Dick und fett reingekritzelt. Streng genommen gehört das Buch also dir.«

»Oh, das ist aber alles andere als ein Kinderbuch«, warf sie ein. »Ich hatte wochenlang Albträume, nachdem Violet mir die Legende vom Dullahan vorgelesen hatte. Der Dullahan reitet ohne Kopf durchs Moor und schwingt eine Peitsche aus menschlichen Rippen. Du kennst die Geschichte bestimmt.«

Seine Augen glommen auf. »Vergiss nicht die Banshees und Wechselbälger. Wer wandert da durchs Haus? Ist es dein Vater oder ein Dämon, der nur so aussieht wie dein Vater? Du kannst dir nie sicher sein.«

»Das liest du ihr doch nicht vor, Tiernan?«

»Glaubst du, ich will mein Kind traumatisieren?« Grinsend schüttelte er den Kopf. »Ich suche nur Geschichten aus, in denen es um herzensgute Feen geht, die es nicht mal fertigbringen, Tautropfen von einem Grashalm zu pusten. Man muss echt aufpassen, was man ihr erzählt. Ava ist sensibel.«

»Sie ist wirklich ganz bezaubernd.«

Tiernan nickte und kratzte sich am Kinn. »Das höre ich gern.«

Und plötzlich fehlten ihnen die Anknüpfungspunkte. Lily trommelte mit den Fingernägeln an ihr Glas. Je länger sie schwiegen, desto verkrampfter wurde sie. Wie sollten sie entspannt plaudern, wenn zwischen ihnen eine unsichtbare Grenzmauer verlief? Früher oder später würden sie über den Unfall sprechen müssen.

»Also ...« Im selben Moment hatten sie das Wort ergriffen, was sie mit einem verlegenen Lachen quittierten.

»Wie ist es in Belfast?«, fragte er. »Du hast Zimmerpflanzen und sonst so?«

»Soll ich dir aufzählen, welche Möbel in meiner Wohnung stehen?«

»Nein, keine Ahnung.« Unschlüssig hob er die Schultern. »Violet meinte, du wohnst direkt über einem Kino. Das ist echt cool. Wir sind früher oft nach Bantry gefahren, um uns Filme reinzuziehen. Weißt du noch? Harry Potter und so.«

»Natürlich. Wir haben alle Filme mehrmals gesehen. Nur zur letzten Schlacht gegen den dunklen Lord haben wir's leider nicht mehr geschafft.«

»Wenn dieser beschissene Unfall nicht gewesen wäre ...«

Da! Tiernan hatte das Wort in den Mund genommen. Sollte sie den Faden aufgreifen und weiterspinnen? Sie würden sich garantiert darin verheddern. Für dieses Gespräch war weder der richtige Zeitpunkt noch der richtige Ort.

»Soll ich dir vielleicht das Ende verraten?«, fragte sie und zwirbelte eine Locke um ihren Zeigefinger.

»Das Ende von uns?«

Als sich ihre Blicke begegneten, geriet ihr Herz ins Schleudern. Was jetzt? Um sich selbst ein Gefühl der Sicherheit zu verschaffen, überging sie seine Frage. Stattdessen erzählte sie ihm von einer Reise, bei der sie mit einer Freundin verschiedene Drehorte besucht hatte. »Wir standen am Gleis 9 ¾ in London. Danach sind wir nach Lochaber gefahren und haben uns den

117

Glenfinnan-Viadukt angeschaut. Du weißt schon … diese monumentale Brücke, über die der *Hogwarts Express* donnert.«

Nach anfänglichem Zögern ließ sich Tiernan darauf ein und sie drifteten schnell in Fachsimpeleien ab. Wie früher. *Wusstest du, dass Butterbier nach Shortbread und Scotch schmeckt? Ich finde die Bücher besser als die Filme, viel facettenreicher.*

Irgendwann schaltete sich Paula ein und erzählte, dass ihre Eltern die Bücherreihe auf den Index gesetzt hätten. »Harry Potter sei okkult und würde meine Seele zersetzen, meinte meine Mutter. Deswegen war's mir und meinem Bruder strikt verboten, die Bücher zu lesen.«

Es entbrannte eine hitzige Diskussion, an der sich allmählich die ganze Gruppe beteiligte. Schließlich stand das vierte Pint vor Lily auf dem Tresen. Nach der Hälfte hörte sie auf zu trinken. Wenn sie den Kopf abrupt drehte, verspürte sie einen leichten Schwindel.

»So, genug gehext. Ich muss morgen echt früh raus. Gehen wir?«, fragte Tiernan unvermittelt. Als niemand antwortete, stieß er sie vorsichtig an. »Hallo?«

Ihr Blick wanderte forschend über sein Gesicht. Schatten unter kristallblauen Augen, hohe Wangenknochen, die ihm je nach Lichteinfall einen anderen Ausdruck verliehen, und volle Lippen, die ein wenig Pflege vertragen könnten. Was hatte er gefragt? *Gehen wir?*

»Du und ich?«

»Würde sich anbieten, wenn du später nicht allein durchs Moor geistern willst. Wir müssen in dieselbe Richtung.« Er stand auf und schlüpfte in seine Jacke, dann lehnte er sich gegen den Tresen. »Also, was ist?«

»Der Weg ist so weit.«

»Und er wird garantiert nicht kürzer, wenn wir warten.«

Für einen Moment überlegte sie, Arwyn anzurufen. Vorhin hatte er angeboten, noch mal ins Dorf zu fahren, um sie abzuholen. Doch die Aussicht auf ein ungestörtes Gespräch mit Tiernan ließ sie den Gedanken verwerfen.

Der Wind kam von den Bergen, fegte mit einem leisen Säuseln durch die Straßen. Nur noch vereinzelt brannte Licht in den Fenstern. Ansonsten war es still und dunkel.

»Und? Was habt ihr für die nächsten Tage so geplant?«, erkundigte er sich.

»Violet gibt den Takt vor. Wenn sie nicht gerade schläft, ist sie eine echt beschäftigte Frau. Der Pflegedienst ist jeden Tag da. Am Dienstag geht sie zum Arzt. Mittwochs kommt Father Quinn zu *Tod und Tee* und am Donnerstag wollen ihre zwei Cousinen …«

»Halt!«, unterbrach er sie. »Zu *Tod und Tee*? Das klingt ja wie eine dieser geskripteten Realityshows.«

»So nennt sie das eben. Father Quinn besucht sie in seelsorgerischer Mission. Dann trinken sie Tee und sprechen über das, was Violet bevorsteht.«

»Verstehe. Es ist wohl besser, darüber zu reden, als es totzuschweigen. Im wahrsten Sinne des Wortes.«

»Violet hat noch ein paar Pläne, die sie zu Ende bringen will. Dokumente sortieren, Klamotten ausmisten, Illustrationen fertigstellen. Solche Dinge.«

»Und du unterstützt sie dabei?«

»So gut es geht. Aber ich habe mir auch Arbeit von zu Hause mitgebracht. Ein paar Aufträge … Irgendwie muss ich ja mein Geld verdienen.«

»Mhm. Das Wetter soll in den nächsten Tagen echt gut werden, richtig sommerlich. Vielleicht hast du ja mal Zeit, mit Ava und mir zum kleinen Meer zu fahren. Lust, meine ich. Vielleicht hast du mal Lust, etwas zu unternehmen.«

Das Kräuseln ihrer Lippen verbarg nicht, wie sehr sie sich über seine Frage freute, und trotzdem brannte sich Misstrauen durch ihr Lächeln. »Wieso?«

»Weil es total warm wird.«

»Nein, das meine ich nicht. Ich finde die Idee echt schön, aber du hast es in zehn Jahren kaum geschafft, mit mir zu reden. Daher wundere ich mich …«

»Ist doch keine große Sache«, wich er aus. »Ich habe dir nur angeboten, uns zum See zu begleiten, weil ich dachte, du könntest ein bisschen Abwechslung vertragen.«

»Es *ist* eine große Sache. Wir waren so gute Freunde, Tiernan. Wir sind fast jeden Tag zusammen gewesen, aber nach dem Unfall hast du mich behandelt, als wäre ich nur irgendein Mädchen aus der Nachbarschaft, das dir tierisch auf die Nerven geht. Ich habe bis heute keine Erklärung.«

Ein Lachen, kurz und scharf wie ein Husten, drang aus seiner Kehle.

»Ach, hast du nicht?« Er blieb stehen und wartete, bis sie sich zu ihm umgedreht hatte, dann zog er sein linkes Hosenbein hoch. Schwarzes Carbon, das im Licht der Laternen metallisch glänzte. »Meinst du, ich bin aus dem Koma aufgewacht und dachte mir: Cool, nie mehr linke Socken waschen? Reicht es dir nicht, dass ich mein halbes Bein verloren habe? Das andere war auch zerschmettert. Rippenfrakturen, Milzruptur. Meinst du, das könnte ich einfach wegblinzeln?«

»Nein, natürlich nicht, entschuldige. Ich weiß, wie heftig du verletzt warst und wie lange es gedauert hat, bis du damit einigermaßen zurechtgekommen bist. Aber …« Lily atmete tief durch und suchte seinen Blick. »Ich war deine beste Freundin. Warum konnte ich nicht bei dir sein?«

»Weil ich wochenlang auf der Intensivstation lag, nur noch halb am Leben. Und weil du umgezogen bist, Lily. Das hat alles so verdammt kompliziert gemacht. Da lagen knapp fünfhundert

Kilometer zwischen uns, mehr als dreizehn Stunden mit dem Bus.«

Seine Erklärung appellierte an ihre Vernunft, befriedigte sie jedoch nicht. »Ich habe dich tausendmal angerufen und im Sommer stand ich ständig vor deiner Tür. Du erinnerst dich. Schließlich hast du immer den Fernseher leiser gestellt, während die arme Dolores mir erklären musste, dass du dich gerade auf irgendwelche Fantasieprüfungen vorbereitest und deswegen keine Millisekunde Zeit hast.«

»Ich habe Bewerbungen geschrieben«, erwiderte er bissig. »Aber ganz davon abgesehen hatte ich einfach keinen Bock, jemanden zu sehen, mit dem ich den Mist durchkauen muss. Mir ging's richtig scheiße.«

»Mir auch. Du warst der einzige Mensch, mit dem ich reden wollte, Tiernan. Der Unfall, meine Amnesie, deine Amputation. Ich dachte, dass wir das zusammen durchstehen, aber du bist nie an die Tür gekommen, hast mich am Telefon abgewürgt, nicht auf meine Briefe geantwortet. So ging das jahrelang. Weißt du, wie sich das angefühlt hat? Das war grausam. Als hätte ich irgendwas verbrochen, ohne zu wissen, was es war, und ohne die Chance, es wiedergutzumachen. Ich hab ewig gebraucht, um damit fertigzuwerden.«

Seine Haltung veränderte sich. Er sank in sich zusammen, als lägen die Worte wie Steine auf seinen Schultern. Tiernan verlangsamte seine Schritte. »Ich konnte nicht, Lily.«

»Du wolltest nicht«, präzisierte sie.

»Vielleicht ist da was dran, ja.« Ein halbherziges Lächeln verzog seine Lippen. »Aber ich hab dich nie vergessen. Ich hab mich oft gefragt, was du wohl machst, ob's dir gut geht, wo du bist. Manchmal war ich kurz davor, mir das Telefon zu schnappen.«

»Warum hast du dich nie gemeldet?« Lily verschränkte die Arme vor der Brust, in der ihr Herz vor Anspannung flirrte.

»Ich wollte das alles vergessen. So wie du es vergessen hast«, sagte er und versenkte die Hände in seinen Hosentaschen. Die letzten Worte dröhnten in ihrem Kopf. *So wie du.* Während sie gegen das Vergessen ankämpfte, sehnte er es herbei.

»Und jetzt, zehn Jahre später, sollen wir wieder auf Luftmatratzen über den See schippern und so tun, als wäre nichts vorgefallen? Das kann ich nicht.«

»Warum nicht? Das wäre zumindest ein erster Schritt, oder nicht?«

»Der erste Schritt ist dieses Gespräch.«

Tiernan schwieg, doch hinter seiner Stirn schienen sich Gedanken zu bewegen, die als Seufzen über seine Lippen kamen. Innerlich beschwor sie ihn, den Mund aufzumachen. Wann würde er endlich loslassen?

»Wir waren im Sommer ständig am See, du und ich«, hob sie an. »Auch später noch, als die anderen mit ihren Autos zur Küste gedüst sind, um am Strand abzuhängen. Wir sind zum See geradelt, als wäre es unsere heilige Pflicht, dort zu sein. Das bisschen Kindheit wollten wir behalten.«

Sein Schweigen dehnte sich aus, doch diesmal würde sie nicht klein beigeben und ihm seinen Frieden lassen. Lily verlangte nach einer Erklärung und griff zu ihrer neusten Erkenntnis. »Alex Sweeney meinte, dass wir ein paar Wochen vor dem Unfall zusammen am See waren und dort eine ziemlich wilde Nacht verbracht haben.«

»Ist wohl mal vorgekommen«, sagte er scheinbar ungerührt, doch die Irritation, die für den Bruchteil einer Sekunde über sein Gesicht geglitten war, entging ihr nicht.

»Mitten in der Nacht? Ich kann mich gar nicht mehr daran erinnern.«

»Ach, er redet von der Mittsommernacht. Überall in den Hügeln brannten Feuer und wir sind zum See, weil man von dort aus einen guten Blick hatte. Wir haben Musik gehört und

Alkohol getrunken, den wir unseren Eltern geklaut hatten. Das war's.«

»Aha. Und wer war dabei?«

»Nur so ein paar Typen aus dem Dorf, Isabella, du und ich.«

»Oh, Isabella Castellani!« Lily erinnerte sich an das rothaarige Mädchen, das mit Gazellenbeinen durch die Träume sämtlicher Jungs spaziert war. »Allein ihr Name klingt wie eine italienische Delikatesse. ›Möchten Sie eine Portion Tiramisu oder lieber Isabella Castellani?‹ Du hast ganz schön geschwärmt.«

»Sie hat mir ein bisschen den Kopf verdreht.«

Das war tiefgestapelt. Er hatte Michael Leary bestochen, seinen Job zu kündigen, damit Tiernan an seiner Stelle in dem Eiswagen arbeiten konnte, der vor dem Restaurant der Castellanis stand. Den ohnehin geringen Lohn musste er zwar mit Michael teilen, aber dafür war es ihm vergönnt, nach der Schule mit Isabella zusammen zu sein. Zu dieser Zeit hatte Lily zum ersten Mal eine stichelnde Eifersucht wahrgenommen – die Angst, etwas zu verlieren, das zu ihr gehörte wie die Organe in ihrem Körper.

»Du hast mit Eros Ramazotti versucht, Italienisch zu lernen, um Isabella mit deinen italienischen Brocken zu beeindrucken. Eine Kugel *Pistacchio* für die *Signorina*?«, witzelte sie und gab sich wie damals den Anschein, als wären ihr seine Gefühle lediglich einen Scherz wert.

»Man tut, was man kann. Aber das war sowieso nur so ein Sommerding. Mir war's extrem wichtig, was andere von mir halten. Isabella war wie ein Beweis dafür, dass ich's draufhatte. Das ging nicht tief, hatte mehr mit meinem Geltungsdrang als mit echten Gefühlen zu tun. Die Beziehung war vorbei, als das Stracciatella-Eis geschmolzen ist …«

»Vorbei, als wir verunglückt sind.«

Tiernan brummte etwas, das sie nicht verstand, doch Lily wusste aus Erzählungen, dass auch diese Beziehung mit dem Unfall zerbrochen war.

»Zurück zu dieser Mittsommernacht«, schwenkte sie um. »Was war da los? Alex meinte, du hättest dich über mich geärgert.«

»Aye, nur ein Sturm im Wasserglas. Interessiert dich das wirklich?«

»Klar!«, sagte sie, zog an dem Haargummi, das sie ums Handgelenk trug, und ließ es zurückschnalzen. »Ich glaube, es gibt keine Geschichte, die ich mir lieber anhören würde. Seitdem mein Gedächtnis so löchrig ist, sammle ich Erinnerungen anderer Leute, um damit meine eigenen aufzufüllen. Das hilft mir total.«

Tiernan befreite seine Hände aus den Hosentaschen und fuhr sich durchs Haar. »Wir hatten eben unseren Spaß, haben Blödsinn geredet und am Ufer ein kleines Lagerfeuer gemacht. Du warst die ganze Zeit mit Conor zusammen.«

»Co… Conor aus dem Supermarkt?«

»Wir haben ihn zufällig im Dorf getroffen. Ihr kanntet euch ja von der Arbeit und habt euch gut verstanden. Deswegen ist er mitgekommen.«

Lily spürte eine verräterische Hitze im Gesicht. Nicht mal Tiernan hatte sie in ihr Geheimnis eingeweiht.

»Na ja, irgendwann waren alle ziemlich angeheizt«, erzählte er weiter. »Wir haben uns ausgezogen und sind nackt schwimmen gegangen. Da habt ihr euch abgeseilt und seid eine Weile auf der Insel verschwunden.«

Mit geöffnetem Mund starrte sie ihn an. Unmöglich. Die Sache mit Conor war zu diesem Zeitpunkt längst beendet gewesen. Wie konnte das sein? Schweiß drückte sich aus ihren Poren. Vergebens suchte sie in ihrem Gedächtnis nach irgendwelchen Spuren. Nichts! Nur das Gefühl, mehr verloren zu haben als Erinnerungen.

»Ich war mit Conor auf der Insel?«, fragte sie mit brüchiger Stimme.

»Ja, und das hat mich echt verrückt gemacht.« Tiernan lachte tonlos. »Konnte mich gar nicht mehr auf Isabella und ihr Bauchnabelpiercing konzentrieren.«

»Weil du dir Sorgen gemacht hast?«

Selbst in der Dunkelheit erkannte sie, wie sich sein Kehlkopf unter der Haut bewegte.

Es dauerte einige Sekunden, ehe er antwortete. »Das ist nicht der richtige Ausdruck. Schätzungsweise war ich ein bisschen eifersüchtig. Conor war ein elendiger Prolet und hat Mädchen gesammelt wie Pokale. Er war schmierig, aber du warst so …«

»Verklemmt?«

»Unschuldig«, sagte er und verstärkte damit das Schamgefühl, das sich inzwischen zu einem heißen Klumpen in ihrer Brust entwickelt hatte. »Ich hatte das Gefühl, auf dich aufpassen zu müssen. Fast wäre ich rübergeschwommen.«

»Aber du hattest doch Isabella Castellani mit ihrem Bauchnabelpiercing.«

»War mir egal.« Tiernan trat nach einer Getränkedose, die scheppernd über den Asphalt rollte. Er wartete, bis es wieder still geworden war, ehe er fortfuhr. »Als ihr nach einer halben Ewigkeit von der Insel zurückgekommen seid, habe ich Stress gemacht. Erst habe ich Isabella nach Hause gebracht, dann bin ich mit dir zum Schneehaus gefahren. Dort haben wir uns in den Garten gesetzt. Ich war ziemlich aufgeputscht und wollte wissen, was du mit Conor so lange auf der Crannóg getrieben hast.«

»Und? Jetzt sag schon.«

»Na, du hast nicht viel rausgelassen, meintest nur, dass es mich nichts angehen würde.« Als Tiernan ihre konsternierte Miene bemerkte, lenkte er ein. »Ich kann mir beim besten Willen nicht vorstellen, dass du etwas mit Conor angefangen hättest. Vielleicht hat er dir gefallen, aber du wärst niemals weiter gegangen. Schon allein wegen Elsie, auch wenn sie zu dem Zeitpunkt nicht mehr zusammen waren. Hat mich trotzdem massiv gestört.«

»Du hast ihn ja noch nie gemocht«, erwiderte sie und konzentrierte sich auf das ferne Glimmen eines Fensterlichts in den Hügeln.

»Jedenfalls saßen wir hinter dem Vardo, bis die Sonne aufgegangen ist. Wir waren ewig dort und haben geredet.« Er starrte hinab zu den derben Stiefeln und rieb über seinen Nacken. »Erinnerst du dich wirklich nicht, Lily? Ist das alles weg?«

»Tut mir leid.« Sie wurde von dem Gefühl beschlichen, ihm gemeinsame Erinnerungen schuldig zu sein. Als hätte sie etwas aus Unachtsamkeit versäumt, das ihm wichtig war – so wie man im Trubel des Alltags Geburtstage vergaß. »Meine letzte greifbare Erinnerung ist der Tag, an dem ich mit Pa nach Dublin gefahren bin, um Neil Young zu sehen. Das Konzert kann ich noch rekonstruieren, weil ich ein paar Fotos geschossen habe, aber alles, was danach kommt, ist mir verloren gegangen.«

»Du hast gar keine Erinnerungen an uns?«, fragte er und blies Luft aus seinem Mundwinkel.

»Doch, natürlich. Mein ganzer Kopf ist voll davon. Mir fehlt nur ein winziger Ausschnitt, nur ein halbes Jahr.«

»Dann sind Tage und Wochen einfach ausradiert. Da ist nichts übrig geblieben.« Er klang so desillusioniert, als wäre ihm erst in diesem Moment bewusst geworden, dass ihr Gedächtnis fragmentarisch war und viele Ereignisse für sie im Dunkeln lagen.

»Ich versuche seit Jahren, mit dir darüber zu reden. So wie jetzt. Ich brauche deine Erinnerungen, weil ich keine eigenen habe.«

Schritte und Minuten zogen sich in die Länge, während sie schweigend nebeneinander hergingen.

»In dieser Nacht sind wir also zum Schneehaus gefahren und haben geredet. Was ist dann passiert?«, fragte sie vorsichtig.

Ihm war anzusehen, dass er mit sich kämpfte. Sie durfte jetzt nicht nachgeben. Endlich war sie der Wahrheit auf der Spur, konnte sie riechen wie ätherisches Öl, das ihr unter die Nase gerieben wurde – stechend scharf.

»Ich weiß nicht, wie ich das ausdrücken soll.«

»Tiernan, mir geht es nicht darum, in der Vergangenheit rumzustochern, um dann jemanden auf die Anklagebank zu schleifen.« Kurz entschlossen hakte sie sich bei ihm unter und stimmte einen vertraulichen Ton an. »Ich will nur wissen, wie unser Leben ausgesehen hat. Irgendwas ist zwischen uns passiert. Das spüre ich doch.«

»Zwischen uns ist jede Menge passiert, Lily, aber heute spielt das keine Rolle mehr. Wir sind erwachsen. Jetzt sind wir hier. Sollten wir uns nicht lieber darauf konzentrieren?« Er klang zu gelangweilt für die Unruhe in seinem Blick.

»Erst muss ich die Geschichte hören. Das lässt mich einfach nicht los. Ich brauche eine Erklärung.«

Inzwischen hatten sie die letzten Laternen hinter sich gelassen. Die Dunkelheit vertiefte sich und der Weg war nur schemenhaft zu erkennen.

Tiernan schien es nicht eilig zu haben, ihr zu antworten, und nestelte am Reißverschluss seiner Jacke herum, weil sich ein Faden darin verfangen hatte. »Schau, wir waren Teenager«, brach er die Stille. »Das Abschlussjahr hat uns irgendwie sentimental werden lassen, weil danach alle weggegangen sind, um zu studieren. Wir haben die Zeit schon vermisst, als sie noch gar nicht vorbei war. Wir beide, du und ich … Da waren Gefühle im Spiel, die wir nicht verstanden haben. Wir haben experimentiert. Das ist in dem Alter doch ganz normal.«

»Was soll das heißen?«, fragte sie und löste sich von ihm, um die Arme vor der Brust zu verschränken. »Womit haben wir experimentiert?«

»Kannst du dir das nicht denken?«

»Hatten wir was miteinander?« Die Frage floss wie ein Atemzug über ihre Lippen.

Die Atmosphäre lud sich auf, wurde elektrisierend und vielschichtig. Seine Augen fingen sie ein, doch er schwieg. Und das war Antwort genug.

»Ich hatte immer so ein Gefühl …« Mit der flachen Hand fuhr sie über ihre Brust, als befände sich genau dort die Erinnerung, nach der sie gesucht hatte.

Ein schmales Lächeln erschien auf seinem Gesicht. »Lily, ich weiß, dass du jetzt tausend Fragen hast, aber lass uns dieses Gespräch ein andermal führen. In Ruhe. Es ist spät, wir sind angetrunken und nicht ganz klar im Kopf. Außerdem muss ich meine Mutter ablösen, damit sie ins Bett kommt.«

»Nein«, widersprach sie. »Der Zeitpunkt ist perfekt.«

»Ist er nicht. Morgen bringe ich Ava zur Schule und das bedeutet, dass ich echt verdammt früh aufstehen muss, weil sie ewig braucht, bis sie mal startklar ist. Danach muss ich weiter in die Destillerie und …«

»Wann dann?«, unterbrach sie ihn. »Wann führen wir dieses Gespräch? Du kannst doch nicht mit dieser Geschichte anfangen und mich abwürgen, wenn es gerade interessant wird!«

»Ich will dich gar nicht abwürgen. Wir reden«, versprach er. »Nur nicht jetzt.«

»Dann morgen. Sobald du mit der Arbeit fertig bist, fahren wir zum kleinen Meer. Dort kann Ava spielen und wir unterhalten uns.«

»Von mir aus.«

Den Rest des Weges schwiegen sie. Einerseits war Lily erleichtert, weil sie endlich wieder Zugang zu ihm gefunden hatte, andererseits ärgerte sie sich über sein Zögern. Warum legte er die Karten nicht auf den Tisch? Musste er sich erst eine Geschichte ausdenken? Egal, was er ihr erzählte – sie war darauf angewiesen, ihm zu glauben.

Als sie beim Hochkreuz angelangt waren, blieb sie stehen. »Sag mir wenigstens, ob es schön war.«

»Ja, das war es.« Als sie nichts erwiderte, sondern ihn abwartend anstarrte, rieb er mit den Stiefelspitzen über den Boden. »In dieser Mittsommernacht ist irgendwas aufgebrochen. Das hat alles zwischen uns verändert.«

»Aufgebrochen? Was meinst du damit?«

Tiernan blickte hinauf zum Schneehaus und schien seine Worte sorgsam abzuwägen, bevor er sie aussprach. »Wir haben aufgehört, uns etwas vorzumachen«, sagte er mit brüchiger Stimme. »Ich hab vergessen, wer den ersten Schritt gemacht hat, aber wir haben uns geküsst.«

»Geküsst?« Ein helles Lachen perlte über ihre Lippen. »Das muss sich doch total komisch angefühlt haben. Wir waren wie Bruder und Schwester.«

»Nein, waren wir nicht«, brummte er. »Aber ich bin der einzige Mensch auf der Welt, der sich daran erinnern kann.«

Mit ihrem ganzen Gewicht stemmte sich Lily gegen das Tor der Einfahrt und schob es auf, sodass sie durch den Spalt schlüpfen konnte.

»Wir haben uns geküsst.« Sie lehnte sich so weit über das Gatter, dass die obere Planke hart in ihren Bauch drückte. »Was ist danach passiert?«

Seine Mundwinkel zuckten, als läge die Geschichte bereits auf seiner Zungenspitze, doch dann schüttelte er den Kopf. »Morgen«, vertröstete er sie. »Lass uns eine Nacht darüber schlafen, bevor wir die ganze Sache aufrollen. Dafür brauchen wir Zeit.«

»Wie soll ich jetzt schlafen, Tiernan? Ich hänge in der Luft!«

Seine Augen glitten über ihren Körper, der sich über das Gatter krümmte. »Dann leg dich doch ins Bett.«

Und obwohl ihr nicht danach zumute war, musste sie lachen.

Nachdem er geschworen hatte, keinen Rückzieher zu machen, verabschiedeten sie sich voneinander. Lily stapfte den Weg zum Schneehaus hinauf. Der Mond tauchte es in silbernes Licht, sodass es aussah, als würde das Haus fluoreszieren. Hinter den Fenstern war alles dunkel.

Wenn etwas Schreckliches geschah, neigten Menschen dazu, sich durch dieses Unglück zu definieren. Ereigniszentralisierung. Die Welt wurde aus den Angeln gehoben und schrumpfte zusammen, bis das Trauma zur Identität wurde. Sie waren verunglückt, aber da gab es noch mehr. Lily war mehr als ihre Amnesie. Tiernan war mehr als seine Amputation. Sie waren Geheimverstecke, Zahnlücken, Nudeln mit Ketchup und Samstage vor dem Fernseher mit *Rimini Riddle*. Sie waren ein Kuss. Bis heute hatte Lily geglaubt, ihre Beziehung wäre rein platonisch gewesen. Intensiv, in gewisser Weise sogar intim, aber nicht sexuell. Nun wusste sie es besser. Was Tiernan ihr heute erzählt hatte, waren die ersten Pinselstriche auf schneeweißem Papier.

In Gedanken vertieft kramte sie ihren Schlüssel aus der Jackentasche, als sich plötzlich ein Schatten aus der Schwärze löste.

»Du bist verdammt spät dran«, sagte eine Männerstimme. Wie angewurzelt blieb sie stehen und starrte der Gestalt entgegen. »Keine Angst. Ich bin's, Arwyn. Ich hab gewartet, weil ich dich nicht ans Telefon bekommen hab.«

»Ist was passiert?«, fragte sie alarmiert.

»Violet ist gestürzt. Sie ist über ihre eigenen Füße gestolpert und …« Er hob beschwichtigend die Hände. »Keine Sorge. Es geht ihr gut. Ich habe ihr natürlich angeboten, den Doc zu holen, aber sie meinte, das wäre nicht nötig.«

»Hat sie sich verletzt?«

»Nein, nein. Sie ist zum Glück auf ihrem dicken Teppich gelandet, der hat den Sturz abgefangen, aber du solltest das Teil trotzdem rausräumen, Lily. Sie stolpert ständig drüber.«

»Natürlich. Das mache ich gleich morgen«, versprach sie. »Wo ist sie jetzt?«

»Sie schläft. Ich wollte dir nur Bescheid geben. Man weiß ja nie … Könnte ja sein, dass sie sich eben doch verletzt hat. Ich bin mir zwar sicher, dass sie okay ist, aber wie sagt man so schön: Vorsicht ist besser als Nachsicht.«

»Ja, vor allem, wenn jemand so krank ist wie Violet«, pflichtete Lily ihm bei und ließ die Schultern sinken. »Danke, dass du gewartet hast.«

»Kein Problem. Wird schon nichts passiert sein. Momentan macht Violet ohnehin einen guten Eindruck auf mich. Abgesehen von den Aussetzern natürlich. Mir kommt's vor, als kämen die häufiger. Hast du das schon mal erlebt? Wenn sie mitten im Gespräch durch einen hindurchstarrt, als würde sie mit offenen Augen schlafen? Wenn ihr mit einem Schlag ganz heiß wird und sie schwitzt, als würde sie gerade einen Marathon laufen, wenn ihr plötzlich die Worte fehlen?«

»Ja, ich weiß, was du meinst. Manchmal sieht sie mich an, als wüsste sie für einen Moment nicht, wer vor ihr steht. Manchmal nennt sie mich Shannon, ziemlich oft sogar.«

»Du siehst ihr ja auch wahnsinnig ähnlich, deiner Mam.« Arwyn nahm seine Schieberkappe ab und fuhr sich durchs Haar.

»Kennst du sie?«

»Na, sicher kenn ich deine Mutter. Früher bin ich dem alten Sheridan oft zur Hand gegangen, wenn's im Schneehaus was zu tun gab. Manchmal sind wir losgezogen, um in den Hügeln zu jagen. Ich war sein Lampenjunge und habe die Tiere geblendet, damit sie stehen blieben und er Zeit zum Zielen hatte.«

»Dann hast du die ganze Familie gut gekannt?«

»Aye! Hab mich jeden Tag hier rumgetrieben. Das Schneehaus war ein guter Ort für einen Jungen wie mich. Es stand immer eine warme Mahlzeit auf dem Tisch. Den ganzen Tag lief Radio Luxembourg und da waren diese zwei schönen Mädchen …« Sein Lachen wurde zu einem Hustenanfall. Arwyn klopfte die Mütze an seinem Oberschenkel ab. »War nicht gerade einfach bei mir zu Hause. Mein Vater hatte Tuberkulose und musste gepflegt werden. Wir hatten kaum Geld. Deswegen war ich so oft im Schneehaus. Hier gab's alles, was ich nicht hatte.«

Im Haus ging ein Licht an.

»Ich glaube, sie ist aufgewacht«, sagte Lily mit gedämpfter Stimme. »Ich sollte reingehen und nach ihr sehen.«

»In der Tat. Es ist schon Mitternacht durch.« Er machte eine ausladende Geste und trat einen Schritt zurück. »Morgen wird übrigens eine Mooreiche geliefert. Die kommen mit einem Lastwagen, also wundere dich nicht, wenn's hier ein bisschen Tumult gibt. Ist ein Prachtexemplar. Der Baum lag Jahrtausende im Moor der Caha Mountains. Du solltest mich besuchen, um dir das Ding anzuschauen.«

»Klingt toll. Dann komme ich morgen mit einem Kaffee vorbei.«

»Wär mir eine Ehre.«

KAPITEL 9

Das Gedächtnis verwaltete Erinnerungen. Lily stellte sich dabei eine Dame mit halbmondförmigen Brillengläsern vor, die jeden Eindruck scharf prüfte, bevor sie entschied, was damit geschehen sollte. »*Sie muss die Bücher zurückgeben, weil die Leihfrist abgelaufen ist? Och, das vergessen wir gleich wieder. Sie hat Tiernan wiedergetroffen? Aufgepasst, das ist hochemotional, daran müssen wir jetzt ständig denken. Elsie hat sie vom Bett geschubst und sie hat sich dabei den Arm gebrochen? Herrje, schon wieder so eine alte Kamelle aus dem Langzeitgedächtnis?*«

In den vergangenen Jahren hatte Lily sich mit Fachliteratur viel Wissen angelesen. Das semantische Gedächtnis merkte sich Fakten. *Der irische Unabhängigkeitskrieg dauerte von 1919 bis 1921. Es gibt sieben Spektralfarben.* Und dann gab es noch das episodische Gedächtnis, in das alle persönlichen Erfahrungen flossen. Hier lagen Geschichten, Bilder und Gefühle – eine einzigartige Identität. Seit dem Unfall lag genau dort ihr Problem, doch das würde sich heute ändern.

Am liebsten wäre sie im Bett liegen geblieben und hätte im Dämmerlicht über alles nachgedacht, was gestern Nacht geschehen war. Tiernan rückte endlich mit der Sprache raus! Darauf hatte sie so viele Jahre vergebens gewartet, dass es ihr nun fast wie eine Illusion erschien. In Endlosschleifen wiederholte sie, was er ihr verraten hatte. Mit Conor auf der Crannóg. Isabella Castellani und ihr Bauchnabelpiercing. Ein erster Kuss im Garten. Heute würde Tiernan die restlichen Kalenderblätter kolorieren.

Das war er ihr schuldig!

Vor dem Haus mühten sich drei Männer damit ab, die Mooreiche irgendwie ins Atelier zu verfrachten. Mit einer Thermoskanne Tee ausstaffiert hatte sich Violet auf der Bank niedergelassen, um das Treiben zu beobachten.

Arwyn war schon seit Tagesanbruch hier. Nun stand er neben dem Lieferwagen und gab den Männern fachmännische Anweisungen. Immer wieder verwies er auf seinen Bandscheibenvorfall vor acht Jahren, weswegen er aufpassen musste. »Da kann ich euch leider nicht unter die Arme greifen, Jungs. Ich würd ja anpacken, aber es geht nicht. Hat mir der Arzt strengstens verboten.«

Der Baum mit seinen Verzweigungen war zu wuchtig, um durch die Ateliertür zu passen, weswegen die Männer nach dem dritten Versuch eine Kettensäge ausluden. Laut fluchend musste Arwyn mitansehen, wie seine Mooreiche in drei etwa gleich große Stücke zerlegt wurde.

»Dieser Baum ist älter als eure Mütter zusammen. Der hat hier schon Wurzeln geschlagen, als Noah noch mit der Arche übers Meer geschippert ist, so alt ist der.«

»Jetzt lässt er den *Pooka* raus«, wisperte Violet und meinte damit einen Kobold, der von feengläubigen Menschen gefürchtet wurde. Noch heute gab es manche, die ein Schälchen Milch auf den Fenstersims stellten, um ihn zu besänftigen.

Nachdem sie eine Weile bei Violet gesessen hatte, konnte Lily die Füße nicht mehr stillhalten und trabte ins Haus. Sie war unruhig, tigerte durch die Zimmer und versuchte, sich mit Arbeit abzulenken. Ihre Gedanken kreisten um Tiernan wie Luftballons, aus denen die Luft entwich – zu schnell, um nach ihnen zu greifen, doch begleitet von einem seltsamen Hochgefühl. Während sie Pfannen schrubbte, die Bettwäsche wechselte und zur Apotheke fuhr, um ein Arsenal an Tabletten abzuholen, kramte sie in ihrem Gedächtnis.

Wo waren die ganzen Erinnerungen abgeblieben? Nur verschüttet, hatte die Neuropsychologin erklärt, doch Lily fehlte schlichtweg das Werkzeug, um all die vergessenen Dinge wieder auszubuddeln. Dennoch erinnerte sie sich daran, dass sie damals – lange vor dem Unfall – eine Irritation wahrgenommen hatte. Das entsprach zwar ihrem pubertären Grundgefühl, doch diese Verwirrung bezog sich auf Tiernan. So als hätte sich über Nacht das Licht verändert, in dem sie ihn betrachtete. Er hatte davon keine Notiz genommen und Lily war es meisterhaft gelungen, ihre Emotionen herunterzuspielen. Schließlich war er immer noch der kleine Junge, der sich Erdnüsse in die Nasenlöcher gestopft und Schimmelpilzkulturen in einem Glas gezüchtet hatte. Derselbe Junge, der über albernes Zeug wie Furzkissen lachte und stolz darauf war, dass er sich die Ohrläppchen in den Gehörgang stecken konnte.

Am Mittag bereitete sie ein paar Sandwiches zu und brachte sie nach draußen. Arwyn schwärmte von seiner Mooreiche, lobte ihren Wuchs und die tiefschwarze Farbe. Zuerst würde er eine Holzprobe nach Dublin schicken, um von der Universität das genaue Alter bestimmen zu lassen, dann wollte er mit einem geheimen Projekt beginnen.

»Sargdekor und Urnen für die Überreste«, scherzte Violet. Fast hätte Lily sich an einer Tomatenscheibe verschluckt. Sie hustete, bis die Tränen liefen.

Später zog sie sich mit einem Kaffee zurück und setzte sich ans Schlafzimmerfenster. Von hier aus hatte sie einen guten Blick in den Garten und zur Straße. In einer halben Stunde würden Tiernan und Ava mit den Fahrrädern kommen, um sie abzuholen.

Unter ihrem Kleid trug sie einen Bikini, den sie während ihres Auslandssemesters an einer Strandbude auf Porquerolles gekauft hatte. Von Violet hatte sie sich eine Basttasche ausgeliehen, die mitsamt einer zusammengerollten Matte neben der Tür stand. Wann war sie zum letzten Mal durch die Hügel zum See geradelt? Welche Geschichte würde Tiernan ihr heute erzählen? Sie war aufgekratzt und versuchte, sich auf andere Gedanken zu bringen, indem sie Statusmeldungen an Elsie und ihre Eltern verschickte.

Kaum hatte sie das letzte Wort getippt, als die Terrassentür aufgerissen wurde.

»Du solltest die Skulpturen unbedingt im Internet anbieten. Dort findest du so viele potenzielle Kunden wie nirgendwo sonst. Wie heißt es so schön? Man muss mit der Zeit gehen, sonst vergeht man mit der Zeit. Warum digitalisiere ich meine Zeichnungen, hm? Ich habe mich dem Fortschritt gebeugt«, hörte sie Violet plappern, dann ein zustimmendes Brummen. Lily lehnte sich weit aus dem Fenster und beobachtete, wie ihre Tante mit der Pflanzenschere bewaffnet in den Garten trat. Anstelle des Gehstocks war Arwyn an ihrer Seite. Die beiden unterhielten sich, doch sie waren so weit weg, dass Lily kaum ein Wort verstand. Nur manchmal wehte der Wind ein paar Fetzen zu ihr hinauf. Wie zu erwarten, ging es um Kunst. Lily legte die verschränkten Arme auf den Fenstersims und stützte ihr Kinn darauf ab. Während Violet die Blumen schnitt, sammelte Arwyn sie zu einem kleinen Strauß. Er wartete geduldig, wenn sie stehen blieb, um Atem zu schöpfen, folgte mit den Augen ihrem ausgestreckten Zeigefinger, wenn sie ihm etwas erklärte. Die beiden harmonierten auf eine Art, die Lily ergriff. Im dunstigen Licht des Nachmittags wirkten sie wie Traumgestalten. Vertraut und sanft – für immer jung.

Als sie den Vardo erreichten, schnitt Violet zwei Nachtkerzen ab, dann ließ sie sich ins Gras sinken. Arwyn setzte sich neben sie und beobachtete, wie sie die gelben Stauden zwischen die anderen Blumen steckte und den Strauß drehte, um ihn von allen Seiten zu begutachten. Selbst aus der Ferne erkannte Lily die geröteten Wangen ihrer Tante und das versonnene Lächeln, das auf Arwyns Lippen lag. An wen hatte die achtzehnjährige Violet wohl diesen Brief geschrieben? Sie war sich sicher, die Antwort zu kennen. Was lange währt, wird endlich … sterben!

Der Gedanke flog wie ein Pfeil durch ihren Kopf. Beklommen beobachtete sie, wie Violet eine Ente auf den Schoß nahm und mit den Fingerspitzen über das weiße Gefieder streichelte. Was Lily gleichermaßen beeindruckte und erschreckte, war die Haltung ihrer Tante. Sie sprach vom Tod mit einer unvermeidlichen Traurigkeit, aber ohne Angst. Wie war es möglich, dass man in Zeiten der Schwäche doch auch die größte Kraft entwickeln konnte? Kompensierte der Geist, woran es dem Körper mangelte?

Lily dachte an ein Buch von Albert Camus, das sie erst kürzlich auf Französisch gelesen hatte. *Le Mythe de Sisyphe.* Der Mythos des Sisyphos, einer griechischen Sagengestalt, die von den Göttern dazu verdammt wird, einen Felsbrocken einen Berg hinaufzurollen. Doch kaum oben angekommen, rollt der Stein zurück ins Tal. Egal, wie sehr er sich abmüht – Sisyphos hat keinen Erfolg. Dennoch kämpft er sich mit seinem Stein unermüdlich den Berg hinauf, um kurz darauf von vorn anzufangen. Das war absurd, aber laut Camus erlangte Sisyphos innere Freiheit, indem er sein Leben akzeptierte und den Stein zu seiner Aufgabe machte. Bewältigung durch Neubewertung. Befreiung durch Akzeptanz. Diese Perspektive war für Lily zwar nachvollziehbar, trotzdem spielte ihr Herz verrückt, wenn sie daran dachte, Violet zu verlieren. »So wie es aussieht, werde ich diese Krankheit nicht mehr los. Sie ist ein Teil von mir und es ist wahnsinnig zermürbend, ständig gegen sich selbst anzukämpfen. Ich bin froh, dass diese Phase vorbei ist«, hatte sie ihr nach dem letzten Chemotherapiezyklus gesagt.

Anders als ihre Tante war Lily noch nicht bereit. Sie wollte nicht loslassen. »Heute nicht«, murmelte sie. Heute war kein Tag zum Sterben. Heute war ein Tag, um sich an alte Freundschaften zu erinnern.

Arwyn hatte inzwischen die lädierte Schieberkappe abgenommen und aus der Brusttasche seiner Latzhose einen Tabakbeutel hervorgekramt. Zwischen seinen kräftigen Fingern sah die Zigarette aus wie ein Strohhalm. Er lehnte sich gegen den Vardo, blies Rauch in die Luft und streckte die Beine von sich. Wahrscheinlich seufzte er und sagte, wie herrlich alles war. Als Violet zur Zigarette griff und genüsslich daran zog, sprang Lily auf. Fast hätte sie in den Garten gebrüllt, dass Rauchen Krebs verursache und Violet schon genug davon habe. Doch dann ließ sie sich zurück auf den Stuhl sinken. In diesem Moment – mit der Fluppe in der Hand – war Violet schwerelos. Darauf kam es an.

Ein Gebimmel ertönte von der Straße her und Lily wurde von einer jähen Euphorie gepackt, als sie zwei Radfahrer erspähte, die sich die Auffahrt hochkämpften.

Tiernan hatte Wort gehalten. Als er sie am Fenster entdeckte, hob er die Hand. Sein Lächeln war unwiderstehlich – vermutlich war er sich dessen bewusst und nutzte es wie ein Werkzeug, um Schlösser zu knacken.

»Komm runter, Burgfräulein!«

* * *

Ava flitzte auf ihrem winzigen Fahrrad voraus. Mit heller Stimme schmetterte sie ein Kinderlied. *Dilín ó Deamhas.* Heidekraut lag wie eine Decke über den Hügeln, duftende Ginsterhecken flankierten den Weg. Die Luft war warm, der Wind säuselnd.

Lily fuhr gemächlich neben Tiernan her. Er trug eine Leinenhose, die um seine Beine flatterte, sodass die Prothese unter dem khakifarbenen Stoff deutlich zu sehen war. Immer wieder stieg ihr sein Duft in die Nase – Sonnencreme. Wie früher, als sie bei jeder Gelegenheit zum See gedüst waren, um erst nach Hause zu gehen, wenn die Sonne längst untergegangen war. Mit dem Sommer kam die Freiheit. Das Leben verlagerte sich, fand nicht mehr unter Dächern, sondern unter freiem Himmel statt. Lily erinnerte sich an Tage mit Sandwiches im Rucksack, klebriger Limonade und Luftmatratzen auf den Gepäckträgern. Manchmal hatte Violet ihre Entenküken in einen Karton gesetzt und mitgenommen, um sie im See planschen zu lassen. Es gab unzählige Erinnerungen, die sie mit einem Fingerschnipsen heraufbeschwören konnte. Lily kannte jede Kurve, jeden Strauch und war in jedes Schlagloch gedonnert. Auch jetzt kam es ihr so vor, als würden sie geradewegs zurück in ihre Kindheit radeln. Nicht ganz. Sie warf Tiernan einen flüchtigen Blick zu. Heute würde er ihr erzählen, wie es vorbeigegangen war – die Unbeschwertheit.

»Dieses Jahr waren wir noch gar nicht beim kleinen Meer«, meinte er und wich im letzten Moment einem Schlagloch aus. »Als ich Ava von unserem Ausflug erzählt habe, ist sie fast ausgeflippt, weil sie unbedingt zur Crannóg rausschwimmen will.«

»Kann ich verstehen. Nachdem du diese Serie mit Huckleberry Finn gesehen hast, warst du wild entschlossen, dort in einem Fass zu leben, weißt du noch?«

»Das hätte ich auch durchgezogen, aber ich hab keine passende Behausung gefunden«, feixte er. »Du kommst doch mit, wenn wir später zur Insel schwimmen, oder?«

»Davor musst du mir unsere Geschichte erzählen. Jedes Detail.«

Das Grinsen verschwand aus seinem Gesicht. »Deswegen sind wir hier. Ich wusste, dass wir dieses Gespräch irgendwann führen müssen.«

»Du hast es lange vor dir hergeschoben.«

Endlich gelangten sie zum Erlenbruch. Eine Konstruktion aus Holzplanken führte über den sumpfigen Boden. Hintereinander schoben sie ihre Räder durch den schattigen Hain. Es war nicht mehr weit. Der See wurde aus einer Quelle in den Hügeln gespeist und schmiegte sich in ein grünes Tal. Nachdem sie die Fahrräder an einen Baum gelehnt hatten, kämpften sie sich durch ein Dickicht und standen schließlich am Ufer. Inmitten des Sees erhob sich die Crannóg, eine von Menschenhand geschaffene Insel. Man nahm an, dass sie in der Eisenzeit entstanden war, als die Kelten sich darauf Wohnstätten errichtet hatten. Steine, Baumstämme, Zweige und Seeschlamm bildeten einst das Fundament. Heute war die Crannóg wild bewachsen. Ein Dickicht aus Adlerfarn, undefinierbaren Schlingpflanzen und Brombeeren umgab die drei Erlen, die ihrer Höhe nach zu urteilen von biblischem Alter waren.

»Oh, wie ich das vermisst habe!«, stieß Lily aus und ließ ihren Blick wandern. Das Wasser glänzte so dunkel, dass die Seerosen darauf wie Sterne aussahen. Ein Boot trieb in der Ferne. Schemenhaft erkannte man darin zwei Menschen mit Angelruten.

Sie suchten sich einen Platz im Halbschatten, breiteten ihre Handtücher aus und schlüpften aus den Schuhen. Es dauerte eine Weile, bis Ava ihren Badeanzug trug, stolz die Erdbeeren darauf präsentierte und ein buntes Arsenal aus Schaufeln, Förmchen und Eimern aus ihrem Rucksack geräumt hatte.

»Keine Ausflüge ohne mich, verstanden? Bleib am Ufer«, sagte Tiernan, während er ihr eine Schildkappe aufsetzte. »Ich hab dich im Auge.«

»Kann ich noch einen Keks haben?«

Tiernan brummte widerwillig, zog aber eine Packung mit Biskuits aus dem Rucksack. »Wie sagt man?«, mahnte er das Kind, nachdem es sich einen Keks in den Mund gesteckt hatte und mit der anderen Hand nach drei weiteren griff.

»Lecker.«

Ehe er etwas erwidern konnte, sprang Ava davon.

»Na, willst du auch ein paar glutenfreie und vegane Haferherzen mit Kokosblütenzucker?«, fragte Tiernan und hielt ihr die Packung unter die Nase. »Greif schnell zu. Wenn Ava zurückkommt, sind sie weg.«

Sie saßen lange nebeneinander, aßen Haferherzen und beobachteten, wie Libellen ins Wasser krochen, um an Schilfrohren ihre Eier abzulegen. Irgendwann tauchten sie wieder an der Oberfläche auf und ließen sich treiben, bis ihre Flügel getrocknet waren. Zwischen Seerosen stuksten Wasserläufer, schwirrten Fliegen. Ava schaufelte Sand in ihren Eimer, grub Rinnen und Becken für das Wasser.

»Was denkst du über das, was ich dir gestern erzählt habe?«, brach er die Stille. »Bist du geschockt?«

»Nein, eigentlich überrascht es mich nicht. Es bestätigt eher ein Gefühl, das ich schon die ganze Zeit hatte«, erwiderte sie und quetschte Sonnencreme in ihre Hand, um sich Gesicht und Schultern sorgfältig damit einzucremen.

»Ich hab dir was mitgebracht.« Tiernan öffnete seinen Rucksack, zog eine Lunchbox mit Gemüse daraus hervor, wühlte durch Kinderkleidung und hielt schließlich sein Portemonnaie in den Händen. »Nach diesem Kuss haben wir zwei Tage nicht miteinander gesprochen, weil wir völlig durch den Wind waren, aber dann hast du mir einen Zettel zugesteckt. Ich hab's irgendwie nie geschafft, ihn wegzuwerfen. Er klemmt immer hinter meinem Organspendeausweis.«

Mit diesen Worten überreichte er ihr ein mehrfach gefaltetes Papier, kariert und vergilbt. *An Tiernan* stand in tintenblauer Schrift darauf.

Lily erkannte ihre Extraschnörkel, mit denen sie jeden Buchstaben versehen hatte, und schmunzelte. »Seit zehn Jahren trägst du mein Briefchen mit dir herum?«

»So sieht's aus.« Tiernan griff nach einem Birkenzweig und fing an, Kreise in den Sand zu malen, während sie das Papier entfaltete. Es waren nur wenige Zeilen, doch sie ahnte, wie viel Überwindung es sie gekostet haben musste, sie zu schreiben.

> *Hallo Tiernan,*
> *wenn es dir auch etwas bedeutet hat, dann komm*
> *heute um zehn Uhr zum Hochkreuz. Wenn es*
> *nur ein Missverständnis war, dann vergiss alles.*
> *Wir müssen nie wieder darüber reden. Im Herbst*
> *ziehe ich ja sowieso nach Belfast.*
> *Lily*

Neben ihrem Namen hatte sie das Hochkreuz mit zwei Herzen gezeichnet. Lily ließ das Papier sinken und blinzelte ihn an, weil die Sonne ihr ins Gesicht schien – aber auch aus Rührung. Bedeutete ihr Herzklopfen, dass sie tief in sich eine Erinnerung besaß?

»Du bist gekommen, oder?«

Zwar erwiderte er ihr Lächeln, doch sie meinte, einen traurigen Glanz in seinen Augen zu erkennen. »Ich hab dort auf dich gewartet.«

Lily schlang die Arme um ihre angewinkelten Knie und legte ihren Kopf darauf ab. »Und dann?«, fragte sie mit sanfter Stimme.

»Willst du die lange Version hören oder reicht dir eine knappe Zusammenfassung?«

»Den Prolog kenne ich schon. Ich bin bereit für das Drama.«

Was als lockerer Scherz gemeint war, entlockte Tiernan nur ein Ächzen. Er holte aus und schleuderte den Stock ins Wasser. Kurz schaute Ava zu ihnen hinüber, dann vertiefte sie sich wieder in ihr Spiel und summte selbstvergessen vor sich hin.

»Es fällt mir echt schwer, mit dir darüber zu sprechen, aber ich verstehe, dass du Klarheit brauchst. Ich bin der einzige Mensch, der dir dabei helfen kann.«

Er war wie eine Schachtel mit Souvenirs. Eine Sammlung aller Erlebnisse, die sie mit ihm geteilt hatte. Und noch mehr. Tiernan hütete, was vergessen und geheim war, sodass er diese Aspekte ihrer Vergangenheit beliebig ausschmücken könnte. Als Kind hatte Lily ihm blind vertraut. Wahrscheinlich hätte sie sogar zugestimmt, wenn Tiernan angeboten hätte, sie am offenen Herzen zu operieren. Und nun? Noch ehe er das Wort ergriff, wusste sie, dass sie ihm glauben würde.

Gespannt sah sie ihn an. »Bitte erzähl mir, was passiert ist. Lass nichts aus.«

»Okay.« Er blies die Wangen auf, dann schlug er mit den flachen Händen auf seine Oberschenkel, als wollte er sich anspornen, die erste Hürde zu nehmen. »Also, nachdem klar war, dass wir mehr füreinander empfanden, sind wir nachts oft im Cottage abgestiegen. Das Badezimmer im Obergeschoss wurde gerade saniert, weswegen in diesem Sommer keine Gäste dort gewohnt haben. Für uns war das natürlich der absolute Jackpot, weil wir ganz ungestört sein konnten. Du kannst dir ja denken, was wir gemacht haben.«

»Was kann ich mir denken?«

»Was macht man, wenn man jung und verliebt ist, hm?«

»Lass mich überlegen«, feixte sie. »Man leidet still und heimlich, schreibt vor Schmalz triefende Liebesbriefe und schickt sie niemals ab?«

Über die Schulter warf er ihr einen kritischen Blick zu, dann lachte er. »Sei nicht immer so dramatisch. Du weißt genau, was ich meine.«

»Ja, entschuldige. Ich kann's mir denken, aber ich möchte mir ganz sicher sein, dass ich dich richtig verstehe. Wir haben uns im Cottage getroffen, um ...« Sie ließ den Satz unvollendet. Stattdessen taxierte sie ihn, beobachtete, wie er an seiner Unterlippe nagte und den Blick suchend über den See wandern ließ, ehe er sich zu ihr umwandte.

»Was willst du hören? Dass wir uns geküsst haben? Dass wir Sex hatten?«

»Wir hatten Sex.« Die Sonne knallte auf sie herab und sie glaubte, jeden Moment zu zerfließen. Nun ging ihr Herz so kräftig, dass ihr Brustkorb bebte.

»Hatten wir. Wir haben uns damit Zeit gelassen. Es ist nicht sofort passiert, falls du das wissen möchtest.« Er musterte sie wie ein exotisches Tier, dessen Reaktion er nicht abschätzen konnte. Wo war der Wind, der sonst durch die Täler jagte? Schweiß trat aus ihren Poren, während ein Schauer sie erfasste. Es war ihr leichtgefallen, sich einen Kuss vorzustellen, aber die Erkenntnis, dass sie mit Tiernan geschlafen hatte, versetzte sie in Aufruhr, veränderte alles, fuhr ihr direkt ins Herz.

»Ich habe überhaupt keine Erinnerungen daran.«

»Das macht die ganze Sache so kompliziert. Aber ich schwöre dir, dass wir dort nicht nur abgestiegen sind, um Sex zu haben oder so. Das Cottage war wie ein Paralleluniversum. Wir lagen stundenlang oben vor dem Giebelfenster, haben uns gegenseitig vorgelesen, Musik gehört, Spoil Five gespielt. Hat sich manchmal so angefühlt, als wären wir dort zu Hause. Das war eine verdammt schöne Zeit.«

»Ich wünschte, ich könnte mich daran erinnern.«

Ein Lächeln huschte über sein Gesicht. »Ja, ich auch.«

Lily spielte mit der Kordel, die ihr Kleid um die Taille zusammenraffte. Um ein Haar hätte sie sich verklärten Fantasiebildern hingegeben, doch etwas an seinen Schilderungen ließ sie hellhörig werden. »Warum weiß niemand, dass wir zusammen waren? Davon hätte mir doch irgendwer erzählen müssen … Es klingt wie ein Geheimnis.«

Tiernan stützte die Arme auf den angewinkelten Beinen ab und beobachtete Ava, die im flachen Wasser kniete und mit beiden Händen einen Graben buddelte. Seine Mundwinkel zuckten, so als würde er probeweise Wörter formen.

Lily wartete. Die Birkenblätter raschelten im Wind. Sonnenstrahlen flackerten über ihre Haut. Das Wasser schwappte friedlich an Land.

»Es tut mir leid, Lily«, hob er an und räusperte sich, als müsste er seine Stimmbänder von einer Staubschicht befreien. »Ich wollte dir nie wehtun …«

Doch allein dieser Satz schmerzte bereits. Lily hatte ihn selbst oft ausgesprochen, wenn das Messer schon bis zum Anschlag in der Brust steckte – kurz vor dem Todesstoß.

»Was hast du denn getan?«

»Die Frage ist wohl eher, was ich nicht getan habe«, brummte er und fuhr sich mit einer Hand durchs Haar. Einige Strähnen blieben an seiner feuchten Stirn kleben. »Ich hab nicht mit dir gerechnet, Lily, nicht erwartet, dass wir uns jemals näherkommen und sich die Dinge so schnell drehen würden. Das hat mich völlig umgehauen. Ich hab die Zeit mit dir echt genossen …«

»Aber?«, fragte sie bang.

»Wie soll ich dir das erklären, ohne wie der letzte Idiot zu klingen? Die Beziehung mit Isabella war eben offiziell. Wir sind händchenhaltend durch die Schule spaziert, haben im Eiswagen gearbeitet und wollten im Sommer nach Cefalù fliegen, weil

ihre Familie dort eine Ferienwohnung hatte. Das mit dir war ...
Das lief nur nebenher, wenn wir uns rausschleichen konnten.«

Lily blinzelte, als sie die Tragweite seiner Worte erfasste.
Insgeheim hatte sie nicht nur gehofft, dass er ihr eine berührende
Liebesgeschichte erzählen würde, seit gestern hatte sie es sogar
erwartet. Binnen Sekunden hatte er sie zu einer Bettgeschichte
degradiert. »Ist das dein Ernst?«, fragte sie bestürzt.

»Keine Ahnung, was ich mir eingebildet habe, gleich zwei
Menschen so zu hintergehen. Mein Verhalten war einfach nur
armselig«, sagte er mit fester Stimme, die keinen Zweifel an
seiner Aufrichtigkeit ließ. »Damals hab ich mich einfach treiben lassen. Es war ja auch schön, verstehst du? Sobald wir zur
Tür reingekommen sind, haben wir mit dem Theater aufgehört
und konnten alles andere vergessen. Aber draußen haben wir
so getan, als wären wir einfach nur Freunde. Wir haben unsere
Rollen perfekt gespielt. Selbst wenn ich vor deinen Augen mit
Isabella zusammen war, hast du dir nie etwas anmerken lassen.«

Wie demütigend. In ihrem Bauch brauten sich Gefühle
zusammen, die sie nicht benennen konnte – irgendwas zwischen herber Enttäuschung und einer seltsamen Faszination. Ihr
kam der Satz in den Sinn, den sie zwischen ihren Zeichnungen
im Skizzenbuch entdeckt hatte: *Es bricht mir das Herz, dass ich
mich nicht freuen kann.* Natürlich hatte sie sich nicht über diese
deformierte Beziehung freuen können.

»Warum habe ich mir das gefallen lassen?«, fragte sie scharf.
»So kenne ich mich gar nicht. Das muss mich doch total verletzt
haben!«

»Du hast mir eben geglaubt«, murmelte er. »Ich wollte
dich nicht verlieren, deswegen habe ich dir erzählt, dass ich
nur ein bisschen Zeit bräuchte, um ein paar Dinge zu klären.
Dabei wusste ich selbst nicht, welche Dinge ich meinte. Bei
dir war jedes Geheimnis sicher. Deswegen hat das alles so gut

146

funktioniert, aber ich …« Mit dem Handrücken rieb er sich über die Lippen, als klebten dort Worte, die er fortwischen wollte.

»Du hast mich wochenlang hingehalten und auf meinen Gefühlen rumgetrampelt. War ich dir so egal?«

»Nein, natürlich nicht! Ich meine … Du warst meine beste Freundin und ich hatte schon immer Gefühle für dich, aber ich war mir nie so ganz sicher, was das zu bedeuten hat. Auf welche Art liebe ich dich? Keine Ahnung! Ich wusste ja, dass du nach Belfast gehst und dann in England Kunst studieren willst, also dachte ich … Isabella wollte aufs College nach Galway. So wie ich. Damals war ich ziemlich pragmatisch.«

»Eiskalt, Tiernan! Du warst vollkommen gefühlskalt«, stieß sie mit jähem Zorn aus. »Du hast kalkuliert und kamst zu dem Ergebnis, dass es für dich günstiger wäre, mit Isabella zusammenzubleiben, weil ich ja sowieso verschwinden würde. Ist es das, was du mir gerade erzählen willst?«

»Mhm, so ungefähr«, sagte er schwerfällig. »Vor dem Unfall haben wir uns deswegen ständig gestritten. Dir ging es immer schlechter, auch körperlich, aber ich konnte einfach nicht … Zwei Wochen vor dem Unfall wolltest du ganz dringend mit mir sprechen. Vielleicht wolltest du die Sache beenden. Im Grunde hoffe ich sogar, dass es so war.«

»Du hoffst es? Ich werde dir ja wohl verraten haben, worüber ich sprechen wollte.«

Kaum merklich schüttelte er den Kopf. »Ich habe die Gelegenheit genutzt, um dir zu sagen, dass wir aufhören müssen, uns zu sehen. Und dann bin ich abgehauen, bevor du den Mund aufmachen konntest.«

Lily schlang die Arme um ihren Oberkörper und beobachtete den Flug einer Libelle, lauschte dem Vogelgezwitscher – nahm aber nichts davon in sich auf.

Es gab keine greifbaren Erinnerungen, aber tief in ihrem Innern existierte dieser Schmerz, der mit der bitteren Erkenntnis einherging, nicht gut genug zu sein. Nicht mal für Tiernan auszureichen. Der Geist blendete aus, retuschierte und zog den Vorhang zu, um zu verhindern, dass schmerzhafte Erinnerungen auf die Bühne des Bewusstseins traten – doch tief in sich hatte sie dieses Gefühl bewahrt und trug es seither mit sich herum.

Nach Minuten des Schweigens rückte Tiernan näher an sie heran und berührte mit den Fingerspitzen ihren Unterarm. Eine beschwichtigende Geste, die ihre Wirkung verfehlte.

»Ausgerechnet du … Ich will mir gar nicht vorstellen, wie tief mich das verletzt haben muss«, sagte sie bitter.

»Das bereue ich bis heute, Lily. Ich werde deinen Blick nie vergessen. Als hätte ich dir irgendwas rausgerissen. Es tat mir selbst weh, dich so zu sehen, aber ich hab's einfach nicht hinbekommen.«

Ihr Herz zog sich zusammen, als wollte es in sich selbst verschwinden. Lily starrte zu der dunkel bewachsenen Insel hinüber, um seinem Blick zu entgehen. Auch wenn sie sich nicht daran erinnern konnte, verletzte sie allein die Vorstellung. *Wer sich nicht bindet, kann nicht verlassen werden, und wer nicht verlassen wird, spürt keinen Schmerz.* Nach diesem Prinzip lebte sie ein halbherziges Leben, verlor nach kürzester Zeit das Interesse an anderen Menschen, besser gesagt den Mut zur Verbundenheit. Hatte er diesen Samen gelegt? Sabotierte sie deswegen jede Chance darauf, geliebt zu werden?

»Jetzt macht alles Sinn«, flüsterte sie. »Deinetwegen habe ich den Debs verpasst. Ich hatte gar keine Magenkrämpfe, wie mir alle erzählt haben, sondern ein gebrochenes Herz. Erst als der offizielle Teil längst vorbei war, bin ich aus meinem Zimmer gekrochen und habe mich zur Burgruine geschleppt. Pa wollte mich wohl fahren, sagt er, aber ich habe darauf bestanden, den ganzen Weg zu Fuß zu gehen. In meinem sündhaft teuren

Ballkleid, für das ich ein halbes Jahr gespart hatte. Und wofür? Die Rettungssanitäter haben es mir später vom Leib geschnitten. Da waren nur noch Fetzen übrig.«

»Es tut mir leid.« Unter seinen langen Wimpern warf er ihr einen verhuschten Blick zu, dann hob er die Schultern. »Das lief echt beschissen.«

Lily schnaubte auf. »Und wieso saß ich in deinem Auto, wenn wir Streit hatten?«, forschte sie weiter und bemühte sich, mit klarer Stimme zu sprechen, um weder ihre Unsicherheit noch ihre Verletztheit preiszugeben. »Isabella hätte dort sitzen sollen, oder nicht? Wie bin ich in diesen Unfall geraten?«

»Jetzt kommt der hässliche Teil.«

»Noch hässlicher?«

»Kurz vor dem Unfall … Du bist nach dem Debs mitten in der Nacht auf dieser Party aufgetaucht. Erst sind wir uns noch aus dem Weg gegangen, aber die ganze Zeit lag so eine Spannung in der Luft, als würde jeden Moment etwas explodieren. Ist es dann auch. Du standest plötzlich vor mir, als ich gerade zum Pinkeln in die Heide gegangen bin«, sagte er und knetete seine Hände, als besäßen sie gummiartige Knochen. »So hatte ich dich noch nie erlebt. Du konntest dich gar nicht mehr beruhigen. Erst habe ich versucht, ganz ruhig mit dir zu reden, dann wollte ich dich in den Arm nehmen. Das hat es nur noch schlimmer gemacht. Du hast mir gedroht, Isabella zu stecken, dass ich sie wochenlang betrogen habe. Ich wusste einfach nicht, was ich tun sollte, aber mir war klar, dass es völlig eskalieren würde, wenn wir länger auf dieser Party blieben. Also habe ich dich irgendwie dazu bekommen, zu mir ins Auto zu steigen, damit ich dich wegbringen konnte. Auf der Fahrt haben wir dann heftig gestritten. Du hast versucht, bei voller Geschwindigkeit auszusteigen. Die Tür war schon offen. Ich hab dich festgehalten. Du hast mir in den Arm gebissen, nach mir geschlagen. Tja, und dann kam diese verfluchte Kurve.«

»Scheiße!«

»Ja, verdammt. Scheiße!«

»Ich weiß gar nicht, was ich sagen soll …«

»Tut mir leid, dass ich dir keine schönere Geschichte erzählen kann. Ich wünschte, es wäre anders gewesen, aber wir waren keine Freunde mehr. Du hast mich gehasst, weil ich dich behandelt habe wie jemanden, der mir nichts bedeutet.«

»Warum hast du mir das nie erzählt? Du hättest mir so viel ersparen können, wenn du einfach den Mund aufgemacht hättest, Tiernan.«

»Ich weiß, aber nach dem Unfall hatte ich nicht die Energie, um hinter mir aufzuräumen. Und dann dachte ich, es wäre einfacher, dich auf Abstand zu halten, weil du dich sowieso nicht erinnerst. Ich wollte damit abschließen. Deswegen bin ich allem aus dem Weg gegangen, was irgendwie mit diesem Unfall assoziiert war. Aber jetzt liegen die Dinge anders … Seitdem ich zurück in Carraig bin, denke ich ständig daran, wie's früher war.« Er winkelte die Beine an und spielte am Schaft seiner Prothese herum, dann hob er den Blick. In der Sonne schimmerten seine Augen wie Eiskristalle. »Wenn ich mit diesem achtzehnjährigen Idioten sprechen könnte, würde ich ihm den Kopf waschen, bis er durchsichtig ist. Ich würde ihm sagen, dass er da etwas aufs Spiel setzt, das er nie wieder bekommen wird. Du warst meine ganze Kindheit. Ich habe erst viel zu spät kapiert, was es bedeutet, dich verloren zu haben …«

Krampfhaft suchte Lily nach Worten, um auf diese Geschichte zu reagieren. Sie hatte danach gefragt und ihn dazu gedrängt. Nun war sie sich nicht mehr sicher, ob es nicht besser gewesen wäre, wenn er geschwiegen hätte.

Immer wieder sprangen Forellen in die Höhe, um Insekten zu fangen, die über der Oberfläche schwirrten. Kreise breiteten sich aus, verebbten. Schon als Kind hatte sie Seerosen geliebt. Die Blumen wurzelten tief im Seegrund und sie hatte vergebens versucht, sie aus dem Wasser zu ziehen. Violet hatte ihr erklärt, dass man manche Dinge eben nur mit den Augen besitzen könne. So wie die Sterne. Lily stocherte mit einem Birkenzweig im Sand, grub wahllos irgendwelche Kiesel aus und rieb sie zwischen ihren Fingern sauber.

»Jetzt kann ich wenigstens aufhören, mir die Schuld an allem zu geben«, sagte sie schließlich und wartete vergebens auf eine Reaktion. Wie versteinert saß Tiernan neben ihr und erweckte nicht den Anschein, das Gespräch fortführen zu wollen. Seine Apathie wurde unerträglich. Mit einem Satz stand sie auf den Beinen, schlüpfte hektisch aus ihrem Kleid und marschierte zum Ufer, ohne sich noch mal zu ihm umzudrehen.

»Gehst du schwimmen?«, rief Ava und rannte ihr entgegen. »Kann ich auch?«

Lily wusste nicht, wie sie es schaffen sollte, sich mit dem Kind zu beschäftigen, dennoch wandte sie sich zu Tiernan um. Mit hochrotem Kopf saß er auf seinem Handtuch und starrte sie an.

»Ist das prinzipiell denkbar für dich, also okay?«, fragte er mechanisch.

Ehe sie etwas erwidern konnte, griff Ava nach ihrer Hand. »Gehen wir ins Tiefe? Mit Daddy gehe ich nie dorthin, wo's richtig tief ist. Er hat ja ein Roboterbein.«

»Ein Roboterbein«, echote Lily und bemühte sich um ein Lächeln, das darüber hinwegtäuschen sollte, wie verkrampft sie war. Sie hatte Tiernan geliebt, aber hatte sie ihn wirklich gekannt? Oder hatte sie ihn bloß erfunden und all ihre Wünsche in ihn reingelegt? Ein Trugbild, dem sie jahrelang nachgehangen war?

»Was ist denn?«, drängte Ava und zog an ihrer Hand.

»Wir gehen ins Tiefe.« Sie beobachtete, wie Tiernan in seinen Rucksack griff und knallgelbe Schwimmflügel daraus hervorzog. Während Ava vor ihm herumtänzelte, pustete er sie auf.

»Du hörst darauf, was Lily dir sagt. Und immer schön daran denken, was wir im Schwimmbad geübt haben, ja?«

»Jaha, kapiert«, erwiderte Ava genervt, dann wirbelte sie herum und stürmte zum Wasser.

Vertrauensselig lag die kleine Hand in ihrer, als sie in den See gingen. Das Wasser hatte sich durch die Sonne zwar aufgewärmt, war in den Tiefen aber eisig. Sie spürte glitschige Steine unter ihren Füßen und Algen, die sich um ihre Beine schlangen wie Tentakel.

Als das Wasser etwa hüfthoch war, fing Ava an, mit den Armen zu rudern. Kurz entschlossen nahm Lily das Mädchen huckepack. Bis zur Crannóg war es nicht weit, doch es kam ihr vor, als würden sie sich kaum von der Stelle bewegen.

Ava plapperte unverdrossen auf sie ein. »Leben im See viele Fische?«, fragte sie.

»Forellen und Lachse. Deswegen angeln die Leute hier so gern.«

»Können die auch beißen?«

In diesem Moment ertönte hinter ihnen ein tiefes Grollen, dann spritzte Wasser und Ava kreischte. »Daddy!« Sofort schlang sie ihre Arme um seinen Hals. »Du schwimmst.«

Er blinzelte und pustete sich Wassertropfen aus den langen Wimpern. »Na, ich versuch's zumindest«, erwiderte er belustigt. »Ihr wollt zur Crannóg und das kann ich mir ja wohl kaum entgehen lassen. Nehmt ihr mich mit?«

Anstatt zu antworten, tauchte Lily unter. Ihr Kopf war voll und schwer, würde schnurstracks zum Grund sinken, wenn sie ihn verlieren würde. Sie war vor zehn Jahren eine Liaison mit ihrem besten Freund eingegangen – ohne Erinnerung, aber mit einem gebrochenen Herzen, das sie jahrelang versucht hatte, mit ihren Mitteln zu reparieren. Die Pflaster saßen schief und an den falschen Stellen. Die Ereignisse der Vergangenheit ließen sich nicht ändern. Man konnte ihnen lediglich eine neue Bedeutung verleihen.

Aber welche? Als sie wieder auftauchte, starrte Tiernan sie an. »Äh, ist alles okay?«

Sie ignorierte seine Frage, deutete stattdessen zur Insel. »Es ist noch ein Stück. Schaffst du das mit deinem Bein?«

Lily schwamm voraus, während Ava sich an ihrem Vater festklammerte und munter vor sich hin quasselte. Es ging um Regenbogenfische. Sie hörte nur mit halbem Ohr zu. Hätte sie nicht einfach ihre Sachen packen und nach Hause fahren sollen, anstatt mit Tiernan und seiner Tochter zur Crannóg zu schwimmen?

»Das nächste Mal bauen wir uns ein Floß«, sagte er atemlos, als Lily bereits festen Boden unter den Füßen hatte. Das Ufer der Insel stieg steil an. Flink kletterte sie über Felsbrocken und aufgequollene Hölzer, dann drehte sie sich um. Tiernans Gesicht hatte einen verbissenen Ausdruck angenommen, als er sich an Land kämpfte.

»Bin mit dem Teil bisher nur im Schwimmbad gewesen«, knurrte er. »Da ist alles flach.«

»Brauchst du Hilfe?«

»Seh ich so aus?« Herausfordernd funkelte er sie an, dann stützte er sich an einem umgestürzten Baumstamm ab und sprang neben sie.

Ava schlang ihre Arme um sein Bein und drückte sich an ihn. »Wir sind auf der Insel! Das erzähle ich morgen in der Schule.«

»Und jetzt zeige ich dir das Cottage«, verkündete er, griff nach ihrer Hand und setzte sich in Bewegung. »Zumindest das, was davon übrig geblieben ist.«

»Wer hat da gewohnt?«

»Eine alte Frau, die mit Vögeln reden konnte«, fabulierte Tiernan. »Sie hieß Betsy und hatte drei Schwäne, mit denen sie gern Bridge gespielt hat.« Der Weg zum Cottage war zwischen den Hecken kaum zu erkennen. Er schnappte sich einen Stock, um damit die wilden Triebe zu verdrängen. Als er schon fast mit Ava verschwunden war, warf er Lily über die Schulter einen fragenden Blick zu. »Kommst du?«

»Geht nur. Ich warte hier.«

Sie klaubte Kieselsteine auf, setzte sich auf den Baumstamm und warf sie in hohem Bogen ins Wasser. Wie konnte sie sicher sein, dass Tiernan ihr die Wahrheit erzählt hatte? Außer ihm gab es anscheinend niemanden, der davon wusste. Doch aus welchem Grund hätte er sie belügen sollen? Er kam bei der Geschichte nicht gerade gut weg. Flatterhaft und feige. Lily schnaubte auf. Sie war ohnehin darauf angewiesen, ihm zu glauben, weil sie keine abgleichende Erinnerung besaß. An welcher Realität sollte sie seine Geschichte messen?

Träge ließ sie die Beine baumeln und spritzte mit den Zehenspitzen Wasser auf. Da saß sie nun mit ihren frisch beschriebenen Kalenderblättern und wusste nicht, was sie damit anfangen sollte. Lily musste ihn geliebt haben, andernfalls hätte sie ihre Freundschaft niemals riskiert. Ihr kam ein Lied von Cat Stevens in den Sinn. *The first cut is the deepest.* Der erste Schmerz schnitt so tief ins Fleisch, dass man ihn nie mehr vergaß. Alles, was man zum allerersten Mal erlebte, besaß diese Kraft. Natürlich war sie gekränkt. Die junge Lily tat ihr unfassbar leid, weil sie ahnte, wie verraten sie sich gefühlt haben musste. Doch was war von diesen Gefühlen noch übrig?

»Lily, schau mal, was ich habe!« Ava rannte auf sie zu und wedelte mit einem braunen Klumpen. »Ich hab einen Schuh gefunden.«

»Oh, den muss hier wohl jemand verloren haben.«

»Könnte ein einbeiniger Seeräuber gewesen sein«, erklärte Tiernan, der seiner Tochter schleppenden Schrittes folgte.

154

»Aber das Teil lassen wir hier, Ava, falls er wiederkommt und seinen Schuh sucht.«

Sie waren schon fast wieder an ihrem Ausgangspunkt angelangt, als Tiernan laut fluchte. »Scheiße!« Mit den flachen Händen schlug er aufs Wasser, dann tauchte er unter und kam kurz darauf wieder an die Oberfläche. »Mein Bein.«

Irritiert blinzelte Lily ihn an. »Was ist damit?«

»Das Vakuum hat sich gelöst. Ist wohl Wasser reingekommen, als ich den Liner hochgezogen habe, diesen Silikonstrumpf! Ich hab noch überlegt, das Teil vorher auszuziehen, aber … kacke! Das Bein ist ab.«

»Welches Bein?«, fragte Ava und starrte ihren Vater an.

»Das Roboterbein!« Er tauchte wieder unter.

Auch Lily tauchte. Sie versuchte, im trüben Wasser etwas zu erkennen, sah Algen und überwucherte Steine, dann Schatten und bleiche Mädchenbeine.

Als sie wieder auftauchte, weinte Ava. Ihr Kopf war krebsrot. »Jetzt hast du nur noch ein Bein«, jammerte sie.

»Daddy holt das andere Bein zurück«, beschwichtigte Tiernan. »Es ist gar nicht so tief. Ich muss nur …«

»Hast du's gesehen?«, fragte Lily und schwamm auf ihn zu.

»Direkt unter uns. Mit dem Stumpf komme ich nicht richtig voran.«

»Ich kann das. Bleib bei Ava.« Lily schaute an sich hinab, doch das Wasser war viel zu trüb, um etwas zu erkennen. Nachdem sie ihre Lungen mit Luft gefüllt hatte, tauchte sie wieder ab. Diesmal waren ihre Züge entschlossener. Obwohl das Wasser darin brannte, riss sie die Augen auf. Schwarz wie eine Mooreiche lag die Prothese zwischen zwei Steinen. Nicht mehr weit … Sie ließ Luft aus ihrer Nase strömen. Der Widerstand des Wassers nahm zu, je tiefer sie tauchte. Ein dumpfes Dröhnen umschloss sie. Sie musste nur noch ein bisschen weiter. Mit den

Fingerspitzen berührte sie den Schaft, dann griff sie danach und tauchte wieder an die Oberfläche.

Tiernan strahlte sie über die Schulter seiner wimmernden Tochter an. »Ava, schau mal! Lily hat mein Roboterbein gefunden.«

Mit der Prothese hatte sie Mühe, sich über Wasser zu halten. »Weißt du was, Tiernan?«, fragte sie keuchend. »Eigentlich sollte ich das Ding direkt wieder fallen lassen. Du hättest es verdient.«

»Nein, warum?« Ava starrte sie entsetzt an.

»Lily ist ein bisschen böse auf deinen Daddy«, erklärte er und schwamm mit Ava im Schlepptau auf sie zu.

»Du bist böse? Aber warum denn?«

»Schon vergessen. Ich bin nur ein bisschen traurig«, erwiderte sie mit einem schwachen Lächeln, das sie einzig und allein für Ava aufsetzte. »Aber dein Daddy hat's bestimmt nicht so gemeint.«

»Was hat er denn gemacht?«

»Er hat etwas verloren, das tausendmal wichtiger war als sein Roboterbein«, erklärte Tiernan. Sein Blick ruhte auf ihr – verbindlich und intim. »Er hätte viel besser darauf aufpassen müssen.«

»Ich hab Hunger und mir ist ganz kalt«, quengelte Ava.

»Dann los.« Lily wandte sich ab und schwamm mit kräftigen Zügen aufs Ufer zu. »Ich bringe das Roboterbein an Land.«

Das Wasser reichte ihr bereits bis zur Hüfte und sie griff mit einer Hand in ihr Haar, um es auszudrücken. »Jetzt müssen wir das Bein richtig gut abtrocknen, Ava! Kommst du?«

Gemeinsam mit dem Mädchen watete sie zum Ufer und legte die Prothese auf die Strandmatte. Sogleich fing Ava an, sie mit ihrem kleinen Handtuch trocken zu reiben.

»Lily! Ich brauch dich«, rief Tiernan, der noch an derselben Stelle stand, an der sie ihn zurückgelassen hatte. »Kannst du mir aus dem Wasser helfen? Ohne meine Prothese müsste ich wie ein Krebs ans Ufer krabbeln. Das will keiner sehen.«

»Du musst zu meinem Daddy«, lispelte Ava. »Ich mach sein Bein trocken.«

Während sich das Mädchen gewissenhaft um die Prothese kümmerte, stapfte Lily zurück in den See. Sie konzentrierte sich auf den Boden unter ihren Füßen. Erst als sie nur noch einen Schritt von ihm entfernt war, riskierte sie einen Blick in sein Gesicht und registrierte, wie heftig ihr Herz gegen ihre Rippen klopfte. Seine Augen fingen die Sonne auf und funkelten verschwörerisch.

»Mir gefällt deine Seerose. Das waren schon früher deine Lieblingsblumen«, sagte er und deutete auf die filigrane Tätowierung unterhalb ihrer Brüste.

»Danke, das ist schon alt.« Flüchtig blickte sie an sich hinab. »Also, äh, und jetzt? Wie sollen wir das machen?«

Tiernan kam ihr ein Stück entgegen, dann stellte er sich dicht neben sie und legte seinen Arm um ihre Schulter. »So müsste es gehen.«

Auch Lily schlang ihren Arm um seine Taille und stützte ihn, während sie sich langsam dem Ufer näherten.

»Weißt du, ich habe die ganze Nacht wach gelegen und mir irgendwelche Storys überlegt. Ich wollte dir erzählen, dass wir glücklich waren und nur der Unfall uns auseinandergebracht hat. Dann wäre dieses Gespräch leichter gewesen.« Tiernan blieb stehen und lehnte sich ein wenig zurück, um ihren Blick aufzufangen. »Aber die Wahrheit ist nicht leicht, sondern ziemlich niederschmetternd. Ich hab dich schon verletzt, bevor wir verunglückt sind. Ist das Karma? Ich verliere mein halbes Bein und du die Erinnerung an mich.«

»Ich hab dich nicht vergessen.«

»Aber du hast vergessen, was für ein Arsch ich gewesen bin.«

»Jetzt weiß ich's wieder.« Lily schaute zum Ufer. Ava saß mit der Prothese auf ihrem Handtuch. Sie hatte ihr rosafarbenes Kleid in den Schaft gestopft, um sie zu trocknen. »Sei froh, dass Ava dabei ist, sonst hätte ich dein Bein niemals aus dem See gefischt und dich da draußen deinem Schicksal überlassen.« Tiernan lachte. »Ich kenne dich. So ein Mensch bist du nicht. Du lässt niemanden zurück.« Seine Stimme klang warm wie die Sonne, die allmählich sank und schon bald hinter den Hügeln verschwinden würde. »Es tut mir leid, Lily. Ich kann die Zeit nicht zurückdrehen, aber ich kann mich aufrichtig für mein Verhalten damals entschuldigen und hoffen, dass du mir noch eine Chance gibst.«

»Was für eine Chance willst du denn?«

»Vielleicht können wir irgendwann wieder Freunde sein.«

Alles, was Lily hinbekam, war ein klägliches Halbgrinsen, das er genauso mühevoll erwiderte.

Der Weg zu den Handtüchern war zwar nicht weit, aber strapaziös. Schließlich saß Tiernan keuchend neben ihr. Lily betrachtete den Stumpf, der aus seinen schwarzen Shorts ragte. Erst jetzt fiel ihr auf, dass sein linkes Bein komplett haarlos war. Als sie seinen Blick bemerkte, schoss Hitze in ihre Wangen. Sie wollte etwas zu ihrer Entschuldigung sagen, doch Tiernan winkte ab.

»Schau mich ruhig an.«

»Oh, ich wollte nicht … Ich hab das nur noch nie aus der Nähe …«, stammelte sie.

»Ich kann daraus sowieso kein Geheimnis machen und bin an die Blicke der Leute gewöhnt. Also schau's dir an. Das ist mein Stumpf.« Er klopfte auf seinen muskulösen Oberschenkel. Knapp unter dem Kniegelenk war das Bein amputiert worden.

»Hast du noch Schmerzen?«

»Nicht mehr. Am Anfang hatte ich natürlich heftige Wundschmerzen und es hat eine Weile gedauert, bis mein

Nervensystem kapiert hat, dass es keinen Unterschenkel mehr gibt, der etwas spüren kann. Diese Phantomschmerzen waren krass«, sagte er und lehnte sich zurück, um seinen Stumpf leicht anzuheben. »Bin ein paarmal im Dämmerzustand aus dem Bett gefallen, als ich nachts aufstehen wollte, weil ich's noch nicht so richtig verinnerlicht hatte, dass da was fehlt.«

Lily unterdrückte den Impuls, die vernarbte Haut zu berühren, und kämpfte gleichzeitig gegen die Bilder aus dem Krankenhaus an, die sich ihr mit aller Gewalt aufdrängten. Nachdem sie wieder einigermaßen hergestellt gewesen war, hatte sie ihn auf der Intensivstation ein einziges Mal besuchen können. Tiernan hatte zwischen einer Armee aus Maschinen gelegen, die über sein Leben wachten. Reglos, verwundet und kalkweiß.

»Und ich mach das soooo!« Ava quetschte sich dazwischen und fing an, mit den flachen Händen seinen Stumpf zu tätscheln.

»Du Kröte!« Tiernan packte sie und hob sie so mühelos über seinen Kopf, als wäre sie leicht wie eine Feder, dann kitzelte er sie, bis aus ihrem Kichern ein Kreischen wurde.

Nachdem er sie abgesetzt hatte, küsste er ihre Wange. »Wir müssen das Roboterbein noch ein bisschen in der Sonne trocknen lassen, sonst rostet es und fängt an zu quietschen. Sollen wir so lange Karten spielen?«

»Au ja!« Ava riss ihren Rucksack an sich, um wild darin herumzuwühlen, bis sie eine Schachtel daraus hervorzog und ihrem Vater reichte. »Das da!«

»Was ist mit dir, Lily? Spielst du mit?«, erkundigte sich Tiernan. »Ist ein Quartett.«

Ihr Blick wanderte von den Karten zu seinen Augen. Es überkam sie das jähe Bedürfnis, von ihm loszukommen, um mit ihren Gedanken allein zu sein. Im Grunde hätte sie unmittelbar nach dem Gespräch verschwinden sollen, anstatt zur Crannóg zu schwimmen und so zu tun, als wäre sie okay. »Ich muss los. Violet wartet bestimmt schon«, erwiderte sie. Umständlich rappelte sie sich auf und schüttelte ihr Kleid aus, bevor sie hineinschlüpfte.

»Verstehe.« Zögerlich mischte er den Kartenstapel, dann hielt er inne. »Wann sehen wir uns denn wieder?«

»Spätestens beim *Fairy Friday*, nehme ich an.«

* * *

Violet lag im Bett und hielt ein aufgeschlagenes Buch in den Händen, doch ihre Augen waren geschlossen. Aus den Lautsprechern sang Van Morrison – wie so oft in letzter Zeit. Noch vor vier Jahren war sie nach Belfast gereist, um mit Lily ein Konzert des Musikers zu besuchen.

Vorsichtig beugte sich Lily über ihre Tante, um eine leere Tasse vom Nachttisch zu angeln, als diese die Augen aufschlug.

»Hallo«, sagte Violet mit schwacher Stimme. »Da bist du ja. Du hast Farbe bekommen.«

»Die Sonne ist ganz schön intensiv. Wir saßen stundenlang am See und sind sogar rüber zur Crannóg geschwommen.« Lily setzte sich auf den Bettrand. »Wie geht's dir?«

»Heute ist kein guter Tag.« Die Hand, die Violet empor-hob, zitterte wie Espenlaub. Fast schienen die Bewegungen will-kürlich, so stark war der Tremor. »Wie soll man so auch nur einen geraden Satz lesen, hm? Aber meine Augen machen eh nicht mit.«

»Ich könnte uns einen Tee kochen und dann deine persön-liche Vorleserin sein«, schlug Lily vor, doch Violet schüttelte den Kopf.

»Erzähl mir lieber von eurem Ausflug. Habt ihr euch gut unterhalten?«

»Na ja, wir hatten endlich Gelegenheit, um …« Sie starrte in die leere Tasse, als befände sich darin eine Antwort, die sie wie ein Bonbon hervorziehen und präsentieren könnte. Irgendwas Süßes, mit dem sich Violet zufriedengeben würde.

»Wenn ich deine Reaktion richtig interpretiere, dann habt ihr wohl über den Unfall gesprochen. Hast du jetzt deine Erklärung?«

Lily nickte langsam und rang nach Worten.

Mit einer kühlen Hand streichelte Violet über ihren Unterarm. Die Geste wirkte so mühevoll, als würde sie kaum die Kraft dazu aufbringen. »Und, glaubst du ihm?«, fragte sie.

»Ich denke schon, ja. Er hätte genauso gut schweigen können – so wie in den letzten Jahren –, und mir wäre nichts anderes übrig geblieben, als das zu akzeptieren.« Lily hob die Schultern. »Er hätte mir auch Märchen auftischen können, an denen es nichts zu meckern gibt, weil alles supergeschmeidig und tadellos verlaufen ist. Aber das hat er nicht getan. Tiernan war ehrlich.«

»Fühlt es sich gut an, die Wahrheit zu kennen?« Ächzend schob Violet sich eins ihrer Samtkissen in den Rücken und richtete sich auf. Ihr Gesicht war schmerzverzerrt.

»Nein, aber ich habe zumindest wieder etwas über meine Vergangenheit gelernt, etwas über mich selbst«, erwiderte sie und dachte dabei an ihr gebrochenes Herz, mit dem sie damals in den Abgrund geschlittert war. Neben Tiernan, der sie loswerden wollte. Violet schob das Buch von ihrem Schoß und angelte ihre Trinkflasche vom Nachttisch, um einen Schluck zu trinken. An manchen Tagen fiel ihr das Essen schwer, dann trank sie hochkalorische Shakes, die sie mit Milch und einem rosafarbenen Pulver anrührte.

Nachdem sie die Flasche zurückgestellt hatte, legte sie die Fingerspitzen aneinander und bedachte Lily mit einem nachdenklichen Blick. »Jedes Mal, wenn wir über dich gesprochen haben, hat Tiernan es kaum geschafft, deinen Namen in den Mund zu nehmen«, hob sie an. »Als wollte er ihn partout nicht rausbringen. Es war eigenartig. Da war so eine Schwere in seiner Stimme, und ich dachte, so redet nur einer, dem etwas auf dem Herzen liegt. Schuldgefühle vielleicht. Ich habe es immer auf den Unfall geschoben, aber … es war nicht der Unfall, oder?«

Lily blies sich eine Locke aus der Stirn, dann fokussierte sie den bunten Strauß, den Violet heute gepflückt hatte und der in einer hohen Glaskaraffe auf dem Fenstersims stand. »So wie es aussieht, war ich damals schwer verliebt in ihn. Ich habe sogar noch eine vage Erinnerung an dieses Gefühl, aber ich wusste nicht, dass wir uns tatsächlich nähergekommen sind. In der Mittsommernacht haben wir uns zum ersten Mal geküsst.«

»Sag bloß!«, murmelte Violet mit hochgezogenen Augenbrauen. »Das ist ja eine schöne Überraschung. Dann war es also Tiernan …«

»Er hat sich großzügig an meinen Gefühlen bedient – mit allem, was dazugehört. So ging das wochenlang, aber er hat es nie geschafft, seine Freundin zu verlassen. Er hat mich mit leeren Versprechungen hingehalten, damit ich mitspiele und bloß niemandem davon erzähle. Kannst du dir vorstellen, wie verletzend das für mich gewesen sein muss?« Ein tonloses Lachen kam über ihre Lippen. »Zwei Wochen vor dem Unfall hat er die Sache beendet. Deswegen bin ich auch nicht zur Abschlussfeier in die Community Hall gegangen. Ich wollte mir das nicht antun, wollte nicht miterleben, wie Tiernan die beste Zeit seines Lebens hat. Er war mit ihr dort, während ich zu Hause wahrscheinlich in mein Kissen geheult habe.«

»Aber du warst später auf dieser Feier in der Burgruine, oder nicht? Ich erinnere mich noch an dein traumhaftes Kleid. Wir haben es damals zusammen in Castletownbere gekauft. Dein ganzer Kosmos hat sich um diesen Abschlussball gedreht. Das war dir so wichtig, weil es die letzte Gelegenheit war, mit deinen Freunden zu feiern. Danach seid ihr ja in die ganze Welt ausgeschwirrt.«

»Ach, ich bin nur zu dieser Party gegangen, um ihn zur Rede zu stellen. Mein kleiner Rachefeldzug, der letztendlich dazu geführt hat, dass wir verunglückt sind.«

Violet seufzte ergriffen auf, umschloss ihre Hand und drückte sie. »Das tut mir sehr leid, Lily. Hat er dir denn erklären können, warum er später nie mit dir darüber gesprochen hat?«

»Mehr oder weniger. Wenigstens hat er sich heute bei mir entschuldigt und anklingen lassen, dass er unsere Freundschaft aufleben lassen will. Nach zehn Jahren ...«

»Den Eindruck habe ich auch, wenn ich euch so beobachte. Tiernan möchte wieder bei dir andocken.«

»Mhm. Es ist ein komisches Gefühl. Ich bin zwar verletzt, aber nicht so, als würde ich ihm etwas nachtragen, das er mir angetan hat. Es ist eher so, als hätte ich ein Buch gelesen oder einen Film gesehen ... Als wären meine Gefühle stellvertretender Natur.«

»So als würdest du mit einer fiktiven Figur mitfiebern?«, fragte Violet und tippte auf das Buch, das neben ihr auf der Matratze lag.

»Genau. Ein Mädchen verlor ihren besten Freund, weil sie ihn geliebt hat. Ein Mädchen war am Boden zerstört und hatte einen Unfall. Das Mädchen hieß Lily.«

Violet musterte sie aufmerksam. »Tja, das Vergessen oder vielmehr diese Distanz zu den Ereignissen ist vielleicht ganz nützlich.«

»Für Tiernan. Weil er auf diese Weise nicht meine ungefilterten Gefühle abbekommt, sondern nur eine abgeschwächte Version davon«, feixte Lily.

»Und für alles, was noch so kommen mag.«

Die Worte blieben in der Luft hängen. Lily wollte ihnen nicht widersprechen, nichts hinzufügen. Wenn sie ehrlich war,

dann wollte sie wieder zum See radeln, Schwimmflügel aufpus-
ten, zur Crannóg paddeln, nach einem Roboterbein tauchen.
Sie wollte Erlebnisse mit Bildern und Gefühlen und allem
anderen, was lebendige Erinnerungen ausmachte.

Inzwischen hatte sich das Licht verändert, war schwächer
und wärmer geworden. Lily strich den Stoff ihres Kleides glatt,
spürte feinen Sand zwischen ihren Zehen. Auf ihren Armen
hatte sie einen leichten Sonnenbrand.

»Wie geht es jetzt weiter?«, erkundigte sich Violet.

»Später gibt's Suppe und dazu einen Salat«, sagte sie. »Mit
Roter Bete aus dem Garten, Schafskäse und Walnüssen.«

»Das meine ich nicht. Triffst du dich wieder mit Tiernan?«

»Bestimmt, aber gerade bin ich froh, wenn ich ein bisschen
Zeit für mich habe. Da ist so viel auf mich eingeprasselt, dass
mein Kopf schwirrt.« Lily erhob sich. »Sollen wir Arwyn eigentlich zum Essen einladen?«

»Nicht nötig. Er ist heute Abend mit ein paar Freunden im
Pub verabredet.«

»Okay«, flüsterte sie, beugte sich über ihre Tante und
küsste ihre Stirn. »Brauchst du etwas? Soll ich dir noch einen
Tee kochen?«

»Schon gut. Ich brauche nur ein bisschen Schlaf.« Violet
zog das Kissen hinter ihrem Rücken hervor, verfrachtete es ans
Fußende und legte sich wieder hin. »Aber weißt du, was schön
wäre? Morgen würde ich sehr gern im Garten essen, wenn das
Wetter es zulässt. Ein lauer Sommerabend mit Blumen ringsum,
Grillenzirpen und einem spektakulären Sonnenuntergang, der
aussieht, als hätte ihn William Turner in den Himmel gemalt.
Das wär's.«

»So machen wir das.«

»Ja, so machen wir das«, wisperte Violet und blinzelte,
als wären ihre Lider zu schwer, um die Augen auch nur eine
Sekunde länger offen zu halten.

»Ich bin oben und arbeite ein bisschen, aber ich lasse die Tür auf, dann höre ich, wenn du mich rufst.«

»Malst du?«

»Zuerst muss ich mich um ein paar Wörter kümmern«, erwiderte sie.

* * *

Auf dem Sekretär lagen ein herausgebrochenes Stück Bienenwaben, ein paar rundgewaschene Porzellanscherben, der weiße Schädel eines Tieres, vielleicht eines Kaninchens, und eine aufgerissene Packung schokolierter Rosinen. Lily verschaffte sich Platz, dann kramte sie widerwillig den *Larousse*, ein französisches Wörterbuch, hervor. Neben ihrem Computer stand eine Vase mit Nachtviolen und welkem Rittersporn. Blaue Blüten lagen wie Konfetti auf der Tastatur. Sie pustete sie fort. Gelangweilt rief sie das Dokument auf – sie sollte die Texte einer Website, die hochpreisige Haarprodukte verkaufte, ins Französische übersetzen. *Die pflegende Wirkung von Manuka-Honig und Arganöl.* Kaum hatte sie einen Satz übersetzt, flogen ihre Gedanken wieder in alle Richtungen.

Es gelang ihr kaum, länger als zehn Minuten konzentriert zu arbeiten. Ständig flimmerte Tiernan vor ihrem inneren Auge auf. Die Geschichte riss an ihrem Herzen und beeindruckte sie stärker, als sie vermutet hätte. Wie war es möglich, dass sie damals niemandem ihr Geheimnis anvertraut hatte?

Lily griff zu ihrem Handy und scrollte durch die Kontaktliste. Katie Corrigan war ihre engste Freundin gewesen. Sie hatten zwar seit Jahren keinen Kontakt mehr, doch wenn sie jemandem von dieser Affäre erzählt hatte, dann ihr. Sekundenlang schwebte ihr Daumen über dem Namen. Sollte sie anrufen?

Sinnlos. Katie war damals oft ins Krankenhaus gekommen, um ihr dabei zu helfen, die fehlenden Tage zu rekonstruieren. Wie Detektivinnen hatten sie jede SMS und jedes Foto auf ihrem Handy analysiert. Irgendwann war Lily dazu in der Lage gewesen, die Anrufliste auswendig herunterzubeten. Unvorstellbar, dass Katie von der Affäre wusste. Sie hätte Lily garantiert davon erzählt.

»Tja …« Sie legte das Handy auf den Tisch und lehnte sich zurück. Jetzt leuchtete ihr zumindest ein, warum sie den gesamten Gesprächsverlauf mit Tiernan gelöscht hatte. Keine einzige SMS, keine Nachricht auf der Mailbox, kein Foto. In ihrer Enttäuschung musste sie jede Spur von ihm verwischt haben.

Wie sollte sie sich auf ihre Arbeit konzentrieren, wenn Gedanken wie aufgescheuchte Mücken durch ihren Kopf surrten? Angestrengt starrte sie aus dem Fenster und spielte mit einer Haarsträhne, während sie abwägte, ob sie Tiernan besuchen sollte. Sie wollte sich alle Details ihrer Beziehung wortgetreu erzählen lassen.

Reiß dich zusammen! Hektisch aktivierte sie das Notebook, sodass ihr der Bildschirm grell entgegenstrahlte. In den nächsten zwei Stunden gelang es ihr, die Kolumne über die »Inhaltsstoffe, die Ihrem Haar zu neuem Glanz und atemberaubender Vitalität verhelfen«, zu übersetzen. Das war zwar keine Leistung, für die sie sich auf die Schulter klopfen würde, aber immerhin ein Fortschritt.

Die Sonne war längst untergegangen, als sie das Dokument abspeicherte. Und jetzt?

Lily hob den Arm und roch an sich – leichter Schweiß, Sonnenmilch.

Wenige Minuten später stand sie unter dem kräftigen Duschstrahl und wusch den Tag von ihrer Haut. Mit dem

166

Wasser versickerte auch die Bitterkeit im Abfluss. Endlich hatte sie gefunden, wonach sie jahrelang gesucht hatte. Eine Erklärung und eine aufrichtige Entschuldigung. Auch wenn ihr Herz schwer war, wollte Lily ihm verzeihen, denn nur dann konnte es weitergehen. Und genau das wünschte sie sich: einen gemeinsamen Weg.

KAPITEL 10

Den nächsten Tag verbrachte sie im Schneehaus und trat nur
vor die Tür, um die Enten zu füttern und die Post reinzuho-
len. Eigentlich hatten Dottie und Philomena – die steinal-
ten Cousinen – vorbeikommen wollen, doch Violet war zu
erschöpft, um Besuch zu empfangen.

»Heute nicht«, erwiderte sie auf jeden Vorschlag, den
Lily ihr unterbreitete. Kein Ausflug mit dem Rollstuhl, keine
Spazierfahrt ans Meer, kein Kuchen, keine Musik. Violet
dämmerte vor sich hin und nuckelte gelegentlich an ihrer
Astronautennahrung, weil ihr selbst zum Kauen die Kraft fehlte.
Außerdem klagte sie über eine entzündete Mundschleimhaut.

»Morgen geht's schon wieder«, versprach sie mit rissigen
Lippen, als Lily abends vor ihrem Bett stand. Vorhin hatte sie
lange mit ihrer Mutter telefoniert, die bitterlich enttäuscht war,
weil Violet nicht mal kurz mit ihr sprechen wollte.

»Mam macht sich große Sorgen. Und ich auch«, sagte Lily.
»Soll ich nicht vorsichtshalber einen Arzt rufen?«

»Damit er mich mit Pestiziden behandelt wie eine kranke
Blume? Nein, nein. Davon hab ich schon genug im Körper.«
Mühsam rappelte Violet sich auf. »Aber weißt du, was mir jetzt
guttun würde? Ein heißes Bad. Mir ist die ganze Zeit so kalt.«

»Du isst ja auch kaum etwas. Woher soll dein Körper die Energie haben, um dich warm zu halten, hm?« Sanft streichelte sie über die knochige Hand.

»Würdest du mir wohl ins große Badezimmer helfen, Lily?«

»Die Treppe hoch?«, fragte sie entgeistert. »Hältst du das wirklich für eine gute Idee? Ich könnte dir helfen, dich im Bett zu waschen, oder wir warten, bis Kathleen kommt.«

»Papperlapapp. Wir bekommen das schon hin.«

Es dauerte lange, bis sie es ins Obergeschoss geschafft hatten. Mit verbissener Miene kämpfte Violet um jeden Schritt. Ab der Hälfte der Treppe schob Lily sie von hinten förmlich die Stufen hoch.

»Ich hab schon ewig nicht mehr richtig gebadet«, bemerkte Violet, als sie das Badezimmer betrat, und schaute sich um, als würde sie den rosa gekachelten Raum zum ersten Mal sehen. »Hübscher Spiegel. Nur das Spiegelbild ist ein bisschen enttäuschend.«

Violet wartete auf dem Hocker neben der Wanne, während das Wasser plätscherte und Lily nach unten sauste, um frische Kleidung aus dem Schrank im Korridor zu holen.

Als sie wieder ins Badezimmer trat, hatte Violet schon begonnen, sich zu entkleiden. Über ihrer rechten Brust saß der Portkatheter, durch den Medikamente zugeführt werden konnten. Ihr Körper war ausgemergelt, hatte kaum noch Fett, sodass Schlüsselbeine und Rippen scharf hervorstachen.

»Hast du dich noch mal mit Tiernan getroffen?« Violet löste den Knoten der Kordel, die ihre Hose auf den schmalen Hüften hielt, dann lehnte sie sich zur Seite, um sie mitsamt dem Slip auszuziehen.

»Nein, nein. Wann denn? Ich war doch die ganze Zeit zu Hause«, erwiderte Lily und kniete sich auf den Boden, um Violet dabei zu helfen, die dicken Wollsocken loszuwerden.

»Ich habe nicht viel mitbekommen. Es hätte ja sein können ...«

Lily schüttelte den Kopf und stand auf, um den Badezimmerschrank zu durchforsten. »Warte kurz. Wir brauchen unbedingt irgendwas Duftendes.« Langsam ließ sie den Zeigefinger über Tiegel und Fläschchen wandern. Wenn sie an Tiernan dachte, wechselten ihre Gefühle ständig die Temperatur, schwankten von einer fiebrigen Hitze zu Eiseskälte. Es würde wohl noch eine Weile dauern, bis sie sich eingependelt hatte. »Na bitte! Wir nehmen Bergamotte.«

Der ganze Raum duftete nach dem ätherischen Öl, nachdem Lily das Fläschchen kurzerhand ins Wasser gekippt hatte. Sie tauchte den Unterarm ein, um sicherzustellen, dass es nicht zu heiß war, weil sie den Kreislauf des kranken Körpers keinesfalls überfordern durfte. »Sollte passen.«

Kalte Finger umklammerten ihren Arm, als Violet in die Wanne stieg. »Das ist ja herrlich«, murmelte sie, ließ sich sinken und schob mit beiden Händen Schaumberge übers Wasser. »Ich mach ein bisschen die Augen zu, ja?«

Mit halbem Hintern saß Lily auf dem Wannenrand und rührte mit dem Zeigefinger durchs Wasser, während sie ihre Tante betrachtete oder den Blick aus dem Fenster wandern ließ. Die feuchte Wärme machte sie schläfrig. Nach einer Weile griff sie zu dem Schwamm, der in der Ecke lag, und fing schweigend an, die Arme ihrer Tante zu waschen. Es war eine intime und tröstliche Prozedur. In kreisenden Bewegungen fuhr sie über Schultern und Rücken, dann durchnässte sie das graue Haar. Kein einziges Mal öffnete Violet die Augen, sie seufzte nur. Behutsam massierte Lily das Shampoo ein, bevor sie den Schwamm auswrang, um den Schaum wieder auszuspülen.

»Danke, Lily«, flüsterte Violet. »Die Krankensalbung hatte ich schon ein paarmal. Bald kommt das letzte Sakrament.«

»Bitte sag das nicht.«

Mit rot geränderten Augen blickte Violet zu ihr auf. »Manchmal verschwinde ich aus meinem Kopf und wenn ich wieder zu mir komme, weiß ich nicht, wie viel Zeit vergangen ist. Minuten oder Jahre? Vor oder zurück? Es gibt Nächte, da schrecke ich auf und will nach Pa rufen, weil mein Kopf so wehtut. Ich spüre es. Ich verschwinde.«

Lily wollte protestieren, doch stattdessen stand sie überhastet auf und warf einen Blick auf ihre Armbanduhr. »Mensch, so langsam solltest du mal wieder aus der Wanne kommen. Du löst dich ja schon fast auf.«

»Der war gut«, erwiderte Violet und lachte tonlos.

Das Handtuch hatte über der Heizung gelegen, der Stoff war angenehm warm. Violet schaffte es nicht allein über den Wannenrand, sank danach erschöpft auf den Stuhl und brauchte einige Sekunden, bevor Lily ihr helfen durfte. Abtrocknen und eincremen, ins Nachthemd schlüpfen. Alles war beschwerlich.

»Das hat meiner Mutter gehört.« Violet strich über den festen Baumwollstoff. »Im Kragen sind ihre Initialen eingestickt. Philomena hat uns damals ständig mit Handarbeiten drangsaliert. Wir mussten sogar Geschirrtücher besticken und ich habe es aus tiefstem Herzen gehasst, weil ich überhaupt keinen Sinn darin gesehen habe.«

Wortlos ließ Lily das Wasser ab. Ihr Mund war so trocken, dass ihr nichts über die Lippen rutschen würde. Was Violet vorhin gesagt hatte, hing immer noch im Raum wie der Dampf, der aus der Wanne aufgestiegen war. *Ich verschwinde.* Diese Tatsache traf sie immer und immer wieder, weil Lily zwischendurch erfolgreich verdrängte, wie krank ihre Tante war.

»Ich wollte dich etwas fragen, Liebes«, bemerkte Violet, als Lily den orangefarbenen Föhn aus der Kommode nahm – ein Modell aus den 1970ern, fast schon antik. »Hast du das Gefühl, nun alles zu wissen über Tiernan und den Unfall? Oder gibt es noch etwas, das an dir nagt?«

171

Irritiert runzelte sie die Stirn und steckte den Föhn in die Steckdose. »Ich weiß nur, dass sich meine Erinnerungslücken besser anfühlen. Dieses eigenartige Verlustgefühl wird vermutlich nie ganz verschwinden, aber damit komme ich schon klar. Tiernan ist endlich mit der Sprache herausgerückt – das habe ich nicht mehr für möglich gehalten und ich kann dir gar nicht sagen, wie erleichternd es ist, wenigstens ein paar Anhaltspunkte zu haben. Das hat mir jahrelang gefehlt. Jetzt kann ich sein abweisendes Verhalten zumindest einordnen und hoffen, dass es besser wird.«

»Mhm. Verstehen ist wichtig, sonst verharrt man in einer Schutzhaltung, um bloß nicht wieder verletzt zu werden, nicht wahr?«

»Da ist wohl etwas dran«, erwiderte sie steif und tippte mit dem Zeigefinger auf den Luftschalter des Föhns.

»Wenn es keine offenen Fragen mehr gibt und du genug weißt … Vielleicht brauchst du keine anderen Wahrheiten mehr. Vielleicht reicht es jetzt«, murmelte Violet nachdenklich.

Obwohl sie aus den Worten ihrer Tante nicht schlau wurde, nickte sie.

»Es wird schon alles in Ordnung kommen.«

Bald würde Violet nicht mehr existieren, schoss ihr jäh durch den Kopf, und dann gab es diese Ordnung nicht mehr, nicht wirklich.

* * *

Am nächsten Tag wechselten sich Sonnenschein und Regen ab, als würden sie verbissen um den Himmel ringen. Schon früh am Morgen hatte Lily die Leintücher im Garten aufgehängt, um sie nur fünf Minuten später klatschnass in den Trockner zu stopfen, weil sich eine Regenwolke über dem Schneehaus ausgegossen hatte. Danach sprach sie mit Emma Fowley vom

172

Pflegedienst, die zwei Stunden bei Violet verbracht hatte, da ihr nächster Termin ausgefallen war. »Wir ziehen alle an einem Strang, um die letzten Tage für Violet so schön wie möglich zu gestalten«, sagte sie, als sie bereits in der Tür stand und mit ihrem Autoschlüssel klimperte. »Verantwortung bedeutet auch, auf seine eigenen Kräfte achtzugeben. Melde dich, wenn wir die Begleitung hochschrauben sollen. Dann kommen wir abends noch mal vorbei.«

Nachdem Lily die Wäsche zusammengelegt hatte, fuhr sie runter ins Dorf, um ein paar Besorgungen zu machen. Ihren Vorsätzen zum Trotz spazierte sie wieder in den Supermarkt, in dem Nelly hinter dem Tresen wachte.

Diesmal wollte diese über Arwyn Cox sprechen. »Ausgerechnet jetzt kommt er zurück, wo es doch um deine Tante so schlecht bestellt ist?«, fragte sie, als sie eine Dreierpackung Küchenschwämme scannte.

»Sie sind alte Freunde.«

»Natürlich sind sie das«, entgegnete Nelly mit einem süßlichen Lächeln. »Deine Tante hat bestimmt ein nettes Sümmchen gespart. Das muss man im Hinterkopf behalten, wenn plötzlich alte Freunde auftauchen.«

»Was willst du damit andeuten?«

»Gar nichts. Ich mache mir nur meine Gedanken.«

Auch Lily machte sich Gedanken. Nicht an Tiernan zu denken, war, als wollte man einen aufgeblasenen Luftballon unter Wasser drücken – eine Weile konnte man ihn verschwinden lassen, aber früher oder später tauchte er wieder auf. Sie stellte sich vor, wie Tiernan hinter seiner Tochter aus dem Dickicht der Crannóg getreten war. Haut wie Porzellan, Augen wie Kristalle, kohlrabenschwarze Wimpern, die jeden seiner Blicke durchdringend wirken ließen.

Als sie den Laden verlassen hatte, wählte sie kurz entschlossen die Nummer des Schneehauses.

Es dauerte eine Weile, bis sich eine dünne Stimme meldete. »She-sheridan?«

»Violet, hallo. Ich bin's, Lily. Könntest du mir vielleicht Tiernans Nummer schicken? Die habe ich nicht mehr und ich muss ihn unbedingt etwas fragen.«

Da ihre Tante nicht wusste, wie sich Kontaktdaten mit dem Handy versenden ließen, diktierte sie die Nummer. »Vielleicht solltest du lieber in der Destillerie anrufen, wenn du ihn erreichen willst. Tiernan arbeitet bestimmt.«

Lily lauschte dem Freizeichen, bis seine Mailbox ansprang, dann schrieb sie eine SMS und ließ das Handy auf den Beifahrersitz plumpsen. Kaum hatte sie die Musik aufgedreht und den Motor gestartet, registrierte sie aus dem Augenwinkel ein Leuchten. Tiernan rief an.

»Das ging ja schnell«, meldete sie sich.

»Hab gerade deine SMS gelesen. Bin dafür extra links rangefahren«, vernahm sie seine beschwingte Stimme. »Das muss Telepathie sein. Ich wollte dich nämlich auch fragen, was du heute Abend vorhast. Nach unserem Ausflug zum See wollte ich die Sache nicht wieder einreißen lassen, deswegen … Kommst du vorbei?«

* * *

Nachdem sie den Nachmittag damit zugebracht hatte, Produktbeschreibungen zu übersetzen, gesellte sich Lily ein wenig zu Violet auf die Terrasse. Dank der Infusion, die Emma ihr heute Morgen verabreicht hatte, ging es ihr mittlerweile besser. Ihre Augen glänzten und die Farbe war in ihr Gesicht zurückgekehrt.

»Wahrscheinlich lag's daran«, mutmaßte sie. »Ich musste mal wieder richtig durchgespült werden, weil ich in den letzten Tagen viel zu wenig getrunken habe.«

»Dann bringe ich dir gleich noch einen Tee.«

»Brauchst du nicht.« Violet beugte sich vor und zog eine Thermoskanne unter der Bank hervor. »Ich bin gut versorgt.«

»Kann ich sonst noch etwas tun, bevor ich zu Tiernan verschwinde?«

Ein forschender Blick glitt über sie hinweg, dann hob Violet die Schultern. »Nicht nötig. Du siehst heute sehr hübsch aus. Dieser leichte Sonnenbrand auf den Wangen steht dir. So kannst du dich sehen lassen.«

»Ach, das meine ich nicht«, erwiderte Lily grinsend. »Brauchst du noch etwas?«

»Wenn du die Enten füttern könntest, wäre ich froh, dann kann ich nämlich hier sitzen bleiben und die Sonne genießen.«

Lily hastete in die Küche. Für die Enten gab es geriebene Karotten, Blaubeeren, Brennnesselblätter und Körnerschrot. Eine Mischung, die jedes Mal frisch zubereitet wurde. Großzügig verteilte sie das Futter vor dem Vardo und beobachtete, wie die Tiere sich darüber hermachten, dann stapfte sie hinauf ins Badezimmer.

Inzwischen machte sich eine leise Nervosität bemerkbar, weil Lily nicht wusste, was sie heute Abend erwartete. Seit dem Ende ihrer Freundschaft waren Jahre vergangen, in denen sie sich verändert hatten und die nicht einfach übersprungen werden konnten. Mehr noch. Ihre Erinnerungen unterschieden sich. Tiernan erinnerte sich an Intimität, während sie nur Fantasiebilder heraufbeschwören konnte. Woran sollten sie anknüpfen? Trotz der Unsicherheit entflammte in ihr eine Euphorie. Es war dasselbe Gefühl, das sie empfand, wenn das Flugzeug abhob, kurz bevor sich der Vorhang öffnete, wenn der Beat einsetzte oder sich die Sicherheitsbügel der Achterbahn schlossen.

Ein Anfang, dem sie lange entgegengefiebert hatte!

Lily trug Parfüm auf und schnupperte an dem Kleid, das sie im *Fox & Swan* getragen hatte und das seither unbeachtet über dem Stuhl neben der Badewanne hing. Ging noch. Sie schlüpfte hinein, tuschte ihre Wimpern und trabte fünf Minuten später die Treppe hinunter. Als sie auf die Terrasse trat, legte Violet gerade eine Rolle Hanfgarn zurück auf den Pflanzentisch.

»Wie wär's mit einem Gastgeschenk für unsere kleine Freundin?«, fragte sie und reichte ihr einen Kranz aus winzigen Rosen, Kamillen und Schafgarbe.

»Hast du den gemacht?« Mit dem Zeigefinger fuhr sie über das Blumengeflecht.

»Wer denn sonst? Arwyn war's jedenfalls nicht. So viel ist sicher.« Lächelnd ließ sich Violet wieder auf der Bank nieder. Sie schlug die Beine übereinander und lehnte sich zurück, bis ihr ganzes Gesicht von der tief stehenden Sonne vergoldet wurde. »Richte den beiden liebe Grüße aus, ja? Ihr habt heute bestimmt eine tolle Zeit miteinander. Genieß es!«

Sofort wurde eine Stimme in ihr laut, die protestieren wollte. *Bloß nichts erwarten, preisgeben, riskieren. Bloß nichts zu sehr genießen.* Stattdessen nickte sie.

»Ich hab mein Handy dabei. Wenn was sein sollte, bin ich in zwei Minuten bei dir.«

»Ach, ich komme schon klar, Lily, mach dir keine Gedanken um mich. Kümmere dich um dein Leben.«

Ihr Ton war sanft und liebevoll, doch ihre Worte ließen Lily innehalten. Als läge das Gepäck bereits im Kofferraum und Violet stünde vor ihrem motorbrummenden Wagen, um Lebewohl zu sagen. »*Du weißt, ich kann Abschiede nicht ausstehen. Machen wir's kurz.*« Ein letztes Lächeln, bevor sie die Tür zuzog. Ein letztes Winken, bevor sie den Blick auf die Straße richtete und verschwand.

Mit einem Satz stand Lily wieder vor der Bank und schlang die Arme um ihre Tante. »Bis später«, flüsterte sie und drückte einen Kuss auf ihren Scheitel.

Wie früher zwängte sich Lily zwischen den Eiben hindurch, um auf das Anwesen der O'Boyles zu gelangen. Das Cottage – einst ein Viehstall – stand im hinteren Teil des wild wuchernden Gartens.

Schon von Weitem erkannte sie Licht in den Fenstern. War sie diesen Weg gegangen, wenn sie sich heimlich mit Tiernan getroffen hatte? Vielleicht war sie aber auch von der Straße gekommen und hatte sich wie eine Diebin am Wohnhaus vorbeigeschlichen, während Dolores und Henry nichts ahnend vor dem Fernseher gesessen hatten. Wie nach einem Regenschauer war die Luft feucht und würzig. Mit dem Unterarm wischte sie sich Schweiß von der Stirn, ehe sie an die Tür klopfte. Lily zupfte an ihrem Kleid, trat von einem Fuß auf den anderen. Sie war nicht so locker, wie sie es gern gewesen wäre, sondern aufgeladen mit Fragen und Gefühlen.

Die Tür wurde aufgerissen.

»Lily ist hier!«, krakeelte Ava mit Blick über die Schulter.

»Dann lass sie rein.«

Das Mädchen trat einen Schritt zurück und grinste zu ihr hinauf. »Ich war auf dem Klo, als du geklingelt hast. Deswegen konnte ich nicht gleich kommen.«

»Ach so.« Lily bemühte sich um einen ernsthaften Ausdruck. Nachdem sie hinter sich die Tür geschlossen hatte, überreichte sie Ava den Kranz. »Schau mal, den hat Violet für dich gemacht.«

»Oh, danke!« Andächtig setzte das Mädchen den Kranz auf, dann zupfte sie an ihrem Shirt. »Hast du gesehen, dass da Schmetterlinge drauf sind?«

»Jetzt siehst du aus wie ein kleiner Frühling.«

»Was ist mit mir? Bekomme ich keinen Kranz?« Tiernan lehnte im Türrahmen und zog belustigt die Augenbrauen hoch.

»Vielleicht darfst du ihn mal aufsetzen, wenn du lieb fragst«, erwiderte Lily und hängte ihren Cardigan an die Garderobe.

»Nein, darf er nicht!« Kichernd sprang Ava durch den Korridor, dann flitzte sie die Treppe hinauf. »Ich mach jetzt Bügelperlen!«

»Ein furchtbar egoistisches Kind«, raunte er. »Den Vater dazu will man gar nicht erst kennenlernen.«

»Ich schon.« Lily schmunzelte. »Der Vater muss mich nämlich herumführen, damit ich alles unter die Lupe nehmen kann. Ich war ewig nicht mehr hier.«

»Na dann, folge mir.« Er klopfte gegen den Türrahmen. »Aber erwarte nicht zu viel. Es hat sich kaum etwas verändert. Die Möbel haben wir größtenteils in Boston gelassen und nur ein paar Kartons mit dem nötigsten Kram mitgenommen.«

Nachdem Tiernan sie kurz in die chaotische Küche hatte spähen lassen, führte er sie ins Wohnzimmer – ein behaglicher Raum mit großen Sprossenfenstern.

»Hier sieht alles so aus, wie Dolores sich das Paradies vorstellt«, scherzte Tiernan und deutete auf die florale Kissensammlung auf dem Sofa. Davor stand eine alte Holztruhe mit Eisenbeschlägen. »Wenn ich todesmutig wäre, würde ich das Zeug rauswerfen, aber du weißt ja, wie meine Mutter ist. Das hat mal Geld gekostet. Deswegen warten wir, bis es von selbst von den Wänden fällt. Schau dir mal diese kitschigen Bilder an.«

Tatsächlich wirkten die Landschaftsgemälde so, als dienten sie nur dem Zweck, nackte Wände zu schmücken, und könnten ebenso gut in einem unpersönlichen Hotelzimmer hängen.

»Ach, sieht doch ganz okay aus«, sagte Lily und fuhr mit dem Zeigefinger über eine Kommode, auf der Ava ihr Spielzeug ausgebreitet hatte. Kleine Autos, einzelne Puzzleteile, glitzernde Haarspangen.

»Im Moment fehlt mir sowieso die Zeit, hier irgendwas zu verändern. Außerdem will ich nicht undankbar sein. Ich zahle zwar Miete, aber mit Touristen lässt sich natürlich mehr Geld verdienen.«

Neben dem Kaminofen entdeckte Lily ein Regal, das sie von früher kannte. Mit den veralteten Bildbänden, Prospekten und vergessenen Taschenbüchern – in sämtlichen Sprachen – erinnerte es an die vergangenen Gäste des Hauses.

»Das ist nur eine Zwischenlösung, oder?«

»Aye! Sobald sich etwas ergibt, ziehen wir um. Es war nie mein Plan, wieder bei meinen Eltern zu wohnen.«

»Das waren die Umstände.« Ehe sie fortfahren konnte, war Tiernan im Korridor verschwunden. Die Treppenstufen knarzten, als er ins Obergeschoss hinaufstieg.

»Jetzt zeige ich dir mein Zimmer. Das ist das allerallerschönste.« Ava schwirrte um sie herum wie ein Nachtfalter um eine Glühbirne. »Daddy hat mir ein Zelt gebaut und ich habe einen Einkaufsladen und richtig viele Spielsachen.«

Als Lily den Raum betrat, beschleunigte sich ihr Herzschlag. Langsam steuerte sie auf das bodentiefe Fenster im Dachgiebel zu. Was hatte Tiernan gesagt? Sie hätten oben vor dem Fenster gelegen. Blick in die Hügel, die sich wie ein Meer dem Horizont entgegenwellten. Dahinter versank die Sonne – über allem lag ein Goldschleier, der selbst raue Felsen in etwas Fließendes verwandelte.

»Jetzt schau doch mal.« Ungeduldig zupfte Ava an ihrem Kleid. »Das ist mein Zelt!«

Lily wandte sich um und betrachtete einen Sternenvorhang, der von der Decke hing und das Stockbett umhüllte. »Das ist ein richtig tolles Versteck, hm?«, fragte sie gedankenverloren.

»Du kannst mal reinkommen. Aber Schuhe ausziehen.«

»Später, mein Schatz«, warf Tiernan ein. »Jetzt bieten wir Lily erst mal was zu trinken an. Außerdem haben wir doch Sandwiches gemacht. Schon vergessen?«

»Aber ich will ihr noch meine Taschenlampe zeigen. Die hat Mammy mir geschickt. Mit der kann man Tiere an die Wand machen.«

Als Tiernan Lilys fragenden Blick bemerkte, griff er ins Zelt und holte eine rosafarbene Taschenlampe hervor. »Ist ein kleiner Projektor.«

»Hey, ich will!«, protestierte Ava und riss ihm die Taschenlampe aus der Hand – Licht an, Licht aus, dann flitzte sie aus dem Zimmer.

»Komm, lass uns runtergehen«, sagte er und hatte sich schon zum Gehen umgewandt, als Lily zum Fenster deutete.

»Waren wir damals hier oben? Genau hier vor dem Fenster?«

Tiernan räusperte sich, dann nickte er. »Auch. Wir waren im ganzen Haus, aber hier lag früher äh … eine Matratze.«

»Eine Matratze«, echote sie entgeistert. »Wie romantisch. Daran erinnere ich mich gar nicht mehr.«

»Es war immer schön, wenn wir hier oben waren.« Er steuerte auf sie zu, blieb dann aber mitten im Raum stehen. Sein Blick verlor sich in den Hügeln, aus denen ein feiner Dunst aufgestiegen war. Der Wind wiegte den Adlerfarn, sodass es aussah, als würden Tiere hindurchkriechen. »Du hast den Ausblick gemocht. Manchmal hattest du dein Skizzenbuch dabei und hast gezeichnet, während ich … Meistens hab ich dir einfach zugesehen.«

Bei Wein und Limonade saßen sie im Wohnzimmer. Trotz des lauen Abends hatte Tiernan den Ofen eingeheizt. Entspannt lümmelte er auf seinem Stuhl und hatte die Arme hinter dem Kopf verschränkt. Ava war in Schwung gekommen und schien gar nicht genug Luft holen zu können, um all die Worte loszuwerden, die ihr auf der Zunge lagen. Mit heller Stimme erzählte sie von einem Ausflug zur Seehunderettung, von ihrer Freundin Emily und dem Geigenunterricht. Schließlich spielte sie auf der Kommode einen Unfall nach, bei dem sie mit der flachen Hand auf eine heiße Kochplatte gekommen war.

»Aber man sieht gar nichts mehr, weil ich schnell genug vom Herd gefallen bin«, sagte sie und hielt ihre kleinen Hände empor.

»Das war nicht lustig, sondern hat dir höllisch wehgetan und mir einen gewaltigen Schrecken eingejagt. Wir können von Glück sagen, dass alles so gut verheilt ist.« In einem Zug leerte Tiernan sein Weinglas, dann klopfte er auf den Tisch. »So, mein Schatz, es ist spät. Du solltest schon seit über einer Stunde im Bett liegen.«

»Aber wir haben Besuch und du hast gesagt, das ist eine Ausnahme.«

»Mhm, deswegen durftest du ja auch länger wach bleiben. Lily kommt bestimmt mal wieder. Jetzt gehen wir Zähneputzen, dann bringe ich dich ins Bett. Okay?«

»Nein«, quengelte Ava und baute sich vor dem Tisch auf, um ihren Vater eindringlich anzusehen. »Du sollst ihr noch die Bilder zeigen. Du sollst dran denken.«

»Ach ja.« Er kratzte sich am Hinterkopf. »Die Bilder, genau, aber vielleicht verschieben wir das auf ein andermal.«

»Nein, ich will jetzt. Dann brauch ich auch keine Gutenachtgeschichte.«

Für einen Moment schloss Tiernan die Augen, sichtlich strapaziert, dann wandte er sich an Lily. »Bist du einverstanden?«

»Um welche Bilder geht es denn?«

»Dolores war auf dem Dachboden und hat ein paar Fotoalben abgestaubt. Eins davon hat sie vorhin angeschleppt. Sie dachte, es wäre ganz nett, wenn wir da mal reinschauen. Sind viele Kinderbilder.«

»Das wäre total nett«, sagte Lily und strahlte ihn an. »Dann erzählen wir die Gutenachtgeschichte heute zusammen, hm?«

Kurz darauf saßen sie zu dritt auf dem Sofa. Ava blätterte durch ein abgegriffenes Fotoalbum mit vergilbten Seiten und Kugelschreibernotizen. Die meisten Bilder zeigten die Familie O'Boyle. Weihnachtsfeste und Geburtstage, Ausflüge ans Meer und Tiernan in allen erdenklichen Lebenslagen. In der Badewanne unter Schaumbergen, im Sandkasten, verkleidet als Cowboy mit einem aufgemalten Schnurrbart.

»Das ist Lily«, sagte er und deutete auf ein Bild, das vor dem Schneehaus aufgenommen worden war. Die Farben waren verblasst. Ein Mädchen – vielleicht sechs Jahre alt – saß mitten auf dem Schotterweg. Sie trug ein Latzkleid aus grünem Cord und schien gerade ihre Füße zu inspizieren. Nackt und schmutzig. Dahinter stand Tiernan in abgeschnittenen Jeanshosen und einem gestreiften Shirt. Ein knallgelbes Fernglas hing um seinen Hals.

»Du warst immer barfuß unterwegs und bist ständig in was reingetreten. Schafkacke, Steine, Regenwürmer. Ich weiß nicht, wie oft wir deine Füße verarzten mussten. Andauernd.«

»Igitt!« Schnell schlug Ava eine neue Seite auf. Darauf sah man mehrere Bilder einer Seilbahn, die sich vom Festland über das Meer zu Dursey Island spannte.

»Wir haben damit ein Rind rübergeschafft«, erzählte Tiernan. »Ich hatte ganz schön Schiss in dieser winzigen Kabine. Der Wind hat so heftig an dem Ding gerissen, dass ich mich am Kuhschwanz festhalten musste.«

Nachdem sie ihrem Vater einen skeptischen Blick zugeworfen hatte, blätterte Ava um. Ihr Zeigefinger tippte auf ein Bild, das so groß war, dass es die ganze Seite ausfüllte.

»Oh, das ist aber schön!«, hauchte sie. Zwei Kinder standen vor der Kirche in Carraig und hielten gigantische Kerzen in den Händen. Während Lily ein blütenweißes Kleid und ein Blumenkränzchen trug, steckte Tiernan in einem nachtblauen Anzug. »Hattet ihr eine Kutsche?«

»Nee, leider nicht. Wir mussten zur Kirche laufen und Lily wollte mir ständig ihre Kerze aufschwatzen, damit ich sie trage.«

»Und hattet ihr eine richtig große Torte?«

»Keine Ahnung.« Tiernan blies sich eine Haarsträhne aus der Stirn. »Das ist so lange her, Ava. Es gab bestimmt mehrere Kuchen.«

»Und wo sind eure Ringe jetzt?«

»Unsere Ringe?«

»Beim Heiraten bekommt man Ringe!«, insistierte Ava.

Verwundert zog Lily die Augenbrauen hoch, dann musste sie lachen.

Tiernan verschluckte sich an seinem Bier. Immer wieder schlug er sich mit der Faust auf die Brust, hustete. »Schatz«, keuchte er. »Das war unsere Kommunion, nicht unsere Hochzeit. Wir sind Kinder gewesen, kein Brautpaar.«

»Man könnte aber wirklich meinen, wir hätten geheiratet«, warf Lily ein und deutete auf ihr rotwangiges Gesicht. »Schaut euch mal dieses stolze Grinsen an.«

»Da hast du wahrscheinlich an die ganzen Geschenke gedacht, mit denen du überhäuft wurdest. Ich weiß noch, wie neidisch ich war, weil du eine Stereoanlage mit dreifachem CD-Wechsler bekommen hast.«

»Du hast einen Gebetswürfel bekommen, Tiernan, also bitte beschwer dich nicht.«

Plötzlich legte sich eine Hand auf ihre Schulter. Tiernan lächelte sie an. Sein Blick war glühend und traf sie mitten ins Herz.

»Und da ist ja Violet mit ganz langen Haaren wie Rapunzel«, plapperte Ava und ließ ihren Zeigefinger über eine Fotografie des Schneehauses wandern.

Lily war angetrunken und glitt in Sentimentalität ab. Das Album war das Kaleidoskop ihrer Kindheit. Immer wieder tauchten Bilder von ihnen auf – mit verschmierten Mündern am Küchentisch, in einem Schlauchboot, auf den Fahrrädern, neben einem Turm aus Getränkekisten, den sie gebaut hatten, um aufs Garagendach zu klettern. Ihre Freundschaft war einzigartig und hatte sich so tief in ihre Persönlichkeit gegraben, dass sie wohl nie davon loskommen würde.

»Fertig!« Ava schlug das Album zu und sprang auf. »Jetzt will ich Lily noch …«

»Wir hatten eine Abmachung, junge Dame!«

Lily schlenderte mit ihrem Weinglas durchs Wohnzimmer, betrachtete Bilderbücher, Farbstifte und einen Einkaufszettel, der neben seinem Portemonnaie auf dem Esstisch lag. Ava hatte darauf tausendmal ihren Namen geschrieben. Ungelenke Buchstaben. AVAVAVA. Aus dem Obergeschoss drangen dumpfe Stimmen. Wasser rauschte durch die Leitungen. Nackte Füße dribbelten über den Dielenboden, dann ertönte ein mahnendes »Aber die Tür offen lassen«.

In einem überquellenden Korb wartete ein Kleiderhaufen darauf, sortiert und zusammengelegt zu werden. Tiernan hatte schon mit einem winzigen Shirt angefangen und zumindest die Ärmel umgeschlagen.

»Tja, bei mir gibt's abends vor dem Fernseher keine Snacks, sondern einen Berg Wäsche«, sagte er, als er wieder ins Wohnzimmer trat. Mit dem Fuß schob er den Korb unter den Tisch. »Wohin verschwinden eigentlich die ganzen Socken? Ich schmeiße zwei Socken rein und irgendwo in diesem Gekreise geht ständig einer verloren.«

»Das ist ja schon fast metaphorisch für zwischenmenschliche Beziehungen. Aber ganz ehrlich … keine Ahnung. Es ist ein großes Mysterium.« Lily deutete auf ihre wackelnden Zehen, die in verschiedenen Socken steckten.

»Sieht dir ähnlich«, sagte er und stieß sie sanft an. »Kunst oder Chaos? Bei dir weiß man das nie so genau.«

»Da ist was dran.«

»Hey Lily.« Er schluckte trocken. »Da gibt es noch ein anderes Foto. Ich dachte, dass du's vielleicht sehen möchtest.«

Aus seiner Gesäßtasche beförderte er ein Polaroid zutage. Zögerlich griff sie danach und schaute in zwei bleiche Gesichter. Aneinandergeschmiegt lagen sie unter einem Quilt, nackte Schultern, verwaschene Konturen. Tiernan küsste ihre Stirn, während Lily die Arme ausstreckte, um die Kamera zu halten. Ihr Lächeln wirkte so sorglos, dass ihr Herz davon angestoßen wurde wie eine Billardkugel.

»Wir sehen glücklich aus.«

»Das waren wir auch. Zumindest in diesem Moment.« Tiernan stellte sich dicht neben sie, um ebenfalls einen Blick auf das Bild zu werfen. »Du warst nur mit mir zusammen, oder? Es gab keinen anderen.«

»Du bist derjenige, der zweigleisig gefahren ist. Nicht ich. Wie kommst du darauf?«

»Mhm, es gab eben Geschwätz.« Er lachte verhalten. »Conor hat früher ja über dem Friseursalon von Alex' Mutter gewohnt. Die Dame will dich dort gesehen haben, spät in der Nacht, und Alex hat natürlich gleich eine Affäre gewittert. Er lag mir damit ständig in den Ohren. Es hätte Conor irgendwie ähnlichgesehen.«

Seine Worte rüttelten ihr Gewissen wach. Unter keinen Umständen würde sie darüber sprechen, was damals geschehen war. »Da war nichts«, überspielte sie ihre Verunsicherung. »Conor hat mir nie etwas bedeutet, nicht wirklich. Ich mochte ihn als Kollegen.«

»Ich weiß. Ich hab auch nichts darauf gegeben.«

»Aber warum fragst du dann?«

»Na ja, ich war vielleicht ein bisschen irritiert«, gab er zu, schlenderte zum Sofa und ließ sich darauf nieder. »Während wir zusammen waren, hast du dich verändert. Es war nichts Offensichtliches, aber manchmal hatte ich das Gefühl, dass du etwas vor mir verheimlichst. Als wäre jedes Lächeln nur ein Theaterstück zwischen deinen Mundwinkeln.«

Lily setzte sich neben ihn und deutete auf das Polaroid. »Weil ich das hier wollte und nicht haben konnte.«

»Mhm. Ich habe meine Chance vertan.« Seine Gesichtszüge wurden weicher, als sich ihre Blicke begegneten. »Aber ich würde dich wirklich gern neu kennenlernen.«

»Du kennst mich doch.«

»Ja und nein. Ich hab so viel verpasst«, sagte er und stützte die Ellbogen auf seinen Oberschenkeln ab. »Stehst du immer noch auf *Smashies*? Kannst du inzwischen durch die Finger pfeifen? Und mit wem triffst du dich im Pub? Solche Dinge. Mir ist schon klar, dass wir die Jahre nicht ausklammern können, aber vielleicht schaffen wir so etwas wie einen Neustart.«

»Damit haben wir doch schon angefangen.« Sie beobachtete, wie sich seine Mundwinkel hoben, bis daraus ein Strahlen wurde. Dabei kam er ihr so warm und vertraut vor, dass sie ihn am liebsten umarmt hätte. Im letzten Moment pfiff sie sich zurück.

»Kann ich vielleicht das Foto von uns haben? Zu richtigen Erinnerungen gehören doch Bilder. Du hast sie im Kopf, aber ich …«

Kurz zögerte er und ließ seine Augen über das Polaroid wandern. »Klar.«

Eine halbe Stunde später standen sie vor dem Cottage und fanden keinen Abschluss für den Abend. Ständig verfingen sie sich in Plaudereien und Plänen, so als wüssten sie nicht, weswegen

Lily ins Schneehaus gezogen war. Sie wollten ein Schlauchboot kaufen, mit Ava im Garten zelten, eine Radtour zur Küste unternehmen.

»Ich kann nicht behaupten, dass ich in all den Jahren auf dich gewartet hätte, Lily, aber jetzt kommt's mir vor, als wär's so gewesen«, sagte er.

Unvermittelt schlang sie die Arme um seine Hüfte und drückte sich so fest an ihn, dass ihm ein erstauntes Keuchen entwich. Sie spürte seinen warmen Atem in ihrem Haar, seinen Puls an ihrer Wange und eine irrsinnige Erleichterung.

»Ich hab dich übrigens bei *Dearly* entdeckt«, nuschelte er.

»Oh, die App habe ich seit Ewigkeiten nicht mehr benutzt«, erklärte sie und versuchte fieberhaft, sich daran zu erinnern, was sie bei der Dating-App ins Profil getippt hatte. Auf dem Bild saß sie in ihrem Lieblingscafé, hielt mit beiden Händen eine Tasse umschlossen und zeigte ihr schönstes Lächeln. »Die Auswahl ist nicht groß, wenn man in Carraig lebt, hm?«

»Kann man so sagen.« Tiernan trat einen Schritt zurück. »Du bist anscheinend die einzige Frau im Umkreis von 40 000 Kilometern, die meinen Suchkriterien entspricht. Das ist der Erdumfang, musst du wissen.«

»Spinner!«, erwiderte sie lachend und tätschelte seine Brust.

* * *

In ihrer Hosentasche steckte das Polaroid, und durch ihre Gedanken zogen unzählige Bilder. Tief im Innern waren sie immer diese Kinder geblieben, die auf ihren Fahrrädern durch die Hügel flitzten und sich gegenseitig anfeuerten. Was auch immer danach mit ihnen geschehen war – diese Vertrautheit trugen sie so selbstverständlich wie ihre Namen.

Sie verzichtete darauf, das Licht anzuschalten, und tastete sich durch den dunklen Korridor, bis sie vor dem Wohnzimmer stand. Es roch so intensiv nach Kräutern, als hätte Violet sich gerade noch eine Tasse Tee gekocht. Leise klopfte Lily an die Tür, dann drückte sie die Klinke hinab und spähte in den Raum. Das Feuer war niedergebrannt. Davon zurückgeblieben war ein träges Glühen im Kamin.

»Schläfst du?«, wisperte sie.

Violet hatte sich auf die Seite gerollt und kehrte ihr den Rücken zu. Keine Reaktion. Lily überkam das dringende Bedürfnis, sich davon zu überzeugen, dass sie nur schlief, dass sie immer noch atmete. Ihre Hand glitt über die Schultern ihrer Tante, dann richtete sie ihren Blick auf die leicht geöffneten Lippen, registrierte ihre flachen Atemzüge.

»Bis morgen.« Lily küsste ihre Stirn, dann verließ sie den Raum und stapfte die Treppe hinauf. Mit jeder Stufe wuchs die Hitze in ihrer Brust. Während sie sich auszog, Zähne putzte und ihre Locken in einem Dutt bändigte, ließ sie den Abend im Zeitraffer vor ihrem inneren Auge ablaufen.

Kaum war Lily in den Pyjama geschlüpft, ließ sie sich bäuchlings aufs Bett plumpsen und rief die Dating-App auf, von der Tiernan vorhin gesprochen hatte. Es waren ein paar unbeantwortete Nachrichten von fremden Männern eingegangen, die sie ungelesen löschte. Dann startete sie die Suche. Sofort erschien ein vertrautes Gesicht auf ihrem Display. Tiernan hatte eine Babytrage umgelegt – man erkannte eine kirschrote Strickmütze – und zeigte sein berühmtes Strahlen. Lily wischte nach rechts, um ihn auszuwählen. Treffer. Angespannt nagte sie an ihrer Unterlippe, tippte ein paar Zeilen und löschte sie wieder.

»Hallo Tiernan, bin gerade auf dein Profil gestoßen. Gefällt mir. Was treibst du so?«, schrieb sie schließlich. Gerade hatte sie die App geschlossen und war dabei, sich einen Wecker zu stellen, als eine Nachricht eintraf.

»Hi Lily! Schön, dass du schreibst. Ich hatte hohen Besuch und musste noch die Küche aufräumen, aber jetzt liege ich im Bett. Bist du nicht müde?«

»Bin hellwach«, schrieb sie. »Heute habe ich jemanden getroffen, der mir sehr gefehlt hat. Jetzt bin ich ganz schön aufgewühlt.« Während sie auf seine Antwort wartete, betrachtete sie das Polaroid und wunderte sich, ob sie ihm auch dann vergeben könnte, wenn sie lebendige Erinnerungen an ihren Schmerz besäße.

»Geht mir auch so«, antwortete Tiernan nach wenigen Minuten. »Das ist jetzt sehr spontan, aber vielleicht hast du ja Lust, dich morgen Abend mit mir zu treffen? Nur wir beide. Wir haben uns bestimmt viel zu sagen.«

Lily ließ sich auf den Rücken sinken und presste das Handy gegen ihre Brust. Anstatt sich langsam vorzutasten, heizten sie einen ausgebrannten Ofen ein. Vor wenigen Tagen hatte sie sich geschworen, nichts zu überstürzen. Was war aus diesem Vorsatz geworden? Herzklopfen. Ihre Finger glühten, als sie ihre Antwort tippte.

»Wie wäre es mit einem Spaziergang durch die Hügel?«

KAPITEL 11

Wenn es Violet gut ging, streckte sie sich auf einem Liegestuhl aus, döste vor sich hin, beobachtete die Enten oder den Wind, der mit unsichtbaren Händen durch die Blumen strich. Manchmal saß Lily neben ihr, las ihr aus einem Buch vor oder erzählte ihr Geschichten von früher.

»Weißt du noch, als du beim *Fairyhouse Easter Festival* gewettet und gewonnen hast? Ich dachte, du würdest das Geld sofort in eine Reise investieren, aber du hast es komplett an eine Tierschutzorganisation gespendet. Du hast keine Sekunde gezögert.«

»Pferderennen gehören verboten.«

Violet war sehr schweigsam, schien sich vollkommen in sich selbst zurückzuziehen. Die Schmerzen legten eine Schippe drauf, sagte sie, weswegen sie Dr. Bennett, den Palliativmediziner, konsultierten. Er kam noch am selben Tag, um Violet zu besuchen. Noch waren nicht alle Möglichkeiten ausgeschöpft. Gegen den Tod konnte man nichts ausrichten, gegen die Schmerzen schon. Während des Gesprächs saß Lily stocksteif in ihrem Stuhl und wurde erneut von ihren Gefühlen übermannt, als der Arzt erklärte, dass eine Zunahme der Schmerzen ganz normal sei

190

und dass man mit weiteren Einschränkungen rechnen müsse, vor allem neurologischer Natur.

»Aber das bekommen wir schon hin, Miss Sheridan«, beruhigte er sie. »Wir sind an Ihrer Seite und sorgen mit allen uns zur Verfügung stehenden Mitteln dafür, dass Sie die verbleibende Zeit auch nutzen können.«

Violet blickte aus dem Fenster und wickelte dabei den Kaftan enger um ihren Körper. »Wenn man kaum noch Zeit hat, weiß man erst wirklich etwas damit anzufangen, hm?« Ein Lächeln umspielte ihre Lippen. »Menschen werden wichtiger und Entscheidungen fallen leichter, weil man nicht mehr allzu lang mit den Konsequenzen leben muss.«

Violet hatte keinen Appetit und trotzdem kochte Lily, als wollte sie sich einen Michelin-Stern verdienen. Stundenlang werkelte sie in der Küche: Safran-Hühnchen mit Reis und Kapuzinerkresse, Filet Mignon zu Zitronenkartoffeln und Bohnen, selbst gemachte Croissants mit Aprikosenfüllung. Meist stocherte Violet nur auf ihrem Teller herum, doch Lily kochte zur Entspannung, rührte Ruhe in ihre brodelnden Gedanken und ihr rastloses Herz.

Eines Abends wünschte Violet sich Fish & Chips aus dem Pub. Triefend vor Fett mit geschmackloser Panade. Es war perfekt. Sie aßen mit den Fingern direkt aus der Schachtel, ertränkten die Pommes in Essig, fütterten Lysander mit Fisch und genossen dazu eiskalte Cola. Es war fast wie früher bei ihren Filmabenden – mit dem Unterschied, dass sie nun auf einem Pflegebett hockten und Violet nach dem Essen sofort einschlief.

* * *

Die Tage mit Violet waren intensiv. Lily hungerte den Abenden entgegen, wenn Tiernan um halb sieben vor dem Schneehaus auftauchte. Ihnen blieb eine Stunde, bis er Ava wieder von seinen Eltern abholte, um sie ins Bett zu bringen.

Sie spazierten durch die Hügel und redeten sich zurück in diese jugendliche Aufbruchstimmung, in der sie an alles glaubten und auf alles hofften. Tiernan brachte sie zum Lachen, wenn sie am liebsten heulen würde, hörte sich ihre Sorgen an, ohne sie mit Ratschlägen kleinzuschmettern, oder erzählte ihr verrückte Geschichten aus seinem Leben. In manchen Momenten vergaß sie dabei sogar den Tod, der mit den Zeigern der Uhr stetig näher rückte.

Sie beobachteten Kaninchen in der Heide, kraulten Pferde, die ihre Köpfe übers Gatter streckten, und sahen dabei zu, wie Stare in ihr Nachtquartier zogen. In Wolken aus Tausenden von Vögeln tanzten sie über den Himmel und malten darauf grün schillernde Bilder.

Diese Abendstunde zwischen den Hügeln, in der die Sonne sank und die Nacht aufzog, ließ ihr Herz leichter werden. Schritt für Schritt bewegten sie sich aufeinander zu.

»Manchmal kommt's mir vor, als hätte sich überhaupt nichts verändert. Ich kann's kaum glauben, dass wir wieder hier sind und sich alles so natürlich anfühlt«, sagte sie, als sie eines Abends am Seeufer saßen und lauwarmes Bier tranken. »Besuchst du mich mal, wenn ich zurück in Belfast bin?«

»Das dauert hoffentlich noch eine Weile.«

»Ich glaube, wir haben nicht mehr viel Zeit.« Lily hob eine Locke ins Gegenlicht, betrachtete ihren kupfernen Schimmer. »Violet bekommt jetzt Schmerzpflaster, die alle paar Tage erneuert werden. Die sind zwar ganz effektiv, aber Dr. Bennett denkt darüber nach, eine Pumpe zu implantieren. Damit könnte Violet die Morphinzufuhr selbst regulieren.«

»Das klingt doch gut. Oder nicht?«

»Sie hat aufgehört zu malen. Sie liest nicht mehr und isst kaum etwas. Es ist so still geworden. Früher hat sie immer

Musik gehört, aber auch damit ist Schluss. Mir kommt's vor, als würde sie jeden Tag ein bisschen mehr …« Lily verstummte, weil ihre Kehle brannte und die Worte schmerzten. Langsam ließ sie den Zeigefinger über den Flaschenhals wandern und sah Violet vor sich im Bett liegen. Knochen, Haut und ein geliebtes Gesicht, eingehüllt in einen farbenprächtigen Kaftan, der daran erinnerte, wie lebensfroh sie früher gewesen war.

»Sie fehlt immer mehr«, sagte sie mit belegter Stimme. »Als würde sie sich nach und nach auflösen. Violet war immer so quirlig, mit dem Kopf in den Wolken, und sie hatte noch so viele Pläne. Nichts Weltbewegendes. Einfach nur leben, und ich … ich weiß gar nicht, wie ich ohne sie klarkommen soll. Aber hier geht es nicht um mich und es hilft ja auch nichts. Alle müssen sterben. Damit müssen wir leben.«

»Na ja, so ganz trifft das nicht zu«, bemerkte er. »In der Antarktis gibt es zum Beispiel einen Schwamm, der über zehntausend Jahre alt ist. Und Pantoffeltierchen sind im Grunde auch unsterblich.«

Konsterniert glotzte sie ihn an. »Violet ist kein Pantoffeltierchen.«

»Natürlich nicht.« Tiernan kratzte sich am Hinterkopf. »Tut mir leid. Ich wollte nur irgendwas sagen …«

»Ich schütte dir mein Herz aus und du erzählst mir was von Schwämmen und Pantoffeltierchen?«, fragte sie zweifelnd, musste aber schmunzeln. »Da hätte ich mir echt mehr erhofft.« Anstatt auf ihre Gefühle einzugehen, flüchtete er ins Sachliche. Seltsamerweise fand sie darin sogar etwas Tröstliches.

»Kann ich was tun?«

Lily schüttelte den Kopf und wollte etwas erwidern, als sie eine Hand spürte, die sanft über ihren Rücken streichelte. Ihr Blick verirrte sich zu den Seerosen, während sie sich auf die Berührungen konzentrierte. Sie beobachtete blau schimmernde Libellen und zwei Rosenseeschwalben, die sich auf dem Wasser treiben ließen. Obwohl ihr zum Heulen zumute war, machte sich eine kribbelnde Wärme in ihr breit.

Tiernan hielt die Stille aus, sagte kein Wort.

»Ist nach dem Tod alles vorbei?«, fragte sie. »Was glaubst du?«

»Na ja, ich bin Naturwissenschaftler. Meine Überzeugungen sind nicht unbedingt romantisch.« Als er Lilys versteinertes Gesicht bemerkte, lächelte er. »Aber wie wär's damit: Wir sind Milliarden Jahre alter Kohlenstoff. Unsere Atome sind durch unendliche Weiten gereist, bevor daraus Leben wurde. Menschen sind aus Sternenstaub und irgendwann, wenn unsere Körper zerfallen sind, werden wir wieder ein Teil vom großen Ganzen. Alles entsteht aus dem All, alles kehrt ins All zurück. Nichts verschwindet, kein einziges Atom. Am Ende leuchten wir alle zusammen.«

»Sternenstaub«, murmelte sie. »Die Vorstellung gefällt mir.«

»Und woran glaubst du?«

»An das hier.« Sie wusste nicht genau, was sie damit meinte, doch Tiernan schien ihren Worten eine ganz eigene Bedeutung zu verleihen. Seine Hand ruhte warm auf ihrem Rücken.

»Ja, daran glaube ich auch.«

Aus den Hügeln kam ein lauer Wind und griff nach ihrem Haar. Lily winkelte die Beine an, schlang die Arme darum und legte den Kopf auf ihren Knien ab. »Das mag ich«, flüsterte sie.

Das Licht besaß einen violetten Schimmer, in dem seine Haut glänzte und ihm eine ätherische Schönheit verlieh. Tiernan saß so dicht neben ihr, dass sie jeden Leberfleck, jede Linie seines Gesichts betrachten konnte. Dunkle Brauen, so präzise geformt, als hätte sie jemand am Reißbrett entworfen, darunter diese Augen … Blau war die magischste aller Farben. Leonardo da Vinci hatte sie als Mischung aus Sonnenlicht und Weltfinsternis beschrieben. Als würde die Farbe sämtliche Widersprüche auflösen, Gegensätze miteinander vereinen, alle

Zweifel ausräumen. Vielleicht, dachte sie, vielleicht konnte sie es fühlen.

»Ich glaube, wir sollten uns so langsam mal auf den Weg machen«, brach er den Bann und blies sich eine Haarsträhne aus der Stirn. »Ist schon spät.«

* * *

Nachdem sie sich beim Hof der O'Boyles von Tiernan verabschiedet hatte, schlenderte Lily weiter die Straße hinab. Sie war beseelt, sogar merkwürdig beschwingt, als sie auf das keltische Hochkreuz zusteuerte, das hinter einer Brombeerhecke emporragte. Seit Jahrhunderten hatten Wind und Regen den Stein bearbeitet, sodass die eingemeißelten Symbole kaum noch zu erkennen waren. Angeblich war durch das Kreuz heiliges Land markiert worden. An dieser Stelle hatten sich die Menschen versammelt, um für gute Ernten zu beten. Hier hatte sie sich damals mit Tiernan getroffen, um herauszufinden, ob er ihre Gefühle erwiderte. Dabei war es ihr auch um Wunscherfüllung gegangen. Für einen Augenblick verlor sie sich in Gedanken, doch dann vibrierte das Handy in ihrer Gesäßtasche. Shannon rief an, um sich auf den neusten Stand bringen zu lassen. Während sie mit ihrer Mutter sprach, tigerte Lily vor dem Kreuz auf und ab.

Erst als die Sonne untergegangen war, legte sie auf und stapfte die Einfahrt zum Schneehaus hinauf. Vielleicht hatte Violet noch genug Energie, um sich mit ihr einen Film anzusehen? Aus dem Wohnzimmer strahlte goldenes Licht. Ihre Schritte verlangsamten sich, als sie Arwyn erkannte, der auf dem Bettrand saß und sanft über Violets Kopf streichelte. Wenn das nicht der Beweis war, nach dem sie gesucht hatte. Lily grinste, doch das Triumphgefühl wich, als sie beobachtete, wie Violet seine Hand umklammerte und sie küsste. Nicht mehr viel Kraft, nicht mehr viel Zeit.

Wie angewurzelt blieb Lily stehen. Arwyn und Violet teilten diesen stillen Moment mit so viel Zärtlichkeit, dass sie sich fragte, ob es das vielleicht wert gewesen war – die vielen Jahre getrennt voneinander.

Kurz entschlossen wirbelte sie herum und rannte durch den Garten, am Vardo vorbei, zwischen den Eiben hindurch, bis sie vor Tiernans Tür stand. Leise trommelte sie mit den Fingerspitzen dagegen, dann klopfte sie vehementer.

»Was machst du denn hier?« In Shorts und einem grauen Sweater stand er vor ihr.

»Hast du noch ein paar Minuten?«, fragte sie.

»Theoretisch schon. Habe die Kröte ins Bett verfrachtet und wollte noch ein bisschen fernsehen.« Die Fernbedienung, die er in der Hand hielt, besaß so viele Knöpfe, als könnte man damit ein Raumschiff steuern. »Ist was passiert?«

»Nein, nein. Aber der Abend war viel zu schön und die Stunde viel zu kurz. Ich dachte, wir könnten noch ein bisschen abhängen.«

»Äh, okay, klar!« Tiernan wirkte überrumpelt. »Aber wir müssen ganz leise sein. Ava ist gerade eingeschlafen. Willst du was trinken?«

Als sie ihm durch den engen Flur in die Küche folgte, fiel ihr der Silikonfuß seiner Prothese auf. Er hatte Schuhe und Socken ausgezogen, sodass Fußnägel zum Vorschein gekommen waren, die wie kleine Discokugeln schillerten.

»Hübsch. Du warst bei der Pediküre«, witzelte sie.

»Ich habe eine Tochter, die sich heute unbedingt die Nägel lackieren wollte. Meine mussten zu Übungszwecken dran glauben. Wir haben keinen Entferner im Haus.«

»Steht dir. Du hattest schon immer etwas Glamouröses.«

196

Bevor er die Küche betrat, warf er ihr einen spöttischen Blick zu und tippte sich dabei an die Stirn.

Am Kühlschrank hingen einige Visitenkarten, vollgekritzelte Malbuchseiten und zwei Fotos, auf denen Ava erst ein paar Wochen alt war.

»Ava ist so süß«, bemerkte Lily und strich mit dem Zeigefinger über das Bild eines haarlosen Köpfchens. »Ich hätte sie wirklich gern früher kennengelernt.«

»Mhm. Sie ist das Beste, das ich je zustande gebracht habe.« Schwungvoll öffnete Tiernan die Kühlschranktür und studierte den Inhalt, dann holte er eine runzlige Gurke und eine Zitronenhälfte hervor.

»Soll ich mich ums Gemüse kümmern?« Lily zog ein Messer aus dem Block, der neben der Mikrowelle stand, und nahm ein Schneidebrett vom Haken. »Ich wollte dich schon die ganze Zeit fragen, was zwischen dir und ihrer Mutter vorgefallen ist. Warum habt ihr euch getrennt?«

»Weil wir komplett konträre Lebensvorstellungen hatten«, sagte er lakonisch und ließ Eiswürfel in zwei Gläser fallen.

»War Ava ein Wunschkind?«

»Ursprünglich nicht, aber jetzt schon.« Tiernan quetschte ein wenig Zitronensaft in die Drinks und sah dabei ganz säuerlich aus, doch als er aufblickte, hoben sich seine Mundwinkel. »Vicky ist ziemlich ambitioniert, was ihre Karriere anbelangt. Es war logisch, dass Ava bei mir lebt. Also habe ich meinen Job geschmissen – ich war in diesem Labor sowieso total gefrustet – und bin hierhergekommen. Es ist nicht einfach, alles unter einen Hut zu bekommen, aber so langsam finden wir einen Rhythmus.«

»Du bist ein toller Vater. Ehrlich, Tiernan! Ich verstehe zwar nicht viel von Kindererziehung, aber Ava macht einen total glücklichen Eindruck auf mich.« Sie steckte Gurkenscheiben in die Gläser, dann wandte sie sich zu ihm um. »Man merkt, wie viel Liebe zwischen euch ist. Darauf kommt's an.«

»Aye! Ich hätte nie gedacht, dass dieses Organ in meiner Brust zu solchen Gefühlen überhaupt fähig ist. Ava ist das Beste, was mir je passiert ist. Ohne Übertreibung, ohne Sentimentalität. Sie ist das Beste in meinem Leben.«

Mit ihren Drinks verzogen sie sich ins Wohnzimmer. Im Kamin flackerte ein erschöpftes Feuer. Tiernan schaltete den Fernseher aus und fing an, von seiner Vaterrolle zu erzählen, wobei er ein Kuscheltier in den Händen hielt. Ein zerschlissener Hase, dessen Stoff so alt aussah, dass Lily sich fragte, ob er vielleicht Tiernan gehört haben könnte. Sie erinnerte sich nicht. Vielleicht ein Andenken an Vicky, die im fernen Boston lebte und via Videocall am Leben ihrer Tochter teilnahm?

»Mal spontan mit den Jungs nach Cork, um die Nacht durchzumachen, ist nicht drin. Den ganzen Sonntag vor dem Fernseher abhängen, krank im Bett liegen bleiben oder abends mit einer alten Freundin spazieren gehen …« Tiernan schnalzte mit der Zunge. »Man ist ständig am Organisieren und muss sich dauernd fragen, ob man seinen Job gut macht. Bin ich zu streng? Bin ich verantwortungslos, wenn ich mal die Füße hochlege und es mir egal ist, ob Ava sich gerade mit Erdnussbutter das Gesicht zukleistert, Löcher in die Vorhänge schneidet und meinen Rasierschaum im ganzen Haus verteilt? Manchmal komme ich mir vor wie der stümperhafteste Daddy überhaupt.«

»Bist du nicht«, versicherte sie ihm. »Aber man setzt sich selbst ganz schön unter Druck, wenn man so viel Verantwortung trägt, nehme ich an.«

»Mal mehr, mal weniger. Ich habe ja Hilfe, aber am Ende des Tages stehe ich eben allein da«, sagte er und stützte sich mit den Ellbogen auf seinen Oberschenkeln ab. Bedächtig wiegte er das Glas in seiner Hand. »Manchmal würde ich die ganze

Verantwortung gern abgeben oder wenigstens mit jemandem teilen, der sich genauso verpflichtet fühlt, aber das ist momentan nicht drin.«

Lily hakte nicht nach, ob er auf der Suche nach einer Partnerschaft war – sie kannte die Antwort, hatte sein Profil studiert und wusste, was er sich wünschte.

Keine Mama für mein Kind, aber eine Freundin für mich und meine Tochter. Du weißt, was du willst, und bist trotzdem kompromissbereit. Mit dir kann man Pferde stehlen, aber du gibst sie am Ende wieder zurück, weil du ein gutes Herz hast. Du lachst gern, auch über dich selbst, magst Feen und stehst auf Tayto-Sandwiches? Dann melde dich.

»Trotzdem stelle ich es mir echt schön vor, mit einem Kind zusammenzuleben.« Lily fischte eine Gurkenscheibe vom Boden des Glases und steckte sie sich in den Mund.

»Ist es auch. Ava hat mir Streichhölzer zwischen die Lider geklemmt. Im übertragenen Sinne natürlich. Sie freut sich über so einfache Dinge wie Perlmutt in einem Schneckenhaus oder einen einzelnen Schuh, den sie auf der Crannóg findet. Sie sieht alles mit ganz anderen Augen, macht aus allem etwas Besonderes. Winzige Wichtigkeiten. So nennt Violet das, richtig? Na, jedenfalls bin ich gerade der Trainee meiner Tochter, was winzige Wichtigkeiten anbelangt.«

»Was ist die letzte wichtige Winzigkeit, die du gelernt hast?«

Tiernan lehnte sich zurück und betrachtete sie für einen Augenblick. »Du hast sogar Grübchen, wenn du ein bitterernstes Gesicht machst. Und du weißt ja, was man über Menschen mit solchen Grübchen sagt. Von den Feen geküsst, ein bisschen loco, ein bisschen neben der Spur.«

»Neben der Spur hast du wenigstens die Chance, ein paar Blumen zu entdecken.«

»Ich wusste, dass du so etwas sagen würdest.« Er schmunzelte. »Habe ich dir schon erzählt, dass ich inzwischen richtige

Zöpfe flechten kann? Ich habe mir YouTube-Tutorials reingezogen und fleißig trainiert. In der Schule applaudieren alle, wenn Ava zur Tür reinkommt.«

»Beweis es!«, forderte sie und ließ sich vom Sofa auf den Boden gleiten. Über die Schulter warf sie ihm einen herausfordernden Blick zu. »Wie wäre es mit einem französischen Zopf, hm?«

»Muss ich dazu ein Baguette einflechten?«

Nachdem er sein Glas abgestellt hatte, rutschte er hinter sie, sodass sie zwischen seinen Beinen saß. Erst strich er einzelne Strähnen aus ihrem Gesicht, dann kämmte er mit den Fingern durch ihr Haar. »Du hast es immer geliebt, wenn ich deinen Kopf gekrault habe.«

»Als wir zusammen waren?«

»Mhm. Ich musste dich kraulen, bis du eingeschlafen bist. Sogar im Schlaf hast du gemurrt, wenn ich damit aufgehört habe.«

Tief in ihrem Bauch spürte sie ein Flattern, das sich kurz darauf zu einem hellen Pochen aufschwang. Die Grenzen verwischten. Seine Nähe löste etwas in ihr aus, das nach mehr verlangte, als sie sich nehmen konnte. Schon am See hatte sie diesen Drang verspürt. Als Tiernan demonstriert hatte, wie er an seiner Prothese eine Bierflasche öffnete, war er ihr so dermaßen anziehend erschienen, dass sie sich zur Raison rufen musste. Und danach, als er ihren Rücken gestreichelt hatte. *Nur alte Freunde, wenn überhaupt. Nur das Aufflackern alter Gefühle, wenn überhaupt.*

Mit den Fingerspitzen strich sie über seinen Silikonfuß. »Ach Tiernan«, murmelte sie versonnen.

»Verdreh ich dir den Kopf oder geht's?« Er zupfte an einer Locke.

»Es geht.«

Ein undeutliches Brummen kam von hinten, dann legte er seine Hände auf ihre Schultern und beugte sich zu ihr hinab. »Fertig«, raunte er.

Lily tastete über ihren Kopf. Tatsächlich könnte sich darauf so etwas wie ein Zopf befinden. Hastig rappelte sie sich auf. »Jetzt brauche ich einen Spiegel.«

Im schummrigen Licht des Korridors wirkte ihre Haut farblos, obwohl ihre Wangen brannten. Lily betrachtete sich. Wann hatte sich diese romantische Nuance in ihre Beziehung geschlichen? Mit dem Zeigefinger glitt sie über die verschlungenen Strähnen.

»Und?« Tiernan trat hinter sie.

»Sieht schön aus«, sagte sie und begegnete seinem Blick im Spiegelbild.

»Mhm. Fand ich übrigens schon immer. Ist mir aber zum ersten Mal richtig aufgefallen, als du völlig verheult auf meinem Bett gesessen hast. Du hast geredet und geredet. Ich hab dir irgendwann gar nicht mehr richtig zugehört, aber ich weiß noch genau, wie du ausgesehen hast. Mit deinen Grübchen, den Locken und so.«

In ihrem Gedächtnis kramte sie erfolglos nach einer entsprechenden Erinnerung. »Warum habe ich geweint?«

»Ach, es ging um irgendeinen Kunstkurs in den Sommerferien, den du nicht machen durftest, weil deine Noten zu schlecht waren.«

»Ah!« Mit einer Mischung aus Erleichterung und einem Triumphgefühl – wie immer, wenn es ihr gelang, sich an etwas zu erinnern – drehte sie sich zu ihm um. »Ich wollte nach Frankreich, aber das war natürlich viel zu teuer, weswegen ich mir einen Kurs in Dublin ausgesucht hatte, aber auch daraus wurde nichts, weil meine Leistungen in Mathe … na, du weißt ja.«

»Ich weiß. Du hattest Schranken im Kopf, wenn's um Polynomdivision ging.« Mit hochgezogenen Brauen musterte er sie, dann ließ er sich mit dem Rücken gegen die Wand sinken. »Eigentlich siehst du noch genauso aus wie früher. Genauso schön. Du hast dich kaum verändert.«

Ihre Knie wurden wachsweich. War das ein harmloses Kompliment oder eine Herausforderung? Lily rang nach unverfänglichen Worten. »Das ist nett von dir. Danke.« Sie blies die Wangen auf. »Sag mal, kommst du morgen eigentlich mit Ava vorbei? Letzte Woche ist der *Fairy Friday* ja ausgefallen.«

»Klar.«

»Okay, cool!«

Plötzlich hatte Lily es eilig zu gehen. Suchend wanderte ihr Blick über die bunten Kleidungsstücke an der Garderobe, bis ihr einfiel, dass sie ohne Jacke gekommen war. »Ich pack's jetzt. Danke für den Zopf.«

Ihre Hand lag schneller auf der Klinke, als er etwas erwidern konnte.

KAPITEL 12

Nachdem Kathleen das Schmerzpflaster erneuert und Violet beim Haarewaschen geholfen hatte, saß diese in ihrem Kaftan am Küchentisch und kaute auf einer trockenen Scheibe Toastbrot herum, während sie mit Shannon telefonierte. Die Sonne blinzelte durchs Fenster, malte goldene Flecken an die Wände. Lily hatte Brombeeren gepflückt, die saftig und schwarz glänzend hinter dem Hochkreuz wuchsen. Daraus wollte sie einen Kuchen backen. Für den bevorstehenden Besuch, aber vor allem für ihre Nerven, die sich beruhigten, wenn ihre Hände beschäftigt waren. Seit gestern malträtierte sie die Frage, was sie bei Tiernan suchte. Verlorene Erinnerungen, körperliche Nähe, die Renaissance ihrer Freundschaft?

Nichts davon reichte aus, um ihre Gefühle zu beschreiben. Lily stellte sich vor, wie sie in dieses sensible Gefüge von Vater und Tochter eindrang, wie alles dadurch ins Ungleichgewicht geriet – auch sie selbst. Wenn sie es nicht mal schaffte, mit einem einzigen Menschen auszukommen, wie sollte sie es dann mit zwei Menschen aufnehmen? Noch dazu mit einem Kind? Sie durfte sich keinen Irrtum erlauben. Vielleicht war es leichter, auf etwas zu verzichten, als es zu haben – für einen Augenblick zu genießen – und dann wieder zu verlieren.

Mit zusammengepressten Lippen stampfte sie die gezuckerten Brombeeren und verteilte den Brei auf dem Mürbeteig. Blutroter Saft klebte an ihren Fingern. Sie wollte sie gerade ablecken, als Violet sich räusperte.

»Schöne Grüße von Shannon und deinem Vater. Sie werden uns nächstes Wochenende besuchen. Philomena und Dottie kommen auch.«

»Oh, das klingt nach Trubel. Bist du damit einverstanden?«

Violet hob die Schultern. Ein krummes Lächeln verzog ihre Lippen. »Wir sollten die Zeit nutzen, oder? Allerdings frage ich mich, wie Arwyn und Shannon … Die beiden sind nicht allzu gut aufeinander zu sprechen.«

»Warum nicht?«

»Alte Kamellen.« Sie seufzte wie immer, wenn sie alte Kamellen in den Mund nahm.

»Erzähl mir davon«, verlangte Lily und wusch ihre Hände.

»Ach, seine Familie war bitterarm. Der Vater konnte nicht arbeiten, weil er krank war, und seine Mutter hat sich an der Pflege aufgerieben. Arwyn hat immer versucht, an Geld zu kommen. Das waren keine gravierenden Verbrechen, keine Kapitaldelikte, aber kleine Gaunereien.«

»Verbrechen?« Bei der Vorstellung, dass der gutmütige Holzkünstler in illegale Machenschaften verstrickt gewesen sein sollte, musste sie lachen. Lily ließ sich auf einen Stuhl sinken. »Was hat er denn angestellt? Hat er Handtaschen geklaut?«

»Wo denkst du hin? Nein, nein. Er hat Marihuana angebaut, um es zu verkaufen.« Violet rollte eine Perle des Kaftans zwischen Daumen und Zeigefinger. »Weißt du, Arwyn war ständig hier, saß an unserem Tisch, hat sich so selbstverständlich im Haus bewegt, als wäre es sein eigenes Refugium. Wir haben ihn alle geliebt. Für Pa war er wie ein Sohn, für

Shannon wie ein Bruder, aber für mich … Ach, wir waren uns sehr nah.«

»Ich wusste es!«, triumphierte Lily. »Ich hab's die ganze Zeit gewusst.«

Violet hob ihre nachgezogenen Augenbrauen – die Farbe war inzwischen ein paar Nuancen zu dunkel, der Bogen zittrig. »Was wusstest du, Liebes?«

»Arwyn und du. Man spürt es, wenn man euch beobachtet. Da ist noch so viel Gefühl. In jedem Blick, in jeder Geste … Ist er deinetwegen zurückgekommen?«

»Nein, das hat sich einfach so ergeben. Arwyn wusste nicht, wie krank ich bin. Er wusste nicht mal, dass ich immer noch im Schneehaus lebe. Wir hatten jahrzehntelang keinen Kontakt mehr.«

»Warum denn nicht? Was ist passiert?«

»Kürzen wir die Geschichte ab: In der Praxis haben immer wieder Medikamente gefehlt, hochpreisige Tabletten. Vater war schusselig, ein gedankenverlorener Mann. Wir dachten, er hätte die Bestände falsch notiert, sich verzählt. Aber eines Abends haben wir beobachtet, wie Arwyn sich in die Praxis geschlichen hat. Der Verdacht lag nahe, dass er sich an den Mittelchen bedient hat, um sie zu verhökern. Mein Vater ist zur Polizei gegangen. Schweren Herzens.«

»Oh nein!« Bestürzt verzog Lily das Gesicht. »Was haben sie mit Arwyn gemacht?«

»Er war ja noch jung. Gerade siebzehn Jahre alt. Seine Eltern haben ihn bei einem Onkel in Athlone untergebracht. Der war Priester und sollte dem Jungen die Flausen austreiben.«

»Und das war euer Ende.«

»So kann man's ausdrücken. In der ersten Zeit hat er mir noch geschrieben, aber irgendwann … Wir haben damit abgeschlossen.« Die Worte ihrer Tante wirkten wenig überzeugt.

»Dieser Brief, den du als Achtzehnjährige geschrieben und nie abgeschickt hast, war für ihn, oder?«

Bedächtig legte Violet die Fingerspitzen aneinander und öffnete den Mund, um zu antworten, als es an der Tür klingelte.

»Oh, das müssen Tiernan und Ava sein!« Lily erhob sich. »Entschuldige, wir reden heute Abend weiter. Ich mach auf.«

Ava wuselte flink wie ein Eichhörnchen durch den Garten, hüpfte von Trittstein zu Trittstein und plapperte dabei auf Violet ein.

»Ich will mal Esel haben, wenn ich groß bin«, verkündete sie. »Wann ist man groß?«

Während sie mit dem Kind sprach, stakste Violet am Zaun entlang und ließ ihren Blick so aufmerksam über das Gras wandern, als suchte sie zwischen den Halmen nach versteckten Stolperfallen. Gelegentlich zupfte sie welke Blätter von den Sträuchern oder blieb stehen, um den Wuchs ihrer Blumen zu begutachten.

Lily wandte sich zu Tiernan um. Er saß zurückgelehnt auf der Bank und hatte die Beine von sich gestreckt.

»Und? Gestern gut ins Bett gekommen?«, fragte er merkwürdig distanziert.

»Ich hatte es ja nicht weit. Konntest du gleich schlafen?«

»Nee, lag noch ewig wach und habe mir im Internet irgendwelchen Unsinn reingezogen. Ich bin todmüde.« Er unterstrich seine Aussage mit einem Gähnen. »Eigentlich wollte ich gar nicht kommen, sondern direkt nach Hause, um mich aufs Ohr zu hauen, aber Ava hat darauf bestanden.«

»Heute schaffst du's bestimmt früher ins Bett. Ich wollte dir sowieso noch sagen, dass unser Spaziergang leider ausfallen muss. Im Moment lasse ich die Arbeit ziemlich schleifen, aber da gibt es so einen Auftraggeber, der langsam ungemütlich wird.

Heute Abend wollte ich mich mal wieder hinter den Computer klemmen.«

»Na, dann passt's ja.«

Tiernan wirkte befangen – spiegelte vielleicht ihre eigene Verlegenheit wider, weswegen sie zur Gießkanne griff und anfing, die Kräutertöpfe auf dem Fensterbrett zu wässern.

»Hast du schon von dem Jahrhundertsturm gehört?«, erkundigte er sich, als sie bei der Petersilie angelangt war.

»Nee, wann war das?« Sie ließ die Kanne sinken.

»Kommt noch. Am Sonntag rechnen sie mit einem schweren Unwetter. Zyklon, Orkan. Was auch immer. Die Landwirte sollen jedenfalls ihr Vieh sichern. Vermutlich wird der Flugverkehr eingestellt.«

»Ist auch Beara betroffen?«

»Natürlich. Beara ist ein Zipfel im Atlantik. Hier wüten Stürme immer besonders heftig. Wenn's losgeht, solltest du auf jeden Fall die Tiere ins Haus holen, die Fensterläden schließen und den Notstromgenerator checken. Nicht, dass ihr im Dunkeln sitzt.«

Ihr entgeisterter Gesichtsausdruck ließ ihn schmunzeln. »Keine Sorge. Das sind nur Vorsichtsmaßnahmen. Wahrscheinlich rauscht dieser Sturm über Beara hinweg und schüttelt nur ein paar Blätter von den Bäumen.«

»Wo sollen wir die Enten hinbringen? In die Küche?«

»Na ja, vielleicht genügt es auch, wenn du den Vardo fest versperrst. Die Räder sind ja schon halb in der Erde versunken. Der kippt nicht um.«

»Die Enten sollen bei mir schlafen«, rief eine Kinderstimme. Verwirrt schauten sie sich um und lachten, als Ava ihren Kopf aus den Hortensien streckte.

»Was machst du denn da unten?«, fragte Lily.

»Blüten sammeln.« Ava hielt ihren gelben Eimer hoch.

»Und wo ist Violet?«

»Sie hat keine Luft mehr bekommen.«

Alarmiert wirbelte Lily herum und entdeckte ihre Tante, die auf dem Badewannenrand saß und sich vorgebeugt auf ihren Gehstock stützte.

»Jetzt holt sie Luft und ich hole ein paar von denen hier«, erzählte Ava und wuschelte durch die Hortensien. »Und dann gehen wir zu den Feen.«

»Vielleicht sollte *ich* dich diesmal begleiten«, schlug Tiernan vor und stieg die Stufen in den Garten hinab. »Violet sieht erschöpft aus.«

Die Haut ihrer Tante war aschfahl, die Lippen blutleer, dennoch bemühte sie sich um ein Lächeln, als Lily über die Wiese auf sie zusteuerte.

»Ist alles okay?«

»Ach, mich hat nur die Kraft verlassen. Jetzt sitze ich hier und warte, bis ich wieder ein paar Schritte gehen kann.«

»Soll ich den Rollstuhl holen?«

»Nicht nötig. Meine Akkus laden zwar langsam, aber sie laden noch.« Violet tätschelte ihren Oberschenkel. »Ich fang mich schon wieder.«

Der Wind raschelte durch das Blattwerk der Eiche. Lily beobachtete, wie Licht und Schatten über den Grund der Badewanne tänzelten. »Tiernan geht mit Ava zum Weißdorn«, erklärte sie und setzte sich neben Violet auf den Wannenrand. »Danach verschwinden sie gleich, damit du dich ausruhen kannst.«

»Dreht ihr später wieder eure Runde?«

»Nein, heute Abend wollte ich ein bisschen arbeiten. Außerdem ist Tiernan viel zu müde, um sich in die Hügel zu schleppen.«

»Ihr hattet wohl beide eine lange Nacht.«

»Mhm. Wir waren noch ein bisschen zusammen.« Lily strich mit den Zehen übers Gras und dachte dabei an Hände in ihrem Haar und seinen brennenden Blick. *Genauso schön.*

»Vielleicht lade ich auch die O'Boyles nächstes Wochenende ein«, überlegte Violet und malte mit ihrem Zeigefinger Kreise ins Wasser. »Shannon wird zwar nicht begeistert sein, wenn sie noch mehr Gäste bewirten muss, aber es ist meine letzte Feier.«

»Wann ist aus dem Besuch eine Feier geworden?«, fragte Lily belustigt.

»Als ich mir gerade eine lange Tafel mit weißen Tischdecken und Wildblumen vorgestellt habe. Wir holen die Lichterketten vom Dachboden und hängen Lampions auf. Dort am großen Ast.« Violet deutete hinauf zur Baumkrone, die wie eine bewaldete Insel im Himmel schwamm. »Man sollte die Temperaturen ausnutzen.«

»Wir kümmern uns drum. Du bekommst dein Gartenfest«, versprach Lily und verfolgte den Tiefflug einer Schwalbe, die spielerisch ums Haus glitt. »Tiernan meinte, am Sonntag käme wohl ein Sturm. Kein raues Lüftchen, sondern ein Orkan, vor dem sie schon im Radio warnen.«

»Jeder Sturm geht vorbei«, sagte Violet unbeeindruckt. »Das Wetter auf Beara ändert sich ja ohnehin im Sekundentakt. Morgens lässt die Sonne den Asphalt schmelzen, mittags fegt der Wind die Ziegel vom Dach und abends fällt Schnee. Wir machen nächste Woche ein kleines Fest. Komme, was wolle.«

* * *

Am frühen Abend rief Finoula Morrison von der Apotheke an, weil eine Bestellung eingetroffen war. Auf dem Weg ins Dorf brachte Lily einen Stapel Briefe zur Post, dann stiefelte sie in die Apotheke. Finoula war eine grazile Erscheinung mit rotblondem Haar und sanften Sommersprossen. Ihre Stimme entfaltete allein durch ihr weiches Timbre eine therapeutische Wirkung. Einfühlsam erkundigte sie sich nach Violet, während sie Medikamente, Spritzen und Kompressen einpackte. Während sie die Posten in die Kasse eintippte, erzählte sie von ihren eigenen Begegnungen mit der Erkrankung. Eine Cousine sei im Kindesalter daran gestorben, dann ihre Mutter, zwei Freundinnen aus der Schulzeit.

»Irgendwann kann man nur noch hoffen, dass es schnell geht«, hauchte sie. »Dann ist's eine Erlösung.«

Davon wollte Lily nichts wissen. Überhastet verabschiedete sie sich, packte die Tüte und floh aus der Apotheke.

»Lilian Sheridan!«, ertönte eine tiefe Stimme hinter ihr, als sie den Schlüssel ins Schloss gefriemelt hatte. »Sehe ich dich auch mal wieder? Das ist ja nett.«

»Keith?« Sie klang eher entgeistert als überrascht. In einem Polohemd, das farblich an eine Warnweste erinnerte, stand er vor ihr. Seine Brust sah so geschwollen aus, als würde er die Luft anhalten und dabei seinen Bauch einziehen. Keith zeigte perlweiße, schnurgerade Zähne, in die garantiert ein kleines Vermögen geflossen war.

Mit dem Ellbogen stützte er sich auf dem Wagendach ab. »Tiernan hat mir schon gesagt, dass du zurück in der alten Heimat bist. Wie geht's denn so?«

»Ganz okay. Und selbst?«

»Die Geschäfte laufen bestens«, sagte er und ließ demonstrativ den Schlüssel zu seinem Lexus vom Zeigefinger baumeln. »Bin stolzer Vater von zwei wunderschönen Mädchen, Bella und Melissa.«

»Gratuliere. Wie alt sind deine Kinder?« Lily bemühte sich, ansatzweise interessiert zu klingen, während sie im Kopf überschlug, wann sie ihn zum letzten Mal gesehen hatte. An Weihnachten vor sechs Jahren vielleicht? Es war ihr entfallen. Vermutlich, weil Keith zu den Menschen gehörte, an die Lily sich erst erinnerte, wenn sie direkt vor ihr standen.

»Zwei Jahre älter als Ava«, sagte er. »Sind eineiige Zwillinge.«

»Wie schön. Dann spielen die Mädchen wahrscheinlich oft zusammen, schätze ich.«

»Gelegentlich. Tiernan kommt am Wochenende manchmal vorbei. Wir wohnen draußen in Castletownbere, haben uns ein Häuschen ans Meer gestellt. Großer Garten, Trampolin, Schaukeln. Da können sich die Kinder richtig austoben.«

»Freut mich, dass ihr immer noch Kontakt habt. Ihr seid ja schon seit Ewigkeiten befreundet«, sagte sie und hob die Mundwinkel zu einem Lächeln. Sie hatte ihn noch nie leiden können. Ein großkotziger Privatschüler, der in den Ferien immer an Tiernans Rockzipfel gegangen hatte – später dann an anderen Rockzipfeln, unter die er gern sein Handy hielt, um Höschen zu fotografieren und prahlerisch herumzuzeigen.

»Du triffst dich auch wieder mit ihm, habe ich gehört.«

»Mhm, wir sind ja Nachbarn.«

»Nach dem, was du damals beim Debs abgezogen hast ...«

Keith blies Luft aus einem Mundwinkel. »Tiernan ist loyal ohne Ende, tappt immer wieder in dieselbe Falle.«

»Wovon redest du?«, fragte sie perplex.

»Lily, hey!« Ein Lachen quoll über seine Lippen. »Jetzt tu nicht so scheinheilig. Wir wissen doch beide, was damals passiert ist.«

Schützend verschränkte sie die Arme vor der Brust. »Du hast keine Ahnung, Keith, nicht den blassesten Schimmer.«

»Na, von dem Unfall weiß ich jede Menge. Ich war da, als Tiernan im Krankenhaus lag, als er in die Reha gekommen ist und sich wieder zurückgekämpft hat! Ich kenne die Geschichte von eurer süßen Affäre. Ich weiß, was in der Unfallnacht passiert ist«, teilte er ihr mit einer schier unerträglichen Überheblichkeit mit. »Wie das eskaliert ist … Du hast ja komplett die Beherrschung verloren.«

Überrumpelt stand sie da und wusste nicht, worauf sie zuerst eingehen sollte. Die süße Affäre, die Unfallnacht? »Das war der Debs, Keith! Wir haben alle über die Stränge geschlagen, waren betrunken. Was danach …« Halt! Lily würde sich keinesfalls rechtfertigen. Verächtlich schnaubte sie auf und wollte ihm genau das entgegenschleudern, als er den Kopf schüttelte.

»Du hast doch keinen Schluck getrunken. Du wusstest genau, was du tust.«

Aus zusammengekniffenen Augen taxierte sie ihn. Was sollte sie erwidern? Egal, was sie sagte, es würde das Feuer einheizen. »Lassen wir das Thema«, ruderte sie zurück. »Ich muss ins Schneehaus. Meine Tante ist sehr krank. Deswegen bin ich hier, aber das weißt du bestimmt schon.«

»Klar, tut mir übrigens echt leid.« Er ließ die Schultern sinken. »Wirklich. Ich hoffe, sie kommt wieder auf die Beine. Heutzutage kann man ja viel machen.«

»Nein, nicht in ihrem Fall.«

Auf der Rückfahrt rekapitulierte sie das Gespräch. Keith hatte deutlich gemacht, dass er sie für einen manipulativen Menschen hielt. Wie kam er dazu? Es gab viele Dinge, die man ihr vorwerfen könnte, aber bestimmt keine Scheinheiligkeit. Lily schnaubte auf, wechselte den Gang und bog in den Kreisverkehr ein. Süße Affäre. Unfallnacht. Ihr Blick wanderte kurz zur Beifahrertür, dann zurück auf die Straße. Natürlich hatten die Leute nach dem Unfall miteinander getuschelt und Mutmaßungen angestellt, doch nie hatten sie es gewagt, mit dem Finger auf jemanden zu zeigen. War sie schuldig? Kurz gestattete sich Lily, über diese Frage nachzudenken, doch dann schüttelte sie den Kopf und verstärkte den Griff ums Lenkrad. Was für ein fieser Zug von Keith. Er hatte es genossen, sie ins Wanken zu bringen, weil er sich durch ihre Verunsicherung mächtig überlegen vorgekommen war. Das war typisch. Keinesfalls würde sie ihm diese Macht geben. Keinen einzigen Gedanken mehr an ihn verschwenden. Sie brauchte ihre Kraft für wichtigere Dinge. Besonders für Violet, aber auch für alles, was sie mit Tiernan teilte.

KAPITEL 13

Während Violet schlief, verzog sich Lily hoch in ihr Zimmer. Wie geplant, klappte sie das Notebook auf und öffnete das Dokument. Sie tippte ein paar Zeilen, überflog den Ursprungstext. Ihre Finger bewegten sich nur langsam über die Tastatur, weil ihre Gedanken ständig abschweiften. Ein Fest im Garten mit glühenden Lampions wie auf dem Gemälde, das über dem Bett hing. Sie hatte noch nie mit Tiernan getanzt, fiel ihr ein. Als sie sich zum dritten Mal dabei ertappte, wie sie in ihrem Terminkalender herumkritzelte, anstatt zu prüfen, wann sie mit ihrem Kunden zum Videocall verabredet war, schlug sie das Buch zu. Morgen, schwor sie sich. Morgen würde sie mit der Sonne aufstehen und sich direkt an die Arbeit machen. War das nicht das Mantra der Prokrastination?

Halb amüsiert, halb genervt von sich selbst wühlte Lily in ihrem Kunstkarton. Abgegriffene Bleistifte in verschiedenen Längen und Härtegraden landeten auf dem Tisch, dann zückte sie das Künstlermesser und beugte sich über den Papierkorb, um die Stifte zu spitzen. Während hauchdünne Holzspäne hinabrieselten, nahm sie sich vor, genau dort weiterzumachen, wo sie vor zehn Jahren aufgehört hatte. Noch nie hatte sie ein Skizzenbuch beendet. Vielleicht jetzt. Sie klappte es auf.

Ihr Blick huschte über die Zeichnungen eines Kindergesichts, das wie die Verschmelzung von Tiernan und ihr selbst aussah. Kristallaugen. Grübchengrinsen. Kaum größer als eine Briefmarke. Mit dem Zeigefinger strich sie über die Skizzen, verfolgte die Linien, dann blätterte sie um.

Eine blütenweiße Doppelseite leuchtete ihr entgegen.

Sie griff zu einem Bleistiftstumpf. 8B, weich, fast tuscheartig. Mit den Fingern ließ sich der Grafit wunderbar verreiben, um der Zeichnung Plastizität zu verleihen.

Doch bevor sie sich in Bewegung setzte, musste sie wissen, wohin die Reise gehen sollte. Lily spielte mit dem Stift in ihrer Hand und starrte aus dem Fenster in die salbeigrünen Hügel. Die verstreuten Schafe in den Wiesen und die Wolken am Himmel sahen aus wie fleckige Schneereste, nachdem das Tauwetter eingesetzt hatte. Um ihren Geist frei wandern zu lassen, schloss Lily die Augen. Bilder blitzten auf, doch keines tangierte sie. Sie dachte an ein knallgelbes Fernglas, das von einem Jungenhals baumelte, und an eine halb vergessene Geschichte. *Faolán.* Die Miene kratzte über das Papier, bis sie die Lampe anknipsen musste, weil das Licht nicht mehr ausreichte.

* * *

»Sorry, ich hab total die Zeit vergessen. Hast du Hunger?«, rief sie, begleitet vom Knarzen der Treppe, als sie zwei Stunden später nach unten polterte. Stille. Behutsam klopfte Lily an die Wohnzimmertür, unter der schwaches Licht durchfiel.

»Violet?« Die Schreibtischlampe brannte. Auf dem Nachttisch stand ein halb volles Wasserglas neben einer aufgerissenen Tablettenpackung. Das Bett war leer.

»Hallo?« Lily betrat den Raum und erwartete, Violet auf dem Sofa zu entdecken, doch außer einem Kissenberg war dort nichts zu sehen. »Wo versteckst du dich denn?«

Sie marschierte durch alle Räume, rannte ins Obergeschoss und rief immer wieder nach ihrer Tante, doch das Haus war verwaist.

»Wahrscheinlich steckt sie bei Arwyn«, beruhigte sie sich, als sie ihren Pullover überstreifte und in die Gummistiefel stieg. Lily nahm den Schlüssel vom Haken und trat nach draußen. Dunkelheit umfing sie, als würde sie in Wasser eintauchen. Kein Licht weit und breit, nur Schatten und ein wolkenverhangener Himmel. Lily tastete sich an der Hauswand entlang. Warum hatte sie keine Taschenlampe mitgenommen? Wo bewahrte Violet so etwas überhaupt auf?

»Scheiße!« Lily rüttelte an der Tür zum Atelier, dann drückte sie ihr Ohr gegen das Holz. Kein Brummen, kein Schleifen, keine Stimmen. Vielleicht war Violet auf die glorreiche Idee gekommen, sich in den Rollstuhl zu setzen, um Arwyn zu besuchen? Nein, das Dorf war viel zu weit weg. War sie in die Hügel gegangen, um frische Luft zu schnappen, den Mond anzubeten, Kräuter zu pflücken? Verzweifelt suchte Lily nach Erklärungen – es gab keine. Violet war viel zu schwach, um sich weiter als ein paar Meter vom Haus fortzubewegen.

Mit beiden Händen raufte sie sich das Haar. »Denk nach, Lily!«

Sie brauchte Licht. Mit anschwellender Panik stürzte sie zurück ins Haus. Sie schaltete die Lampen in jedem Zimmer an und zog die Vorhänge zurück, dann rannte sie zurück in den Garten. Die Sichtverhältnisse waren nicht optimal, aber besser. Alles lag wie erstarrt vor ihr.

»Violet?«, rief sie mit schriller Stimme. »Bist du hier?«

Nur der Wind antwortete mit einem kläglichen Säuseln.

»Wenn du nicht sofort antwortest, lasse ich dich von der Polizei suchen!«

Aus einem ihr unerfindlichen Grund dachte sie an Tiernan und daran, dass sie jetzt seinen Beistand bräuchte, seinen kühlen Kopf und die Gabe, alle Situationen zu beruhigen. Lily spähte zu den Eiben, hinter denen sich das Grundstück der O'Boyles befand. Vielleicht war Violet hinüberspaziert, saß quietschfidel neben Dolores auf dem Blümchensofa und schwatzte über die guten Zeiten, als man bei Nelly noch anschreiben lassen konnte.

»Ja, okay«, murmelte sie. Das war die einzige Option, die noch blieb, so unwahrscheinlich sie auch sein mochte. Entschlossen sprang Lily die Treppe hinunter und stiefelte über die Wiese. Als sie den Vardo erreichte, blieb sie abrupt stehen. Für den Bruchteil einer Sekunde verharrte sie in der Bewegung, dann kroch ein Schrei aus ihrer Kehle.

Violets Kopf lag auf der obersten Treppenstufe. Ihr Haar war voller Stroh und Streu, auf ihrer Stirn klaffte eine Wunde, aus der Blut geflossen und in ihrem Haar versickert war. Blut war auch auf das Holz getropft, hatte dunkle Flecken darauf hinterlassen.

»Hörst du mich?« Hilflos tastete Lily über die Schultern ihrer Tante und versuchte, in der Dunkelheit des Vardos etwas zu erkennen. Eine der weißen Enten lag auf ihrem Bauch und schnatterte, als würde sie sich über die nächtliche Ruhestörung beschweren wollen. Was hatte sie in diesem verdammten Erste-Hilfe-Kurs gelernt?

»Ruhe bewahren«, beschwor sie sich selbst, dann presste sie die flache Hand auf die Brust ihrer Tante. Violet atmete. Ganz deutlich hob sich ihr Brustkorb. Lily konnte sogar einen Herzschlag spüren.

Ächzend hob Violet den Kopf und ließ ihn wieder zurückfallen. Ihre Lider flatterten.

»Mach die Augen auf.« Lily tätschelte ihre Wange. »Bleib wach. Du bist gestürzt, aber ich bin jetzt da. Ich bin da, okay? Ich bin da.«

Violet stöhnte. Die Worte, die über ihre Lippen drangen, waren so verwaschen, dass Lily sie nicht verstehen konnte. »… so leid.«

»Okay, okay«, flüsterte sie und wischte sich mit dem Unterarm über die kaltschweißige Stirn. »Ich muss Hilfe holen. Ich komme gleich wieder.«

Im Gehen tastete sie über ihre Hosentaschen, bis ihr einfiel, dass ihr Handy oben zum Aufladen an der Steckdose hing. Sie war versucht, zu den O'Boyles zu rennen, doch das Schneehaus war näher und es kam auf jede Sekunde an. Lily stürmte zurück in den Korridor, riss die Küchentür auf und das Telefon von der Gabel.

Weinend kauerte Lily auf den Treppenstufen des Vardos und streichelte über das Haar ihrer Tante, während sie auf die Ambulanz wartete. »Das kann schon mal zwanzig Minuten dauern, so weit draußen, wie Sie wohnen. Können Sie reanimieren, falls es nötig wird?« Die Frau am Telefon hatte sie angewiesen, Violet zuzudecken und ein Kissen unter ihren Kopf zu schieben, damit ihr Körper nicht auskühlte. Immer wieder erlangte Violet das Bewusstsein und brabbelte unverständliche Wörter, nur um kurz darauf wieder wegzudämmern.

War das einer dieser Krampfanfälle gewesen, von dem Violet ihr noch so locker erzählt hatte? *Kann sein, dass ich mal umkippe.* Von Anfang an hatte Lily gewusst, dass ihre gemeinsame Zeit mit dem Tod enden würde. Sie war im vollen Bewusstsein über die Unberechenbarkeit der Erkrankung ins Schneehaus gezogen. Aber jetzt schon? So früh?

»Wir brauchen noch den Sommer«, wisperte sie ihrer Tante zu. »Nur noch diesen Sommer. So lange musst du durchhalten, okay?«

Violet kniff angestrengt die Augen zusammen. Wieder ertönte ein Wimmern.

»Wie bitte?« Lily beugte sich vor und neigte den Kopf hinab, um sie besser verstehen zu können.

»Mutter«, schob Violet mühsam über ihre bebenden Lippen.

»Ich ruf sie an«, versprach sie. »Sobald wir wissen, was los ist, ruf ich bei ihr an und dann kommt sie uns hier im Schneehaus besuchen. Ich rufe sie an. Wenn nur dieser verfluchte Rettungswagen endlich käme. Verdammt, wo bleiben die?«

Schmerzerfüllt verzog Violet das Gesicht, dann verdrehte sie die Augen. »So leid.«

Nach zwanzig Minuten erkannte Lily ein pulsierendes Blaulicht, das aus den Hügeln kam und sich in rasender Geschwindigkeit näherte. Nachdem sie überprüft hatte, dass Violet sicher lag, rannte sie auf die Straße und den grellen Scheinwerfern entgegen.

»Pregabalin, Gabapentin und wie die ganzen Mittelchen eben so heißen. Da gibt's ganz verschiedene Präparate, die man schlucken könnte. Wahrscheinlich muss was an der Medikation verändert werden. Darum kümmern sich die Kollegen in der Klinik, nachdem sie Ihre Tante gründlich durchleuchtet haben«, erklärte der Sanitäter, der mit übereinandergeschlagenen Beinen neben Violet hockte und ihre Vitalzeichen überwachte. Mit den schlaffen Gesichtszügen und seinen Tränensäcken sah er so erschöpft aus, als hätte er lange keinen erholsamen Schlaf mehr gehabt. »Der Tumor wächst ja, breitet sich dadrin aus wie ein Krake«, fuhr er fort und rieb sich mit dem Handrücken über die Stirn. »Da muss man irgendwann eben schwerere Geschütze auffahren. Das ist ganz normal. Kein Grund zur Sorge.«

»Kein Grund zur Sorge«, echote sie. Ärger flackerte in ihr auf. »Ja, klar, deswegen sitzen wir auch mitten in der Nacht in einem Krankenwagen.«

»Ihre Tante ist todkrank. Mit solchen Zwischenfällen müssen Sie in dieser Phase leider rechnen. Je nachdem, wo der Tumor sitzt, können ganz unterschiedliche Symptome auftreten. Häufig sind es epileptische Anfälle. Da feuert das ganze Gehirn, die Nervenzellen vielmehr, und es kommt zu einem Kurzschluss. Hat man Sie denn nicht darauf vorbereitet?«

Lily umschloss den schmalen Knöchel ihrer Tante und starrte auf die samtenen Pantoffeln – aufgestickte Sterne, deren Goldfäden ausgefranst waren, sodass sie aussahen wie Schweife. »Doch«, murmelte sie. »Ich bin trotzdem … So etwas habe ich noch nie erlebt. Es geht zu schnell, viel zu schnell.«

»Noch ist es nicht so weit. Wir halten schön durch, Miss Sheridan, ja?« Der Sanitäter beugte sich vor, um Violet anzusehen. Sein verhärmtes Gesicht nahm einen weicheren Ausdruck an. »Ich weiß, es ist ein bisschen wackelig auf dem Wagen. Sie kennen ja die Straßenverhältnisse hier auf Beara. Enge Kurven, brüchiger Asphalt. Aber gleich sind wir da und dann wird's besser. Wir brauchen nur noch ein paar Minütchen, dann haben Sie's geschafft.«

Das nächste Krankenhaus war knapp fünfzig Kilometer von Carraig entfernt. Obwohl der Krankenwagen über die Landstraße fegte wie ein geölter Blitz, brauchten sie fast vierzig Minuten, bis sie endlich in Bantry eintrafen. Zum Glück blieb Violet die ganze Zeit stabil und ansprechbar, doch kaum hatte man sie durch die Pforte in den grellen schlauchartigen Flur der Notaufnahme geschoben, kollabierte sie. Es war ein Albtraum, den Lily nur ertrug, indem sie alle Gefühle von sich schob. Selbst ihre Gedanken waren zu einer stumpfsinnigen Wiederholung des immergleichen Trostes verebbt: *Alles wird gut. Es gibt keinen besseren Ort als das Krankenhaus.*

Während Violet umzingelt von Ärzten und Krankenschwestern in einem der Räume verschwunden war, tigerte Lily durch den Korridor. Es roch so steril nach Krankheit, dass ihr übel wurde. Irgendwann ließ sie sich einen Kaffee aus dem Automaten und stürzte ihn gedankenlos runter, während sie die Schiebetür anstarrte, die sich unsystematisch öffnete und wieder schloss. Als wären Geister unterwegs … Lily trug immer noch ihre schlammigen Gummistiefel und hinterließ dunkle Brocken auf dem Linoleumboden, wenn sie sich bewegte – zum Leidwesen der Putzkolonne, die später durch die Gänge wischen würde.

Ein paarmal versuchte sie, ihre Eltern ans Telefon zu bekommen, landete aber immer bei der Mailbox. Sie hinterließ eine Nachricht, stammelte etwas von Epilepsie und Notfall, dann schickte sie sicherheitshalber noch eine Textnachricht hinterher.

Erst nach zwei Stunden – Lily hatte tranceartig den Sekundenzeiger verfolgt – schwang die Tür auf und eine junge Ärztin steuerte auf sie zu.

»Guten Morgen. Mein Name ist Dr. Shelley O'Neill«, grüßte sie mit einem entspannten Lächeln. »Sind Sie die Nichte der Patientin, die gerade aus Carraig eingeliefert worden ist?«

»Was ist mit ihr?«

»Sollen wir uns einen Moment setzen, um alles in Ruhe zu besprechen?« Die Ärztin deutete auf die orangefarbenen Plastikstühle, die zum Herunterklappen an der Wand angebracht waren. Nachdem sie sich gesetzt hatten, beugte sich die Medizinerin vor. Ihre Stimme nahm einen sanften Ton an. »Zuerst kann ich Sie beruhigen. Ihrer Tante geht es den Umständen entsprechend gut. Sie ist jetzt auf der Intensivstation und wird dort bestens betreut. Durch den Sturz hat sie sich eine leichte Gehirnerschütterung zugezogen, aber wir konnten keine Blutungen feststellen. Das ist schon mal sehr gut.«

»Aber was war vorhin? Als sie einfach …« Lily presste die Lippen zusammen. Ihr Mund war plötzlich staubtrocken, in ihren Augen standen Tränen.

»Ah, Sie meinen das, was Sie bei der Einlieferung erlebt haben? Wir sprechen da von einer Synkope, also einem Bewusstseinsverlust. Ich weiß, wie erschreckend das für Außenstehende aussieht, aber wir haben Ihre Tante sofort wiederbekommen. Der Körper ist sehr geschwächt, wissen Sie? Das Herz arbeitet auf Hochtouren, um ihn zu versorgen. Manchmal kommt es vor, dass dabei der Rhythmus entgleist.«

»Ich hab sie im Garten gefunden und für einen Moment dachte ich, dass sie tot ist. Ich weiß nicht, wie lange sie schon dort lag. Sie war ganz kalt«, brach es aus ihr heraus. »Wird sie wieder, ich meine, hat sie noch …?« Die Stimme versagte ihr den Dienst. Lily wandte den Blick ab und wischte sich mit dem Ärmel ihres Pullovers Tränen von der Wange.

»Na ja, es ist ein Glioblastom. Sie wissen, dass diese Krankheit nicht heilbar ist. Der Tumor wächst diffus und infiltrativ, sodass gesundes Gewebe nach und nach verdrängt wird«, sagte die Ärztin, nahm ihr Stethoskop ab und steckte es in die Brusttasche ihres Kittels. »Dadurch nimmt der Hirndruck stetig zu. Ihre Tante ist in einem sehr fortgeschrittenen Stadium. Der Gesundheitszustand kann sich leider rapide verschlechtern.«

»Jetzt schon?« Lily wusste, wie naiv ihre Frage klang, doch sie wurde von einer jähen Verzweiflung getroffen, die sich scharf in ihre Brust bohrte. »Sie will doch noch mit der ganzen Familie … und ich … ich kann nicht …«

Anstatt sie mit medizinischen Phrasen zu trösten, legte die Ärztin eine überraschend warme Hand auf ihren Unterarm. »So fühlt es sich manchmal an, ich weiß. Man steht mit seiner ganzen Machtlosigkeit und Verzweiflung da und kann nichts anderes tun, als die Situation auszuhalten. Und das ist schon jede Menge. Einfach da sein.«

»Kann ich zu ihr?«

»Tut mir leid.« Die Ärztin zupfte ein Taschentuch aus einer ihrer Manteltaschen und reichte es ihr. »Morgen können Sie zu Besuch kommen.«

»Aber was passiert denn jetzt mit ihr?«

»Sie schläft. Wir haben ihr ein paar Medikamente gegeben, damit sich der Körper erholen kann.« Die Ärztin stand auf und warf einen kurzen Blick auf ihren Pager. »Ich verspreche Ihnen, dass wir gut auf Ihre Tante aufpassen und sie engmaschig überwachen. Fahren Sie jetzt nach Hause, ruhen Sie sich aus und kommen Sie morgen wieder. Und wenn Ihre Tante eine Patientenverfügung hat, bringen Sie die bitte mit, damit alles Weitere in ihrem Sinne geschieht. Einverstanden?«

Gedankenverloren verabschiedete sie sich von der Ärztin, dann fing sie an, panisch nach ihrem Autoschlüssel zu suchen, bis ihr einfiel, dass ihr Auto immer noch vor dem Schneehaus stand.

Sie hätte selbst nach Bantry fahren sollen, so wie es dieser Sanitäter empfohlen hatte, doch nichts auf der Welt hätte sie vorhin davon abgehalten, bei Violet zu bleiben. Die paar Münzen, die sie aus ihrer Jeans kramte, reichten nicht mal mehr für einen Kaffee aus dem Automaten. Ihr Portemonnaie steckte im Rucksack und der befand sich im Schneehaus.

Lily wusste nicht, wohin mit sich. Der Schrecken lähmte sie und ließ sie kaum einen klaren Gedanken fassen. Jetzt stand sie in unmöglichen Klamotten und mit verquollenen Augen in einem Krankenhausflur, komplett aufgeschmissen. Sie schlurfte den Gang entlang, während sie auf ihr Handy eintippte. Nachrichten an ihre Familie. Es war tief in der Nacht, drei Uhr durch. Ihr Blick fiel auf einen dunklen Wintergarten, der vom Flur abzweigte. *Wartebereich* stand auf der Glastür. Sie könnte im Krankenhaus übernachten. Lang gestreckt auf einer steinharten Sitzgruppe mit einem Stapel Zeitschriften als Kopfkissen.

Der Akku war bei zwölf Prozent – also blieb nicht mehr viel Zeit. Am liebsten hätte sie Tiernan angerufen, doch er konnte Ava nicht mitten in der Nacht allein lassen, also wählte sie eine andere Nummer. Es dauerte eine Stunde, bis Arwyn mit einem anthrazitfarbenen *Dacia* vorfuhr.

* * *

Mehr als zwei Stunden hatte Lily nicht geschlafen. Sobald ihr die Augen zugefallen waren, scheuchten Traumbilder sie auf. Dann fuhr ihr der Schrecken ins Herz, ließ sie hellwach werden.

Als der Morgen graute, schrieb Tiernan eine Nachricht, in der er seine Hilfe anbot, doch sie antwortete nur knapp, dass sie sich später irgendwann melden würde. Lily hängte sich ans Telefon. Erst informierte sie den Pflegedienst, dann sprach sie mit dem Onkologen, der Violet seit Jahren begleitete. Er ließ keinen Zweifel daran, dass nicht mehr viel Zeit blieb. »Es ist ohnehin ein Wunder, wie lange sie durchgehalten hat.«

Auf der Fahrt nach Bantry telefonierte Lily über die Freisprechanlage mit ihrer Mutter. Shannon weinte unaufhörlich und obwohl sie gern eingestimmt hätte, fand sie tröstende Worte. Im Grunde wiederholte sie nur, was sie sich selbst einredete. *Noch ist es nicht so weit. Alles wird gut. In guten Händen.* Am liebsten hätte sie ihre Mutter kurzerhand aus Belfast abgeholt, um nicht allein zu sein, doch Shannon versprach zu kommen, sobald sie ihren Wagen aus der Werkstatt abgeholt hatte.

Mit einer kleinen Reisetasche, in die sie in fahriger Unruhe einige Kleidungsstücke und Hygieneartikel gepackt hatte, schritt sie durch den Krankenhausflur. Die Patientenverfügung klemmte in einer Dokumentenmappe unter ihrem Arm. *Dies sind meine Wünsche für meine zukünftige medizinische Versorgung, falls ich die Entscheidung nicht mehr selbst treffen kann …*

Seit Jahren war klar, dass Violet an dieser Krankheit sterben würde. Seit Monaten stand fest, dass sie den Winter nicht mehr erleben konnte. Lily war vorbereitet gewesen und trotzdem traf es sie mit voller Wucht. Was der Verstand erfasste, versuchte ihr Herz abzuwehren – es schlug in die Luft.

Nachdem sie sich im Schwesternzimmer angemeldet hatte, wurde sie von einem jungen Krankenpfleger zum Zimmer begleitet. »Wir waren mit Mrs Sheridan schon in der Radiologie. Jetzt warten wir auf die Besprechung mit dem Doc«, erzählte er. »Ihre Tante wollte nichts essen, hat nur ein paar Schlucke getrunken und gleich wieder erbrochen. Vielleicht legen wir ihr später noch eine Nasensonde.«

Am liebsten hätte sie ihm das Versprechen abgerungen, alles in seiner Macht Stehende zu tun, um Violet zu ernähren, doch sie schüttelte den Kopf. »Das möchte sie nicht. Sie möchte gar nichts mehr. Ich habe ihre Patientenverfügung dabei.« Lily reichte ihm die Mappe.

»Mhm, wir hatten es bei der Visite davon. Bei solchen Patienten fragt man sich immer, wie man sich entscheiden soll, wenn …« Er räusperte sich und blieb vor einer blassgrünen Tür stehen. »Es ist auf jeden Fall gut, dass es eine Patientenverfügung gibt.«

»Kann ich später noch mit einer Ärztin sprechen?«

»Das kann ich Ihnen leider nicht zusichern. Wir sind ziemlich knapp besetzt und unsere Ärzte immer unterwegs, aber vielleicht klappt's ja, wenn Sie einen günstigen Moment erwischen.«

»Okay.« Unschlüssig blickte sie zur Tür. »Muss ich irgendwas beachten?«

Der Krankenpfleger – auf seinem Schild stand Jack Maloney – schüttelte den Kopf und legte die Hand auf die Klinke. »Bleiben Sie nicht zu lange. Mrs Sheridan ist sehr geschwächt und wir wollen sie ja nicht überanstrengen, was?«

Unter einem großen Kruzifix stand ein Infusionsständer, aus dem Flüssigkeit in einen Schlauch tröpfelte, der in einem dürren Arm mündete.

In dem Pflegebett wirkte Violet so zart wie ein Schmetterling, nur die Farbe fehlte ihr. Ihr Haar war zerzaust, ihre Haut wirkte gelblich und matt. Als Lily vor sie trat, hob sie kraftlos die Mundwinkel.

»Hallo du.« Vorsichtig setzte sie sich auf den Bettrand und streichelte über Violets Wange. »Was für ein Schreck, hm? Wie fühlst du dich?«

»So lala«, hauchte sie. Ihr Atem rasselte und Lily kam es vor, als läge ein weißlicher Schleier über ihrem Gesicht, der Glanz und Lebendigkeit verdeckte. Das rechte Auge blieb starr in eine Richtung ausgerichtet, als Violet den Blick wandern ließ.

»Ich hab gerade deine Patientenverfügung abgegeben, damit die Leute hier Bescheid wissen. Und ich habe ein paar Sachen von zu Hause mitgebracht. Willst du vielleicht dein eigenes Nachthemd anziehen?«

Kopfschütteln. Violet tastete nach der Fernbedienung und fuhr das Kopfteil hoch, bis sie aufrecht im Bett saß.

»Stimmt. Der Kittel ist auch ganz nett. Blassblau passt hervorragend zu deinem Teint«, flachste Lily unbeholfen. »Soll ich dir vielleicht etwas aus der Kantine besorgen, deine Tasche auspacken, Tee kochen?«

»Bleib einfach hier sitzen.« Violet umschloss ihre Hand mit kalten Fingern.

Vor dem Krankenhaus stand ein Birkenhain. Der Wind rauschte durch die Blätter, ließ das Grün changieren. Dunkle Wolken trieben darüber hinweg. Der Sturm nahte. Im Radio hatten sie alle zehn Minuten davor gewarnt.

»Mam lässt sich von der Arbeit freistellen, um bei dir zu sein. Ihr Auto ist noch in der Werkstatt, weil das Getriebe ausgewechselt werden muss, aber morgen Abend kommt sie nach

226

Carraig. Zur Not mietet sie einen Wagen. Sie will hier sein, so schnell es geht.«

»Freut mich«, flüsterte Violet. Einige Sekunden verstrichen, ehe sie sich langsam zu ihr umdrehte. »Du musst mir einen Gefallen tun, Lily. Es ist sehr wichtig.«

»Natürlich.« Sie streckte den Rücken durch. »Was brauchst du?«

Violet verzog das Gesicht, als würde sie ein greller Schmerz durchfahren, dann atmete sie tief durch. »In der Badewanne liegt so ein rotes Ding, so ein ich weiß nicht. Mir fällt der Name nicht ein. So etwas Rotes. Bring es mir.«

Verwirrt blinzelte Lily ihre Tante an. »In der Badewanne?«

»Hinter der Revisionsklappe.«

»Was hast du da versteckt?«

»So eine Art Dose. Bring sie mir.« Violet verstärkte den Druck ihrer Hand. »Lily, du musst morgen früh damit hierherkommen. Ich kann nicht länger warten.«

»Ja, aber … Was ist in dieser Dose?«

»Bring sie her! Versprich es!«, wisperte ihre Tante und starrte sie so eindringlich an, dass Lily den Atem anhielt.

»O-okay!«

Violet ließ sich erschöpft zurücksinken, als wäre alle Energie aus ihrem Körper entwichen. »Und falls ich morgen nicht mehr bin …«, murmelte sie. »Der Schlüssel steckt irgendwo in meinem Portemonnaie.«

KAPITEL 14

Ihre Tasche flog in hohem Bogen aufs Bett. Entschlossen schritt Lily durch den Flur und stieß die Tür zum Badezimmer auf. Ihr Blick huschte über die Kacheln, den Spiegelschrank und scannte die Wanne. Revisionsklappe.

Lily kniete sich hin und klopfte gegen einzelne Fliesen. Im rechten Eck fand sie eine Kachel, die nicht verfugt war. Mit ihren kurzen Fingernägeln versuchte sie, in den Zwischenraum zu gelangen, um sie aufzustemmen. Ihr beerenfarbener Nagellack splitterte ab, sonst geschah nichts. Unverrichteter Dinge rappelte sie sich auf und schnappte sich die Nagelfeile. Die schmale Spitze glitt scheinbar mühelos in die Fuge. Lily verstärkte den Druck und die Revisionsklappe sprang auf. Mit ihrem Handy leuchtete sie in das dunkle Loch. Weißer Staub, Leitungen – ganz hinten erspähte sie einen rot glänzenden Gegenstand. Sie musste sich auf den Boden legen und nah an die Wanne heranrücken, um ihren Arm in den Hohlraum zu stecken.

Eine weiße Schicht bedeckte die Geldkassette, die sie herauszog. Sie wog nicht schwer – maximal ein Kilo. Vorsichtig schüttelte Lily den roten Kasten. Kein Klirren, aber ein Rascheln, als befänden sich darin Geldscheine. Vielleicht waren es auch geheime Illustrationen, die Violet erst nach ihrem Tod veröffentlichen wollte. Ein Manuskript. Briefe.

Nachdem sie die Geldkassette auf dem Küchentisch abgestellt hatte, rief sie erneut bei ihrer Mutter an, um sich mit ihr zu besprechen. Die morgendliche Verzweiflung war inzwischen in Aktionismus umgeschlagen. Shannon war fest entschlossen, ihre Schwester nach Hause zu holen, um ihr den letzten Wunsch zu erfüllen. Kein Krankenhaus, kein Hospiz, sondern die Wärme des Schneehauses sollte sie umgeben.

»Ich organisiere das. Gleich morgen Abend, spätestens übermorgen setze ich mich mit dem Palliativteam zusammen und leite alles in die Wege. Würdest du bitte einkaufen gehen, damit genug im Haus ist?«

* * *

Wind und Regen schlugen gegen die Fenster. Blätter wirbelten durch die Luft. Das Handy lag griffbereit neben ihr für den Fall, dass ein Anruf des Krankenhauses käme. Vorhin hatte sie noch eine ganze Weile mit Elsie telefoniert und war dabei durch den Garten gewandert, um lose Gegenstände aufzuklauben, die Enten in den Vardo zu sperren und Lysander ins Haus zu scheuchen. Nun las sie *Unter dem Milchwald* von Dylan Thomas und saß seit fünfundfünfzig Seiten auf dem Sofa. Ein Buch, exakterweise ein Hörspiel, dessen Zeilen sie auswendig herunterbeten konnte, weil sie es unzählige Male gelesen hatte. Immer dann, wenn sie etwas Verlässliches brauchte, griff sie zu ihrem abgenutzten Taschenbuch.

Bücher bannten chaotische Gedanken, enthüllten andere Welten, in denen ihr eigenes Leben in den Hintergrund rückte. Seite um Seite glitt Lily tiefer ab.

Draußen tobte der Sturm so wild und laut, dass sie gelegentlich den Kopf hob, um einen prüfenden Blick aus dem

Fenster zu werfen. Lysander hatte sich neben ihr zusammengerollt – das Tosen schien ihn nicht zu beeindrucken, doch als ein gellendes Klingeln ertönte, schreckte er auf. Wer rief so spät noch an? Das Krankenhaus? Unsicher tapste sie in den Korridor und starrte auf das schwarze Telefon, als hätte es sich just in diesem Moment materialisiert. War das die Nachricht, vor der sie sich seit Jahren fürchtete?

»Lilian Sheridan.«

»Ist ein heftiges Gebrause da draußen. Ich wollte nur mal hören, wie die Lage so ist.«

Kaum hatte sie die Stimme erkannt, ließ sie die Schultern sinken und drückte sich den Hörer fester ans Ohr. »Ach, du bist's.« Sie atmete geräuschvoll aus. »Das Haus steht noch, aber der Wind hat vorhin einen Stuhl über die Terrasse geblasen. Es sah aus, als würde ein Geist damit Lambada tanzen.«

»Kann's mir bildlich vorstellen. Hier sind bisher nur ein paar Blumentöpfe zu Bruch gegangen, die ich draußen vergessen habe. Ich mache mir ein bisschen Sorgen um unser Dach, aber das wird schon halten.«

»Die Cailleach tobt heute besonders wild«, flüsterte sie verschwörerisch.

Sein Lachen floss warm durch sie hindurch. »Fürchtest du dich?«

»Nein, ich liebe es. Draußen rüttelt der Sturm alles auf. Der Regen klatscht gegen die Fenster, der Wind brüllt, aber ich sitze vor dem Kamin und lese.«

»Mhm, klingt gemütlich. Weißt du, Lily, ich hätte Zeit. Ava schläft heute bei meinen Eltern. Soll ich ein bisschen rüberkommen?« Seine Stimme klang leise und dunkel.

»Schaffst du es unbeschadet hierher?« Sie spähte durch den Korridor ins Wohnzimmer. Hinter den Fenstern bogen sich die Sträucher, neigten sich alle Blumen zur Erde.

»Na ja, ich sollte nicht zu lange unter Bäumen herumtrödeln, aber ansonsten … Der Weg ist nicht weit. Ich könnte in ein paar Minuten bei dir sein.«

Tiernan kam sie besuchen. Allein der Gedanke ließ ihren Puls in die Höhe schießen. War das Erleichterung, weil sie sich nach Trost und Nähe sehnte, Vorfreude oder musste sie sich eingestehen, dass sich die Vergangenheit wiederholte? Sie fing ihren Blick im Spiegel auf. Das Leben ihrer Tante hing am seidenen Faden und sie sinnierte darüber, ob sich ihr Herz verstrickt hatte.

»Du lässt dich viel zu schnell begeistern«, hatte Elsie gesagt, nachdem Lily ihre letzte Beziehung nach nicht mal vier Wochen wieder beendet hatte. »Du bist Feuer und Flamme, aber dann brennst du durch, weil du die Hitze nicht erträgst.«

Doch Lily wollte diesem Gedanken keinen Raum geben. Zielstrebig marschierte sie ins Wohnzimmer und schob das Pflegebett vor die Bücherregale, um Platz zu schaffen. Auf dem Plattenteller lag noch eine LP, die Violet kürzlich aufgelegt hatte. Sie ließ den Tonabnehmer in die Rillen der Platte sinken. Erst ertönte ein Knistern, dann erklang sanfte Musik. Als sie sich gegen das schwere Sofa stemmte, um es vor die Fenster zu schieben, sprang Lysander auf und warf ihr einen anklagenden Blick zu, bevor er sich auf Samtpfoten davonstahl. Lily setzte sich auf die Armlehne des Sofas und starrte in den Garten hinaus, während sie an ihrer Unterlippe nagte. Morgen würde sie schon früh nach Bantry fahren, um pünktlich zur Arztvisite im Krankenhaus zu sein. Sie konnte es sich keinesfalls leisten, den Abend in die Länge zu ziehen, aber sie brauchte ein bisschen Gesellschaft.

Sie entdeckte ihn zwischen den Eiben. Erbittert zerrte der Sturm an seiner Jacke, riss an seinem Haar. Als Tiernan beim Vardo angelangt war, blieb er stehen, um den Wagen zu inspizieren. Mit beiden Händen rüttelte er an einem Holzrad, dann prüfte er, ob die Tür richtig verschlossen war.

Nachdem er sich mit dem Wind ins Haus gedrängt hatte, stieg er aus seinen Gummistiefeln und pellte sich aus der nachtgrünen Wachsjacke. »Was für ein Sturm. Die im Radio haben nicht übertrieben. Dachte, mir kracht jeden Moment ein Ast auf den Kopf und streckt mich nieder«, erzählte er, während er die Tür zum Hauswirtschaftsraum öffnete und dort seinen Mantel zum Abtropfen an einen Haken hängte. Er griff in die Manteltasche und hielt ihr ein in Frischhaltefolie eingewickeltes *Tayto*-Chips-Sandwich entgegen. »Hast du schon was gegessen?«

Als Kinder hatten sie diese Brote geliebt. Auf einer gebutterten Toastscheibe wurden Kartoffelchips angehäuft, die man dann mit einer anderen Scheibe zerdrückte.

»Du hast nicht allen Ernstes ein *Smashie* mitgebracht?«

»Warum nicht?«, fragte er belustigt. »Mir stand der Sinn nach einer Delikatesse und ich dachte, du freust dich bestimmt darüber.«

»Das habe ich ja schon ewig nicht mehr gegessen.« Sie nahm das Sandwich an sich und wickelte es aus, während sie vor ihm durch den Korridor schritt. »Dazu brauchen wir auf jeden Fall einen Tee.«

»Du siehst echt fertig aus«, stellte er fest, als sie in der hell erleuchteten Küche standen.

»So fühle ich mich auch.« Lily ließ Wasser in den Kessel plätschern.

»Kann ich mir vorstellen. Hast du etwas aus den Ärzten rausbekommen?«, fragte er, löste die oberen zwei Knöpfe seines Hemdes und fuhr mit dem Zeigefinger in den Kragen, um ihn zu lockern.

»Es gibt noch keine fachliche Einschätzung vom Krankenhaus, aber ich habe Violet gesehen … Sie ist so schwach. Die Schmerzen machen sie ganz mürbe. Wir haben nicht mehr viel Zeit«, sagte Lily und deutete zum Küchentisch. »Heute hat sie mich gebeten, diese Geldkassette aus einem Versteck zu holen, damit ich sie ihr ins Krankenhaus bringe. Das war ihr ganz wichtig.«

»Hast du schon reingeschaut?«

»Nee, Violet hat den Schlüssel bei sich. Ich glaube, da ist nur Papier drin.« Lily fischte zwei Teebeutel aus der Schachtel und hängte sie in die Muscheltassen, die sie aus Belfast mitgebracht hatte.

»Vielleicht hat sie dadrin ein paar Milliönchen versteckt. Würde ich ihr zutrauen. Violet hat immer bescheiden gelebt und bestimmt jede Menge gespart.«

»Ich glaube, es ist etwas sehr Persönliches. Wusstest du, dass sie als junges Mädchen mit Arwyn zusammen war? Vielleicht sind es Liebesbriefe.«

Überrascht hob Tiernan die Augenbrauen, dann lachte er. »Ich hätte es mir denken können. Die beiden passen perfekt zueinander. Ist er ihretwegen zurück nach Carraig gekommen?«

»Nein.« Lily goss brühendes Wasser ein. »Violet meinte, das hätte sich einfach so ergeben.«

»Am Ende findet zusammen, was zusammengehört, was? Aber vielleicht sind es auch irgendwelche Wertpapiere, Postkarten, alte Tagebücher. Du wirst es morgen erfahren.«

Mit einem lauten Maunzen kam Lysander in die Küche geschlichen und drückte sich an Tiernans Beine, woraufhin der ihn kurzerhand auf den Arm nahm.

Ihre Beine lagen auf der Fensterbank. Der Tee dampfte aus den Tassen und verströmte einen würzigen Geruch, der sich mit dem Duft der Torfbriketts vermischte, die im Kamin glühten. Tiernan kraulte den schlafenden Kater auf seinem Schoß. Manchmal verharrte seine Hand sekundenlang, als müsste er mit gebündelter Aufmerksamkeit einem Gedanken folgen, dann ließ er seine Finger wieder durch das schwarze Fell gleiten.

»Was liest du da eigentlich?«, fragte er irgendwann.

»Dylan Thomas. Er ist gestorben, bevor er das Stück fertigstellen konnte, aber ich finde es wirklich perfekt. Lese es mindestens zweimal im Jahr, vielleicht öfter.«

»*Unter dem Milchwald*.« Tiernan blätterte darin, überflog ein paar Zeilen, dann streckte er den Rücken durch. »Lust auf eine Gutenachtgeschichte?«

»Ich bin nicht müde.«

»Aber du könntest ein bisschen Entspannung vertragen«, sagte er und strich über die erste Seite. »Ich fang einfach mal an.«

Das samtene Timbre seiner Stimme hüllte sie ein. Während sie der Geschichte lauschte, sank Lily tiefer in die Polster. Sie kannte jeden einzelnen Satz, doch jetzt kam es ihr vor, als hörte sie *Unter dem Milchwald* zum allerersten Mal. Tiernan las mit souveräner Ruhe und hielt immer wieder inne, um die Worte wirken zu lassen. Eine Weile beobachtete sie seine Lippen und die Bewegungen seiner Hände, wenn er umblätterte, dann richtete sie ihren Blick hinaus in den Garten.

Wütend jagte der Wind ums Haus und trommelte gegen die Fenster, als verlangte er, hereingelassen zu werden. Die Musik, die Lily vorhin aufgelegt hatte, war längst verklungen. Stattdessen grollte der Donner, schossen Blitze aus den Wolken und erhellten den Himmel.

Würde Violet ihren Garten je wiedersehen? Wenn sich das Blattwerk verfärbte und von den Bäumen rieselte, wenn die Blumen welkten und der erste Schnee fiel? Für Violet würde alles im Sommer erstarren – würde einfach so bleiben. Kein Winter mehr.

Vorsichtig zupfte Tiernan an ihrem weißen Longsleeve. »Hörst du überhaupt noch zu?«

»Ich fühle mich so aufgeschmissen«, brach es aus ihr heraus. »Einsam, meine ich. Eigentlich fühle ich mich einsam.«

»Auch jetzt? Mit Lysander und mir?«

»Ach, ich bin immer ein bisschen einsam«, sagte sie und ließ es so leicht klingen, als läge dieses Gefühl nicht wie ein Gewicht auf ihren Schultern.

»Woher kommt das?« Tiernan legte das Buch beiseite, um ihr seine volle Aufmerksamkeit zu widmen.

»Weiß nicht. Ich hab eine Macke und halte andere auf Distanz, obwohl ich eigentlich Nähe will. So geht das schon seit Jahren und es ist völlig paradox. *Ich* bin völlig paradox.« Sie lachte verhalten. »Violet ist der einzige Mensch … Wenn ich mir nur vorstelle, sie zu verlieren … Ich habe Angst, dass dann ein Loch in mir klafft.«

Sein Blick ruhte lange auf ihr, ohne dass er etwas erwiderte. Lily kam sich entblößt und lächerlich vor. Gerade wollte sie das Wort ergreifen, um die Stimmung aufzulockern, als er nach einer Locke griff, die ihr in die Stirn gefallen war.

»Ich hätte früher mit dir reden müssen, Lily«, sagte er und strich ihr die Strähne hinters Ohr. »Viel früher. Nicht nur deinetwegen, sondern auch für mich. Wenn ich spät nachts von irgendwelchen Partys nach Hause gegangen bin, wenn ich nicht schlafen konnte, als Ava geboren wurde. Mir hat was gefehlt und ich hab mir jahrelang eingeredet, das hätte überhaupt nichts mit dir zu tun. Aber jetzt … als wir uns beim Spielplatz getroffen haben, ist mir klar geworden, wie extrem ich dich vermisst habe.« Kein Lächeln erhellte sein Gesicht, doch seine Augen glühten. »Ich glaube, jetzt wird alles besser.«

Lily zog den Quilt von der Armstütze und breitete ihn über ihren Beinen aus, dann lehnte sie sich zurück. »Um ehrlich zu sein, fällt's mir im Moment ein bisschen schwer, daran zu glauben.«

Flüsternd scheuchte er Lysander von seinem Schoß, dann rückte Tiernan nah an sie heran und legte seinen Arm auf der Rückenlehne ab. Ein dezenter Geruch stieg ihr in die Nase. Shampoo und Aftershave, aber auch sein ganz eigener Duft. So erdig und süß wie die Luft nach einem Sommerregen. »Selbst für Violet wird es besser, oder nicht? Die Schmerzen hören auf. Irgendwann, wenn sie das alles hinter sich gelassen hat.«

»Mhm. Aber es ist so unglaublich hart, jemanden gehen zu lassen, den man am liebsten für immer behalten hätte.«

»Du musst da nicht allein durch, Lily. Wenn du mich brauchst … Ich werde da sein. Du kannst dich auf mich verlassen, ehrlich.«

Ihr Herz wummerte gegen ihren Brustkorb, als er seine Finger in ihrem Haar vergrub. Wie war es möglich, dass sie immer noch so viel für ihn empfand?

Sie stellte sich vor, wie sie als Kinder durch die Hügel geflitzt waren. Mit Schürfwunden an den Knien, einem unbändigen Hunger und Grasflecken im Stoff ihrer Sonntagshosen. Jeden Moment hatten sie aufgesaugt wie Limonade durch einen Strohhalm. Lily vermisste diese Sorglosigkeit, als sie vollkommen im Einklang mit sich selbst und der Welt gewesen war. Ungezähmte Locken, in denen Gänseblümchen steckten. Hosentaschen voller Kostbarkeiten. Streichhölzer, Feenmünzen und Schneckenhäuser. Sie wollte im Geäst eines Baums herumturnen, an Wackelzähnen rütteln, sonnenwarme Himbeeren aus den Büschen zupfen und sich für nichts schämen, weil alles von Herzen kam. So war sie durch die Tage gestürmt. Immer barfuß. Ein Wildfang, ein Kind aus dem Hügelland.

Diese Erinnerungen waren die weichste Stelle in ihrem Herzen. All das hatte sie mit Tiernan geteilt und dafür hatte sie ihn geliebt. »Ich hatte die schönste Kindheit, die man sich nur vorstellen kann. Ich hatte dich.«

»Und ich hatte dich«, sagte er leise.

Da war wieder dieser Zauber zwischen ihnen. Mit dem Zeigefinger streichelte sie über seinen Unterarm und beobachtete, wie sich die sonnenbleichen Härchen aufstellten.

»Lily.« Ihr Name war vielmehr ein Seufzen. Tiernan berührte ihre Wange und strich mit dem Daumen über ihr Kinn. »Ich würde dich wirklich gern küssen.«

Seine Worte fuhren wie ein Windstoß durch ihren Körper. Lily kam ihm entgegen, legte ihre Hand in seinen Nacken und zog ihn näher zu sich heran. Warme Lippen berührten ihren Mund, erst noch zögerlich, doch dann spürte sie seine Zunge. Der Kuss wurde intensiver, hungriger. Bartstoppeln, die über ihre Haut kratzten – angenehm hart. Während sie sich küssten, schlang Tiernan einen Arm um ihre Taille und hielt sie so fest, als hätte er Angst, sie würde ihm wieder verloren gehen. Es gab keine Spuren in ihrem Gedächtnis, keine aufflackernde Erinnerung. Lily erlebte alles zum ersten Mal und diesmal würde sie sich daran erinnern, wie Tiernan schmeckte, wie er roch und wie weich sich seine Lippen anfühlten. Sie würde sich dieses Flattern in ihrem Bauch einprägen, den Griff seiner Hände.

Als sie sich an ihn drückte und in sein Haar fasste, um den Kuss zu vertiefen, drang ein wohliges Brummen aus seiner Kehle. Ihre Gefühle flossen wie Farben ineinander. Sie malten auf schneeweißes Papier und ließen etwas entstehen, das nur sie beide verstehen konnten.

Die fließenden Gefühle wurden jäh unterbrochen, als sie an den Scherbenhaufen dachte, der hinter ihr lag. Eine zerbrochene Beziehung nach der anderen. Das, was sie gerade in den Händen hielt, dieses bisschen Zärtlichkeit auf dem Sofa ihrer Tante – was sollte daraus werden?

Sanft löste sie sich von ihm und zog ihr Shirt zurück über die Hüften. »Also …« Sie lachte nervös. Von einer plötzlichen Scheu befallen, sahen sie sich an.

Tiernan kratzte sich am Hinterkopf, dann wanderte sein Blick zur Tür. »Wir haben das Sandwich vergessen. Hast du vielleicht was dagegen, wenn ich's mir reinfahre?«, fragte er. »Ich hab echt Kohldampf.«

»Aber die Chips sind inzwischen bestimmt total durchgeweicht.«

»Macht nichts.«

Kaum war er verschwunden, angelte sie sich ein Kissen und presste ihr Gesicht in den Stoff. Himmel! So musste es sich angefühlt haben, als sie damals mit siebzehn hinter dem Vardo gesessen hatte, überrumpelt von ihren eigenen Gefühlen. Wo sollte sie diesen Kuss verorten? Zu schnell, zu nah und viel zu schön, um nicht bis in alle Ewigkeit daran denken zu müssen. Sie lachte über ihre Sentimentalität.

Als sie sich zurücklehnte, fiel ihr Blick auf das Pflegebett. Einerseits sehnte sie sich nach Intimität und wollte gedankenlos darin versinken, andererseits brauchte sie dringend Abstand, um souverän agieren zu können. Bei jedem anderen Mann hätte sie den Kuss als Fauxpas runterspielen können – aber nicht bei Tiernan.

Als er kurz darauf gefolgt von Lysander zurückkam, versuchten sie, den Anschein von Normalität zu wahren. Lily tippte auf ihrem Handy herum, während er mit dem Sandwich durchs Wohnzimmer schlenderte, die Bücher im Regal und die Kunstdrucke an den Wänden inspizierte. Schließlich griff er zu dem Zeichenblock, den sie auf dem Kopfkissen des Pflegebetts vergessen hatte.

»Wölfe, aha, sehr schön. Hat Violet das gezeichnet?«, fragte er und leckte sich Krümel aus den Mundwinkeln.

»Nee, das war ich.«

Überrascht hob er die Augenbrauen. »Echt? Du malst wieder?«

»Nicht wirklich. Ich habe mit den Skizzen angefangen, als Violet geschlafen hat. Es tut gut, die Hände zu beschäftigen, wenn der Kopf voller Gedanken ist. Ich werde ganz ruhig, wenn ich male.«

»Das ist echt verdammt gut!« Er präsentierte die unvollständige Zeichnung, als wäre er Kunsthändler und wollte sie zu einer Investition animieren. »Früher hast du ständig gemalt. Am liebsten im Unterricht. Du hattest immer einen Stift und ein Sketchbook dabei. Dein Zimmer sah aus wie eine Galerie deiner Gedanken. Überall hingen Kunstwerke. Du hattest echt Talent, und ich war fest davon überzeugt, dass du etwas daraus machen würdest.«

»Mhm, die Dinge haben sich anders entwickelt. Nach dem Unfall habe ich aufgehört, mich künstlerisch auszuleben. Dafür braucht man Zeit und Zutrauen. Beides hatte ich nicht mehr«, erwiderte sie und zuckte mit den Achseln, als hätte sie längst damit abgeschlossen.

»Schade!« Nachdem er einen letzten Blick auf die Skizzen geworfen hatte, legte er den Block zurück. »Aber jetzt hast du Zeit und Zutrauen wiedergefunden, hm? Du entfaltest dich, wie es scheint.«

»Tja, mich hat die Muse geküsst.« Ein schmales Lächeln verzog ihre Lippen, als er die linke Augenbraue hochzog.

»Hey Lily, da gibt es noch was«, hob er an und schob einen Stapel Zeitschriften beiseite, um sich ihr gegenüber auf die Fensterbank zu setzen. »Das hätte ich dich eigentlich schon vor zehn Jahren fragen sollen ...«

Gespannt starrte sie ihn an. »Was denn?«

»Weißt du, es gibt Tage, die man gern noch mal erleben würde. Dinge, die man besser machen will, damit man sich an solche Tage erinnert, ohne etwas zu bereuen. Daher kam mir eine Idee.« Er räusperte sich und nahm ihre Hand, worauf ihr

Herz mit wildem Pochen reagierte. »Würdest du mir die Ehre erweisen und mich dieses Jahr zum Abschlussball begleiten?«

»Äh, was? Zum Abschlussball?« Sie lachte hell auf. »Ich fürchte, dafür sind wir ein bisschen zu alt und viel zu spät dran.«

»Na ja, zufälligerweise findet bald die Hochzeit von Liam McCarthy und seiner Freundin statt. Du weißt ja, dass ich mit ihm zusammenarbeite. Na, jedenfalls feiern sie nach der Trauung in der Destillerie und haben dazu die gesamte Belegschaft eingeladen. Mir fehlt noch eine Begleitung und da dachte ich an dich. Was meinst du? Wir tun einfach so, als wäre es unser Abschlussball. Wir bedienen uns hemmungslos am Büfett, gönnen uns ein paar Drinks und während alle das Brautpaar bejubeln, holen wir alles nach. So wie's hätte sein sollen. Du und ich.«

Verzückt blinzelte sie ihn an. Sie sah sich in einem mitternachtsblauen Kleid über eine Tanzfläche wirbeln, umgeben von bunten Lichtern. Sah ihn. Doch dann kreuzte Violet ihre Gedanken. Unentschieden hob Lily die Schultern. »Wann heiraten sie denn?«

»Erst im Oktober.« Tiernan umschloss ihre Hand mit seinen. »Ich weiß, dass du gerade ganz andere Dinge im Kopf hast, Lily, aber vielleicht hast du im Herbst ja Zeit für Foxtrott und einen alten Freund, der dort ansonsten mit seiner fünfjährigen Tochter aufkreuzen müsste.«

»Ava wäre bestimmt eine sehr charmante Begleitung.«

»Das ist wahr, aber du darfst länger wach bleiben, und den Abschlussball muss man durchfeiern, bis man fast im Stehen einschläft.«

»Ich überlege es mir, okay?«

Fünf Minuten später schlüpfte Tiernan in seine Wachsjacke, um sich auf den Heimweg zu machen. Seine Hand lag schon auf der Türklinke.

Am liebsten hätte sie ihn zurückgehalten, weil sie die Einsamkeit überrollte. »Danke, dass du rübergekommen bist«, sagte sie stattdessen und zupfte an der Kordel seiner Kapuze. »Das war wirklich schön.«

Mit ernster Miene betrachtete er sie und schien Wort für Wort zu prüfen, bevor er darauf reagierte. Er fuhr sich durchs Haar. »Der Sturm war heftiger, als ich erwartet hatte. Vor allem auf emotionaler Ebene. Findest du nicht? Hat ziemlich viel aufgewirbelt.«

»Und frischen Wind reingebracht«, ergänzte sie. »Wenn wir Violet nach Hause holen, werden wir bestimmt jede Menge zu tun haben, aber vielleicht schaffen wir's ja trotzdem in die Hügel für unseren Abendspaziergang.«

»Klar! Du weißt ja, wo du mich findest.«

»Ich melde mich bei dir.« Kurz entschlossen legte Lily ihre Hände auf seine Wangen und küsste ihn zärtlich auf den Mund. »Komm gut nach Hause.«

Kapitel 15

Auf dem Beifahrersitz lag die rote Geldkassette unter einem Wildblumenstrauß, den sie für Violet arrangiert hatte. Der Sturm war gestern unbarmherzig durch den Garten gefegt, hatte die Pflanzen zerfleddert und an der Eiche gerüttelt, bis ein großer Ast abgebrochen war. Ihre Gedanken drehten sich im Kreis, während sie über die N71 nach Bantry fuhr. Immer wieder flackerten Bilder auf: das abgegriffene Buch in Tiernans Händen, intensive Blicke und sein Gesicht, das vor ihren Augen verschwamm. Zurückgeblieben war ein warmes Gefühl, das sie selbst dann nicht losließ, als das Krankenhaus vor ihr auftauchte.

Auf dem Nachttisch, einem spartanischen Gestell, stand ein Schnabelbecher. Daneben lag ein Rosenkranz aus schillernden Perlen. Mit spitzen Fingern griff Lily danach und warf Violet einen fragenden Blick zu. »Ist das deiner?«

»Von Father Quinn«, flüsterte Violet. »Er hat ihn mir geschenkt.«

»Das ist ja lieb von ihm. Ich hab auch etwas für dich.« Lily präsentierte den Blumenstrauß. »Mit Lupinen, Rainfarn, Schafgarbe und Röschen. Alles aus deinem Garten. Ich habe sogar deine Lieblingsvase von zu Hause mitgebracht.«

»Danke.« Langsam hob sie den Arm und berührte mit den Fingerspitzen ein paar Blüten. »Wunderschöne Sturmblumen, hm? Steht das Schneehaus noch?«

»Das Unwetter war heftig, aber wir haben es gut überstanden. Lysander und die Enten – alle sind wohlauf. Nur die Eiche hat einen Ast verloren.«

»Dann wächst was Neues.«

Nachdem Lily ihre Strickjacke ausgezogen hatte, rutschte sie mit dem Stuhl näher ans Bett heran und nahm Violets Hand. »Wenn Mam hier ist, sprechen wir mit den Ärzten und dem Palliativteam. Wir holen dich nach Hause. Du musst nicht hierbleiben.«

»Zum Glück hab ich euch.« Ihre Lippen zitterten, dann löste sich eine Träne und sickerte über ihre Wange.

»Zum Glück haben wir dich«, gab Lily zurück und streichelte zärtlich ihre Hand. Es wurde still um sie herum. Mit jedem Atemzug schien Violet tiefer in sich selbst zu versinken. Ihr Blick glitt so unstet über die Zimmerdecke, als suchte sie nach einem Ausweg aus ihren Gedanken.

»Du hast die Geldkassette dabei«, murmelte sie. »Ich brauche sie.«

Nachdem Lily die Kassette auf die Matratze gestellt hatte, tippte sie mit dem Zeigefinger gegen das Metall. »Was hast du dadrin versteckt?«

»Gibst du mir einen Moment? Vielleicht besorgst du dir einen Kaffee in der Kantine. Du siehst erschöpft aus.«

Verwundert über die Bitte blinzelte sie ihre Tante an. »Du möchtest, dass ich dich allein lasse?«

»Nur für einen Augenblick.«

Als sie nach einer halben Stunde mit einem pappsüßen Cappuccino zurückkehrte, saß Violet aufrecht im Bett. Die Geldkassette lag unangetastet auf ihrem Schoß.

»Hast du gefunden, wonach du suchst?«, fragte Lily und ließ sich auf den Stuhl sinken.

»Ich weiß ja, was drin ist.« Violet hob einen winzigen Schlüssel empor. »Wir haben uns deswegen oft gestritten, Shannon und ich. Das Thema ist immer wieder hochgekocht, aber wir kamen nie auf einen gemeinsamen Nenner. So viele Jahre haben wir verstreichen lassen, gelähmt von unseren ganzen Sorgen, aber jetzt sind wir uns einig. Du hast ein Recht auf die Wahrheit.«

Über den Becherrand hinweg warf sie ihrer Tante einen misstrauischen Blick zu, dann straffte sie die Schultern. »Welche Wahrheit?«

»Wir hatten immer Angst, dass du nicht damit umgehen kannst, aber jetzt bist du erwachsen. Wir müssen dich nicht mehr beschützen.«

Lily kippte den Kaffee herunter, dann drückte sie den Becher zusammen. »Ich habe keine Ahnung, wovon du redest. Was ist in dieser Kassette, Violet?«

Schweigen füllte den Raum. Fingerspitzen dribbelten über roten Stahl. Cappuccino tropfte auf den Linoleumboden. Die Sonne blinzelte durch halb herabgelassene Jalousien, zeichnete goldene Linien auf die Wände.

»Okay, okay.« Lily stöhnte auf. »Soll ich das Teil aufmachen und selbst nachschauen?«

»Erst muss ich dir noch etwas sagen«, erwiderte Violet und drückte die Geldkassette an sich. Suchend ließ sie den Blick aus dem Fenster schweifen. »Wenn ich nur wüsste, wie …«

Allmählich verlor Lily die Geduld, doch sie biss die Zähne zusammen und harrte aus, bis Violet sich gesammelt hatte.

»Es war Anfang August, drei Wochen vor eurem Unfall«, sagte sie mit brüchiger Stimme. »Eines Abends, sehr spät, bist du zu mir gekommen. Ich saß auf der Terrasse und habe Skizzen sortiert, die ich mit nach London nehmen wollte, um sie mit meiner Agentin zu besprechen. Oíche, mein Wolfsmädchen, ist in dieser Zeit entstanden.« Violet senkte den Kopf und betrachtete den kleinen Schlüssel, als wüsste sie nichts damit anzufangen. »Du hast so bitterlich geweint, dass du kein Wort rausbekommen hast. Es hat lange gedauert, bis du dich einigermaßen beruhigt hattest.«

Lily sah schneeweiße Kalenderblätter durch ihren Kopf wirbeln, fand keine Erinnerung an diesen Abend. »Was war los?«, fragte sie und verschränkte die Arme vor der Brust.

Schatten glitten über Violets Gesicht. »Du warst schwanger, Lily.«

Augenblicklich erschlaffte ihre Muskulatur. Sie öffnete den Mund, doch kein Laut drang über ihre Lippen. Verständnislos blickte sie an sich hinab, betastete ihren Bauch. Da war ein Kaffeefleck auf ihrer weißen Leinenbluse. Was hatte Violet gesagt?

»Deine Tage sind ausgeblieben. Also hast du heimlich einen Test gemacht. Mit so einem Stäbchen, auf das man …«

»Ich war schwanger?«, fragte sie und musste über die Ungeheuerlichkeit lachen. »Das kann nicht sein. Ich war doch erst siebzehn. Ich wollte studieren, habe mich mit ganz unterschiedlichen Studiengängen befasst, sogar mit einem Jahr im Ausland geliebäugelt. Ich hatte alles andere im Kopf, aber sicher keine …« Tiernan erschien in ihren Gedanken und ließ sie abrupt verstummen.

»Du warst so verzweifelt, dass du keinen anderen Ausweg sahst, als das Kind in einer dieser Kliniken wegmachen zu lassen. Du wusstest ja, dass ich nach London reisen würde, und hast mich angefleht, dich mitzunehmen. Wir saßen die ganze Nacht auf der Terrasse. Ich wollte dir nichts aufdrängen, aber ich habe versucht, dir Mut zu machen.«

»Was?« Ihre Faust schloss sich um den Pappbecher, drückte ihn zusammen, als wollte sie den letzten Kaffeetropfen auspressen.

»Ich war ratlos, aber ich wusste, dass du medizinische Betreuung brauchst. Also sind wir am nächsten Tag nach Macroom gefahren, um dich untersuchen zu lassen. Weit weg, damit niemand Verdacht schöpft«, sagte Violet, steckte den Schlüssel ins Schloss und ließ die Kassette aufspringen. »Der Arzt hat deine Schwangerschaft bestätigt.«

Auf dem Ultraschallbild, das Violet ihr reichte, stand ihr Name. Lilian Sheridan. Kraftlos sank sie zurück. Mit dem Zeigefinger fuhr sie über die verschwommenen Strukturen. In einer schwarzen Blase erkannte sie einen Fleck. Groß wie ein Apfelkern. »Das soll ein Baby sein?«

Violet lächelte traurig. »Dieselbe Frage hast du dem Arzt damals auch gestellt. Das ist dein Baby, Lily. Du warst in der sechsten Woche.«

Plötzlich flammte Panik in ihr auf. »Wo ist es? Wo ist das Baby?«

»Soll ich dir nicht lieber der Reihe nach …«

»Sind wir nach England gefahren? Was hab ich getan?«

»Nachdem dir der Arzt gesagt hat, dass da schon ein Herzchen schlägt, wolltest du nicht mehr nach England. Du wolltest Zeit, um alles zu überdenken«, wisperte Violet und wischte sich mit dem Unterarm über die feucht glänzende Stirn. »Drei Wochen später seid ihr verunglückt.«

»Und das Baby?« Tränen stiegen in ihre Augen. Sie kannte die Antwort, konnte sie auf dem Gesicht ihrer Tante lesen.

»Du hattest eine Fehlgeburt. Durch den enormen Stress, haben die Ärzte im Krankenhaus vermutet, aber vielleicht wäre es sowieso passiert. Viele Frauen verlieren ihre Kinder in den ersten Wochen.«

»Warum weiß ich nichts davon? Warum weiß ich das nicht?«

»Du warst vier Tage lang nicht bei Bewusstsein. Die Schwellung musste ja zurückgehen und wir … wir wollten dich beschützen. Es war ja schon schwer genug. Du musstest wieder auf die Beine kommen, dich erholen, heilen. Die ganzen neurologischen Untersuchungen, die Therapien, dann im November euer Umzug und alles andere. Wir wollten nicht, dass du noch mehr ertragen musstest.«

Lily schwieg und starrte zur gegenüberliegenden Wand. Dort hing ein Poster mit einem Bild von Monet. Seerosenteich. Warum war ihr das nicht früher aufgefallen? Es kam ihr vor, als würden ihr mit einem Mal sämtliche Gefühle fehlen. In ihrer Hand hielt sie immer noch das Ultraschallbild mit dem Apfelkern. »Dann war ich in der neunten Woche«, sagte sie mechanisch.

»Hier sind alle Unterlagen.« Violet hob die Geldkassette von ihrem Schoß, doch Lily schenkte ihr keine Beachtung.

»Warum fragst du nicht nach dem Vater?«

»Weil ich die Antwort jetzt kenne.«

»Davor nicht?« Lily beugte sich vor, um ihre Tante zu fokussieren. »Du wusstest nicht, wer es war?«

»Du hast geschwiegen, aber ich habe mir natürlich Gedanken gemacht.« Als Violet den Arm ausstreckte, um nach der Schnabeltasse zu greifen, fiel Lily auf, wie entkräftet sie war. Ihre Hände zitterten, sodass das Plastik gegen ihre Zähne stieß, bevor sie ihre Lippen darum schließen konnte. »Ich dachte, es wäre vielleicht dieser Supermarktjunge, mit dem du dich so gut verstanden hast. Als ich dich danach gefragt habe, bist du puterrot geworden und hast gemeint, dass du mit ihm schon lange nichts mehr zu tun hättest.«

In der Mittsommernacht war sie mit Conor auf der Crannóg verschwunden, aber niemals hätte sie … Ihr Kopf dröhnte. Was wusste sie schon?

Lily starrte ihre Tante an. »Es war Tiernan«, fauchte sie.

»Immerhin ein Mensch, den du von ganzem Herzen geliebt hast.« Violet stellte das Getränk auf den Nachttisch. Ihr entfuhr ein gequältes Ächzen, als sie sich zurücklehnte. Mit verzerrtem Gesicht sah sie Lily an. »Vielleicht kannst du irgendwann mit ihm …«

»Nein«, unterbrach Lily ihre Tante brüsk und griff nach der Geldkassette. »Das gehört mir. Das geht niemanden etwas an.«

»Es tut mir sehr leid. Wir haben nie den richtigen Zeitpunkt gefunden, aber bevor ich gehe …« Violet schloss die Augen, sog so viel Luft ein, dass sich ihr Brustkorb unter der Decke deutlich anhob. »Ich wollte dich nicht zurücklassen, ohne selbst mit dir gesprochen zu haben. Das war mir wichtig.«

Lilys Herz wurde schwer. »Wer weiß es?«

»Nur deine Eltern und ich. Wir haben gemeinsam entschieden, dir davon zu erzählen.«

»Ihr habt gemeinsam entschieden, mir zu verschweigen, dass ich schwanger war!« Ihre Stimme schrillte durch den Raum, dröhnte in ihren Ohren. Sie klappte die Geldkassette auf. Es kam ihr vor, als würde sie in einen Abgrund starren. Irgendwelche Dokumente. Blutwerte und ein Entlassungsschein, ausgestellt vom Krankenhaus, in dem sie behandelt worden war. Ganz unten lag eine Zeichnung. Aquarellpapier, unregelmäßig koloriert. Ein Baby schlief in einem Weidenkorb umgeben von Blumen. Dahinter standen ein Mädchen mit wilden Locken und ein weißer Wolf.

»Mir kam die Idee zu Oíche in der Nacht, als du mir von deiner Schwangerschaft erzählt hast«, wisperte Violet. »Ich habe sie mit nach London genommen und dem Verlag vorgestellt. Du warst meine Inspiration. Ich wollte …«

»Dann hast du also Geld damit verdient«, fiel Lily ihr ins Wort und streckte die Hand aus. Ihr war bewusst, wie unfair sie sich verhielt, doch sie fand einfach nicht die Kraft, zartfühlender zu sein. »Kann ich den Schlüssel haben?«

Anstatt ihn ihr auszuhändigen, umklammerte Violet ihren Arm. Ihr Blick war trotz des Schiefstands ihrer Augen durchdringend, ihr Griff erstaunlich fest, fast schmerzend. »Ich liebe dich wie mein eigenes Kind, Lily. Ich würde alles tun und alles auf mich nehmen, damit es dir gut geht. Es war ein Unglück. Wenn ich es ungeschehen machen könnte, würde ich es tun. Ich würde dir dein Baby zurückgeben.«

»Du hast mir nicht mal die Wahrheit gegeben.«

»Heute«, flüsterte Violet.

Mit der Geldkassette auf dem Beifahrersitz und einem Kopf voll wilder Gedanken raste Lily zurück nach Carraig. Ihr Magen krampfte sich immer wieder zusammen. Sie fuhr viel zu schnell, donnerte über die Landstraße, schoss um Kurven und drosselte erst die Geschwindigkeit, als eine Schafherde vor ihr auftauchte. Neun Wochen. Zwei Herzschläge in ihrem Körper. Und Tiernan hatte sie verlassen. Was sollte sie jetzt tun? Mit wem sollte sie sprechen?

Als sie am Supermarkt vorbeifuhr, fiel ihr ein, dass sie Shannon versprochen hatte, einkaufen zu gehen. *Damit genug im Haus ist.* Lily würde diese Aufgabe pflichtbewusst abhaken, war sogar froh darüber, ihre Gedanken für einen Augenblick unterbrechen zu können. Sie wendete den Wagen, parkte im Halteverbot und marschierte in den Supermarkt. Nudeln, gefrorene Himbeeren, Pesto, Käse und mehrere Tafeln Schokolade – ihre Hände griffen automatisch nach den Lebensmitteln.

»Lilian! Na, du siehst ja ganz schön mitgenommen aus.« Nelly begrüßte sie mit einem Lächeln. »Habe schon gehört, was mit deiner lieben …«

»Halt dich da raus«, fuhr sie der Frau über den Mund und zückte ihre Geldkarte.

»Kein Grund, so garstig zu sein.«

»Ja, entschuldige. Ich hab's echt eilig.« Lily trat von einem Fuß auf den anderen, während Nelly mit abschätziger Miene die Waren scannte.

»Richte ihr bitte meine allerbesten Genesungswünsche aus«, sagte Nelly, als sie ihren Jutebeutel geschultert hatte.

»Sie wird nicht mehr gesund.« Mit diesen Worten stürmte Lily aus dem Laden und flüchtete sich ins Auto. Ihre Brust brannte und ihre Kehle hatte sich so eng zusammengeschnürt, dass sie die Luft kraftvoll einsaugen musste. Violet würde sterben, und wenn Tiernan gewusst hätte, dass sie schwanger war, hätte er sie nie verlassen. Hatte sie ihn nicht zwei Wochen vor dem Unfall um ein Gespräch gebeten? Doch bevor sie die Chance dazu hatte, ihm alles zu sagen, beendete er die Beziehung. Wenn er nur gewartet hätte … Dann wäre er vielleicht bei ihr geblieben und sie wären vielleicht nie verunglückt. Vielleicht hätte sie alles behalten können. Ihre Erinnerungen, ihr Baby. Lily presste die Lippen zusammen und verfolgte mit den Augen das Baumeln des lächerlichen Lufterfrischers. Magnolia. Mit einem heftigen Ruck riss sie ihn ab und zerdrückte ihn in ihrer Faust, dann brach sie in Tränen aus. Sie weinte so bitterlich, dass irgendwann eine Frau neben dem Auto stehen blieb und ans Fenster klopfte. Ihre Lippen formten eine Frage. »Brauchen Sie Hilfe?« Hektisch startete Lily den Motor.

Der zitronengelbe Ford Fiesta ihrer Mutter stand in der Einfahrt. Als Lily das Hochkreuz passierte, spielte sie mit dem Gedanken, kehrtzumachen und sich im *Fox & Swan* zu betrinken, zum See, zurück ins Krankenhaus, nach Belfast. Sie fühlte sich der Situation nicht gewachsen und suchte nach einem Ausweg. Wie sollte sie ihrer Mutter nun gegenübertreten?

Lily brachte den Wagen zum Stehen, ohne die Hände vom Lenkrad zu nehmen. Hinter den Spitzenvorhängen des

Küchenfensters nahm sie einen Schatten wahr. Lysander lief elegant über die Fensterbank, setzte sich und fing an, in aller Seelenruhe seine Vorderpfoten zu lecken.

Plötzlich erschien es ihr unmöglich, sich zu rühren. Es fühlte sich an, als hätte jemand flüssiges Blei in ihren Bauch gegossen. Sie hatte ihr Kind verloren, hatte neun Wochen lang als Mutter gelebt. Verdammt! Lily zerrte das Telefon aus ihrer Hosentasche. Ihre Finger zitterten, sodass sie sich immer wieder verschrieb. *Schwanger. Neunte Woche.* Ihre Augen irrten über das Display. Groß wie eine Himbeere. Der Embryo schwebte mit winzigen Händen und kurzen Beinchen in der Fruchtblase. Die Erkenntnis stach auf sie ein, als ihr die Zeichnungen in den Sinn kamen. Tilly, die Verschmelzung zweier Menschen. Tiernan und Lily. *Es bricht mir das Herz, dass ich mich nicht freuen kann.*

Eine Hand ruhte auf ihrem rumorenden Bauch, die andere hielt das Telefon. So blieb sie im Auto sitzen und versuchte zu realisieren, was geschehen war. Ungeborenes Leben. In ihrem Körper gestorben. Sie erinnerte sich nicht daran.

Irgendwann wurde die Haustür geöffnet und Shannon trat nach draußen. Lily starrte ihre Mutter an, als wäre sie eine Wildfremde. Sie war barfuß, trug helle Jeans und eine Bluse in leuchtendem Kornblumenblau. Ihre Locken hatte sie zu einem Dutt zusammengebunden. Selbst aus der Ferne konnte Lily ihren versteinerten Gesichtsausdruck erkennen, so als ahnte sie, mit welchen Gefühlen ihre Tochter aus dem Krankenhaus zurückkehrte. Vielleicht hatte sie längst mit Violet telefoniert.

Die rote Kassette stand auf dem Küchentisch unter einem verwelkten Bündel Lichtnelken. Shannon war mit dem Stuhl nah an sie herangerückt und hatte sich an ihrer Hand festgekrallt.

»Nach dem Arzttermin seid ihr direkt zu uns gekommen. Violet hat gesprochen. Du standest nur daneben und hast kein Wort rausbekommen. Unsere kleine Lily … Wir sind aus allen Wolken gefallen, waren im ersten Moment einfach nur geschockt.« Shannon beugte sich vor, um den Teebeutel aus ihrer Tasse zu fischen und auszudrücken. »Ich dachte, dein Vater bekommt gleich einen Herzinfarkt. Er war außer sich, wollte ins Dorf fahren, um den Kerl aufzuspüren, dann wollte er dein Handy konfiszieren, um die Nachrichten zu lesen. Es hat lange gedauert, bis wir vernünftig miteinander sprechen konnten.«

»Ihr wolltet, dass ich das Baby abtreiben lasse, oder?«

»Das war unser erster Impuls, natürlich«, murmelte ihre Mutter, nachdem sie an ihrem Tee genippt hatte. »Du warst noch so jung und wir wollten verhindern, dass du dir etwas verbaust. Wir haben so viele Möglichkeiten durchgespielt. Adoption, Abtreibung. Es war ein einziges Tauziehen.«

»Ich wollte das Kind.«

»Du warst durcheinander, hast deine Meinung im Minutentakt geändert. Ich hätte mich um dein Baby kümmern müssen, während du studiertest. Du hättest auf so viel verzichten müssen.«

»Ich wollte das Kind«, wiederholte Lily – vielleicht, weil sie unbedingt daran glauben wollte – und hob Lysander auf den Schoß, um ihn an sich zu drücken.

»Mhm. Wir haben uns an eine Beratungsstelle in Bantry gewandt. Die Frau dort, diese Sozialarbeiterin, hat uns darin bestärkt, dich über das Kind entscheiden zu lassen. Eine Halbwüchsige ohne finanzielle Mittel, ohne Job oder eine anständige Ausbildung.« Shannon schüttelte den Kopf. »Es war kaum auszuhalten. Wir haben dir ins Gewissen geredet, damit du … Ich wollte einen Termin in der Klinik vereinbaren. Violet hätte dich begleiten können, weil sie ohnehin in London zu tun hatte. Zwei Tabletten für eine medizinische Abtreibung. Keiner hätte etwas mitbekommen.«

»Ihr wolltet verhindern, dass ich das Kind bekomme«, stieß sie aus.

Shannon starrte angestrengt in ihren Tee, rührte und rührte, als suchte sie darin nach etwas, das sie vor langer Zeit verloren hatte.

»Wir wussten doch selbst nicht, wie wir uns verhalten sollten. Was ist richtig? Was ist falsch? Violet hat uns angeboten, dich mit dem Kind bei sich aufzunehmen, aber sie wollte uns die Entscheidung überlassen. Wir sind immerhin deine Eltern, Lily«, sagte sie erschöpft. »Und ja, wir haben darüber nachgedacht, aber ich habe es einfach nicht übers Herz gebracht. Ich dachte, dass wir es vielleicht hinbekämen. Als Familie. Wir wollten ja sowieso nach Belfast. In eine fremde Stadt mit über dreihunderttausend Einwohnern, die uns nicht kennen.«

»Also hättet ihr mich mit dem Baby unterstützt?«, fragte sie in einem Anflug von Hoffnung.

»Wer weiß? Wir hätten vielleicht einen Weg gefunden.« Shannon biss von ihrem Keks ab und kaute so vorsichtig, als wären es Glasscherben. »Aber bevor wir eine Entscheidung treffen konnten … Du wolltest unbedingt zum Debs. Das war dir so wichtig und wir dachten, auf ein paar Tage mehr oder weniger kommt es nicht an.«

Lily vergrub ihre Finger in seidigem Fell, dann hob sie den Kopf, um ihre Mutter anzusehen. »Glaubst du, dass ich das Kind bekommen hätte?«

»Ich kann dir nicht sagen, was gewesen wäre, aber es sah so aus, als hättest du zumindest mit dem Gedanken gespielt.« Shannon öffnete den obersten Knopf ihrer Bluse, atmete tief durch. »Als wir dein Zimmer ausgeräumt haben, habe ich unter deinem Bett eine Reisetasche gefunden. Du hast ein paar Klamotten eingepackt, ein bisschen Geld, deinen Kunstkram und einen uralten Strampelanzug, den ihr früher euren Puppen angezogen habt.«

»Dann wollte ich abhauen!« Lily schlug mit der flachen Hand auf den Tisch, sodass Tee überschwappte und ein paar verdorrte Lichtnelkenblätter herabrieselten. Fast hätte sie so etwas wie Triumph empfunden.

»Möglicherweise.« Die Augen ihrer Mutter verwässerten, wechselten ihre Farbe von einem hellen Smaragdgrün zu etwas Sumpfigem. »Du hast vielleicht geglaubt, dich allein durchschlagen zu müssen, weil wir so unsicher waren. Ich bin heilfroh, dass es nicht so weit gekommen ist.«

»Wisst ihr, wer der Vater ist?«

»Wir haben versucht, etwas aus dir rauszubekommen. Dein Vater hat dir die Hölle heißgemacht, aber entweder hast du eisern geschwiegen oder bist aus der Haut gefahren. Irgendwann würdest du schon mit der Sprache rausrücken, dachten wir, aber das ist nie passiert.«

»Wann denn? Ich habe einen Blackout und kein Mensch hat sich die Mühe gemacht, mir die Wahrheit über mich selbst zu erzählen«, fauchte Lily. Plötzlich tauchte eine Frau vor ihrem inneren Auge auf – weißer Kittel, mitfühlender Blick. »Eine der Assistenzärztinnen hat mir mal die Hand auf die Schulter gelegt. ›Ich weiß, wie es sich anfühlt.‹ Ich dachte, sie spräche von meiner Amnesie, aber sie hat das Baby gemeint. Sie muss die Fehlgeburt gemeint haben. Warum haben die Ärzte im Krankenhaus nie mit mir gesprochen?«

»Wir standen in regem Austausch mit ihnen und sie haben uns geraten, irgendwann in Ruhe mit dir zu sprechen, ja, aber am Ende … Wir hatten damals andere Prioritäten, Lily. Wieder ins Leben kommen. Das stand an allererster Stelle.«

»Ihr habt gehofft, dass meine Erinnerungen verschüttet bleiben. Ihr wolltet nie, dass ich mich erinnere, oder? Die ganzen Therapien, die Hypnose … Ihr habt nur den Schein gewahrt.«

»Wir haben im Vergessen auch eine Chance gesehen, ja«, räumte Shannon ein und sammelte mit ihrem Zeigefinger Kekskrümel auf. »Violet hat immer darauf gedrängt, dir die Wahrheit zu sagen, aber ich hatte so meine Bedenken. Deswegen sind wir ständig aneinandergerasselt. Hasenherz und Flatterkopf. So waren wir schon als Kinder. Erinnerst du dich an unseren großen Streit im Sommer? Violet wollte mit dir sprechen, ich wollte, dass alles so bleibt, wie es ist.«

»Und was hat Pa dazu gesagt?«

»Er war natürlich auf meiner Seite. Manchmal haben wir es selbst vergessen, deine Schwangerschaft, aber in letzter Zeit kam das Thema wieder öfter auf den Tisch. Violet hat auf eigene Faust entschieden, dich ins Schneehaus einzuladen, um dir in einem günstigen Moment davon zu erzählen. Seit Wochen kann ich kaum noch schlafen ...«

»Tja, jetzt ist es raus. Violet hat fast bis zum Schluss damit gewartet«, entgegnete Lily bitter, klappte die Geldkassette auf und nahm das Ultraschallbild heraus. »Wusstest du, dass sein Herz schon geschlagen hat? So fängt das Leben an. Mit einem Herzschlag.«

Mit beiden Händen umschloss Shannon ihre Tasse und blickte sie so ängstlich an, als wäre sie ein Sprengkörper, der jeden Moment in die Luft gehen könnte. »Verrätst du mir, wer der Vater deines Kindes war?«

Lily legte das Ultraschallbild zurück und zog die Zeichnung hervor. Baby, Mädchen, Wolf. Als wäre der Vater ein Fabelwesen, als würde er nicht wirklich existieren. »Tiernan.«

Sie beobachtete, wie sich die Augen ihrer Mutter weiteten, sodass ihr Ausdruck beinahe skurril wirkte. »Wie bitte?«

»Tiernan O'Boyle«, wiederholte sie, als wäre er ein Fremder.

»Wirklich?« Shannon ließ sich zurücksinken. »Ich hatte mit Violet spekuliert, dass es vielleicht einer der älteren Jungen wäre, mit denen du um die Häuser gezogen bist. Manchmal hast du

Timothy beim Zeitungsaustragen geholfen. Und dann gab es noch den großen Bruder von Katie Corrigan. Aber Tiernan? Das ist ja … Das ist interessant.«

»So könnte man das auch bezeichnen.«

»Ich wusste gar nicht, dass ihr mehr als Freunde gewesen seid.«

»Ich auch nicht, habe alles vergessen.« Lily schlug den Deckel der Kassette zu. Der Knall scheuchte Lysander von ihrem Schoß.

»Und woher weißt du …«

»Ich weiß es eben«, unterbrach sie ihre Mutter und erhob sich. »Ich muss an die frische Luft! Ich muss mich bewegen!«

»In zwei Stunden kommt der Palliativdienst vorbei.« Shannon stand ebenfalls auf. »Kann ich dich begleiten?«

»Nein, ich brauche ein paar Minuten für mich.«

Eigentlich hatte sie vorgehabt, sofort bei Elsie anzurufen, um ihr alles zu erzählen, doch plötzlich erschien es ihr unmöglich, die Tatsachen laut auszusprechen. Ihr Körper hatte sie im Stich gelassen. Erst verlor sie ihr Gedächtnis, jedenfalls einen Teil davon, dann ein kleines Leben. Unbemerkt entstanden und genauso unbemerkt vergangen.

Lily ballte die Hände zu Fäusten und stapfte in die Hügel. Schafe standen auf den Wiesen und blökten den Wind an, der ihre Wolle zerzauste. Die Lämmerzeit war vorbei.

Ihre Hand glitt automatisch über ihren Bauch. Wie fühlte es sich an, wenn im eigenen Körper ein Leben heranwuchs? Hatte sie mit Morgenübelkeit zu kämpfen gehabt, ein Bäuchlein bemerkt?

An ihren Fersen hatten sich wunde Stellen gebildet, wo ihre Sneakers rieben. Kurzerhand zog Lily sie aus, band sie an den Schnürsenkeln zusammen und hängte sie sich über die Schulter.

Die Luft flirrte zwischen den Sträuchern, die Erde war aufgewärmt und staubte unter ihren Fußsohlen.

Lily schlug den Weg zum Erlenbruch ein. Hinter ihrer Stirn pochte ein dumpfer Schmerz. Ihr Körper fühlte sich wie ein Käfig an, war viel zu eng und schnürte sie ein. Wie hätte ihr Baby ausgesehen? Eisblaue Augen, Lockenkopf. Wie das Kindergesicht, das sie in ihr Skizzenbuch gezeichnet hatte. *Es bricht mir das Herz, dass ich mich nicht freuen kann.* Warum gab es nichts, das man behalten konnte? Egal, wie sehr man sich anstrengte – Violet kreuzte ihre Gedanken –, am Ende würde man sogar sein eigenes Leben verlieren. Erst jetzt bemerkte sie, dass Tränen über ihre Wangen strömten. Lily wischte sich mit dem Ärmel ihres Cardigans übers Gesicht, während sie ihren Weg verbissen fortsetzte.

Der Sumpfboden verströmte einen süßlichen Duft und schmatzte bei jedem Schritt, als sie über die Planken balancierte. Sie steckte knietief im Morast ihrer eigenen Gedanken. Und obwohl er ursächlich daran beteiligt war, ragte Tiernan aus dem Durcheinander hervor wie eine Speerspitze. Plötzlich sehnte sie sich danach, neben ihm am See zu sitzen, Bier aus Dosen zu trinken und zu reden, ohne etwas zu sagen – so tun, als hätte sie alles vergessen.

Auf dem See spiegelten sich die Wolken so scharf umrissen, dass es aussah, als läge ein zweiter Himmel vor ihr. Lily schmiss die Sneakers ins Gras und marschierte zum Wasser. Die weißen Seerosen standen in vollem Flor und bildeten mit ihren Schwimmblättern kleine Inseln. Eine Weile blieb sie reglos stehen und konzentrierte sich auf die Kälte, wenn das Wasser über ihre Füße schwappte. Vögel schossen durch die Luft, um Fliegen zu jagen, haarscharf über den See hinweg.

Sie hatte ihr Kind ausgeblutet. Vielleicht war es heilsam, dass sie keine lebendigen Erinnerungen daran besaß. Doch das Gefühl existierte und hatte sich in ihr eingegraben. Die Angst vor Verlust und Ablehnung. Lily hatte immer versucht, sich davor zu schützen. Jetzt kannte sie den Ursprung, war ihrem eigenen Kern näher gekommen. Sollte sie mit Tiernan darüber sprechen? War das ihre Pflicht?

Unentschlossen tänzelten ihre Finger über das Display, dann rief sie ihn an.

»Ah, Lily«, meldete er sich nach wenigen Sekunden. »Moment, ich muss hier gerade noch ein paar Kartoffelfische in den Ofen schieben.«

»Kartoffelfische?«

»So Dinger, auf die Ava total abfährt. Dazu gibt's Ketchup, und wenn ich Glück habe, bekomme ich sie noch dazu, Brokkoli zu essen.«

»Nein!«, tönte Ava aus dem Hintergrund.

»Gut, dann muss der Fernseher ausbleiben. Ohne Brokkoli hast du nämlich keine Kraft, um dich auf den Film zu konzentrieren. Dafür braucht man Vitamine.«

Während Tiernan mit Ava diskutierte, watete Lily durchs Wasser und nagte an ihrer Unterlippe. Das alltägliche Geplänkel stand in hartem Kontrast zu ihrem Innenleben. Warum hatte sie überhaupt angerufen?

»Also, noch zwanzig Minuten, dann gibt's Brokkoli«, verkündete Tiernan. »Ich muss kurz mit Lily telefonieren. Mal schön weiter, mein Schatz, das wird ein richtiges Kunstwerk. Blau ist immer gut.« Am anderen Ende der Leitung wurde eine Tür geöffnet, um kurz darauf wieder ins Schloss zu fallen. »Sorry! Jetzt bin ich da!«, sagte er. »Wie geht's dir?«

»Geht so.« Lily balancierte auf einem Bein und ließ ihren rechten Fuß durchs Wasser gleiten. »Shannon ist heute angekommen. Davor war ich bei Violet im Krankenhaus und später treffen wir uns mit dem Palliativteam, um alles zu besprechen. Es gibt viel zu organisieren.« Sie ratterte die Worte herunter, ohne sich ihrer bewusst zu sein.

»Kann ich mir vorstellen. Wisst ihr schon, wann ihr Violet nach Hause holt?«

»So bald wie möglich.«

»Schön. Das hat sie sich ja gewünscht«, murmelte er. »Ich hab mir viele Gedanken gemacht, und falls das für alle in Ordnung ist, würde ich gern mit Ava vorbeikommen, um Violet zu besuchen. Glaubst du, das ist eine gute Idee?«

Kurz zögerte sie, weil sie sich fragte, wie viel man einem Kind zumuten durfte – oder einer Sterbenskranken –, doch dann verwarf sie die Zweifel. »Ach, warum nicht? Violet hat euch gern um sich, aber wir brauchen noch ein bisschen Zeit, um uns im Schneehaus einzurichten.«

»Klar, vielleicht passt es ja irgendwann. Ich hab mich vorhin übrigens mit meinen Eltern kurzgeschlossen. Wir würden euch gern unterstützen. Sollen wir einkaufen gehen, kochen, den Rasen mähen?«

»Danke, das ist nett, aber gerade wüsste ich nicht, was ihr übernehmen könntet. Ich war heute schon bei Nelly, um ein paar Kleinigkeiten zu besorgen. Das reicht für die nächsten Tage.«

»Ihr meldet euch.«

Es kam ihr vor wie Heuchelei, mit ihm zu telefonieren, als wäre nichts gewesen. Ihre Schritte hatten so viel Schlamm aufgewühlt, dass sie den Seegrund nicht mehr erkennen konnte. Lily fokussierte die Crannóg. Was war dort in der Mittsommernacht passiert? Spielte das eine Rolle? Unsanft riss sie an ihrem Kleid, das sich mit Wasser vollgesaugt hatte und an ihren Knöcheln klebte, dann watete sie weiter in den See.

»Hey Tiernan«, sagte sie und wusste plötzlich nicht mehr, wie sie fortfahren sollte. *Du wärst ein verdammt guter Vater für unser Kind gewesen. Vielleicht hätten wir es hinbekommen. Mit uns und dem Kind.* Für einen Moment schloss sie die Augen.

Was waren das für bizarre Ideen? Sie war kaum in der Lage, einen klaren Gedanken zu fassen.

»Kommt da noch was?«, hakte er nach.

»Ich würde dich so gern sehen.«

Nun war Tiernan derjenige, der für einen Moment innehielt. »Dann komm her. Ich bin zu Hause«, sagte er mit weicher Stimme.

»Geht nicht. Ich muss zurück ins Schneehaus.«

»Wo steckst du denn?«

»Am See. Musste mal raus. Mir ist alles zu viel und ich weiß gar nicht … Ich weiß gar nicht, wohin mit mir.«

»Komm zu uns«, wiederholte er. »Ein kurzer Abstecher auf dem Heimweg. Ich würde dich nämlich auch gern sehen.«

»Heute nicht. Ich muss noch so unglaublich viel …« Sie bohrte ihre Zehen tief in den Schlamm. »Ein andermal.«

»Ein andermal«, echote er und lachte verhalten. »Weißt du, der Sturmabend gestern hat mich ziemlich umgehauen. Ich bin immer noch dabei, mich zu sortieren, aber eins steht fest: Das hat mir echt was bedeutet, Lily.«

Das Herz brannte in ihrer Brust. Lily wollte ihm die Wahrheit sagen, die Worte runterschlucken und vergessen, dass sie je ausgesprochen worden waren. Neun Wochen. Niedergeschlagen ließ sie sich ins knietiefe Wasser sinken.

»Geht mir auch so«, flüsterte sie, fühlte sich nicht imstande, näher darauf einzugehen. »Ich ruf dich wieder an.«

Nachdem sie aufgelegt hatte, warf sie das Handy an Land, dann legte sie sich flach ins Wasser, spürte, wie sich der Stoff ihres Kleides fest um ihren Körper schlang. Während des Gesprächs hatte sie sich beherrscht und im Klang seiner Stimme sogar etwas Tröstliches gefunden. Jetzt kam es ihr vor, als hätte sie die ganze Zeit die Luft anhalten müssen, um nicht zügellos zu heulen. Vielleicht war die Amnesie ein Schutzmechanismus ihres Gehirns. Der Versuch, sie vor der Realität zu bewahren, in der sie verunglückt waren und sie ihr Baby verloren hatte.

Alles wurde dumpf, als Lily den Kopf in den Nacken legte und sich das Wasser gegen ihre Ohren drückte. Mit beiden Händen griff sie in den Boden, ließ Schlamm und kleine Steine durch ihre Finger rinnen. Nach einer Weile rappelte sie sich auf und schwamm zu den Seerosen hinüber. Das wolkenweiße Kleid bauschte sich um ihre Beine auf, zurrte sich zusammen. Sie richtete ihre Aufmerksamkeit auf den Rhythmus ihrer Bewegungen und auf ihr Herz, das sich heiß geschlagen hatte.

Die Kelche der Seerosen hatten sich geschlossen. Zwischen ihren Schwimmblättern ließ Lily sich treiben, als wäre sie eine von ihnen. Unter ihr wiegte sich ein dunkler Wald aus Algen. Fische huschten als silbernes Funkeln hindurch, verschwanden in den Tiefen. Alles war wie immer, alles in Ordnung, alles gut. So viele Märchen, mit denen sie in Watte gepackt worden war. Wo waren ihre eigenen Erinnerungen? Wie war es möglich, ganze Episoden vergessen zu haben? Lily umschloss den Stiel einer Seerose und zog daran, bis sich die Pflanze aus dem Grund löste. Die Umrisse der Crannóg verschwammen vor ihren Augen, als die Tränen kamen, dann warf sie die Wasserpflanze von sich und griff zum nächsten Kelch. Wo war ihre eigene Geschichte, die sie erzählen konnte, ohne daran zu zweifeln?

Das Kleid haftete wie eine zweite Haut an ihrem Körper, das Haar hing in dunklen Strähnen über ihre Schultern. Immer wieder musste sie Mascara aus ihren brennenden Augen wischen. Hastig schloss sie die Tür auf und trat ins Haus. Wasser tropfte auf die Dielen, ihre Füße hinterließen dunkle Spuren. Es roch nach warmer Milch – süß und behaglich.

Shannon kam aus der Küche geeilt. »Himmel, was ist denn mit dir passiert?«, fragte sie bestürzt. »Wo warst du?«

»Das wollte ich schon immer mal machen.« Mit einem schiefen Grinsen präsentierte sie den Strauß weißer Seerosen, die sie vorhin aus dem Wasser gezogen hatte.

»Du warst schwimmen?« Ihre Mutter verzog das Gesicht, dann pustete sie sich eine Locke aus der Stirn. »Ist der See nicht eiskalt?«

»Doch, aber das hab ich gebraucht.«

»Lilian«, flüsterte Shannon. Für einen Augenblick starrten sie sich an, dann linste Lily über die Schulter ihrer Mutter in die Küche.

»Was riecht hier so gut?«, fragte sie mit einer gekünstelten Heiterkeit, die ihr selbst vollkommen wahnsinnig erschien.

»Ähm, ich habe einen Apfelkuchen in den Ofen geschoben. Walnüsse, Nelken, Whiskey. Den mag Violet doch so gern.«

»Ihre Mundschleimhaut ist entzündet. Sie bekommt kaum etwas runter.«

»Ich wollte ihn trotzdem backen.«

»Mhm, man sollte viele Dinge trotzdem tun.« Als Lily sich umwandte, um die Treppe hinaufzusteigen, griff Shannon nach ihrem Unterarm.

»Es tut mir so leid, Lily. Ich kann mir vorstellen, wie enttäuscht du von uns bist, und wenn du gehen willst, wäre das verständlich. Bleibst du trotzdem bei uns?«

Irritiert zog sie die Augenbrauen zusammen. »Wohin sollte ich gehen?«

KAPITEL 16

Es war ein durchnässter Tag, als Violet von einem Krankenwagen nach Hause gebracht wurde. Regenwasser sammelte sich in den Straßenmulden. Schlierige Wolken zogen über die Hügel. Die Luft roch bereits nach Herbst – würzig und schwer.

Violets Gesundheitszustand hatte sich in den letzten Tagen verschlechtert, dennoch hatte sich an der Entscheidung nichts geändert. Sie bezog wieder ihr Quartier vor den großen Fenstern und umgab sich mit allem, was ihr vertraut war.

Mit einem Schlag veränderte sich das Leben im Schneehaus. Die Palliativschwestern kamen öfter und blieben länger. Sie unterrichteten Lily und Shannon, zeigten ihnen, wie man subkutan Morphin spritzte – das Opiat half nicht nur gegen Schmerzen, sondern auch bei Atemnot –, und brachten ihnen bei, wie sie Violet lagern konnten, wenn sie zu schwach war, um sich zu rühren. Das Schlucken fiel ihr schwer. Manchmal sah sie Doppelbilder, doch meist hielt sie die Augen geschlossen.

Kein Tag verging, an dem Arwyn nicht vor der Tür gestanden hätte, um Violet zu besuchen. Jedes Mal brachte er eine Blume aus dem Garten mit und steckte sie in die Glaskaraffe, die auf dem Fenstersims stand. Als würde er damit die Zeit messen. Noch eine Blume, noch ein Tag mit Violet.

Manchmal saß er stundenlang am Bett und hielt ihre Hand, während sie schlief. Manchmal sprach er von Spaziergängen durchs Moor und einer Reise nach Paris, um das Musée d'Orsay mit seiner imposanten Bahnhofsuhr zu besuchen. »Du magst Gemälde und ich mag Uhren. Das trifft sich ausgezeichnet.« Dann lächelte Violet. Sie träumten sich fort, obwohl beide wussten, dass sich keiner ihrer Träume mehr erfüllen würde.

Sobald die Sonne unterging, verzog sich Lily ins Wohnzimmer, um wie früher vor den Fenstern zu sitzen und im letzten Licht des Tages zu malen. Violet döste vor sich hin oder beobachtete sie aus halb geschlossenen Augen. Sie hatte das kratzende Geräusch von Stiften auf Papier immer geliebt. Zwischen Aquarellfarben, Tusche aus kleinen Tiegeln und Ölkreiden studierte Lily die Anatomie von Grauwölfen und die Beschaffenheit eines Fuchsfells, das sie auf dem Dachboden gefunden hatte.

Sobald sie ihre Arbeit beendet hatte, setzte sie sich an den Bettrand, um Violets Hand zu halten. Stille Blicke, manchmal ein Lächeln so warm wie die gebündelten Erinnerungen an ihre gemeinsame Zeit. Würde sie noch leben, wenn Lily am nächsten Morgen ins Zimmer käme, um die Vorhänge zurückzuziehen? Die Nähe des Abschiedes ließ ihren Zorn verfliegen. Sie war wachsweich, sodass diese Momente tief einsanken. Die vielen Selbstverständlichkeiten waren keine – das wurde ihr bewusst, wenn Violet ihr zublinzelte und mit müder Stimme eine gute Nacht wünschte.

So verstrich eine Woche, in der im Schneehaus kein einziges Wort über das Baby verloren wurde. Lily behielt ihre Gefühle für sich, wälzte die Gedanken allein. Zeitweise gelang es ihr sogar, alles von sich zu schieben und zu vergessen, was geschehen war. Nur dann, wenn sie nach einem Spaziergang vor Tiernan stand und ihm in die Augen sah, drängte sich die Wahrheit auf ihre

Lippen – kurz davor, ausgesprochen zu werden. Doch dieser Impuls verpuffte, sobald er lächelte und ihr versprach, morgen wieder mit ihr durch die Hügel zu spazieren. Wieso konnte es nicht immer so bleiben? Lily genoss seine Umarmungen, die einfühlsamen Worte und ihr Herzklopfen viel zu sehr, denn das waren die einzigen Momente, in denen sie sich wirklich getröstet fühlte.

Ich war schwanger. Die Wahrheit würde sie erst laut aussprechen können, wenn Violet gegangen war.

* * *

Am Sonntag, als sie mit einem Kaffee vor dem Vardo stand und den Enten beim Fressen zusah, trat Shannon zu ihr.

»Hast du eine Minute?«, fragte sie.

»Klar. Was gibt's?«

»Weißt du, es war immer mein Job, auf andere aufzupassen«, hob ihre Mutter an und rieb mit der Schuhspitze über einen Trittstein. »Nachdem Ma gestorben war, musste ich mich um Violet und den Haushalt kümmern. Sie war ein Säugling und ich erst acht Jahre alt. Viel zu jung, aber so war es eben. Diese Rolle habe ich verinnerlicht. Nach deinem Unfall wollte ich alles von dir fernhalten, was deine Genesung gefährden könnte. Ich dachte, das wäre meine Aufgabe als Mutter.«

»Du bist übers Ziel hinausgeschossen«, sagte Lily mit einem müden Lächeln.

»Mag sein, aber ich habe immer aus Liebe gehandelt.«

»Das weiß ich, Ma, aber darum geht es nicht. Ich bin einfach geschockt, vollkommen irritiert und habe keine Ahnung, was ich jetzt machen soll.«

»Du musst überhaupt nichts machen, Schatz. Nur ein Aspekt deiner Geschichte hat sich verändert, nicht dein ganzes Leben«, bemühte sich Shannon, sie zu besänftigen.

»Wenn sich die Vergangenheit ändert, verändert sich auch die Gegenwart. Habt ihr denn nie versucht, den Vater auf eigene Faust ausfindig zu machen?«

Entsetzt schüttelte Shannon den Kopf. »Natürlich nicht. Was meinst du, was dann in diesem Nest losgewesen wäre? Wir haben niemandem etwas gesagt.«

»Seid ihr erleichtert gewesen, als ich das Kind verloren habe?«

Das Zögern ihrer Mutter bestätigte ihre Vermutung.

Lily knüllte die leere Futtertüte zusammen. »Scheiße!«

»Das verstehst du falsch, Lilian. Wir waren erleichtert, weil du überlebt hast«, sagte Shannon mit eindringlicher Stimme. »Unser Fokus lag voll und ganz bei dir. Wir waren so froh, dass du lebst. Das eigene Kind zu verlieren ist das Grausamste, das ich mir vorstellen kann.«

Die Worte plusterten sich zwischen ihnen auf. *Auch wenn man sich nicht daran erinnern kann?*, wollte Lily fragen, entschied sich jedoch im letzten Moment dagegen. »Kommt Dolores heute eigentlich mit?«, lenkte sie ab und fing an, den Gartenschlauch von der Spule abzurollen.

»Nein, nein. Ich denke, es ist für Violet anstrengend genug, wenn Tiernan mit seiner Tochter vorbeikommt.« Ihre Mutter trat einen Schritt beiseite, damit Lily die Badewanne mit frischem Wasser auffüllen konnte. »Macht es dich traurig zu sehen, dass er jetzt Vater ist?«

»Nicht mal ansatzweise. Es ist total schön, ihn mit Ava zu erleben.«

»Ich dachte nur ...«

* * *

Lily war gerade damit beschäftigt, frisch gewaschene Bettlaken zusammenzulegen und in der Kommode zu verstauen, als es an der Tür klingelte. Mit der Hüfte schob sie die Schublade zu und warf im Vorbeigehen noch einen flüchtigen Blick in den Spiegel, bevor sie öffnete.

Tiernan hatte beide Hände auf die Schultern seiner Tochter gelegt. »Hi Lily.« Sein Lachen klang angespannt. »Sorry, dass wir uns verspätet haben, aber wir mussten noch ein paar Blumen pflücken.«

»Schau mal!« Ava trug einen kleinen Strauß mit Nachtviolen, die abseits der Straße auf den Wiesen wuchsen und vor allem in den Abendstunden einen süßen Duft verströmten – daher ihr Name. Stolz hob sie die Blumen empor.

»Die sind aber hübsch«, sagte Lily und schenkte dem Kind ein liebevolles Lächeln. »Für Violet?«

»Nee, für dich. Violet bekommt nämlich was anderes«, lispelte Ava und drückte ihr den Strauß in die Hand. »Du hast zu Hause nämlich nur Zimmerblumen, sagt Daddy.«

»Stimmt. Vielen Dank, Ava, das ist lieb von dir. Ich weiß gar nicht, wann ich zum letzten Mal selbst gepflückte Blumen bekommen habe.« Lily roch daran, kräuselte die Nase, unterdrückte ein Niesen.

Hinter ihr wurde die Küchentür mit einem schleifenden Geräusch geöffnet. »Oh, endlich lerne ich deine Tochter kennen, Tiernan.« Obwohl man Shannon ansah, dass sie geweint hatte, strahlte sie und beugte sich zu Ava hinab. »Ich habe schon so viel von dir gehört. Ich bin Lilys Mutter. Du kannst Shannon zu mir sagen. Und du bist …«

»Fast sechs schon«, antwortete Ava schüchtern und drückte sich an das Bein ihres Vaters.

Das Lachen tat gut. Shannon überredete das Mädchen, mit ihr in die Küche zu kommen, um in die berühmte Keksdose zu greifen. Lily und Tiernan blieben im Korridor zurück.

»Wie geht's dir?«, fragte er und massierte seine linke Schulter, während er sie mitfühlend anblickte. »Du hast ganz rote Augen.«

»Das ist die Erschöpfung. Die Nächte sind unruhig. Ich schlafe total schlecht, schrecke immer wieder auf und dann schleiche ich mich runter, um einen Blick in ihr Zimmer zu werfen. Gestern saß ich eine halbe Ewigkeit neben ihrem Bett und habe Wache gehalten.«

»Zehrt ganz schön an den Kräften, hm?«

»Es kommen auch wieder andere Zeiten«, sagte sie tapfer. »Heute ist Violet gut drauf. Sie hat sogar zwei Marmeladentoasts gegessen. In winzigen Häppchen zwar, aber immerhin.«

Ehe er etwas erwidern konnte, wirbelte Ava in den Flur und streckte ihnen zwei handtellergroße Cookies entgegen. »Die sind lecker«, sagten schokoladenbraune Zähne. »Aber wenn man zu viele isst, bekommt man einen Zuckerschock oder wie das heißt.«

»So ist es«, pflichtete Shannon ihr bei und trat mit ihrer Handtasche in den Flur. »Ich fahre schnell runter zu Nelly und besuche danach Finoula auf einen Tee. Ihr kommt hier ja ohne mich zurecht.«

Nachdem ihre Mutter die Tür hinter sich geschlossen hatte, deutete Tiernan zum Wohnzimmer. »Es ist so still. Schläft sie?«

»Vorhin war sie wach, aber es könnte sein, dass sie inzwischen wieder eingedöst ist. Violet braucht viel Schlaf im Moment.« Sie bemerkte den ängstlichen Blick, den Ava ihrem Vater zuwarf, und hatte das Gefühl, etwas sagen zu müssen, das der Situation ihre Schwere nahm. »Aber sie weiß ja, dass ihr kommt, und freut sich schon seit Tagen darauf, euch zu sehen. Ich schau mal nach, ob sie wach ist.«

Violet lag eingehüllt in ihren Kaftan auf dem Bett, das Kopfteil war hochgefahren, sodass sie in den Garten blicken konnte. Ein

Lächeln erhellte ihr Gesicht, als sie sich umwandte. »Na, wer ist denn da?«, fragte sie mit einer Stimme, die schon lange nicht mehr so heiter geklungen hatte. »Meine kleine Freundin und ihr Daddy. Wie schön, euch wiederzusehen. Kommt, setzt euch zu mir.«

»Hallo Violet«, sagte er und ließ sich auf einem Sessel nieder.

Ava kletterte auf seinen Schoß und spielte an einem dunklen Armband herum. Schüchtern beäugte sie das Pflegebett, während Tiernan ihr etwas ins Ohr flüsterte. »Ich hab was für dich gebastelt«, erklärte sie und ließ das Armband von ihrem Zeigefinger baumeln.

»Oh, das ist aber lieb.«

»Das ist mit Feenmünzen. Daddy hat Löcher reingemacht und ich hab sie eingefädelt und dann hat Daddy einen Knoten gemacht, damit du es nicht verlierst.«

»Wow. Das ist ja eine wunderschöne Idee«, sagte Lily ergriffen, als sie die versteinerten Seelilien erkannte, die sich auf einer Nylonschnur aneinanderreihten.

Ava rutschte vom Schoß ihres Vaters und näherte sich zögerlich dem Bett. »Willst du's mal anziehen?«

Violet streckte ihren dürren Arm unter der Decke hervor und beobachtete mit bebenden Lippen, wie Ava das Armband über ihre Hand schob. »Du bist ein Goldschatz«, wisperte sie. »Ich danke dir von Herzen.«

»Ich wollte Blumen, aber Daddy hat gesagt, dass du schon genug Blumen hast.«

»Mein ganzer Garten ist voll davon.« Tränen glitzerten in ihren Augen, während sie lächelnd mit dem Zeigefinger über die sternförmigen Fossilien fuhr.

»Dieses Jahr blüht er besonders schön«, meinte Tiernan. »Unten im Dorf sind sie ganz neidisch. Sie sagen, das könne nicht mit rechten Dingen zugehen.«

»Liegt an den milden Temperaturen.«

»Und an deinem grünen Daumen«, ergänzte er.

»Und an den Feen.« Ava zeigte ihr freches Zahnlückengrinsen.

Während sie sich über den Garten unterhielten, zog sich Lily in die Küche zurück, um Tee zu kochen. Ihr Herz war schwer, weil es fast überquoll. Sie fühlte alles gleichzeitig und wusste nicht, wohin mit sich. Das verlorene Baby, der bevorstehende Tod und ihre Sehnsucht nach Tiernan, der sie nicht begegnen konnte, weil ihr Leben kopfstand. Sekundenlang stand sie reglos vor dem geöffneten Kühlschrank und starrte auf ein halb leeres Einmachglas. Jeden Morgen aß Violet ein weiches Toastbrot mit ihrer selbst gemachten Sommerkonfitüre. Wenn dieses Glas leer wäre … Lily verscheuchte den Gedanken und nahm eine Limonade heraus. Als sie mit den Getränken zurückkam, saß Ava mit hochgekrempelten Ärmeln auf dem Bett und präsentierte ein Abziehtattoo. Die Eisprinzessin aus einem Disney-Film zierte ihren dünnen Oberarm.

»Und das geht wirklich wieder weg?«, fragte Violet.

»Wenn man sich wäscht und rubbelt.«

»Deswegen habe ich Ava seit Tagen nicht mehr unter die Dusche bekommen. Sie weigert sich«, erklärte Tiernan amüsiert und griff nach einer Tasse.

»Aber ich will nicht, dass es weggeht. Ich will es für immer behalten.« Schmollend zog Ava die Ärmel ihres Shirts herunter. Ihre wachsamen Augen huschten über den Nachttisch, auf dem einige Medikamente und Spritzen lagen. »Hast du Schnupfen?«, fragte sie und deutete auf ein Nasenspray.

»Das hilft gegen Schmerzen. Wenn ich das Spray nehme, lassen sie mich sofort in Ruhe. Das ist meine kleine Geheimwaffe.«

Nachdenklich zupfte Ava an ihrem Zopf. »Weil du so krank bist.«

»Ja, das ist wahr. Deswegen brauche ich ja auch meinen Gehstock.« Violets Lippen waren ausgetrocknet und spannten sich zu weißlichen Linien in ihrem Gesicht auf, als sie lächelte.

Ava ließ ihre Beine vom Bett baumeln. »Daddy hat gesagt, dass du bald sterben musst.«

Dass diese klaren Worte von einem Kind ausgesprochen wurden, verschlug Lily den Atem. Sie behielt den Tee im Mund, schluckte nicht, verharrte.

»Mhm. Das ist so etwas wie eine Reise«, wisperte Violet. »Wenn ich sterbe ...«

»Dann wohnst du nicht mehr im Schneehaus.«

Langsam schüttelte Violet den Kopf. Für einen Augenblick sah sie zu Lily, dann strich sie mit beiden Händen über die Bettdecke. »Ich muss weiter, auch wenn ich gern noch ein Weilchen bei euch geblieben wäre. So ist es nun mal.«

»Wo gehst du hin?«

»Och, mal sehen, wohin es mich verschlägt.« Ihrer Stimme war anzuhören, wie sehr sie sich anstrengte, um möglichst unbekümmert zu klingen. »So genau weiß ich das nicht, aber ich hoffe, dass ich einen schönen Garten finde, in dem ich ein bisschen malen kann.«

Ava runzelte die Stirn und nagte an ihrem Daumennagel, auf dem noch der Rest eines glitzernden Nagellacks klebte. »Und wann kommst du zurück?«, fragte sie arglos.

Tiernan straffte die Schultern und warf Lily einen hilfe-suchenden Blick zu. Als sie das feuchte Glänzen seiner Augen erkannte, schaffte sie es nicht länger, ihre Tränen zurückzu-halten. Sie starrte in den milchigen Schwarztee und hörte, wie Violet seufzte.

»Ich komme nicht zurück, kleine Ava«, sagte sie behutsam. »Wenn man stirbt, kann man nicht mehr umkehren. Das macht mich zwar ein bisschen traurig, aber ich bin auch sehr glücklich, weil ich dich hier getroffen habe. Weißt du noch, wie du mit den Enten in der Wanne geplanscht hast?«

»Daddy hatte Angst, dass sie mir in den Popo beißen.« Ava gluckste. »Und dann hast du ihn mit dem Wasserschlauch nass gemacht.«

»Da hat er geschimpft wie ein zorniger Kobold«, ergänzte Violet. »Hat ein richtiges Tänzchen aufgeführt.«

»Ich war auf dem Weg zu einem Geschäftstermin und musste mich komplett umziehen«, brummte Tiernan.

»Ach, wir hatten es so schön, wir alle. Unser Lachen, Tage im Garten, zwei Leinwände, die Hände voller Farbe.«

Lily sog die Luft ein, ohne sie wieder auszuatmen.

Liebevoll zwinkerte Violet ihr zu. »Das werde ich nie vergessen. Das nehme ich mit. Diese vielen Glücksmomente, diese wichtigen Winzigkeiten. Das packe ich alles in meinen Koffer.«

Ava angelte die Limonadenflasche vom Tisch und nuckelte am Strohhalm, dann streckte sie den Rücken durch. »Also kannst du gar nicht zu meinem Geburtstag kommen«, stellte sie fest. »Ich krieg eine Torte mit Glitzer, die ist so groß wie ein Autoreifen. Mindestens, sagt Daddy! Ich wollte alle einladen, dich und Lily auch.«

Als sie ihren Namen vernahm, drückte sie sich tiefer in den Sessel und setzte ein maskenhaftes Lächeln auf. Unbemerkt war Lysander ins Zimmer geschlichen. Grazil schlenderte er über den Fenstersims und ließ sich auf einem Sonnenfleck nieder, um aus halb geschlossenen Augen in den Garten zu spähen.

»Äh, Februar«, sagte Tiernan mit belegter Stimme. »Sie hat am elften Februar Geburtstag. Also, falls ihr, also ich meine, falls du …« Seine Augen huschten unstet über die Gesichter, dann senkte er den Kopf. Für einen Moment herrschte betretenes Schweigen.

»Kann ich dich dann noch sehen?«, fragte Ava, ohne den Strohhalm aus dem Mund zu nehmen. Ihr Blick ruhte auf Violet.

»Natürlich, jederzeit. Du machst einfach die Augen zu und denkst an mich. Das reicht schon. Wir sehen uns in unserer Erinnerung.« Ihre zitternde Stimme verdeutlichte, dass sie die Kräfte allmählich verließen und sie um jeden Augenblick kämpfen musste.

Nachdem Ava schlürfend den letzten Limonadenrest aus der Flasche gesaugt hatte, beugte sie sich vor. »Ich hoffe, es ist ganz arg schön dort, wo du hingehst.« Kurz hielt sie inne, dann riss sie die Augen auf und deutete auf das Armband. »Wohnst du bei den Feen?«

»Vielleicht.« Violet hob die Schultern. »Wenn ich sie treffe, erzähle ich ihnen von dir. Und dann schicken wir dir Schnee im Winter und Sternschnuppen in der Nacht. Wie fändest du das?«

»Toll! Wenn man eine Sternschnuppe sieht, darf man sich nämlich was wünschen!«

»Mhm. Ich schicke dir Wünsche, kleine Ava, euch allen.« Als ihre Lider flatterten und Violet tiefer in die Kissen sank, erhob sich Lily. »Es ist an der Zeit«, sagte sie leise und warf Tiernan einen vielsagenden Blick zu.

Seine Augen waren blutunterlaufen, als er zu ihr aufsah. Ein stummes Nicken, dann rutschte er näher ans Bett heran. »Violet …« Mit beiden Händen umschloss er ihre. Sein Atem stotterte, als er Luft holte. »Violet, ich weiß gar nicht, was ich jetzt sagen soll, aber ich danke dir für alles, was du für uns getan hast. Das werde ich nie vergessen und es tut mir so leid, dass wir nicht noch länger … also … Wir hätten noch jede Menge …« Tiernan schüttelte den Kopf, brachte keinen Ton mehr über die Lippen. Tränen hinterließen glänzende Linien auf seinem Gesicht.

»Komm ein bisschen näher«, verlangte sie.

Behutsam schloss er sie in die Arme. Violet umklammerte ihn so fest, als hätte sie Angst, fortzufliegen, sobald sie den Griff lockerte. Lange verharrten sie in dieser Position. Sie flüsterte. Tiernan nickte.

Wie angewurzelt stand Lily vor dem Bett und beobachtete die Szene. Erst in diesem Moment wurde ihr bewusst, wie viel Violet ihm bedeuten musste. Auch Tiernan war mit ihr aufgewachsen, hatte in ihrem Garten gespielt, für einen Fünfer den Vardo ausgemistet, sein Moped in ihrem Atelier frisiert, an ihrem Tisch Hausaufgaben erledigt.

»Daddy ist ganz traurig«, wisperte Ava und schmiegte sich wie ein Kätzchen an ihr Bein. »Und du auch. Und alle hier. Sogar Lysander und die Blumen.«

»So ist das manchmal, wenn man sich verabschieden muss«, erwiderte sie tonlos. Ihr Atem reichte kaum aus für die Worte.

»War das okay?«, fragte Tiernan, während sie nebeneinander auf der Terrasse standen und beobachteten, wie Lysander einer Schnur nachjagte, mit der Ava über die Wiese rannte.

»Es hat mir das Herz gebrochen, aber es war wunderschön. Die Idee mit den Feenmünzen … Wow, das hat mich echt gerührt.«

»Mhm, ich war mir bis zum Schluss nicht sicher, ob es richtig ist, ein fünfjähriges Kind damit zu konfrontieren. Aber erinnerst du dich noch daran, was du mir vor ein paar Tagen gesagt hast? Man stirbt mitten im Leben der anderen. Während ein Leben zu Ende geht, fangen andere gerade erst an, haben noch so viel Zeit, um alles für sich rauszuholen. Ich glaube, es war wichtig, dass Ava sich persönlich verabschieden konnte.«

»Was hat Violet dir eigentlich ins Ohr geflüstert, als ihr euch verabschiedet habt?«, fragte sie und goss den Rest ihres ausgekühlten Tees über die Hortensien.

»Das bleibt ein Geheimnis. Aber du kannst dir sicher sein, dass ich mir ihren Rat zu Herzen nehme.« Tiernan lächelte und in diesem Moment, als seine Augen in der Sonne glitzerten wie Aquamarine, hätte sie ihn am liebsten geküsst. Stattdessen presste sie die Lippen aufeinander und wiegte die leere Tasse in ihrer Hand.

»Erschöpft, hm?« Er streckte den Arm aus und kämmte liebevoll durch ihre Locken.

Wäre sie mutiger gewesen, hätte sie ihm vielleicht erzählt, dass sie Angst hatte. Davor, dass die Liebe unter ihren Fingern zerbröselte und dass alles irgendwann zu Ende ging und sie nichts dagegen ausrichten konnte. »Emotional bin ich ziemlich ausgelaugt«, meinte sie. »Hoch, tief, hoch, tief. Ich komme gar nicht mehr zur Ruhe.«

»Die Ruhe wird kommen, wenn Violet gegangen ist.« Er zupfte einen Kaugummi aus seiner Jeanstasche, wickelte ihn aus dem Papier und teilte ihn mit ihr.

Inzwischen lag Ava im Gras – auf Augenhöhe mit einer Ente. »Die hat ja eine Zunge!«, kreischte sie, als das Tier gähnte.

KAPITEL 17

Am Dienstag kamen Elsie und ihr Vater Mortimer angereist. Der Familienkreis schloss sich um Violet, die nur selten die Augen öffnete. Sie benötigte Sauerstoff durch eine Nasenbrille, verweigerte das Essen und trank von einem Löffel, den man ihr zwischen die Lippen schob.

Nachdem die Palliativschwestern sich liebevoll um sie gekümmert hatten, baten sie die Familie, sich in der Küche zu versammeln.

Lily gelang es kaum, sich auf das Gespräch zu konzentrieren, doch sie erfasste seine Bedeutung: Sterben war ein Prozess, der längst begonnen hatte. Violet hatte es bald geschafft.

Im Schneehaus war es still. Mechanisch bewegten sie sich durch die Räume und lächelten mit zurückgerissenen Mundwinkeln, wenn sie vor dem Pflegebett standen. Ein Ventilator sollte Violet das Atmen erleichtern. Elsie saß bei ihr und ließ den Wind wehen, während sie ein Buch las oder gedankenverloren aus dem Fenster starrte. Shannon befasste sich mit einem Dokumentenstapel in der Küche und Mortimer bereitete ein Mittagessen zu, von dem wohl niemand essen würde.

Vergeblich mühte sich Lily mit einem Auftrag ab. Sie hatte vorgehabt, ihn fertigzustellen, bevor Violet starb, denn sie wusste nicht, ob sie später noch dazu in der Lage sein würde. Doch alles, was sie hinbekam, war eine Übersetzung ihrer Gedanken in einen rasenden Herzschlag.

Die Ruhe im Schneehaus wurde jäh beendet, als Philomena und Dottie mit ihren Yorkshire-Terriern vor der Tür standen, um ihre Cousine ein letztes Mal zu besuchen. Die betagten Damen hörten so schlecht, dass sie sich in einer Lautstärke unterhielten, die das Haus vibrieren ließ. Dazu bellten ihre Hunde, weil Lysander sich auf den Schrank geflüchtet hatte und sie von dort aus taxierte.

Am Nachmittag flüchtete Lily in den Garten, um die Blumen zu wässern. Als sie die Gießkanne in die Regentonne tunkte, tauchte Elsie hinter ihr auf.

»Da bist du ja«, flüsterte sie und streichelte über ihren Rücken. »Pa hat mir auf der Fahrt von deinem Baby erzählt. Ich kann dir gar nicht sagen, wie geschockt ich bin und wie leid es mir tut, Lily. Das muss so ein furchtbares Gefühl gewesen sein.«

»Ist es immer noch.« Sie warf ihrer Schwester einen düsteren Blick zu, dann widmete sie sich den Dahlien. Aus dem Haus vernahm man hysterisches Kläffen, gefolgt von einem scharfen Befehl.

»Ich wäre so gern für dich da gewesen. Warum bist du nicht zu mir gekommen? Ich bin doch deine große Schwester. Du hättest dich mir anvertrauen können, Lily. Ich war und bin immer an deiner Seite. Immer.«

»Das weiß ich doch, Elsie, aber ich kann dir darauf unmöglich eine Antwort geben.« Lily wanderte langsam den Zaun entlang und goss die Blumen. »Mein Gehirn schafft es nicht, die Monate vor dem Unfall zurückzuholen. Woher soll ich wissen, was ich mir damals gedacht habe? Ich kann ja nur auf die Geschichten vertrauen, die man mir erzählt. Den Rest muss ich mir zusammenreimen.«

»Hast du das Gefühl, dass sich jetzt eine Lücke geschlossen hat?«

»Nicht unbedingt. Ich bin durch die Amnesie so abhängig geworden. Andere Menschen entscheiden darüber, wie meine Vergangenheit aussieht. Sie können die Dinge aufbauschen, kleinreden, totschweigen. Andere Menschen bestimmen über richtige Zeitpunkte für die Wahrheit, nicht ich, obwohl es um mein Leben geht. Es war mein Baby.«

»Ich weiß, wie sehr du damit zu kämpfen hast«, lenkte Elsie ein. »Aber vielleicht kannst du Mam und Pa verstehen? Sie wollten dich schützen. Nach dem Unfall warst du so verloren. Wie hättest du auch noch mit einer Fehlgeburt klarkommen sollen?«

Lily wandte sich zu ihrer Schwester um und sah sie eindringlich an. »Niemand muss mich beschützen. Ich bin erwachsen und habe die Fähigkeiten und vor allem das Recht darauf, mich mit meiner Vergangenheit auseinanderzusetzen, findest du nicht? Es gab tausend Gelegenheiten, mir davon zu erzählen, aber nein … Man kehrt alles unter den Teppich, stellt ein paar Blumen drauf und tut so, als wäre alles in bester Ordnung.«

»Mhm, ich verstehe, dass du wütend bist. Wirklich. Ich kann das nachvollziehen, aber ich sehe auch die andere Seite. Niemand wollte dir wehtun. Im Gegenteil. Mam und Pa würden ihr letztes Hemd für dich geben«, beteuerte Elsie. »Ich hoffe, du kannst ihnen verzeihen, Lily.«

Erschöpft ließ sie die Schultern sinken. Sie hatte keine Kraft, wütend zu sein oder einen Groll zu verfolgen, der sie nirgendwo hinführen würde. »Sie sind nicht schuld daran, dass ich das Baby verloren habe. Das zählt für mich. Jetzt muss ich die Enttäuschung ertragen, dass sie mir nicht früher davon erzählt haben, und irgendwie damit fertigwerden. Wenn wir nicht …« Tiernan schweifte durch ihre Gedanken und feuerte ihr Herz an. »Der Unfall hat so viel kaputtgemacht, hat mir so viel weggenommen.«

Mit verschränkten Armen lehnte sich Elsie gegen den Vardo und starrte hinab auf ihre Sandalen. Der Wind bauschte ihren senfgelben Rock auf, fuhr ihr durchs Haar. Sie trug jetzt einen Bob mit kurzem Pony – tiefschwarz und streng. »Und Tiernan war der Vater«, bemerkte sie, ohne den Blick zu heben.

Lily stellte die Gießkanne ab und sah zum Schneehaus, das von der Sonne angestrahlt wurde und im Kontrast zu den Hügeln, die sich dahinter erhoben, wie etwas Ätherisches wirkte – eine Zuflucht für aufwühlende Gedanken.

»Mhm. Er hat mir endlich erzählt, was damals zwischen uns passiert ist«, erklärte sie verdrossen. »Wir hatten eine Beziehung, obwohl das vielleicht nicht der richtige Ausdruck ist. Tiernan war gleichzeitig mit Isabella Castellani zusammen, weswegen niemand davon erfahren durfte, dass er sich auch mit mir getroffen hat. Ich habe brav mitgespielt. Man lässt sich viel gefallen, wenn man verliebt ist, wird so verbissen hoffnungs-voll. Wahrscheinlich habe ich die ganze Zeit geglaubt, er würde sich am Ende für mich entscheiden, aber so war's nicht. Zwei Wochen vor dem Debs hat er mich abserviert. Den Rest der Geschichte kennen wir ja …«

»Er hat Isabella mit dir betrogen? Puh! Das erklärt natürlich deine schlechte Laune damals. Du warst so gereizt. Manchmal habe ich dich weinen gehört, aber du wolltest nie darüber spre-chen. Wir dachten alle, das läge am Prüfungsstress«, ächzte Elsie und lockerte mit den Fingerspitzen ihren Pony auf. »Aber Tiernan? Meine Güte! Warum hat er nach dem Unfall nie mit dir darüber geredet? Das geht nicht in meinen Kopf rein. Er hätte doch einfach den Mund aufmachen und die Sache aus der Welt schaffen können.«

»Na ja, er war damit beschäftigt, gesund zu werden und sein Leben wieder auf die Reihe zu bekommen. Da war kein Platz mehr für mich und meine Fragen. Wir haben uns so weit voneinander entfernt, dass es auch gar keine Möglichkeit mehr gab, die Sache gemeinsam aufzuarbeiten.«

»Aber jetzt, ein Jahrzehnt später, hat Tiernan ausgepackt«, schlussfolgerte Elsie und zog eine zerdrückte Zigarettenschachtel aus der Innentasche ihrer Jeansjacke. »Wie hast du ihn dazu bekommen?«

»Ich habe ihn gefragt«, erwiderte Lily und musste ob der Schlichtheit ihrer Erklärung lachen. »Das habe ich zwar schon früher getan, aber diesmal hat er sich darauf eingelassen. Tiernan lässt mich wieder in sein Leben, ohne dass ich mich dafür ver- biegen muss. Ich kann dir gar nicht sagen, wie glücklich mich das macht. Darauf habe ich so lange gewartet.«

Der Blick ihrer Schwester wurde weicher. »Aber Tiernan weiß nichts von eurem Kind, richtig? Davon musst du ihm noch erzählen.«

»Nein!«, sagte Lily schneller, als sie den Gedanken beenden konnte.

»Warum nicht?«

»Ich will nichts kaputtmachen.«

»Das Argument kann ich nicht nachvollziehen«, meinte Elsie und blies blauen Dunst in die Luft. »Was sollte dadurch kaputtgehen?«

»Die letzten Wochen waren intensiv.« Lily setzte sich auf den Rand der Badewanne und fischte bräunliche Eichenblätter aus dem Wasser. »Tiernan lässt mich ganz nah an sich heran und plötzlich sind da so viele Optionen. Als könnten wir wie- der zu den Menschen werden, die wir früher waren. Ich will die Beziehung nicht belasten.«

»Aber vertiefen, wie es scheint«, vermutete Elsie, ließ sich neben ihr nieder und stieß sie sanft an.

Einige Sekunden verstrichen, in denen Lily ihrem Herzschlag nachspürte, dann hob sie die Schultern. »Nach dem Unfall konnte ich mich nicht mehr richtig spüren. Das lag natürlich an meinem Gedächtnis, aber auch an Tiernan. Ich hab beides verloren. Seitdem ich hier bin, kommt so viel zu mir zurück … Ich erinnere mich wieder daran, wer ich früher gewesen bin.«

Am frühen Abend drückten sie sich nebeneinander aufs Sofa, um bei Violet zu essen. In den wenigen Momenten, in denen sie wach war, schien sie die Gesellschaft ihrer Familie zu genießen. Zwar sprach sie kaum, doch immer wieder ließ sie ein Lächeln durchscheinen.

Schließlich saß Elsie an ihrem Bett und erzählte mit gedämpfter Stimme von der Bienenkampagne. »Diesen Honig habe ich dir von einer jungen Imkerin mitgebracht. Frisch von einem Wolkenkratzer aus London City. Du musst davon kosten, nur ein paar Tropfen, hm?« Elsie hatte Tränen in den Augen, als sie das winzige Glas aufschraubte und Violets Unterlippe mit goldenem Honig betupfte. »Was sagst du?«

Nachdem sie sich über die Lippen geleckt hatte, hüstelte sie verhalten. »Klebt«, hauchte sie.

Sie redeten, als schwebte der Tod nicht im Raum. Sie lachten sogar, doch zwischendurch brach immer wieder die Trauer durch. Dann nahmen sie sich in den Arm und blinzelten die Tränen fort. Lily kam es vor, als hätten alle ihre Masken fallen gelassen, kaum dass sie über die Schwelle des Schneehauses getreten waren. Kein falscher Stolz, keine spitzen Bemerkungen, keine alten Kamellen, die man schon jahrelang in der Hosentasche mit sich herumschleppte und bei jeder Gelegenheit hervorkramte, um sie dem anderen unter die Nase zu reiben – alle spürten, wie kostbar diese Zeit war. Alle wurden weich. Wann hatte sie sich ihrer Familie zuletzt so verbunden gefühlt? Vielleicht nach dem Unfall, als ihnen der Schreck in die Knochen gefahren war und verdeutlicht hatte, wie schnell sich das Blatt wenden konnte.

Als die Nacht aufgezogen war, holte Shannon alte Fotoalben aus dem oberen Schlafzimmer und kuschelte sich neben ihre Schwester ins Bett.

»Komm, Letty, wir blättern ein bisschen durch unser Leben«, flüsterte sie, legte den Arm um Violets Schulter und küsste ihre Wange. Letty. Niemand durfte sie so nennen, nur ihre große Schwester, und die hatte den Namen schon lange nicht mehr in den Mund genommen. Alles hatte sich verändert, seitdem die letzten Tage angebrochen waren.

Kapitel 18

Unverdrossen ging die Sonne hinter den salbeigrünen Hügeln auf und positionierte sich über dem Schneehaus. Im Kamin brannte ein gemütliches Torffeuer – nicht damit es wärmte, sondern zum Knistern und Knacken. Mit routinierter Gelassenheit glitt Lysander ins Haus und spazierte in die Küche, wo sein Fressen schon seit gestern Abend wartete und an den Rändern angetrocknet war.

Im Dorf öffnete der Supermarkt eine halbe Stunde zu spät – wie an jedem anderen Tag, sodass man getrost von Pünktlichkeit sprechen konnte. Der Pub wurde nachlässig feucht gewischt, bevor die ersten Gäste eintrudelten. Ein paar Jungen rannten in Uniformen der St. Joseph Secondary School über die Straße und riefen einander stimmbruchschiefe Schimpfwörter hinterher. Der Fluss rauschte und wirbelte um die Felsen. In der Kirche wurden Rosenkranzperlen zwischen den Fingern bewegt. *Gegrüßet seist du …* Aus den Hügeln wehte ein sanfter Wind und strich durch die Wolle der schwarzgesichtigen Suffolk-Schafe, die sich am Straßenrand zusammendrängten.

Wie an jedem anderen Tag.

Wie an jedem anderen Tag, der sich niemals wiederholen würde und den nur wenige Menschen in Erinnerung behalten konnten, weil er so unaufgeregt zwischen den anderen Tagen stand.

Shannon hatte die ganze Nacht im Wohnzimmer verbracht und sich mit schwarzem Kaffee wach gehalten. Wenn ihr die Atempausen zu lang erschienen waren, hatte sie sich mit rasendem Herzen über ihre Schwester gebeugt. Es war bis zum Morgen gut gegangen.

In der Glaskaraffe auf dem Fenstersims standen sechzehn Blumen.

Violet starb, als Shannon sich für einen Moment in die kalte Morgenluft gestellt hatte, um gegen die Müdigkeit anzukämpfen. Sie starb, als sich der Nebel langsam von den Feldern zurückzog und in den Hügeln waberte. Es war leise vorbeigegangen, dieses Leben.

Als Shannon zurück ans Bett trat, suchte sie vergebens nach einem Herzschlag, nach einem Blinzeln oder einer winzigen Regung. Paralysiert blieb sie neben ihrer Schwester stehen, die Hände in die Decke gekrallt, den Blick starr auf das leblose Gesicht gerichtet. Erst als Lily ins Wohnzimmer schlich, um sie abzulösen, regte sie sich.

»Jetzt ist es wirklich passiert«, flüsterte sie. »Jetzt ist sie wirklich gegangen.«

Violet lag so still da, als wäre sie in einen tiefen Schlaf gesunken. Ihre Gesichtszüge waren entspannt. Wärme und Farbe waren noch da, doch sie pulsierten nicht mehr.

Behutsam strich Lily über die feingliedrigen Hände ihrer Tante. Blumen pflanzen, Schuhe schnüren, Pinsel schwingen, Tränen trocknen und Feenmünzen zählen – das waren Violets Hände. In ihnen lagen sämtliche Erinnerungen und all die Leben, die sie berührt hatte.

Schweigend öffnete Shannon das Fenster, damit die Seele den Weg hinausfand, dann fing sie an, die Spiegel des Hauses zu verhängen, um sie bei ihrer Reise nicht abzulenken. Die Uhren wurden angehalten. Eine Kerze entzündet.

Alles war getan.

Vor dem Fenster zwitscherte ein Rotkehlchen, als Lily sich dicht neben ihre Tante auf den Bettrand setzte. Bilder zogen durch ihre Gedanken und hinterließen warme Spuren auf ihren Wangen. So wie Violet sich in ihren Kaftan eingehüllt hatte, hatte sie auch Lily mit ihrer Liebe eingehüllt. Bei Violet war sie immer geborgen gewesen – genau so, wie sie war. Genau richtig. Nichts auf der Welt konnte sie von diesem Gefühl trennen.

Sie schluchzte leise, als sie mit den Fingern immer wieder durch das weiche Haar ihrer Tante glitt. Violet hätte jede Entscheidung mit ihr getragen, wäre nicht von ihrer Seite gewichen. Das wusste sie. Auch ihr Baby hätte bei Violet ein Zuhause gefunden. Auch ihr Baby.

Mit dieser Gewissheit beugte sie sich hinab, um die kühle Stirn zu küssen. Das war ihr Abschied. Dieser eine Moment, den sie mit blanker Angst erwartet hatte und der nun unumkehrbar in ihr Leben eindrang. Violet fehlte.

»Gute Reise«, flüsterte sie mit erstickter Stimme. »Komm gut an.« *Wo auch immer.* Vielleicht konnte sie daran glauben, was Tiernan ihr über Sternenstaub erzählt hatte.

Lily blinzelte Tränen aus ihren Wimpern. Vielleicht gingen alle irgendwann in den Himmel, um am Ende zusammen zu leuchten.

* * *

Nachdem der Arzt zur Totenschau erschienen war und den Tod attestiert hatte, kamen Emma und Kathleen, die Palliativschwestern, um Violet zu waschen. Sie zündeten Kerzen an und unterhielten sich leise, wodurch die Prozedur beinahe alltäglich wirkte. Wahrscheinlich war sie das auch für die beiden

Frauen, die schon so viele sterbende Menschen auf ihrem Weg begleitet hatten. Ihre Souveränität war tröstlich. Sie brachten Ruhe ins Haus, schafften Ordnung.

»Möchtet ihr, dass wir sie herrichten, oder wollt ihr das übernehmen?«, fragte Kathleen, als sie die Decke über Violet ausbreitete und an den Seiten behutsam unter ihren Körper schob. »Habt ihr vielleicht schon Kleidung ausgesucht, die sie tragen soll?«

»Ich weiß nicht«, murmelte Shannon, spürbar überfordert mit der Situation.

»Wir würden uns gern um sie kümmern.« Lily warf ihrer Mutter einen entschlossenen Blick zu. »Wir machen das zusammen, Mam.«

Es folgte ein schweigsames Ritual. Shannon ölte den Körper ihrer Schwester ein, bevor sie ihn ankleidete – weiße Bluse zu bordeauxfarbenem Rock, darüber der Kaftan, in dem sich Violet so wohlgefühlt hatte. Elsie lackierte ihre Nägel und Lily widmete sich dem friedlichen Gesicht ihrer Tante. Es kam ihr wie etwas Heiliges vor, als sie das Haar frisierte, ein wenig Rouge auf die kühlen Wangen tupfte und ihr Lieblingsparfüm hinter die Ohren sprühte. Zum Schluss legten sie ihr einen Pinsel und zwei Eibenzweige in die Hände – ein immergrünes Gewächs, das bereits bei den Kelten die unsterbliche Seele symbolisierte.

Lange standen sie vor dem Bett und hielten sich im Arm, während sie Violet wie ein Kunstwerk betrachteten. Irgendwann sprang Lysander auf die Matratze und rollte sich am Fußende zusammen.

* * *

Es gab viel zu erledigen. Bis zur Beerdigung würde Violet zu Hause bleiben. Wie es der Brauch verlangte, durfte sie nun nicht mehr allein gelassen werden, weswegen Lily zurückblieb, um bei ihr zu wachen, während ihre Familie ins Dorf fuhr, um die Totenwache vorzubereiten.

»Macht es dir wirklich nichts aus?« Mortimer warf ihr einen prüfenden Blick zu, dann schloss er den letzten Mantelknopf und schob das Tuch vom Spiegel, um sein Aussehen zu kontrollieren. »Wir werden eine Weile unterwegs sein.«

»Schon okay«, erwiderte sie, ohne wirklich überzeugt zu sein. »Ich glaube, die Ruhe tut mir ganz gut.«

In wenigen Stunden würden die Leute aus dem Dorf ins Haus strömen, um ihre Anteilnahme auszudrücken und das Leben zu feiern, das vorbeigegangen war. Man würde sich alte Geschichten erzählen, Musik spielen und auf Violet anstoßen, bis gegen Mitternacht der Priester käme, um eine Andacht abzuhalten und damit die erste Nacht einzuläuten. In der Gemeinschaft fand man Trost, hieß es, aber Lily wusste nicht, wie sie den Tag überstehen sollte.

Das Schneehaus trug ein Totenhemd. Auch davor war es ein leiser Ort gewesen, doch nun herrschte in den Räumen eine so absolute Stille, als hätte auch das Haus seinen letzten Atemzug getan. Keine Stifte, die emsig über Papier kratzten, kein bunt schillernder Kaftan, der um die Ecke flatterte, keine wehmütig seufzenden Treppenstufen. Als Lily mit einem dampfenden Tee ins Wohnzimmer trat, kam es ihr vor, als hätten selbst die Möbel ihren Zweck verloren. Wem diente der alte Schreibtisch, wenn nicht der Künstlerin, die auf ihm ihre Kreativität ausblutete – Strich für Strich? Was sollte die Kommode mit ihren Schubladen anfangen, wenn es niemanden gab, der darin seine Habseligkeiten verwahrte? Was sollte der Spiegel ohne ein Gegenüber? Die Uhr mit ihren Zeigern? Für wen?

Man sollte den Schlüssel umdrehen und das Haus sich selbst überlassen, dachte Lily. Aus Schnee wird Staub, werden silberne Spinnweben.

Ihr Blick huschte über Bücherregale, Kunstdrucke an den Wänden, Skulpturen auf dem Kaminsims, dann drehte sie sich zum Bett um. Erstarrt lag Violet unter der aufgeplusterten Decke. Tränen stiegen ihr in die Augen. So viele »Nie wieder« häuften sich vor ihr an. Nie wieder würde Violet ans Telefon gehen, wenn sie anrief. Nie mehr würde Lily über ihre ironischen Bemerkungen lachen, an ihrer Seite durch Museen spazieren und sich über ihre Teebeutelberge neben dem Spülbecken echauffieren. Violet hatte ihr immer das Gefühl gegeben, alles wäre schon irgendwie in Ordnung – selbst im größten Chaos hatte sie etwas gefunden, woran man sich festhalten konnte. Und jetzt?

Der Verlust legte sich schwarz und schwer auf ihre Schultern. Kraftlos ließ sie sich in den Sessel mit den Löwentatzen sinken. Bleierne Einsamkeit. Ätzende Stille.

Ihr Blick geisterte durch den Raum und fiel auf die Uhr über dem Schreibtisch. Für Violet war die Zeit stehen geblieben. Und für sie selbst?

Mit einem Satz war Lily wieder auf den Beinen und eilte zur Stereoanlage. Dort verharrte sie sekundenlang mit ausgestrecktem Zeigefinger. Ihr stand der Sinn nach Heavy Metal und gregorianischen Chorälen. Sie wollte Mozart und Metallica. Sie wollte sich wie ein Embryo zusammenrollen, auseinanderfallen, sich die Haut vom Leib ziehen, eine Umarmung, die so fest war, dass sie sich selbst spüren konnte. Lily wusste nicht, was sie wollte oder brauchte. Verzweifelt drehte sie sich zum Fenster um und erkannte dahinter eine Gestalt, die im Garten stand und die Dahlien begutachtete. Lily verzog das Gesicht. Arwyn! Sie hatten völlig vergessen, ihn zu informieren, und nun stand er dort, um eine Blume für Violet auszuwählen.

Wie an jedem anderen Tag.

Nachdem sie tief durchgeatmet und sich die Tränen von der Wange gewischt hatte, trat sie hinaus auf die Terrasse.

»Es tut mir so leid, Arwyn«, stieß sie aus.

Nur für den Bruchteil einer Sekunde streifte sie sein Blick, dann nahm er seine Schieberkappe ab und senkte den Kopf.

* * *

Am frühen Abend kamen die Gäste zur Totenwache ins Schneehaus. Sie kondolierten und stellten Gebäckteller, Sandwiches und Obstspieße in der Küche ab, bevor sie ans Bett traten, um sich von Violet zu verabschieden.

Auf der Fensterbank im Wohnzimmer reihten sich Vasen mit Gladiolen, Rainfarn und Dahlien aneinander. Bunt, so wie es Violet gefallen hätte.

Gelegentlich klingelte das Telefon, bis Mortimer es ausstöpselte. Wenn Lily keine leeren Tassen einsammelte, saß sie auf dem Chesterfieldsofa und lauschte den Geschichten. Die meisten Gäste kannten Violet seit ihrer Kindheit und waren mit ihr aufgewachsen, sodass sie viel zu erzählen hatten. Lily sah ihre Tränen, spürte die aufrichtige Trauer und genoss das Lachen zwischendurch. Der Schmerz war präsent, doch er war bittersüß.

Erst nachdem Dolores gegangen war, um auf Ava aufzupassen, stieß Tiernan hinzu. Er war frisch rasiert und vormittags offensichtlich beim Friseur gewesen. An den Seiten war das dunkle Haar raspelkurz, nur auf dem Kopf besaß es sein gewohntes Volumen. Auch wenn sein Gesicht eine gräuliche Farbe angenommen hatte und seine Miene versteinert wirkte, sah er in seinem nachtblauen Jackett außergewöhnlich gut aus. Als er mit einem Glas Whiskey vor Violet stand, trat Lily neben ihn und schlang die Arme um seine Taille, ohne den Blick von ihrer Tante abzuwenden.

»Sie sieht zufrieden aus«, sagte er mit gedämpfter Stimme.

Als die Sonne gegen neun Uhr unterging und einen tiefgoldenen Schleier über das Land legte, ging sie hinaus in den Garten, um die Enten in den Vardo zu treiben.

Im Atelier brannte Licht. Kurz entschlossen klopfte Lily an die Tür, harrte aus, doch niemand antwortete. Plötzlich ertönte ein Schluchzen, das ihr einen eiskalten Schauer den Rücken hinabjagte.

»Arwyn?«, fragte sie und streckte den Kopf hinein.

Er saß in seinem feinen Anzug auf der Werkbank. Staub und Holzspäne klebten an seiner Hose. Als er sie bemerkte, rieb er sich mit beiden Händen übers Gesicht.

»Lily«, knurrte er.

»Störe ich?«

»Aye, tust du, aber es ist vielleicht ganz gut, wenn ich damit aufhöre, mich in Selbstmitleid zu suhlen«, erwiderte er und streckte den Rücken durch. »Hat mich gerade ganz schön umgehauen.«

Ungeachtet ihres Kleides setzte Lily sich neben ihn auf die Werkbank. So saßen sie eine Weile still beieinander. Sie spürte seinen Schmerz, fand aber keine Worte, um darauf zu reagieren.

»Geredet hat sie nie«, hob Arwyn an. »Konnte stundenlang über Kunst philosophieren oder von ihren Reisen erzählen, aber wenn es persönlich wurde … Das hat sie vermieden. Über die wichtigsten Dinge haben wir nie gesprochen. Dabei waren wir in der letzten Zeit … Na, wir waren eben wir.«

»Ihr habt euch geliebt, oder?«

»Auf unsere ganz eigene Art.« Arwyn kramte den Tabakbeutel aus der Innentasche seines Jacketts und fing an, sich eine Zigarette zu drehen. »Unsere Beziehung war immer ein Drahtseilakt. Wunderschön, aber wackelig. Erst zum Schluss haben wir die Balance gefunden, die es gebraucht hätte, um weiterzugehen. Und jetzt ist sie nicht mehr da.«

»Was ist damals denn zwischen euch vorgefallen?«, fragte sie vorsichtig. »Violet hat eure Geschichte zwar mal angerissen, aber mich interessiert deine Perspektive. Du wurdest fortgeschickt, weil du Medikamente geklaut hast, oder?«

»Ach, diese alte Geschichte hat sie ausgepackt?« Er hob seine buschigen Brauen und lachte leise. »Da habe ich mich jedenfalls nicht mit Ruhm bekleckert. So viel steht fest. Bin nicht stolz drauf, aber ich war ein junger Bursche, der Geld sparen wollte, um aus Carraig rauszukommen.«

»Du hast die Medikamente verkauft, oder?«

»Mhm. Es war eine hirnverbrannte Idee. Ich hatte nur meine Träume im Kopf, habe mich nicht darum gekümmert, wie sehr ich meine Eltern beschäme oder deinen Großvater enttäusche. Wäre leicht verdientes Geld, dachte ich. Dein Großvater hatte hier im Atelier seine Praxis, aber das weißt du bestimmt. Violet hat mir abends die Tür aufgeschlossen oder ein Fenster offen gelassen, damit ich einsteigen konnte.«

»Oh! Sie war deine Komplizin? Dieses Detail hat sie mir verschwiegen.«

»Kann ich mir vorstellen«, murrte er und zündete die Zigarette an. »Als ich aufgeflogen bin, wurde ich ins Schneehaus zitiert. Violet hat alles abgestritten und so getan, als hätten wir nicht viel miteinander zu schaffen. Das war hart, denn alles, was wir davor hatten … Ich dachte, so würde sich Liebe anfühlen, wäre bis ans Ende der Welt gegangen, um mit Violet zusammen zu sein. So war ja auch der Plan.«

Überrascht blinzelte Lily ihn an. »Wolltet ihr zusammen weggehen?«

»Och, wir haben ein paar Träume daran verschwendet.« Arwyn grinste auf seine Zigarette hinab, die er zwischen Daumen und Zeigefinger drehte. »Tja, aber dann saß ich in dieser Küche wie im Gerichtssaal. Zur Strafe hat man mich nach Athlone geschickt. Ich habe ihr monatelang Briefe geschrieben.

Geantwortet hat sie nie, und als ich zurück nach Carraig gekommen bin, war sie schon weg. Irgendwo im Ausland.«

»Oh Mann, tut mir leid. Das muss dich so enttäuscht haben.« Lily starrte auf einen zusammengefegten Berg Holzspäne unter der Fensterbank und dachte an den Brief, den ihre Tante mit achtzehn verfasst hatte. Vielleicht war es eine Entschuldigung gewesen. »Hast du sie je gefragt, warum sie nie auf deine Briefe geantwortet hat?«

»Nicht direkt.« Die Asche fiel von seiner Zigarette auf den Boden. »Alles, was man einem anderen zufügt, tut man auch sich selbst an. Das hat sie mir gesagt, als wir an einem guten Tag im Garten saßen. Ich weiß, was sie damit ausdrücken wollte. Das genügt.«

Sein Gleichmut irritierte sie, weil sie an seiner Stelle auf eine Erklärung brennen würde. Vielleicht hatte Violet ihren Brief aufbewahrt. Irgendwo im Schneehaus. Hinter einer Revisionsklappe. Unter den Dielen, hinter einem losen Stein im Mauerwerk.

»Ich hätte auf einer Rechtfertigung bestanden. Man kann einen anderen Menschen doch nicht einfach so stehen lassen und weitermachen, als hätte es ihn nie gegeben.« Lily konnte die Bitterkeit ihrer eigenen Worte schmecken.

»Aye. Du bist in solchen Angelegenheiten sehr hartnäckig. Das kam mir schon zu Ohren. Ist eine gute Eigenschaft, solang man sich nicht die Zähne ausbeißt.« Arwyn ließ den Zigarettenstummel in seine leere Bierflasche fallen, wo er mit einem Zischen erlosch. »Aber ich bin ein Mensch, der die Dinge gern auf sich beruhen lässt. Ich bin nicht nachtragend. Wäre mir viel zu anstrengend, den ganzen Ballast mit mir rumzuschleppen. Wir alle haben unsere Gründe, nicht wahr?«

Nachdenklich blickte sie ihn an und versuchte, in seinem wettergegerbten Gesicht den Jungen zu erkennen, der er früher gewesen war. »Es hat Violet sehr glücklich gemacht, dass du bei ihr warst, Arwyn.«

»Ich hab's ihr gewünscht, weißt du? Dass sie sterben kann«, gab er zu und kratzte sich an der Stirn. »Violet war nur noch ein Schatten, hat sich selbst gewünscht, dass es vorbeigeht. Ich hätte alles getan, damit sie bleiben kann. Ich wollte, dass sie noch ein bisschen Zeit hat, aber nicht so.«

»Nicht als Schatten«, murmelte sie.

Erst kurz vor Mitternacht kam Arwyn zurück ins Schneehaus. Mit einem großen Karton verschwand er in der Küche, um unter vier Augen mit Shannon zu sprechen. Es dauerte lange, bis die beiden wieder ins Wohnzimmer kamen. Sie nickten einander zu, dann stellte sich Arwyn vor das Bett und hob sein Whiskeyglas empor.

Zeit für den letzten Toast.

»Freunde!«, hob er mit rauchiger Stimme an und legte die flache Hand auf seine Brust. »Wir sind heute zusammengekommen, um uns von Violet Sheridan zu verabschieden. In diesem Moment bricht uns das Herz, aber schon bald werden wir die Fülle spüren, die Violet darin hinterlassen hat. Sie war ein sagenhafter Mensch. Humorvoll, klug und so stark, dass ich mir oft die Augen reiben musste, weil ich nicht glauben konnte, welche Kräfte in diesem Geschöpf steckten. Ihre Zeit bei uns ist abgelaufen, während wir noch ein Stück vor uns haben. So ist das Leben, nicht wahr? Irgendwann geht es zu Ende.«

Lilys Gedanken huschten zu den unsterblichen Pantoffeltierchen, glitten zu Tiernan, der im Türrahmen lehnte und sie über die Köpfe hinweg ansah. Ein Lächeln flog über sein Gesicht, das sie mit bebenden Lippen erwiderte.

»Füllt eure Gläser, Freunde«, fuhr Arwyn fort. »Es gibt so viele Geschichten, die sie uns hinterlassen hat, so viele gute,

gute Erinnerungen. Wir werden nicht aufhören, von ihr zu erzählen. Trinken wir auf Violet.«

Nachdem alle ihre Gläser erhoben hatten, nahm er seine Mütze ab und presste sie gegen seinen Bauch. Mit wehmütiger Stimme läutete er den Abschied ein.

Manche weinten. Andere starrten aus dem Fenster, zum Bett, hielten die Augen geschlossen. Es war ein leiser Chor aus engen Kehlen, der *The Parting Glass* sang. Violet hätte diesen Moment in sich aufgesaugt. Unverändert lag sie in ihrem Bett, doch plötzlich überfiel Lily ein eigenartiges Gefühl. Sie erinnerte sich an die verschleierten Skulpturen von Raffaele Monti. Eine menschliche Gestalt – jede Falte und jede Wimper realistisch in Marmor geschliffen – und doch kein Mensch. Ohne Farbe, ohne Wärme. Violet war nicht mehr hier.

Als Lily später auf dem Sofa saß und gerade ihr Handy gezückt hatte, um einer Freundin zu schreiben, sank das Polster neben ihr ein.

Tiernan hob die Mundwinkel zu einem Lächeln, das mühevoll erzwungen wirkte. »Wie geht's dir?«, erkundigte er sich.

Mehr als ein Schulterzucken brachte sie nicht fertig. Den Umständen entsprechend. Sekundenlang gut, dann wieder hundsmiserabel. Lily lehnte sich zurück und schlug die Beine übereinander. »Eigentlich mag ich Totenwachen nicht sonderlich, aber es ist schön zu sehen, wie viele Menschen hierherkommen, um sich von Violet zu verabschieden.«

»Ich war mal bei einer ziemlich schrägen Totenwache in den Wicklows. Da haben sich die Brüder des Verstorbenen unter dem Sarg versteckt. Als die ersten Gäste kamen, haben sie daran gerüttelt und die Leute damit in Angst und Schrecken versetzt.«

»Ach, komm schon …« Entgeistert glotzte sie ihn an. »Das denkst du dir doch nur aus.«

»Nope! Das hat sich so zugetragen«, erwiderte er gelassen und leckte sich Bierschaum von der Oberlippe. »Du weißt doch: Irischer Humor ist nichts für schwache Nerven.«

»Wer war das?«, hakte sie nach. »Wer ist gestorben?«

»Theo. Einer der zwölf Cousins meiner Mutter.« Tiernan schmunzelte. »Wenn er bei der Aktion seiner Brüder noch gelebt hätte, wäre er vor Lachen gestorben. Theo war der Schlimmste von allen und hat immer …« Abrupt verstummte er, als Elsie sich neben ihn aufs Sofa quetschte.

»Störe ich euch?«, fragte sie und zupfte eine Weintraube von ihrem Obstspieß.

»Tiernan hat gerade lustige Geschichten von Totenwachen erzählt.« Lily stieß ihn sanft an.

Als Elsie die Brauen hob, winkte er ab. »Nicht der Rede wert. Nur Unsinn aus der Familie.«

»Apropos. In der Küche ist ganz schön was los.« Elsie verzog das Gesicht. »Mam kann kaum noch die Augen offen halten, während Dottie ihr vorrechnet, wie viel sie für die Urne ihres Hundes hinblättern musste – Primadonna hat nämlich eine Spezialanfertigung bekommen –, und Pa raucht aus dem Fenster.«

»Das klingt einigermaßen fürchterlich. Weißt du, was Arwyn vorhin in die Küche geschleppt hat?«, erkundigte sich Lily.

»Oh, ich dachte, das wüsstest du. Er hat ein Kreuz für ihr Grab gefertigt. Schwarzes Holz, wahnsinnig schöne Schnitzereien. Blumen und so.«

Als Lily den Blick hob, entdeckte sie den alten Mann, der neben dem Bett saß. Eine Hand ruhte auf Violets Schienbein, als wollte er sie festhalten, die andere umklammerte ein Whiskeyglas.

* * *

Um Mitternacht kam Father Quinn, um mit allen Anwesenden den Rosenkranz zu beten. Danach zogen die Gäste als dunkle Prozession ins Dorf hinab. Nur Arwyn, Henry und Tiernan blieben zurück und traten die Nachtwache an.

Das war die erste Nacht, dachte Lily, als sie im Badezimmer stand und ihre Zähne schrubbte. Sie hatte noch keine einzige Nacht auf dieser Welt verbracht, in der Violet nicht gelebt hätte. Morgen würde sie zum ersten Mal ohne sie aufwachen. Ihr Herz zog sich zusammen. Wie oft würde sie plötzlich von dem Gedanken überfallen werden, dass Violet gestorben war? Jedes Mal, wenn sie einen Pinsel in die Hand nahm. Jedes Mal, wenn sie an einem Postkartenständer drehte, durch Museen spazierte oder auf der Getränkekarte einen Daiquiri entdeckte. Eine bittere Pille, die sie schlucken musste, bis sie die neue Ordnung verinnerlicht hatte.

Dumpfe Stimmen drangen durch die Wände, Wasser rauschte in den Leitungen, Dielen knarrten. Elsie spielte an ihrem Handy herum, während Lysander auf ihren ausgestreckten Beinen schlief, und Lily versuchte, sich in ein Buch zu flüchten, doch ihr Blick wanderte immer wieder gedankenverloren zum Fenster.

Im Keller bewahrte Violet unzählige Gläser mit Saatgut auf. Etikettiert in ihrer eleganten Schrift. Lily schlug die Decke zurück. »Muss kurz wohin«, murmelte sie und verschwand aus dem Zimmer.

Drei Gläser, beschriftet mit den magischen Namen *Salvia rosmarinus, Viola gracilis* und *Dianthus caryophyllus*, landeten auf dem Schreibtisch. Lily knipste die Lampe an und verfrachtete ihr Notebook auf die Kommode, dann kramte sie in der obersten Schublade. Das cremeweiße Aquarellpapier war fest und besaß eine schöne Struktur. Lily kontrollierte an einer Ecke, ob die Farbe des Fineliners ausfranste.

»Was machst du da?«, wollte Elsie wissen.

»Ich muss was ausprobieren. Kann sowieso nicht schlafen.«

»Und dazu brauchst du Gewürze?«

»Das ist Saatgut. Rosmarin, Veilchen und Nelken.« Sie ließ sich auf den Stuhl sinken, schnappte sich das *Botanicum Britannia* und weihte ihre Schwester in ihr Vorhaben ein, während sie in dem Buch nach Vorlagen suchte.

Am Anfang flüsterten sie noch miteinander, hörten leise Musik, doch irgendwann arbeiteten sie schweigsam nebeneinanderher. Während Lily winzige Blumen zeichnete, faltete Elsie Tütchen und befüllte sie mit Saatgut.

»Wir lassen etwas wachsen«, sagte sie und lehnte sich zufrieden zurück. »So kann jeder etwas Blühendes mit nach Hause nehmen, das ihn an Violet erinnert.«

»Das würde ihr garantiert gefallen.« Lily vollendete einen schwungvollen Schriftzug und schob das Papier über den Tisch.

»Und wie! Sie würde es lieben«, pflichtete Elsie ihr bei und schenkte ihr ein sanftes Lächeln. »Ach, Lily, was du in den letzten Wochen geleistet hast, ist so bewundernswert. Du hast es einfach durchgezogen.«

»Na ja, ich habe hier kein Wunder vollbracht. Ich war einfach nur da. Die meiste Arbeit haben Kathleen und Emma vom Palliativdienst geleistet.«

»Das sehe ich anders. Du hattest so einen Bammel vor dieser Zeit und bist trotzdem hergekommen. Wir waren alle ganz schön skeptisch am Anfang, weil du …« Elsie verstummte und winkte ab. »Eigentlich weiß ich gar nicht, warum wir gezweifelt haben. Wahrscheinlich weil wir selbst Angst hatten.«

Bedächtig strich Lily über das Papier, während Bildsequenzen der letzten Wochen durch ihren Kopf schossen. Ein ausgemergelter Körper, eisblaue Augen und Feenmünzen. Ölkreide auf ihren Fingerspitzen, der glänzende See und Kalenderblätter mit fremden Skizzen. »Dass ich hierhergekommen bin, war keine

Aufopferung, für die ich Applaus und Dankbarkeit erwarte«, erklärte sie. »Die Zeit habe ich auch für mich selbst gebraucht. Ich bin nicht mehr dieselbe Person, die vor ein paar Wochen in Belfast ins Auto gestiegen ist.«

»Sondern?« Elsie nestelte eine Zigarette aus der Schachtel, mit der sie sich ans geöffnete Fenster stellte.

»Es ist so, wie ich es dir im Garten gesagt habe. Im Grunde bin ich natürlich kein anderer Mensch, aber es fühlt sich an, als wäre ich mir hier selbst über den Weg gelaufen. Ich mache wieder Kunst, verbummle Zeit mit Tiernan und weiß endlich, was vor dem Unfall passiert ist.«

»Das hast du echt gebraucht, was?« Elsie blies Rauch in die Luft. »Aber jetzt stehst du da mit dieser Erkenntnis, dass Tiernan dich nicht wollte und du am Ende sogar dein Baby verloren hast. Meine Güte, dein Kind wäre heute schon zehn Jahre alt, Lily.«

»Nicht so laut. Tiernan darf davon nichts mitbekommen.«

Elsie setzte sich auf den Fenstersims und warf ihr einen kritischen Blick zu. »Ich versteh dich einfach nicht. Es ist doch kein Verbrechen, schwanger zu sein und eine Fehlgeburt zu erleiden. Du hast keine Schuld daran.«

»Ich weiß«, sagte Lily und löste das Papier vom Block. »Aber es gibt kein Baby mehr. Es ist nur noch eine Anekdote.«

»Ist es nicht. Tiernan hat selbst eine Tochter. Er weiß, was es bedeutet, und deswegen hat er auch ein Recht darauf ...«

»Nein«, unterbrach sie ihre Schwester. »Ich entscheide, wer von meinem Baby erfährt. Und ich entscheide auch, wann ich davon erzähle. Das gehört mir. Das Baby. Das ist meins.«

»Leg die Karten auf den Tisch«, sagte Elsie mit ungewohnter Strenge. »Ich kenne Tiernan schon mein ganzes Leben lang und ich bin überzeugt, dass er das total gut aufnehmen wird. Die Sache schweißt euch nur noch enger zusammen, und das willst du doch.«

»Ich will vor allem nicht mehr darüber sprechen, okay? Violet ist heute gestorben, Elsie. Ich habe ganz andere Dinge im Kopf«, murrte sie und gab vor, die Tütchen zu zählen, während ihre Gedanken um die Crannóg kreisten. Sollte sie ihrer Schwester beichten, dass sie kurz nach ihrem sechzehnten Geburtstag mit Conor geschlafen hatte, und ihr im selben Atemzug eröffnen, dass es womöglich ein zweites Mal passiert war, sodass er der Vater ihres Kindes sein könnte? Es war unwahrscheinlich, aber nicht unmöglich. Zwar ließ sich der Zeitraum bestimmen, in dem sich die Zeugung vollzogen hatte, nicht jedoch das exakte Zeugungsdatum. Nein, nein, nein. Sie würde behaupten, dass Tiernan der Vater war, bis es sich nach einer unumstößlichen Wahrheit anfühlte. Was hatte Violet immer gepredigt? *»Erzähl die Geschichten, die du selbst gern hören würdest.«* Damit hatte sie sich zwar auf Kunst bezogen, aber am Ende waren Lebensgeschichten auch nichts anderes.

Schwarze Tinte blutete ins Papier, wurde zu einem hässlichen Fleck. Unwirsch knüllte Lily das Papier zusammen und schmiss es in den Mülleimer.

Elsie schloss das Fenster und ließ sich wieder auf ihren Stuhl sinken. »Es ist deine Angelegenheit, Lily. Da sollte sich niemand mehr einmischen. Das haben sie lange genug getan«, lenkte sie ein und griff zur Schere, deren Klingen mit einem schleifenden Geräusch auseinanderglitten. »Weißt du, was ich dir noch erzählen wollte? Kurz bevor ich abgefahren bin, habe ich jemanden kennengelernt. Er heißt Max, macht irgendwas mit jüdischer Kulturgeschichte und hat die schönsten Augen der Welt. Ernsthaft. Solche Augen habe ich noch nie bei einem Menschen gesehen.«

Lily sah Tiernan vor sich und spürte, wie ihr Herz sofort leichter wurde, dann konzentrierte sie sich wieder auf die haarfeinen Striche, mit denen sie eine Nelke zeichnete.

* * *

Tief in der Nacht schlich sie in die Küche, um Tee zu kochen. Durch die Ritzen der Wohnzimmertür strahlte Licht in den Korridor. Jemand schnarchte.

Sie angelte zwei Tassen aus dem hintersten Eck des Schranks und nahm den Kessel vom Herd – immer noch warm. Als sie ihn mit Wasser füllte, öffnete sich eine Tür. Schlurfende Schritte. Sie wusste, dass es Tiernan war, ehe er in die Küche trat.

»Hallo du«, flüsterte er und lehnte sich gegen den Kühlschrank. »Schlaflos?«

»Mhm. Und du?«

»Ist doch mein Job. Arwyn macht ein Nickerchen auf dem Sofa und Pa ist gerade rüber, um Karten zu holen, damit wir eine Partie spielen können. So langsam wird es hart, sich die ganze Zeit wach zu halten.«

»Danke, dass ihr das macht.«

»Ehrensache«, erwiderte er und zupfte an einem Geschirrtuch, das über dem Griff des Backofens hing. »Das ist mein letzter Dienst für Violet. Seit Wochen weiß ich, was passieren wird, aber jetzt kommt's mir vollkommen surreal vor, dass sie tot ist.«

»Mir auch. Bevor ich hierhergekommen bin, dachte ich, dass der Tod gar nicht zu Violet oder zu diesem Haus oder überhaupt zum Leben passt. Tod passt zu Fachbüchern, Filmen und Friedhöfen. Aber jetzt, nachdem ich hautnah erlebt habe, wie Violet damit umgegangen ist, sehe ich die Dinge anders. Dort, wo ganz viel Leben ist, muss zwangsläufig auch ganz viel Tod sein. Und vielleicht ist der Tod auch gar kein Feind, der uns auflauert, sondern eher ein Freund, der uns mitnimmt. So wie man uns als Kinder ins Bett getragen hat, weil wir auf dem Sofa eingeschlafen sind. Und während du wieder eindöst, hörst du deine Eltern aus dem Wohnzimmer lachen. Das ist ein total schönes Gefühl. Du bist nicht mehr dabei, aber es ist okay, weil du viel zu müde bist. Vielleicht hat es sich so angefühlt, als Violet … Ich hoffe …« Lily verstummte, als sich ihre Kehle zusammenschnürte, dann deutete sie auf den brodelnden Kessel. »Willst du Tee?«

»Nee, danke. Habe schätzungsweise schon zehn Tassen Kaffee intus«, sagte er und massierte seinen Nacken. »Bleibst du eigentlich noch eine Weile? Also, hier in Carraig. Oder düst du gleich weiter?«

»Nach der Beisetzung muss ich mal wieder nach Hause. Meine Zimmerpflanzen lassen bestimmt schon die Köpfe hängen«, scherzte sie mit einem matten Grinsen.

Du musst mit ihm reden. Lily goss heißes Wasser in die Tassen, während sie den Gedanken abschmetterte, dann trat sie zum Kühlschrank.

Tiernan machte keine Anstalten, zur Seite zu weichen. »Ich fänd's echt schön, wenn du bleiben würdest.« Erst in diesem Moment wurde sich Lily seiner Nähe gewahr. Tiernan stand vor ihr, nur eine Handbreit entfernt, und fesselte ihren Blick. »Könnte mich dran gewöhnen, dich hier zu haben.«

Die Luft flirrte. Ihr Herz hämmerte heftig gegen ihren Brustkorb, als sie daran dachte, wie sie sich geküsst hatten. Erst vor ein paar Tagen, doch es kam ihr vor, als wären seither Jahre vergangen.

»Tiernan«, murmelte sie und löste sich aus ihrer Starre. »Die Milch …«

Er rückte gerade so weit zur Seite, dass sie die Kühlschranktür aufziehen konnte. Sein forschender Blick haftete an ihr, als sie Milch in den Tee goss.

Lily griff nach den Tassen und wandte sich zum Gehen um. »Elsie wartet oben«, sagte sie hölzern. »Wir sehen uns dann morgen früh.«

Tiernan versperrte ihr den Weg, als sie an ihm vorbeihuschen wollte. Sanft legte er eine Hand auf ihre Wange. »Alles wird gut. Das fühlt sich jetzt noch nicht so an, aber du kommst da durch.«

Seine Stimme ließ ihre Anspannung verpuffen. Ergeben schloss sie die Augen, nur für einen Atemzug, dann drückte sie ihre Lippen in seine Handfläche.

»Gute Nacht«, flüsterte sie und verließ die Küche.

KAPITEL 19

Schweigend folgten sie dem Sarg, der von sechs Männern ins Dorf hinabgetragen wurde. Während der Prozession starrte Lily auf ihre Füße, hob kein einziges Mal den Blick. Steine knirschten, Menschen schniefen und der Wind säuselte so wehmütig aus den Hügeln, als würde er Violet genauso sehr vermissen.

Auch im Kirchenschiff konzentrierte sich Lily viel mehr auf den Blumenschmuck und ihre Hände als auf das Meer aus Gesichtern. Sie fühlte sich merkwürdig leer. Neben ihr wippte Elsie mit den Füßen, zerknüllte Shannon ihr Taschentuch. Wie versteinert saß Lily da und wartete auf den Beginn des Requiems. Sie presste die Lippen aufeinander, taxierte das ausgefranste Band, das aus einem Gesangbuch baumelte, und die vom vielen Knien abgewetzte Bank.

Erst als Lily den Blick auf das Porträt richtete, von dem Violet ihr entgegenlächelte, löste sich etwas in ihr. Sie weinte lautlos, während Orgelklänge die Kirche erfüllten, Father Quinn vor den Altar trat und der Chor mit dem Introitus einsetzte. Auch als der Sarg mit Weihwasser bespritzt wurde und alle sich erhoben, weinte sie noch.

»Herr, erbarme dich unser«, murmelte sie im gemeinsamen Gebet, dann flüchteten ihre Gedanken. Sie fragte sich, wer sich um Lysander kümmern würde, ob das Holzkreuz der Witterung standhielt und ob die Tütchen mit den Samen für alle Gäste ausreichen würden. *Wie hätte ich mein Kind genannt?* Noch nie hatte sie darüber nachgedacht, doch jetzt wirbelte ihr die Frage durch den Kopf. Vielleicht Violet, wenn es ein Mädchen geworden wäre. Vielleicht wie der wichtigste Mensch in ihrem Leben. Sie dachte an die letzten Skizzen, die sie vor dem Unfall angefertigt hatte. Eine Verschmelzung zweier Gesichter. Tilly. Hatte sie damals – schwanger und im höchsten Maß verzweifelt – an ihrem Schreibtisch gesessen und gezeichnet, um zu einer Entscheidung zu finden?

Eine klamme Hand legte sich auf ihr Knie und holte sie zurück ins Kirchenschiff. Shannon blinzelte sie aus blutunterlaufenen Augen an.

»Wo Blumen blühen, werdet ihr mich finden. Das könnte der Leitspruch von Violets Leben gewesen sein«, sagte Father Quinn und deutete auf das Porträt. »Violet war kreativ und liebte die Natur in ihrer ganzen Vielfalt, mit all ihren Geheimnissen. Hingebungsvoll hat sie ihr Paradies gepflegt. Sie müssen schon zugeben: Nirgendwo blühen Blumen schöner als dort. Bei meinem ersten Besuch im Schneehaus führte mich Violet durch ihren Garten. Sie zeigte mir Lichtnelken, Kornraden, Moosröschen und viele andere Pflanzen, deren Namen ich vergessen habe. Irgendwann blieb sie stehen und sagte etwas, das mir jedoch sehr deutlich in Erinnerung geblieben ist: ›Du setzt einen Samen und wässerst ihn. Verborgen in der Erde entsteht etwas Neues, etwas Lebendiges, das ans Licht drängt. Irgendwann brechen die Triebe durch. Irgendwann werden aus Knospen duftende Blüten. Eine Weile kannst du dich an ihrer puren Kraft erfreuen, doch dann bemerkst du, wie welk die Blume wird. Sie verliert ihre Farben und sinkt langsam in sich zusammen, bis sie selbst wieder zu Erde geworden ist. So betrachte ich das Leben, Father. Wir kehren dorthin zurück, wo wir hergekommen sind – in diesen kosmischen Kreislauf.‹ Für mich ist es der Schoß Gottes, in den wir alle zurückfinden. Violet hatte andere Vorstellungen und darüber haben wir jeden Mittwoch sehr angeregt diskutiert. Auch das war eine ihrer Eigenschaften: Sie war immer mit Herzblut bei der Sache. Violet war so kunterbunt wie ihr Garten, warmherzig, hoffnungsvoll. Bis zum Schluss konnte sie sich diese Haltung bewahren. Hinter ihr blüht es her, weil sie uns mit ihrem Wesen berührt hat. In Dankbarkeit werden wir uns daran erinnern, wer sie für uns war.«

Alle erhoben sich zur letzten Segnung. Father Quinn entzündete Weihrauch, dann ging er langsam um den Sarg herum und schwenkte das Rauchfass. *In Paradisum* ertönte von der Empore, Taschentücher wischten über feuchte Wangen. Es war vorbei.

In einem schleppenden Rhythmus schritt der Trauerzug zum Grab, das unter Weiden in einer ruhigen Ecke des Friedhofs lag. Weihwasser, Weihrauch und Gebete. Langsam wurde der Sarg hinabgelassen, während die Glocken läuteten und Vögel in den Bäumen sangen. Als würde man einen Samen setzen, dachte Lily und umklammerte die Hand ihrer Schwester noch fester.

Ein Schäufelchen Erde, dann ein Moment der Stille. Feuchte, beherzte, kalte oder schlaffe Hände – dazu mitfühlende Worte, manchmal eine Umarmung. Die Familie hatte sich vor dem Grab aufgereiht und nahm die Kondolenzen entgegen. Lily ließ alles über sich ergehen, ohne wirklich anwesend zu sein. Erst als sie aus dem Augenwinkel eine kleine Gestalt wahrnahm, schärften sich ihre Sinne. Ava war in der Masse aus dunklen Kleidern und Anzügen ein erfrischender Farbklecks. Sie trug einen Fischgrätenzopf und dribbelte in einem Blumenkleid neben Tiernan her über die Wiese.

Sein Gesicht war das Tröstlichste, was sie heute gesehen hatte. »Lily«, sagte er mit rauer Stimme, als er vor ihr stand. »Es tut uns sehr leid.«

»Ich bin ganz traurig«, wisperte Ava und schlang ihre Arme um Lilys Hüfte.

»Ich auch.« Mit den Fingern fuhr sie durch das seidige Haar, streichelte über schmale Kinderschultern und kämpfte mit den Tränen. Das Gewicht ihres Verlusts wog schwerer, wenn andere Menschen daran Anteil nahmen und ihr vor Augen führten, was sie verloren hatte.

Nachdem Ava sich von ihr gelöst hatte, griff Tiernan nach ihrer Hand. »Ich bin für dich da. Das weißt du doch, oder?«, fragte er und sie nickte, weil sie keinen Ton über die Lippen brachte.

»Und ich hab was für dich gemalt.« Ava nestelte an der kleinen Tasche herum, die sie über der Schulter trug. Der Verschluss klemmte.

»Später, Schatz. Da warten noch so viele Leute, um Lily die Hand zu geben. Du kannst ihr dein Bild geben, wenn wir im Schneehaus sind.«

Doch Ava ließ sich nicht beirren und zog schließlich ein zerknittertes Papier aus ihrer Tasche, das sie Lily triumphierend entgegenstreckte. Blumen mit kreisrunden Blüten und menschenähnliche Figuren, die zwischen den Stängeln standen.

»Das sind die Feen im Garten«, wisperte Ava und angelte währenddessen ein Perlenarmband aus ihrer Tasche. »Und das schenke ich dir auch noch.«

»Das sind ja Feenmünzen.« Mit feuchten Augen lächelte sie das Mädchen an. »Hast du das gemacht?«

»Daddy hat gesagt, dass du dich freust, weil Violet auch eins hat.«

»Vielen Dank, Ava«, flüsterte sie und zog das Armband über ihr Handgelenk. »Das bedeutet mir unglaublich viel. Du glaubst gar nicht, wie ich mich darüber freue.«

»Aber du bist auch ganz arg traurig.«

»Das stimmt. Ich bin beides.«

Ava betrachtete sie stirnrunzelnd, doch dann nickte sie und schob ihre kleine Hand in die ihres Vaters. Statt Worte tauschten sie einen langen Blick, bevor er beiseitetrat, um Dolores und Henry vorzulassen.

* * *

Es war eine Kunst, in den dunkelsten Momenten etwas Helles aufflackern zu lassen. Zu lachen, selbst wenn Tränen in den Augen standen. Die Atmosphäre im Schneehaus war seltsam beschwingt und erweckte den Anschein, als wären alle erleichtert, das Zeremoniell durchgestanden zu haben. Im Garten führte Ava gerade Handstandüberschlag vor, während Shannon im Wohnzimmer von den beruflichen Erfolgen ihrer Schwester schwärmte und dabei die Bücher präsentierte.

»In ihrem Kopf gab es noch so viele Geschichten, die sie erzählen wollte, deswegen hat sie den Pinsel einfach nicht loslassen können. Bis zum Schluss hat sie sich damit abgemüht.«

»Woran hat sie denn zuletzt gearbeitet?«, erkundigte sich Dolores und deutete zum Schreibtisch, auf dem neben einer Servierplatte mit leicht angebrannten Scones immer noch die Zeichenblöcke lagen.

Lily drückte den Rücken durch und beobachtete, wie ihre Mutter mit den Fingerspitzen über die Skizzen strich.

»Hunde, wie es scheint, zottelige Hunde.«

Lily verbesserte sie nicht, erwähnte mit keiner Silbe, dass sie die Entwürfe angefertigt hatte, um sie am Computer versuchsweise zu vektorisieren. Merkte ihre Mutter nicht, dass die

Skizzen in einem ganz anderen Stil gezeichnet worden waren? Sie hatte Tusche verwendet, keine hauchdünnen Fineliner wie Violet. Ihre Zeichnungen waren schemenhafter, besaßen weniger Details.

»Tja, nun hat Violet ihre letzte Geschichte erzählt«, stellte Philomena fest und reckte den Kopf empor, um aus dem Fenster zu spähen. »Ich erinnere mich noch gut daran, wie sie mit ihrer Leinwand stundenlang im Garten saß und versucht hat, irgendwelche Lichtstimmungen einzufangen. Diese Selbstvergessenheit … In derselben Zeit hätte ich alle Fenster geputzt und das Bad neu verfliest.«

»Weil du eine Sauberkeitsfanatikerin bist.« Dottie zwinkerte ihrer Schwester liebevoll zu. »Violet war eben aus anderem Holz geschnitzt. Sie hat sich gern mit Dingen befasst, die unsereins als gegeben hinnimmt oder überhaupt nicht bemerkt. So hat jeder seine Qualitäten.«

»Wohl wahr.« Mit spitzen Fingern nahm Philomena ihre Brille ab und blinzelte, als hätte sie etwas im Auge. »Sie war speziell, ein sanftes Wesen im Grunde, auch wenn sie hart im Nehmen war, muss man sagen. Anders kommt man ja nicht durchs Leben. So ist es doch. Man muss schon was aushalten können.«

Behutsam unterbrach Shannon den Wortwechsel ihrer Cousinen, indem sie ihnen das Tablett mit den Scones unter die Nase hielt. Lily nutzte das Vakuum und flüchtete in die Küche. Auch wenn die Geschichten unterhaltsam waren, konnte sie es kaum ertragen, andere über Violet sprechen zu hören. Sie wollte mit ihren Erinnerungen allein sein, schloss die Tür und schaltete das Radio ein.

»Guten Abend, Beara, du wilde Schönheit«, säuselte die Moderatorin, als die letzten Takte eines überdrehten Popsongs verklungen waren.

Zehn Minuten später trat Father Quinn in die Küche, als Lily gerade ellbogentief im Spülbecken hing, um ein Tablett abzuspülen.

»Ich habe etwas für Sie«, sagte er und lehnte die Tür an. »Eigentlich sollte ich die Briefe erst übermitteln, wenn ein bisschen Ruhe eingekehrt ist, aber in Ihrem Fall wollte Violet nicht, dass ich länger warte.«

Er sah sie so vielsagend an, als besäße er Kenntnis über ihre tiefsten Geheimnisse.

In Ihrem Fall. Lily ließ den Spülschwamm ins Wasser fallen. »Sie hat mir einen Brief geschrieben?«, fragte sie irritiert und trocknete die Hände nachlässig an einem Geschirrtuch ab.

Der Father nickte und nestelte in der Innentasche seines Sakkos herum, bis er ein zerdrücktes Kuvert daraus hervorzog.

Mit klammen Fingern griff sie danach und starrte auf die ausladenden Schwingungen der Buchstaben.

»Vielleicht lesen Sie ihn in einer ruhigen Minute. Gerade haben Sie ja alle Hände voll zu tun«, sagte er und deutete auf das Geschirr, das sich neben dem Spülbecken auftürmte. Mit der Schuhspitze rieb er über die Fliesen, als wollte er eine Schmutzschicht davon entfernen. »Wissen Sie, ich habe Ihre Tante sehr geschätzt. Sie war so unkonventionell in ihren Gedanken, so erfrischend kreativ. Der Austausch mit ihr wird mir sehr fehlen. Daher kann ich mir gut vorstellen, wie es Ihnen jetzt gehen muss.«

Ihre Kehle hatte sich zugeschnürt, ließ kein Wort raus, nur wenig Luft rein. Lily klammerte sich an dem Brief fest.

»Ich mache mich jetzt auf den Weg«, erklärte er. »Wenn Sie mal jemanden zum Reden brauchen … Meine Tür steht immer offen. Bis bald, Lilian.«

Reglos blieb sie in der Küche zurück. Menschen murmelten im Korridor, die Klospülung wurde betätigt, jemand lachte. Sollte sie auf einen ruhigen Moment warten, um den Brief zu lesen? Ihre Augen huschten über den Geschirrberg, dann zum Fenster. Hinter den salbeigrünen Hügeln ballten sich Wolken zusammen. Vielleicht würde es heute noch regnen. Vielleicht drehte der Wind. Das Papier klebte an ihren feuchten Händen. Lily zog den Stöpsel und ließ das Wasser gurgelnd im Abfluss verschwinden, dann eilte sie hinauf ins Schlafzimmer.

Noch ehe sie den Brief aus dem Kuvert gezogen hatte, kamen die Tränen. Vornübergebeugt kauerte sie auf dem Bett und starrte auf das akkurate Schriftbild ihrer Tante.

> *Meine liebe Lily,*
> *die Sonne steht tief und scheint ins Zimmer,*
> *direkt auf meinen Schreibtisch. Im ganzen Haus*
> *riecht es nach den Croissants, die Du vorhin*
> *gebacken hast. Es ist ganz still, nur Lysander*
> *schnurrt gemütlich auf der Fensterbank.*
>
> *Die Tage ziehen träge auf, aber die Jahre*
> *fliegen vorbei. Ich höre dem Vertröpfeln meines*
> *Lebens zu wie einem Wasserhahn, der langsam*
> *zugedreht wird. Damit habe ich mich arrangiert,*
> *doch manchmal überfällt mich eine kalte Angst*
> *vor dem Vergessen. Was ist, wenn ich vergessen*
> *habe, Dir noch etwas Wichtiges mitzugeben? Was*
> *ist, wenn Du nie davon erfährst? Doch dann*
> *besinne ich mich und mir wird klar, dass wir das*
> *Wesentliche immer miteinander geteilt haben.*
> *Alles, was ich Dir sagen könnte, trägst Du längst*
> *in Dir. Trotzdem schreibe ich diese Zeilen und*
> *ich hoffe, Du fühlst Dich von mir umarmt, wenn*
> *Du sie liest.*
>
> *Was sagt man zum Schluss, wenn es keine*
> *Gelegenheit mehr gibt, um sich zu korrigieren,*
> *um noch etwas hinzuzufügen? Wie schreibt man*

einen Brief, den man nie schreiben wollte? Ich könnte Bilder malen und hoffen, dass Du sie verstehst, aber ich möchte eindeutiger sein.

Weißt Du eigentlich, wie leicht mein Herz wird, wenn Du mich anlachst und für einen kurzen Augenblick das Mädchen durchscheint, das früher neben mir durch den Garten gestiefelt ist, um die Feen zu besuchen? In den letzten Wochen habe ich diese kleine Lily oft erleben dürfen und dabei wurde mir bewusst, wie sehr ich sie vermisst habe – wie sehr Du sie selbst vermissen musst. Ich kann Deinen Schmerz spüren, selbst wenn Du lachst oder so ruhig über die Vergangenheit sprichst, als hättest Du sie hinter Dir gelassen. Die Vergangenheit tragen wir in Koffern mit uns herum. Manche sind fest verschlossen, manche springen wie von Geisterhand immer wieder auf und andere öffnen wir ganz bewusst, um uns die Erinnerungen anzusehen, die wir in ihnen gesammelt haben. Ganz egal, welche Koffer es sind – wir tragen sie.

Ich weiß, wie tief sich dieser furchtbare Unfall in Dein Leben gegraben hat. Du trägst diese Wunden und versuchst, Dich vor neuen Verletzungen zu schützen, indem Du Dir ein dickes Fell zugelegt hast. Aber wärmt es Dich wirklich oder hält es nur den Wind davor ab, zu Dir durchzudringen? Ich denke, die Kunst des Lebens besteht darin, trotz seiner Härte offen und weich zu bleiben. Hast Du je versucht, mit einem harten Pinsel zu malen? Man bekommt scharfe Umrisse hin, aber um sie mit fließenden Farben auszufüllen, braucht man einen weichen Pinsel, der sich den

Bewegungen anpasst. Das wünsche ich Dir – eine Weichheit, die Schwingungen aufnimmt, und ein Herz, das mit all den schauerlich schönen Erfahrungen ausgefüllt ist, die Dir zeigen, dass Du lebendig bist.

Wenn Du diesen Brief liest, wirst Du bereits die Wahrheit kennen. Du weißt, dass Du schwanger warst und Dein Kind verloren hast, als Ihr verunglückt seid. Es war nicht richtig, dass wir uns so viele Jahre in Schweigen gehüllt haben, anstatt Dir von Deinem Baby zu erzählen und Deine Reaktion auszuhalten. Das habe ich viel zu spät erkannt. Ich hoffe, Du kannst mir verzeihen, denn es tut mir von ganzem Herzen leid.

Im Moment musst Du wahnsinnig viel ertragen und ich wäre gerne geblieben, um für Dich da zu sein. Uns beiden fällt dieser Abschied schwer, aber er ist unausweichlich und wir müssen uns damit abfinden. Ich verspreche Dir, dass es mit der Zeit leichter wird. Was auch immer die Trauer in Dir bewegt – lass die Gefühle einfach kommen und halte Dich an jemandem fest, der Dich wärmt.

Vielleicht tröstet Dich die Vorstellung, dass ich nun frei bin. Für mich gibt es keine Schmerzen mehr, keine Angst, kein banges Warten, nur ein grenzenloses Licht. Vielleicht finde ich hinter den Sternen eine neue Welt. Wäre das nicht schön? Betrachte mich bitte als einen zufriedenen Menschen. Ich hatte genug Zeit, meinen Frieden zu machen und den Tod

*zu akzeptieren. Ewigkeit ist eben nichts, was in
diese Welt gehört. Wir sind nur ein Moment,
aber zwischen Anfang und Ende haben wir ein
ganzes Leben.*

    *In unseren Erinnerungen bleiben wir beide
verbunden. Ich wechsle die Räume, Lily, aber ich
bleibe Dir ganz nah. Ich gehe nicht weit weg, bin
Dir nur ein paar Schritte voraus.*

    *Eure Liebe hat mich immer getragen, trägt
mich über den Tod hinaus, und dafür kann ich
Euch gar nicht genug danken. Am Ende wird
das Leben daran gemessen, wie viel Herz man
hineinlegen konnte.*

    Meins ist bei Euch.

    Violet

Danach hatte sie mit blauem Kugelschreiber noch ein paar
Worte hinzugefügt. Die Schrift war krakeliger, die Zeilen krum-
mer. Sie wurden vermutlich erst später aufgeschrieben.

    *Und als er auf dem höchsten Hügel stand, der
Wind in sein Fell griff und das Lied der Wölfe
erklang, verstand Faolán, wie gut es war, etwas
zum Verlieren zu haben.*

Ihr Herz pochte heftig, ihre Atmung war flatterig und das
Papier in ihren Händen zitterte. Immer wieder überflog sie die
Zeilen. Sie verfolgte die feinen Linien, wiederholte in Gedanken
einzelne Sätze und stellte sich dabei vor, wie Violets Stimme
geklungen hatte. Sie sah ihr Gesicht vor sich, als sie den Brief
schließlich unters Kopfkissen schob.

    Schwerfällig stand Lily auf und trat ans Fenster.

Und als er auf dem höchsten Hügel stand …

Ihr Blick war tränenverschleiert, sodass Sträucher und Bäume zu einem grünen Meer zerflossen. Die Mascara brannte in ihren Augen. Sie war zwar wasserfest, aber nicht gegen die vielen Tränen gewappnet, die Lily heute vergossen hatte. Mit dem Zeigefinger fuhr sie vorsichtig über ihren Wimpernkranz und betrachtete die schwarzen Krümel, die nun daran klebten.

Selbst durch die geschlossene Tür vernahm sie das Knarzen der Treppenstufen, dann ein leises Klopfen an ihrer Tür. Lily schwieg, rührte sich nicht von der Stelle.

»Kann ich reinkommen?« Im selben Moment wurde die Klinke hinabgedrückt und Tiernan trat ein. Er schloss die Tür hinter sich und lehnte sich mit dem Rücken dagegen.

»Hier hast du dich also versteckt. Ich hab dich gesucht«, sagte er und hob eine dampfende Tasse empor. »Möchtest du Tee? Hat zwar zu lange gezogen, aber dafür ist er schön kräftig, und du siehst aus, als könntest du was Kräftiges vertragen.«

»Nein, danke. Ich weiß gar nicht …«

Tiernan stellte die Tasse auf dem Schreibtisch ab, dann trat er vor sie und nahm ihr Gesicht in die Hände. Mitfühlend schaute er sie an, doch Lily schaffte es nicht, seinen Blick zu erwidern, sondern starrte auf seinen gestärkten Hemdkragen. Sie stellte sich vor, wie sie aussehen musste. Verschmiert und verquollen. Ihre Lippen bebten unkontrolliert, brachten es nicht fertig, Wörter zu formulieren. Sie wollte ihm erklären, wie einsam sie sich vorkam, weil niemand je verstehen würde, was Violet ihr bedeutete. Sie konnte es selbst nicht benennen, fühlte sich unwirklich inmitten der Realität und hing zwischen den Zeilen des Briefes fest.

»Du kommst da durch«, versprach er. »Es bleibt nicht immer so wie jetzt.«

Seine Stimme kroch tief in sie hinein. Für einen Augenblick wurde es ganz still um sie herum, dann küsste Tiernan ihre Stirn und ihre feuchten Wangen, ihre Lippen. All das geschah mit einer ernsthaften Ruhe. Schließlich umarmte er sie wie etwas Zerbrochenes, das er zusammenhalten musste, damit es nicht auseinanderfiel. Lily vergrub ihr Gesicht an seiner Halsbeuge. *Petrichor* nannte man den Geruch nach einem Sommerregen, der aufgeheizte Erde durchfeuchtete. Dieser Duft würde sie immer an Tiernan erinnern. Am liebsten hätte sie sich mit ihm unter einer Decke verkrochen und ihn eingeatmet, bis die letzten Gäste gegangen waren. Sie wollte in seinen Armen einschlafen und erst wieder aufwachen, wenn der Schmerz verebbt war. Dann würde sie ihm vielleicht von dem Brief erzählen. Vielleicht auch davon, dass sie ihr Kind verloren hatte. Sein Kind. Selbst die Erinnerung daran.

»Da-ddy!« Erschrocken lösten sie sich voneinander und starrten zur Tür.

»Aye!«, rief er. »Bin gleich da!« Tiernan strich fahrig über sein Hemd, dann zupfte er den Kragen zurecht. Ein Lächeln huschte über sein hitziges Gesicht, als sich ihre Blicke begegneten.

»Was ist mit dir?«

»Ich warte noch einen Moment«, sagte sie und erwiderte sein Lächeln.

»Okay, also …« Er zögerte.

»Wo bist duuuu?«, brüllte eine Kinderstimme, schrill und ungeduldig. »Wo bist duuuu? Wo bist duuuu?«

»Puh, sie steckt in einer Endlosschleife fest. Das kann ewig so weitergehen, wenn ich nicht sofort komme«, stellte Tiernan fest und schlüpfte aus dem Zimmer.

Mit ihm verschwand die Wärme. Wann sollte sie ihm sagen, dass sie schwanger gewesen war? *Ich könnte Dir Bilder malen und hoffen, dass Du sie verstehst,* hatte Violet in ihrem Brief geschrieben. Auch Lily würde lieber malen, als dieses Gespräch führen zu müssen. Sie ließ sich auf die Matratze sinken und griff zu dem Buch, das auf dem Nachttisch lag. Zwischen den Seiten steckten das Polaroid und das Ultraschallbild, dann fiel ihr Blick auf das Armband aus Feenmünzen. Für einen Augenblick stellte sie sich vor, Ava wäre ihr Kind, dann schüttelte sie den Kopf und klappte das Buch zu. Ihr Kind war tot.

Nachdem Lily eine Runde durchs Haus gedreht hatte, um leere Gläser einzusammeln, machte sie sich in der Küche nützlich. Ihre Gefühle spielten verrückt und ihre Gedanken waren ein Gewirr, aus dem sie nichts herausfiltern konnte.

Als sie ins Wohnzimmer trat, entdeckte sie Ava, die mit Dolores auf dem Sofa saß und in einem Bilderbuch blätterte – *Oíche, das Wolfsmädchen*. Ausgerechnet Oíche.

Lily schnappte sich ihr Handy vom Kaminsims und durchquerte den Raum. Keine Anrufe, keine Nachrichten. Die Terrasse war glücklicherweise verwaist. Sie wollte die Zeit nutzen, bevor jemand auf die Idee kam, frische Luft zu schnappen, eine rauchen zu gehen oder die Blumen zu bewundern. Erschöpft ließ sie sich auf die Bank sinken. Ein paar Minuten verstrichen, in denen sie ziellos durchs Internet scrollte und belanglose News überflog.

Plötzlich wurde ihr Blick von einer Gestalt abgelenkt, die über die Wiese auf sie zusteuerte. Im Schatten der Bäume hatte sie Tiernan überhaupt nicht bemerkt. Noch bevor er die Treppe erreicht hatte, erkannte sie das Grinsen, das sein Gesicht erhellte. Es machte den Anschein, als hätte er etwas ausgeheckt.

»War gerade beim Vardo, um das Material zu prüfen«, eröffnete er das Gespräch. »Ist ganz schön verwittert, aber eine Fahrt sollte der Wagen noch überstehen.«

»Eine Fahrt? Wo-wohin?«

»Zu mir. Wenn ihr keine anderen Pläne habt, ziehe ich den Wagen rüber, dann können die Enten bei uns rumschnattern.«

Lily fummelte die Spange aus ihrem Haar und entwirrte mit den Fingern ihre Locken, sodass sie ihr leicht über die Schulter fielen. »Ehrlich gesagt, weiß ich noch gar nicht, was mit den Enten passieren soll. So weit haben wir noch gar nicht gedacht.«

»Dein Vater schon. Er will sie braten, hat er vorhin gesagt.«

»Ach, darauf darf man nichts geben. Das meint er nicht so«, amüsierte sie sich.

»Aber ich mein's so. Wir kümmern uns gern um die Enten. Was sagst du? Bekomme ich dein Okay?«

Ihr Blick flog zum Vardo mit den hübschen Laubsägearbeiten. Es wäre bestimmt in Violets Sinne, wenn sich Tiernan um ihre Enten kümmerte. »Wäre toll, wenn sie bei euch ein neues Zuhause fänden.«

»Und du? Ich meine, was machst du, wenn das alles vorbei ist?« Tiernan ließ seine Frage beiläufig klingen, versenkte die Hände in den Hosentaschen und rieb mit der Schuhspitze über die erste Treppenstufe.

»Aufräumen vermutlich.«

Aus dem Haus drang die Stimme ihrer Mutter. Der Lampenschein hinter den Fenstern malte quadratische Lichtflecken auf die Terrasse, sodass sie aussah wie ein Schachbrett.

»Mhm. Für uns wird's langsam Zeit. Ich sammle jetzt Ava ein und bringe sie rüber, damit ich sie ins Bett verfrachten kann.« Tiernan stieg die Treppe empor. Als er direkt vor ihr stand und ihren Blick einfing, lag wieder dieser verbindliche Ausdruck auf seinem Gesicht. »Du kannst jederzeit kommen, Lily. Wenn du jemanden zum Reden brauchst oder einfach nur Gesellschaft beim Schweigen willst. Ich bin da.«

»Danke.« Weil sie ihn nicht einfach gehen lassen wollte, legte sie die Hand auf seinen Unterarm und drückte ihn sanft. »Ich muss abwarten, wie sich der Abend entwickelt und ob man mich hier noch braucht. Vielleicht wird es nicht allzu spät und dann …«

»Sehen wir uns vielleicht«, ergänzte er. Ehe er im Haus verschwand, küsste er ihre Stirn.

Kapitel 20

Nachdem Tiernan mit Ava aufgebrochen war, verabschiedeten sich auch andere Gäste, sodass am Ende nur noch ein kleines Grüppchen übrig blieb. Lily setzte sich mit einer Tasse Tee neben Arwyn. Seine Augen waren rot und wässrig, sein Gesicht kalkweiß. Am liebsten hätte sie ihm versprochen, dass er das Atelier weiterhin nutzen könne und im Schneehaus immer willkommen wäre, aber zu diesem Zeitpunkt wusste niemand, was mit dem Haus geschehen sollte. Also blieb sie stumm.

Die Gespräche waren zu einem dumpfen Geräuschteppich verebbt. Shannon kauerte erschöpft in einem Sessel und kraulte Lysander, während sie mit leerem Blick aus dem Fenster starrte. Mortimer ging mit einem Tablett herum und verteilte Sandwiches.

Da verkündete Elsie mit glühendem Blick in die Runde: »Ihr erratet nicht, was ich gerade gefunden habe.« Sie schob eine Kassette in den Slot des Videorekorders und hob die Fernbedienung empor. »Violets vierzigster Geburtstag! Da haben wir gleichzeitig die Veröffentlichung von einem ihrer Bücher gefeiert. Wisst ihr noch?« Das Bild flimmerte, wackelte durch den Korridor, dann erschien ein verrauschtes Frauengesicht.

Als Violet der Kamera ein Backblech mit Keksen präsentierte, stand Lily auf. »Ich bin oben«, murmelte sie.

Im Zimmer angekommen, spielte sie kurz mit dem Gedanken, einfach ins Bett zu gehen, damit der Tag endlich endete, doch sie wusste, dass es morgen nicht besser werden würde. Violet fehlte überall und dieses Gefühl würde bleiben. Auch morgen und an allen Tagen, die folgten.

Nach einigen Verrenkungen gelang es ihr, den Reißverschluss im Rücken ihres Etuikleides zu öffnen und sich aus dem Stoff zu pellen. Katzenwäsche im Bad, Puder auf ihr glänzendes Gesicht, Parfüm hinter die Ohren und ein langer Blick in den Spiegel. Sie sah aus, wie sie sich fühlte. Ihr fehlte etwas. Nachdem sie in eine Jeans und ihren Lieblingspullover geschlüpft war, stapfte sie die Treppe wieder hinunter. Im Wohnzimmer wurde gelacht. Immer noch lief das Video von diesem Geburtstagsfest. Gerade erklärte eine vertraute Jungenstimme, dass man Torte in einzelnen Schichten essen müsse. Alles andere sei nur undefinierbare Pampe. »Du bist ja ein richtiger Gourmet«, kicherte ein Mädchen.

Auch Lily musste grinsen, als ihr Blick auf den Fernseher fiel und sie sich darin selbst erkannte. Einträchtig saß sie neben Tiernan, der damals noch Zahnspange und einen Pilzkopf getragen hatte. Das war wirklich lange her.

»Elsie, kommst du mal kurz?« Sie winkte ihre Schwester in den Korridor.

»Was gibt's?«

»Ich glaube, es würde mir guttun, mal rauszukommen, deswegen würde ich jetzt ein bisschen zu den O'Boyles gehen, also zu Tiernan.«

»Ah, wie schön!« Elsie betrachtete sie für einen Augenblick, dann lehnte sie sich mit verschränkten Armen gegen den alten Buffetschrank. »Soll ich Mam sagen, dass du spazieren gegangen bist?«

»Du musst keine Ausrede erfinden. Sag ihr einfach, dass ich Tiernan besuche, wenn sie nach mir fragt. Ist doch nichts dabei.«

Ihre Schwester kräuselte die Nase, verkniff sich aber einen Kommentar, auch wenn Lily ahnte, dass er ihr auf der Zunge brannte. »Okay«, sagte sie stattdessen. »Macht's euch schön. Ich schaue derweil mit den Herrschaften unsere alten Videos.«

Die Nacht war kühl und windig. Leise zog sie die Tür hinter sich zu, dann schlich sie ums Haus. Was sie gerade noch abgetan hatte – *Ist doch nichts dabei* –, verwandelte sich nun in eine Anspannung, die bis in ihre Fingerspitzen kribbelte. Es hatte nicht lange gedauert, bis Tiernan wieder zu dem Menschen geworden war, von dem sie sich trösten lassen wollte. Nach so vielen Jahren, trotz der Probleme und verschwiegenen Wahrheiten.

Lily zwängte sich zwischen den Eiben durch und betrat das Anwesen der O'Boyles. Im Schein des Vollmondes besaß alles einen silbernen Schleier. Das große Wohnhaus stand dunkel vor ihr. Auch im Gartencottage brannte kein Licht. War Tiernan schon schlafen gegangen? Vielleicht hätte sie sich telefonisch anmelden sollen, immerhin waren inzwischen bestimmt zwei Stunden vergangen, seitdem er sich von der Trauerfeier verabschiedet hatte. Lily stapfte über die Wiese, bis sie vor der Tür stand. Zaghaft klopfte sie an, dann drückte sie ihr Ohr gegen das Holz. Nichts. Da Ava vermutlich längst schlief, wollte sie nicht klingeln, also zückte sie ihr Handy. Es dauerte nur wenige Sekunden, bis er ranging.

»Ich stehe vor deiner Tür«, flüsterte sie.

»Oh, Moment. Bin gleich da.«

Im Innern des Hauses wurde eine Tür geöffnet, dann näherten sich Schritte.

»Lily! Schön, dass du gekommen bist.« Auf eine Krücke gestützt stand er vor ihr. Die Ärmel des weißen Hemdes hatte er hochgekrempelt, die oberen Knöpfe geöffnet. Er streckte die Hand nach ihr aus und zog sie zu sich heran, um sie zu umarmen. »War ein langer Tag, hm? Wie geht's dir?«

»Ich … ich schwanke«, murmelte sie, weil ihr keine bessere Beschreibung einfiel. Tatsächlich fühlte es sich an, als würde sie über ein Seil balancieren. Noch gelang es ihr, sich oben zu halten, doch sie strauchelte und wartete nur darauf, das Gleichgewicht zu verlieren.

Tiernan drückte sie fester an sich. »Du bist tapfer, warst schon die ganze Zeit so verdammt stark.«

»Violet …« Der Name ihrer Tante war so voller Leben, dass sie ihn kaum aussprechen konnte. Tränen stiegen ihr in die Augen und höhlten ihre Stimme aus, sodass sie völlig kraftlos klang. »Sie hat's mir leicht gemacht. Sie hat immer alles leicht gemacht. Das war so ihre Art.«

»Mhm. Violet hat immer etwas gefunden, um die Stimmung aufzulockern. Ihre Scherze werden mir echt fehlen, diese Leichtigkeit.«

Vorsichtig löste sie sich aus seiner Umarmung. Als sie ihn ansah, konnte sie nicht anders, als zu lächeln.

Tiernan stieß mit der Krücke sanft gegen die Tür, sodass sie ins Schloss fiel. »Komm, Lily. Ich mache uns jetzt erst mal einen Drink. Oder willst du lieber Tee?«

»Ich nehme, was du nimmst.«

»Whiskey?« Er warf ihr einen zweifelnden Blick zu, dann lachte er. »Ich mixe dir was Besonderes. Wirst du garantiert mögen. Warte ab.« Noch immer trug er seine Anzughose, hatte aber das linke Hosenbein über seinem Stumpf verknotet.

»Was ist denn mit deiner Prothese?«, erkundigte sie sich, während sie ihm durch den Korridor folgte.

»Hab ich ausgezogen. Auf dem Sofa brauch ich das Teil ja nicht. Ist bequemer so.«

»Und Ava …«

»War so müde, dass sie auf dem Heimweg beinahe auf meinem Arm eingeschlafen wäre«, erklärte er und betrat die Küche. »Konnte ihr gerade mal zwei Sätze unserer Gutenachtgeschichte vorlesen, da war sie schon weg.«

»Wie nimmt sie's auf? Den Tod, meine ich.«

Ein versonnenes Lächeln lag auf seinen Lippen, als Tiernan sich zu ihr umdrehte. »Sie wartet auf Sternschnuppen. Die hat Violet ihr doch versprochen.«

Lilys Unterlippe zuckte. Sie schaffte es dennoch, sein Lächeln zu erwidern. »Stimmt«, flüsterte sie. »Das war richtig schön.«

»Heute wollte sie wissen, was die Sterne eigentlich machen, wenn die Sonne scheint. Ob sie trotzdem leuchten. Wie bei dieser Frage nach dem Kühlschranklicht«, erzählte er, während er vor seinem hell erleuchteten Kühlschrank stand. »Ava stellt unglaublich viele Fragen, will alles ganz genau wissen.«

»Was hast du ihr über die Sterne gesagt?« Lily kämmte mit den Fingern durch ihre Locken, während sie dabei zusah, wie er verschiedene Flaschen auf dem Tisch platzierte.

»Ich kam ganz schön ins Schwitzen. Erst wollte ich ihr etwas Hochkompliziertes über Leuchtkraft und Entfernungen erzählen, aber dann hat sich Ava die Frage selbst beantwortet, weil ihr mein Gestammel wohl zu lange gedauert hat.« Tiernan schnalzte mit der Zunge, dann reichte er ihr seine Krücke, damit er sich mit beiden Händen an die Arbeit machen konnte. *»Also wenn ich ein Stern wär, würde ich immer leuchten«*, zitierte er seine Tochter.

»So würde ich es auch machen«, schmunzelte Lily und spürte im selben Moment, wie etwas Leichtes durch ihre Brust flatterte.

»So, jetzt hätten wir alles.« Tiernan warf eine Limette in die Luft und fing sie mit der anderen Hand auf. »Wir nennen den Drink übrigens *Lily's Lullaby* und garnieren ihn für gewöhnlich mit einer Seerose. Das ist ein absoluter Klassiker in unseren Breitengraden.«

»Mit einer Seerose, ja?« Nonchalant setzte sie sich auf einen der Küchenschränke und schlug die Beine übereinander. »Klingt nach einem außergewöhnlichen Drink.«

»Ist er auch. Den mag ich am liebsten. Schon immer eigentlich. Ich hab nur …« Tiernan hielt inne. Seine Miene wurde schlagartig ernst. »Ich hab nur lange nicht kapiert, wie sehr.«

»Na ja, manchmal braucht's eben ein bisschen«, erwiderte sie zögernd. Ihre Wangen brannten, weil sie ahnte, dass er unbemerkt das Thema gewechselt hatte.

Aufmerksam beobachtete sie ihn, als er die Limette aufschnitt, über einem Glas ausdrückte, Flüssigkeiten abmaß und Rohrzucker in den Drink rührte. Man sah ihm an, dass er trainierte. Der Stoff seines Hemdes spannte über den Schultern, seine Unterarme waren muskulös und sehnig. Lily dachte an den Kuss im Schneehaus und das Fragezeichen, das seither zwischen ihnen stand. Ihre Freundschaft schillerte, wenn man sie ins Licht hielt, sodass man sich nie ganz sicher war, welche Farbe sie besaß. Nur eins war klar: Es gab keinen anderen Menschen, bei dem sie jetzt lieber wäre. Was würde passieren, wenn sie ihr Geheimnis zurück in die rote Geldkassette legte und dort vergaß? Könnte sie darüber schweigen und sich stattdessen auf dieses Flirren in der Luft konzentrieren? Als ihr sein Blick begegnete, glaubte sie daran.

Nachdem er sich einen Whiskey eingegossen und Eiswürfel in die Gläser gefüllt hatte, trat er so nah an sie heran, dass ihre Knie beinahe seine Oberschenkel berührten. »Lass uns auf Violet anstoßen! Auf die guten Jahre!«

»Und auch auf die schlechteren«, ergänzte sie leise. »Auf ihr Leben!«

Sie nippte an ihrem Drink. Im ersten Moment zog sich ihr Mund durch die Säure zusammen, doch dann entfaltete sich eine holzige Süße und das Mandelaroma des Amarettos trat in den Vordergrund. Sie hob ihr Glas empor. »Hast du gut gemacht.«

»Mhm, danke. Du auch.« Er stellte seinen Whiskey neben dem Spülbecken ab. »Mit Violet, meine ich. Du warst da, als es schlimm wurde. Du hast dich nicht gedrückt, obwohl es tausend Gründe dafür gegeben hätte. Das sagt jede Menge über dich aus.«

»Über unsere Beziehung«, sinnierte sie. »Wenn man jemanden liebt, bleibt man.« Mit feuchten Augen starrte Lily auf die Limettenscheibe, die zwischen den Eiswürfeln schwamm. Sie dachte an den Brief unter ihrem Kopfkissen. Vergebens versuchte sie, sich seinen Inhalt ins Gedächtnis zu rufen. Sie erinnerte sich nur noch an die Gefühle, die sie beim Lesen überwältigt hatten – schwankend zwischen Glück und schierer Verzweiflung. Diese Worte hatte Violet ihr hinterlassen, damit sie davon ein Leben lang begleitet wurde, weil Violet nicht mehr ...

Plötzlich legten sich kräftige Hände auf ihre Schultern und rissen sie aus ihren Gedanken. Tiernan atmete tief durch, als würde er zu einem Wort ansetzen, sagte aber nichts. Während ihre Blicke ineinanderflossen, wanderten seine Hände hinauf zu ihrem Hals und verharrten dort, als wüssten sie nicht weiter. Und sie? Ihr Herz pochte so kräftig, dass die Trauer schlagartig in den Hintergrund gerückt war. Stattdessen sah sie Tiernan vor sich, erkannte in ihm alles, was sie vermisste.

»Für mich ist das so ...« Sie verstummte. Eigentlich wollte sie ihm sagen, wie viel es ihr bedeutete, bei ihm zu sein, doch ehe sie sich sammeln konnte, lehnte er sich vor und strich mit seinen Lippen behutsam über ihre. Lily hielt den Atem an, nur für einen Augenblick, dann schlang sie die Arme um seinen Hals, um den Kuss zu erwidern. Tiernan küsste sie mit einer hingebungsvollen Ruhe – so wie er alle Dinge tat, die ihm etwas bedeuteten. Ein Schauer erfasste sie, als er unter ihren Pullover glitt, um sie zu streicheln. Alles wurde wärmer und heller, vor allem das Gefühl in ihrer Brust. Während sie sich küssten, erfüllte sie eine unerklärliche Zuversicht. Sie wusste nicht, was das bedeutete, hatte nur eine vage Ahnung, aber Tiernan küsste sie, als würde er sie lieben. Gerade war diese Vorstellung alles, was sie brauchte.

Sie zog sein Hemd aus dem Hosenbund und öffnete für einen Moment die Augen. Als ihr Blick von den Kinderbildern am Kühlschrank abgelenkt wurde, hielt sie inne.

Tiernan nahm ihr Zögern sofort wahr. »Alles okay?«

»Mhm.« Sie lächelte. »Aber vielleicht sollten wir nicht unbedingt hier sein.«

»Nicht?« Zweifelnd hob er die linke Augenbraue.

Hintereinander pirschten sie die enge Treppe hoch, huschten durch den Korridor und schlüpften in sein Schlafzimmer, drehten den Schlüssel im Schloss. Lily ließ den Blick durch den Raum schweifen. Auf dem Stuhl unter dem Fenster lagen Kurzhanteln, über der Lehne hing ein Wollpullover, der warm und kuschelig aussah. Taschenbücher stapelten sich in Holzkisten aufeinander, die als Regale an der Wand angebracht waren. Das Bett war zerwühlt.

»Gemütlich hast du's hier«, sagte sie und wandte sich zu ihm um. In ihrer Stimme schwang die gleiche Unsicherheit mit, die sie in seinen Augen zu erkennen meinte. Ihr Herz schlug nun so heftig, dass sie es hören konnte. Als säße es in ihrem Kopf.

Tiernan stand immer noch vor der Tür und massierte sein Genick. »Vielleicht wirkt das jetzt pietätlos«, hob er an und trat auf sie zu. »So ist es natürlich nicht gemeint, aber ich hatte die ganze Zeit nur Augen für dich. In der Kirche und später im Schneehaus. Ich wollte nichts forcieren, nicht heute, und auch grundsätzlich nicht, aber … Ich hab echt eine Schwäche für dich, Lily, und das ist ziemlich überraschend, weil ich jahrelang …«

»Nicht so viel reden«, flüsterte sie und legte ihre Lippen auf seine.

Während sie sich küssten, bewegten sie sich auf das Bett zu, unterbrachen den Kuss nur kurz, als Lily aus ihrem Pullover schlüpfte. Die Krücke fiel mit einem dumpfen Schlag zu Boden.

Seine Berührungen waren zärtlich und unterstrichen die Wärme in seinem Blick, doch die meiste Zeit hielt Lily die Augen geschlossen. Sie versank in ihren Gefühlen. Endlich war Tiernan zurück in ihrem Leben. Endlich. Sie spürte, wie er die Lücken ausfüllte – nicht perfekt, aber perfekt genug, um in diesem Moment so weich und glücklich zu sein, dass sie ihm alles von sich geben wollte. Als er ihren Namen wisperte, nah an ihrem Ohr, wäre sie am liebsten in ihn hineingekrochen.

»Der Tag hat so düster angefangen, aber du machst daraus etwas Wunderschönes.« Lily legte beide Hände auf seine Wangen.

»Wir«, präzisierte er und schlang einen Arm um ihre Taille, um sie wieder zu sich zu ziehen. Ihr Atem wurde flacher, ihre Küsse verlangender.

Manchmal wusste sie nicht, ob es seine Hände oder seine Lippen waren, die sie berührten. Es kam ihr vor, als würden sich ihre Körper wie im Tanz miteinander bewegen. Obwohl ihre Sinne geschärft waren und ihr Herz vor Aufregung pochte, fühlte sich alles so natürlich an, als hätten sie sich schon tausendmal geliebt. Vielleicht war das eine Erinnerung an die Liebe, die sie damals geteilt hatten. Lily verlor ihr Zeitgefühl. Alles konzentrierte sich auf diesen einen Moment mit seinem ausströmenden Atem an ihrem Hals, Händen auf ihrer Haut und seinen Augen, die sie immer wieder einfingen, wenn ihre Gedanken abzuschweifen drohten. Vergessen war so leicht.

Das Fenster stand offen, ließ kühle Nachtluft ins Zimmer wehen. Halb zugedeckt lagen sie auf dem Bett und atmeten die Glut aus. Lily kuschelte sich tiefer unter die Decke und legte ihren Kopf auf seine Brust, in der sein Herz immer noch heftig pochte. Wie früher, als sie ihre Fingerlängen miteinander verglichen hatten, drückten sie auch jetzt ihre Handflächen aneinander und lächelten, als hingen sie derselben Erinnerung nach.

»Ich muss dir noch was sagen«, hob er an und küsste ihre Stirn.

»Oh, heute kann ich nichts mehr verkraften. Ich bin total ausgepowert.«

»Es ist nämlich so«, fuhr er unbeirrt fort. »Ich habe eine echte Abneigung gegen Belfast entwickelt. Gegen die Wohnung, in der du lebst, deine Nachbarn und Freunde, sogar gegen deine Zimmerpflanzen. Bekomme direkt schlechte Laune, wenn ich nur daran denke.«

Lily lachte hell auf. »Aber du kennst sie doch gar nicht.«

»Darum geht es ja. Das gehört alles zu einem Leben, das überhaupt nichts mit mir zu tun hat. Und das stört mich. Ist das egoistisch?«

Ihr Puls schoss wieder in die Höhe. »Ein kleines bisschen vielleicht.«

»Aye. Vermutlich ist es das auch«, räumte er ein und verschränkte die Arme im Nacken. »Du bist in meinem Leben ja auch jahrelang nicht mehr in Erscheinung getreten. Es war so, als würden wir auf zwei unterschiedlichen Inseln leben. Du im Pazifik, ich im Atlantik. Aber seitdem wir beide wieder hier sind … Da ist nicht nur sexuelle Energie zwischen uns, Lily, nicht nur irgendein körperliches Verlangen, das man beliebig befriedigen könnte. Dafür sind wir uns emotional viel zu nah. Also stellt sich die Frage: Was machen wir daraus?«

Und plötzlich – wie auf Knopfdruck – wurde ihr Herz schwer wie Blei. Ein verlorenes Kind, von dem er noch nichts wusste, und eine romantisch eingefärbte Freundschaft, die sie keinesfalls verlieren durfte. »Das wird sich zeigen«, wich sie aus.

»Was soll das denn heißen?« Tiernan bedachte sie mit einem argwöhnischen Blick.

»Ich weiß nicht, wie ich dir das erklären soll. Mein Leben kommt mir manchmal vor wie eine Bleistiftskizze. Ich bin immer im Zweifel. Sobald es nah und verbindlich wird, fange ich an zu radieren. Ich verunstalte Dinge, die eigentlich schön sind. Bisher habe ich jede Beziehung in den Sand gesetzt.« Noch während sie sprach, hasste sie sich dafür. Sie redete den Karren in den Abgrund, als gäbe es kein Lenkrad.

»Kann sein, aber das heißt gar nichts«, erwiderte er unbeeindruckt. »An das, was wir miteinander haben, kommt kein anderer Mensch ran. Das ist schlichtweg unmöglich, das wissen wir beide, und daher ist es auch vollkommen egal, wie deine Beziehungen früher abgelaufen sind. Wir sind anders.«

Seine Worte waren eine Erlösung und gleichzeitig schürten sie ihre Angst.

»Ich brauche nur ein bisschen Zeit.« Sachte streichelte sie über seine Brust, küsste seinen Hals und stellte sich vor, dass er sie damals vermutlich mit den gleichen Floskeln vertröstet hatte. »Im Moment gibt es so viele Baustellen in meinem Leben. Nach zehn Jahren sehen wir uns wieder und sind uns plötzlich so nah, dass mir davon ganz schwindelig wird. Das geht alles so schnell. Und Violet … Ich weiß noch gar nicht, wie sich mein Leben ohne sie anfühlt. Ich muss mich sammeln, zur Ruhe kommen.« *Und Worte finden, um dir zu sagen, dass ich schwanger war. Oder nicht.*

Sekunden verstrichen, in denen seine Augen über die nackte Zimmerdecke huschten. Schließlich seufzte er und tätschelte ihren Unterarm – eine Geste, die wohl besänftigend gemeint war, aber unbeholfen wirkte. »Wahrscheinlich hast du recht. Ich weiß auch gar nicht, was ich eigentlich erwartet habe. Wir nehmen den Druck raus und warten ab, wie es sich entwickelt, wenn du wieder in Belfast bist.«

Die Stille wurde zu einem Surren in ihren Ohren. Vor dem Fenster trieben tintenschwarze Wolken über den Himmel. Lily drehte sich um und presste ihr Gesicht ins Kissen. Heute hatte sie alles verbraucht, zu dem sie imstande war. Alle Gefühle mit Schweiß und Tränen ausgeschüttet. Es kam ihr vor, als hätte sie nichts mehr zu geben, und es tat ihr leid, weil sie wusste, dass Tiernan enttäuscht war. Lily beschwor sich selbst. Nicht schon wieder, nicht bei ihm. Das war nur dieser fiese Zug ihres Unterbewusstseins. Sie ließ Gefühle zu, trieb es auf die Spitze und dann – wenn sie eigentlich erfüllt sein sollte – zog sich ihr Herz zurück. Erneut kam ihr das Polaroid in den Sinn. Zwei junge Menschen, die es aus diversen Gründen nicht geschafft hatten, ihre Liebe zu bewahren. Und jetzt?

»Lass uns schlafen, Tiernan«, sagte sie leise und küsste ihn. »Wir können morgen über alles reden.«

»Das ist keine gute Idee, fürchte ich.« Ächzend lehnte er sich aus dem Bett, um die Nachttischlampe anzuknipsen, die den Raum in goldenes Licht tauchte. »Ava sollte davon keinen Wind bekommen. Gerade ist sie ziemlich sensibel und will immer genau wissen, wer kommt, wer bleibt, wer geht. Sie braucht klare Verhältnisse.«

»Oh, an Ava hatte ich gar nicht mehr gedacht. Sorry.«

»Morgens kommt sie immer rüber zum Kuscheln. Wenn ich allein wäre, könntest du natürlich bleiben. Aber so … Es wäre besser, wenn sie uns nicht zusammen im Bett erwischt.«

»Kein Problem, das verstehe ich natürlich.« Lily setzte sich auf und kämmte mit den Fingern durch ihre verhedderten Locken.

Gerade wollte sie sich erheben, als sie seine Hand auf ihrem Rücken spürte. »Warte! Ich wollte dir noch was sagen.« Tiernan setzte sich auf. »Das, was heute passiert ist, hat sich genauso angefühlt wie damals, als wir zum allerersten Mal hier abgestiegen sind. Vielleicht ein bisschen souveräner, klar, aber genauso intensiv.«

Für einen Moment zögerte sie, betrachtete ihn wie ein Stillleben – wildes Haar, Kristallaugen unter dunklen Wimpern, die sie offen anblickten. Ein Lächeln schlich sich auf ihre Lippen. »Dann muss es wirklich schön gewesen sein.«

Nachdem sie sich angezogen hatte, setzte sie sich noch mal zu ihm. Tiernan hatte sein rechtes Bein angewinkelt und die Arme im Nacken verschränkt. Auf seinem Gesicht lag ein Ausdruck, den sie nicht deuten konnte. Vielleicht war es Bedauern, vielleicht nur Erschöpfung.

»Also dann.« Seufzend streichelte Lily über seine Brust.

»Wann fährst du eigentlich zurück?«, erkundigte er sich und hielt ihre Hand fest.

»Sobald wir das Haus so weit aufgeräumt und geordnet haben, dass wir mit gutem Gewissen abreisen können. Ich weiß nicht, wie lange das dauert. Vielleicht zwei Tage?« Ihr Blick wanderte zum Fenster, hinter dem der Morgen dämmerte. Aus ihrer Position war nur der Dachfirst des Schneehauses zu erkennen. »Vorerst belassen wir alles so, wie es ist, nehmen allerhöchstens Kleinigkeiten mit.«

»Gibt es denn irgendwelche Pläne? Was soll mit dem Haus passieren?«

»Ich weiß es nicht. Das ist alles noch viel zu frisch.«

Tiernan nickte langsam und verstärkte den Druck seiner Hand. »Meldest du dich später?«

Sie küssten sich ein letztes Mal, bevor Lily aus dem Zimmer schlüpfte, die Treppe hinuntereilte und hinaus in einen milchigen Morgen platzte. Nebelschwaden hingen wie Wattebäusche zwischen den Hügeln. Die Konturen der Sträucher und Bäume verwischten im Dunst. Die Luft war über Nacht deutlich abgekühlt, doch ihr Körper glühte. Gedanken schossen wie Feuerfunken durch ihren Kopf, während sie über die taunasse Wiese rannte.

KAPITEL 21

Fahr vorsichtig, schrieb er. Du wirst hier fehlen. Ich hoffe, du vergisst uns diesmal nicht.

Während sie seine Nachricht überflog, musste sie lächeln. Diesmal würde sie sich an alles erinnern, an jeden einzelnen Moment, den sie mit Tiernan verbracht hatte. Und mit Violet.

Lily wollte alles festhalten. Sternenstaub auf ihren Fingerspitzen, Galaxien aus Erinnerungen. Bei dieser Vorstellung kamen ihr die Tränen. So ging das schon den ganzen Tag.

Eilig schob sie ihr Notebook in die Lederhülle, wickelte das Ladekabel auf und verstaute beides in ihrer überquellenden Tasche. Ganz unten lag die rote Geldkassette.

Die letzten Wochen hallten nach, wiederholten sich in ihrem Kopf wie ein Echo. So viel war entstanden, so viel vergangen. Das war's also. Noch eine Nacht im Schneehaus, dann würde sie mit Elsie ins Auto steigen, um zurück nach Belfast zu fahren.

Was geschah nun mit dem Schneehaus? Sie stellte sich vor, wie der Garten verwilderte, wie Brombeerhecken in die Höhe schossen und das Haus allmählich verschluckten. Nein! Sie würden schon eine Lösung finden. Das Schneehaus sollte dieser magische Ort bleiben, in den Violet es verwandelt hatte.

Morgen würde Tiernan den Vardo holen und Lysander … Sie betrachtete den Kater, der sich grazil wie ein Balletttänzer putzte und dabei schnurrte, als säße ein Motor in seiner Brust. Nach einer hitzigen Diskussion mit ihrer Familie hatte Lily durchgesetzt, dass er bei ihr wohnen würde.

Am liebsten hätte sie das gesamte Haus eingewickelt und in Kartons gepackt, um es mitzunehmen. Bücher, Bilder, Blumen. Sie wollte nichts davon verlieren.

»Lilian! Nimmst du eigentlich was von ihrem Kunstkram mit?«, rief Shannon aus dem Untergeschoss.

»Alles!«

Sie hatte Tuben und Tiegel, Kreiden und Stifte in ihren Rucksack gesteckt, dazu ein paar Blöcke mit Aquarellpapier und das kostbare Grafiktablett. Auf ihrem Computer lungerten noch ein paar veraltete Programme herum, die für den Anfang ausreichen sollten. Für welchen Anfang? Lily starrte aus dem Fenster, hinter dem sich die samtigen Hügel erhoben, und dachte an die Randnotiz, mit der Violet ihren Brief ergänzt hatte. *Und als er auf dem höchsten Hügel stand, der Wind in sein Fell griff und das Lied der Wölfe erklang, verstand Faolán, wie gut es war, etwas zum Verlieren zu haben.*

* * *

Die ersten zwei Wochen in Belfast kamen ihr vollkommen surreal vor. Lily bemühte sich nicht mal, in ihren Alltag zurückzufinden. Die meiste Zeit verbrachte sie vor dem Computer, um zu arbeiten, oder mit ihrem Aquarellkasten, um an ihren Entwürfen zu feilen.

Die Einsamkeit war zurück unter ihre Haut gekrochen und lebte nun mit ihr. Es war einerlei, ob sie zwischen achtzig Menschen im Kino saß und die Sessel unter der Lautstärke vibrierten, ob sie sich freitagabends in einen überfüllten Pub zwängte oder ob sie den Stammtisch der Belfaster Übersetzerszene besuchte – ihre innere Abwesenheit machte sie einsam.

Es gab nur wenige Momente, in denen sie sich leicht fühlte: farbiges Wasser, das von ihrem Pinsel auf Papier tropfte. Und der Moment, wenn Tiernan anrief.

»Du hast dich seit zwei Tagen nicht mehr gemeldet. Ist alles okay?«

Lily wusste es selbst nicht. Die Trauer hatte ihr Herz so seltsam verbogen, dass es nicht mehr richtig in ihre Brust passte. Jeden Abend las sie den Brief, den Violet ihr geschrieben hatte. Manchmal schlief sie damit ein, sodass er mittlerweile ganz zerknittert war. Das Geheimnis um ihr Baby plagte sie. Warum fiel es ihr so schwer, mit Tiernan darüber zu sprechen? Vielleicht, weil sie die Schwangerschaft immer noch nicht in ihre Lebensgeschichte integrieren konnte. Vielleicht, weil der Zweifel an ihr nagte und die Crannóg vor ihrem inneren Auge schwamm …

Längst hatte sie die Nummer von Conor recherchiert und sein Foto mit einer Mischung aus Belustigung und Beklemmung angestarrt. Herr Anwalt mit eigener Kanzlei in Dublin auf der Südseite des Liffeys – dort, wo die Wohlbetuchten lebten. Wie sollte sie nach dieser Mittsommernacht fragen, ohne sich lächerlich zu machen? Hier ging es um Vergangenheitsbewältigung. Konnte sie sich nicht damit begnügen, die Gegenwart zu bewältigen? Das war ja schon schwer genug.

Lysander hasste ihre kleine Stadtwohnung, saß apathisch vor dem Küchenfenster und starrte auf die gegenüberliegende

Hauswand. Es war eine Scheißidee gewesen, den Kater mitzunehmen. Sie hatte sich seine Gesellschaft tröstlich vorgestellt, aber nun quälte es sie, den Rumtreiber einsperren zu müssen.

»Ich hab's dir doch gesagt«, meinte Shannon. »Lysander verkümmert, wenn du ihn in die Stadt verfrachtest, mit dem Lärm und den ganzen Mauern ringsum. Ich verstehe ja, dass du ihn behalten willst, aber dafür müssen andere Gegebenheiten geschaffen werden.«

»Soll ich umziehen oder was?«

Gedanklich hatte sie bereits das Szenario durchgespielt, in dem sie ihre Sachen packte und ins Schneehaus zog. Natürlich begleitete sie diese Idee, weil sie naheliegend war und ihrer Sehnsucht entsprach.

Ein Mal hatte sie ihren Eltern gegenüber davon gesprochen.

»Ach, was willst du denn dort? Dolores sagt, das Schneehaus würde sich ausgezeichnet als Feriendomizil eignen. Sie kennt sich damit ja bestens aus und würde uns unter die Arme greifen. Damit lässt sich im Sommer gutes Geld verdienen. Mit der Miete könnten wir unseren Ruhestand finanzieren.«

Und dagegen war nichts einzuwenden. Shannon würde das Schneehaus verwalten und Lily könnte dort allerhöchstens überwintern.

* * *

Durch die Kunst war Violet ihr ganz nah, floss durch die Farben, nahm verschiedene Formen an, berührte sie. Neben einem Strauß Nelken standen Pinsel in leeren Marmeladengläsern auf dem Fenstersims. Teller mit angetrockneten Farbmischungen thronten auf den alten Skizzenbüchern. Der Schreibtisch war zu einem komprimierten Atelier geworden – Kunst, Kerzen und Blumen. Die Herbstsonne strahlte ins Zimmer, malte ein perfektes Quadrat auf den Teppich. Mit einer Tasse Kaffee saß Lily auf dem Bett, kraulte Lysander und scrollte durch das Sortiment eines Künstlerbedarfs. Sfumato war ein rauchiges Grüngrau, das sie über ihre Bilder pinseln würde, um die Konturen verschwimmen zu lassen. Perfekt für eine nebelige Hügellandschaft. Sie hatte gerade drei Farbnäpfchen in den Warenkorb gelegt, als eine Nachricht aufploppte.

Du fehlst uns. Siehst du?, schrieb Tiernan. Danach schickte er ein Foto: Während er jämmerlich die Mundwinkel hängen ließ, sah Ava eher aus, als stünde sie kurz vor einem Tobsuchtsanfall. Sie hatte die Arme vor der Brust verschränkt und starrte mit zusammengezogenen Augenbrauen zu Boden.

Als Lily eine Antwort tippte, schickte er noch ein Bild. Diesmal grinsten beide in die Kamera. So schlimm ist es nicht, aber du fehlst uns trotzdem. Ava möchte wissen, ob sie die Feen besuchen darf. Seitdem das Schneehaus leer steht, waren wir nicht mehr dort, und so langsam besteht die reelle Gefahr, dass sich die Feen wegen Vernachlässigung an uns rächen.

Kurz entschlossen startete Lily einen Videoanruf und huschte, während sich die Verbindung aufbaute, durch ihr Schlafzimmer, um herumliegende Klamotten aufzuklauben und unter ihrer Bettdecke zu verstecken.

»Hey«, meldete sich Tiernan. Sein verschwommenes Gesicht füllte den ganzen Bildschirm aus. »Mit so einer prompten Antwort hätte ich nicht gerechnet. Sag hallo, Ava.« Die Kamera schwenkte auf das Mädchen, das auf dem Sofa saß und wie ein Honigkuchenpferd strahlte.

»Lily!« Sie sprang auf und hüpfte auf den Polstern wie auf einem Trampolin.

»Hallo Ava, lange nicht mehr gesehen. Wie geht's dir?«

»Darf ich zu den Feen?«

»Na, ich bitte darum«, erwiderte Lily schmunzelnd. »Jemand muss sich doch um das kleine Volk kümmern, damit es uns nicht die Milch versauert.«

Kurz plauderten sie miteinander. Ava erzählte, dass sie bald schon eine richtige Schuluniform bekäme und jeden Tag mit den Enten spielte.

Dann vernahm man Tiernan aus dem Hintergrund. »Willst du vielleicht ein Doppeldecker-Eis?«

Sofort dribbelte Ava los. Das Bild verrauschte, Dielenboden, Jacken an der Garderobe, Küchenfliesen. Tiernan nahm das Telefon wieder an sich. Kurz winkte Ava in die Kamera, dann steckte sie sich das Stieleis in den Mund und verschwand.

»So, jetzt haben wir ein paar Minuten für uns.« Er marschierte durch den Korridor. Grelles Licht flutete das Display, als er die Tür öffnete und ins Freie trat. »Wie läuft's mit deinem kleinen Kunstprojekt?«

»Ich sitze jeden Tag dran«, sagte sie und beugte sich über ein Aquarellpapier, das sie mit Klebestreifen auf der Tischplatte festgeklebt hatte. »So langsam finde ich zurück. Ich kann alles um mich herum vergessen, wenn ich male. Dann zählen nur noch Farben und Pinselstriche.« Mit den Fingerspitzen glitt sie über den silbrig glänzenden Fluss, den sie gestern aquarelliert hatte. Er rauschte aus den Hügeln und wirbelte um einen Granitfelsen.

»Dass du wieder malst ... Violet wäre verdammt glücklich darüber.«

»Vielleicht ist das meine Art der Trauerbewältigung, wobei Bewältigung das falsche Wort ist, weil es so klingt, als würde man die Trauer hinter sich lassen. Violet wird mir immer fehlen. Ich lerne nur, damit zu leben«, überlegte sie. »Wenn ich male, ist sie ganz präsent. Fühlt sich manchmal so an, als würde sie mir dabei über die Schulter schauen. Sie ist immer noch da, nur auf eine andere Art. Alles, was wir verlieren, existiert in uns weiter. Sagt man das nicht so?«

»Mhm, kann ich aus eigener Erfahrung bestätigen. Wann kommst du eigentlich zurück nach Carraig?«, erkundigte er sich und ließ die Frage wie etwas Beiläufiges klingen, das ihm gerade durch den Kopf geschossen war.

»Weiß noch nicht. Irgendwann in den nächsten Wochen vielleicht.«

Er nickte bedächtig, dann ließ er ein Lächeln durchscheinen. »Als wir Violet zum letzten Mal gesehen haben, an diesem Nachmittag im Schneehaus, hat sie mir noch ein paar Dinge mitgegeben. Eigentlich wollte ich's für mich behalten.«

Gebannt starrte Lily auf das Display. »Was hat sie gesagt?«

»Na ja, zuerst hat sie mich an unsere Abmachung erinnert. Ich hatte ihr schon vor längerer Zeit versprochen, dass ich mich um die Enten kümmere und Arwyn dabei helfe, seine Skulpturen ins Internet zu stellen. Einen Teil davon habe ich schon erledigt, weißt du ja, aber Arwyn ist im Moment schwer zu erreichen. Da bin ich also noch dran.« Das flackernde Sonnenlicht ließ die Farbe seiner Augen changieren. Gletschertürkis, Indigo, Bergblau. Ihr fielen nicht genug Nuancen ein, um diese Melange zu beschreiben. »Und dann wollte sie wissen, ob ich's aushalten könnte, wenn ich nicht das bekomme, was ich mir erhoffe«, fuhr er fort.

»Oh, okay? Was hat sie damit gemeint?«

»Was zwei Menschen voneinander wollen, entspricht sich nicht immer. Der eine will absolute Nähe, der andere braucht Abstand. Dadurch entsteht natürlich ein Spannungsfeld und dann kommt es darauf an, ob genug Substanz da ist, um das eine Weile zu ertragen. Ich kann's aushalten, wenn du Zeit für dich brauchst. Und auch, wenn sich daran erst mal nichts ändert und wir in diesem Modus weitermachen. Das ist okay für mich. Das wollte ich damit sagen.«

Lily befeuchtete ihre Lippen, wollte etwas erwidern, das seine Aussage relativierte, entschied sich aber im letzten Moment dagegen. Ihre vorherigen Beziehungen waren allesamt gescheitert, weil sie niemanden wirklich an sich herangelassen hatte. Über Jahre hinweg hatte sie dasselbe Verhaltensmuster an sich beobachtet und dieselbe Angst verspürt, die ihr lächerlich erschien, sobald sie mit kühlem Kopf darüber nachdachte. Beinahe zwanghaft hatte sie sich verstellt, um einem idealisierten Bild zu entsprechen, von dem Zurückweisungen einfach abperlten. *Keine Kunsthochschule nimmt mich auf? Damit lässt sich sowieso kein Geld verdienen. Du willst nicht mit mir zusammen sein? Macht nichts. Ich genüge mir selbst.*

»Ich brauche keinen Abstand von dir, Tiernan, wirklich nicht.«

»Aber du fühlst dich schnell in die Enge getrieben, wenn's ernst wird.«

»Bei dir ist das anders«, lenkte sie ein. »Ich habe nur Angst, dass wir's vermasseln und dann nicht mal mehr Freunde sein können. Ich will dich nicht noch mal verlieren. Das würde ich einfach nicht verkraften.«

»So was in der Art dachte ich mir schon.« Er lehnte sich gegen die Hauswand und hob das Handy dicht vor sein Gesicht, während er mit ruhiger Stimme fortfuhr: »Weißt du, es ist okay, ein bisschen Angst zu haben. Das ist normal. Ich habe auch Schiss, aber irgendwas sagt mir, dass wir es diesmal hinbekommen. Wir werden es nicht vermasseln.«

Erst jetzt bemerkte sie, wie heftig ihr Herz schlug. Lily nickte, fühlte sich nicht in die Enge getrieben, eher gehalten, und genau das brauchte sie.

* * *

Früher war sie eine mehr oder weniger zufriedene Frau gewesen, die besonders abends eine mehr oder weniger intensive Einsamkeit empfunden hatte, die sich mit Netflix und Menschengewühl ertragen ließ. Das hatte sich verändert. Entweder tauchte sie in ihre Fantasiewelt ab oder versank am Telefon, um mit Tiernan zu sprechen.

So auch an diesem Abend. Lily hatte einen Salat zubereitet und sich damit aufs Sofa gesetzt, als er anrief.

»Sorry, ich wollte gleich essen«, erklärte sie und tippte mit der Gabel an den Schüsselrand. »Soll ich dich in zehn Minuten zurückrufen?«

»Hab mir Burritos gemacht. Lass uns doch zusammen essen.« Tiernan startete einen Videoanruf und grinste ihr vom Display entgegen.

»Wo ist Ava?«, fragte sie. »Isst sie nicht mit?«

»Nope. Die war heute auf einem Kindergeburtstag und liegt schon in den Federn. Deswegen kann ich mich voll und ganz unserem Dinner widmen.« Er stellte das Telefon ans andere Ende des Tisches. Vor ihm dampfte eine Teigrolle. »Perfekt! Soll ich noch eine Kerze anzünden für die Stimmung?«

»Also …« Amüsiert schüttelte sie den Kopf. »Wenn's dir keine Umstände macht?«

Nachdem er eine Stumpenkerze aufgetrieben und angezündet hatte, griff er zum Besteck und schnitt den Burrito mittendurch. »War nicht leicht, heute Abend noch einen Tisch zu bekommen. Die machen hier echt verdammt gutes Essen«, lobte er seine eigene Kreation und leckte sich Tomatensoße aus den Mundwinkeln. »Wie ist deins?«

Lily spießte ein Salatblatt auf und hob es vor die Kamera. »Die Aromen sind unglaublich. Welches Genie denkt sich

341

solche Kompositionen aus? Kein Wunder, dass die Leute schon Monate im Voraus reservieren«, schwärmte sie.

»Selbst das Ambiente ist beeindruckend. Schau dir diese Fliesen an. Sind bestimmt handbemalt. Das lassen die sich alles bezahlen. Bin gespannt auf die Rechnung.« Tiernan biss von seinem Burrito ab und fuhr mit vollem Mund fort. »Aber jetzt zu dir, Lily. Ich wollte dir noch etwas erzählen. Heute habe ich im Internet von einem Kunstwettbewerb gelesen. *Art Prize Éireann*. Schon mal gehört? Ich finde, da solltest du mitmachen. Einfach so … Du hast ja nichts zu verlieren.«

»Auf keinen Fall! Ich bin noch nicht so weit.« Damit meinte sie weniger die Qualität ihrer Bilder als ihre innere Haltung dazu.

»Und wenn doch? Vielleicht bist du überhaupt nicht in der Position, deine eigenen Werke beurteilen zu können, weil du zu tief drinsteckst.«

»Das kann sein, aber weißt du, ich will einfach den Workflow genießen und ganz in diesen kreativen Prozess abtauchen. Ohne Druck oder den Gedanken an ein Kuratorium. Ich will nur malen und dabei Musik hören. Mehr brauche ich nicht.«

»Ach, Lily.« Er lächelte, dann angelte er sich ein Geschirrtuch und wischte seine Hände sorgfältig daran ab. Als sie erklären wollte, dass sie die Malerei als Therapeutikum auffasste, rieb Tiernan mit dem Zeigefinger über die Kamera.

»Sorry, aber du hast da was. Halt mal kurz still.« Erneut befeuchtete er den Finger und wischte über die Linse.

»Oh, wie unangenehm. Ist es jetzt weg?« Lily hob die Kamera dicht vor ihr Gesicht. Er hatte sich vorgelehnt, die Ellbogen auf den Oberschenkeln abgestützt und starrte auf sein Telefon, dessen Licht einen bläulichen Schleier auf seine Haut legte.

»Ich muss dich aus der Nähe sehen, um das wirklich beurteilen zu können. Wenn Ava nicht wäre, würde ich mich sofort ins Auto setzen und zu dir fahren.«

Hitze stieg in ihr auf. »Jetzt?«

»Mhm, auf der Stelle«, bestätigte er und leerte sein Wasserglas. »Seitdem du weg bist, bin ich richtig kreativ. So kenne ich mich gar nicht. Mein Kopf fabriziert ständig Bilder. Neuerdings sogar in Slow Motion. Das ist besonders quälend.«

»Was für Bilder sind das denn?« Noch bevor er antwortete, spürte sie ein Flattern im Bauch.

Seine Augen wanderten aufmerksam über das Display. »Ich sehe dich. Ziemlich leicht bekleidet mitunter.« Ein verwegenes Grinsen verzog seine Lippen. »Dass du dich nicht schämst, so in meinen Gedanken aufzukreuzen, Lily. Du solltest dringend mal aus der Stadt raus, um wieder zur Besinnung zu kommen.«

Manchmal – zwischendurch, in Momenten wie diesen – überfiel sie dieses panikartige Gefühl, emotional viel zu abhängig zu sein. Lily dachte an Faolán, sah den kleinen Wolf als Skizze übers Papier rennen, bis er am Ende seiner Reise auf dem höchsten Hügel stand.

»Ich komme im Oktober«, versprach sie.

»Und wie lange bleibst du?«

»Lange genug für unseren Abschlussball.«

»Ah, du meinst die Hochzeit?« Überrascht hob er die Brauen. »Ich dachte, das hättest du längst vergessen, und wollte nicht wieder damit anfangen, weil du gerade genug mit dir selbst zu tun hast.«

»Stimmt, aber ich habe auch etwas nachzuholen«, erinnerte sie ihn. »Gilt die Einladung noch? Nimmst du mich mit?«

»Na ja, du hast mich ewig warten lassen. Die Frauen stehen mittlerweile natürlich Schlange. Ich habe schon Nummern verteilt und wollte das Los entscheiden lassen. Fairplay und so.«

»Willst du damit andeuten, dass meine Chancen schlecht stehen?«

Tiernan schob den Teller beiseite und beugte sich über den Tisch. Das Blau seiner Augen leuchtete so intensiv, dass es beinahe künstlich wirkte. »Nee, eigentlich wollte ich dir nur signalisieren, dass ich ziemlich begehrt bin, damit du dich noch glücklicher schätzen kannst. Es gibt nämlich keinen anderen Menschen auf der Welt, mit dem ich lieber auf diesem Abschlussball wäre.«

»Geht mir auch so«, sagte sie mit weicher Stimme. »Dann haben wir also eine Verabredung?«

Seine Lippen kräuselten sich zu einem Lächeln. »Wie sieht's aus? Soll ich uns noch einen Espresso bestellen, bevor wir uns verdrücken?«

In seinen Händen sah die Tasse aus wie ein Fingerhut.

Tiernan hatte sich gerade wieder gesetzt, als die Tür aufgestoßen wurde.

»Ich bin ganz plötzlich aufgewacht und du hast mich nicht gehört. Ich hab dich ganz laut gerufen«, schniefte Ava, kletterte auf seinen Schoß und schmiegte sich an ihn.

»Schlecht geträumt?« Tiernan schloss sie in die Arme. Als sie nickte, streichelte er beruhigend über ihre Schultern. »Tut mir leid. Ich habe hier unten gar nichts mitbekommen«, flüsterte er und deutete zum Handy. »Ich unterhalte mich mit Lily. Siehst du?«

Aus verschlafenen Augen blinzelte Ava sie an. Wie ihr Vater schien sie Situationen erst genau zu erfassen, bevor sie darauf reagierte. Ein schmales Lächeln erschien auf ihren Lippen, doch dann drückte sie das Gesicht wieder an seine Brust.

Tiernan küsste ihren Scheitel und griff nach seiner Espressotasse.

Das war's, dachte Lily. Wenn sie mit ihm zusammen sein wollte, wäre das ihr Leben. *Keine Mama für mein Kind, aber eine Freundin …*

»Ava, du kennst doch die Bücher von Tante Violet, oder?« Als das Mädchen nickte, fuhr sie fort: »Gerade male ich in jeder freien Minute an einer Bildergeschichte. Es geht um einen Wolf, der in den Hügeln lebt. Gleich hinter dem Haus. Hast du vielleicht Lust, dir die Bilder anzusehen, wenn ich euch besuche? Deine Meinung wäre mir echt wichtig.«

»Wie heißt der Wolf?«

»Sein Name ist Faolán. Dein Daddy müsste die Geschichte kennen.«

»Ich?« Verdutzt runzelte Tiernan die Stirn. »Du lässt ja nichts raus. Ich habe keinen blassen Schimmer, woran du arbeitest, wusste noch nicht mal, dass du eine Geschichte illustrierst.«

»Dann muss ich deinem Gedächtnis wohl auf die Sprünge helfen. Mir war gar nicht bewusst, dass du genauso vergesslich bist wie ich«, witzelte sie. »Wir haben dieses Märchen mit Violet erfunden, als wir noch Kinder waren.«

»Tatsächlich? Ich habe offensichtlich andere Dinge vergessen als du. Das ist ziemlich praktisch. Wir puzzeln unsere Erinnerungen einfach zusammen.« Tiernan stützte sein Kinn auf Avas Kopf ab. »Und jetzt illustrierst du also diese alte Kindergeschichte?«

»Genau. Violet hat mir eine Steilvorlage geliefert. Ich musste nur anknüpfen und meine eigenen Farben einfließen lassen.«

»Steilvorlage …«, echote er und kniff die Augen zusammen. »Sag mal, was war eigentlich in dieser ominösen Geldkassette? Nicht zufällig Steilvorlagen?«

Ihr Blick huschte zu dem kleinen Aquarellbild, das sie über ihrem Bett an die Wand gepinnt hatte. Lily und ihr Baby, der Vater ein Fabelwesen.

»Es waren sehr persönliche Andenken.«

Meine Erinnerungen, unser Baby. Morgen würde sie die letzten Zweifel ausräumen. Bevor sie nach Carraig fuhr und Tiernan traf, brauchte sie endgültig Gewissheit. Wenn sie ihm von ihrem Baby erzählte, wollte sie ihm in die Augen sehen, ohne innerlich zu schwanken.

»Was ist jetzt mit dem Wolf?«, fragte Ava ungeduldig.

»Das erzähle ich dir, wenn ich bei euch bin.«

KAPITEL 22

Auch wenn sie sich sicher war – so sicher, wie man sich mit einer retrograden Amnesie eben sein konnte –, brauchte sie Bestätigung. Zuerst verfasste sie eine Mail, wog jedes Wort ab, vermaß die Sätze und las sich den Text laut vor, doch dann löschte sie alles. Ein Anruf würde keine Spuren hinterlassen.

Im Internet suchte sie nach der Telefonnummer seiner Kanzlei.

»Mulloghan & Company Solicitors.« Im Hintergrund vernahm man die Anschläge einer Tastatur und dumpfes Verkehrsrauschen.

»Guten Tag, Lilian Sheridan hier«, meldete sie sich mit ihrer seriösen Telefonstimme und malte Schnörkel auf den Notizblock, der vor ihr lag. Daneben standen ein paar Wörter, die sie gedankenlos hingekritzelt hatte. *Tilly. Tiernan. Lily.*

»Was kann ich für Sie tun?«, erkundigte sich eine gelang-weilte Stimme am anderen Ende der Leitung.

»Ist Conor Mulloghan zu sprechen?«

»Haben Sie einen Gesprächstermin mit ihm?«, fragte die Frau in der gleichen monotonen Sprechweise.

»Nein, ich rufe aus privaten Gründen an. Ist er zu sprechen?«

»Vormittags ist immer viel los und dann ist auch noch Montag. Ich fürchte, Mister Mulloghan ist zu beschäftigt, um ein unangekündigtes Gespräch entgegenzunehmen.«

»Es geht nicht lange, versprochen. Können Sie ihm bitte mitteilen, dass Lilian Sheridan in der Leitung ist?«

Ein lang gezogenes Seufzen ertönte. »Ich erkundige mich, ob er Zeit hat. Eventuell kann ich Sie kurz durchstellen.«

»Lilian Sheridan, ein Name wie ein Gedicht, ein Gesicht wie ein Gemälde und …«

»Hallo Conor«, unterbrach sie ihn und bekam schon jetzt Zahnweh von seinem Gesülze. Er hatte sich nicht verändert, war nur nach Dublin gezogen und verdiente sich dort vermutlich eine goldene Nase. »Danke, dass du den Anruf entgegengenommen hast.«

»Natürlich. Wir sind doch alte Freunde. Was verschafft mir denn die Ehre?«

»Es geht um früher. Erinnerst du dich noch an die Mittsommernacht, in der wir zur Crannóg rausgeschwommen sind?«

»Puh! Du kommst ohne Umschweife zur Sache, was? Willst du nicht erst wissen, wie's mir geht und was ich in den letzten Jahren so getrieben habe?«

»Entschuldige, die Frage brennt mir einfach unter den Nägeln. Es hat lange gedauert, bis ich mich dazu durchgerungen habe, dich deswegen anzurufen.« Sie straffte die Schultern und starrte in den verhangenen Himmel über Belfast. »Kannst du dich an diese Nacht erinnern?«

»Und ob! Erst saßen wir am Lagerfeuer, dann waren wir splitterfasernackt.«

»Weil wir schwimmen gegangen sind. Tiernan hat mir davon erzählt. Wir waren zusammen auf der Crannóg und ich muss wissen, was wir dort gemacht haben.«

»Tja, wie soll ich das ausdrücken?« Er blies in den Hörer, als er ausatmete. »Dort waren nur wir beide. Die anderen sind zurück ans Ufer geschwommen, aber wir wollten unbedingt auf die Insel.«

»Ich kann mich nicht mehr daran erinnern und … Du weißt ja, was damals passiert ist, als ich dich in deiner Wohnung besucht habe. Ist auf der Crannóg wieder etwas zwischen uns gelaufen?«, fragte sie zögerlich.

Conor schmatzte, leckte sich vielleicht über die Zähne. Es vergingen einige Sekunden, ehe er antwortete. »Ich könnte dir alles erzählen, oder? Du hast keine andere Quelle, die du anzapfen könntest. Deine Vergangenheit liegt sozusagen in meinen Händen.«

Am liebsten hätte sie aufgelegt, um sich sein überhebliches Gerede nicht länger anhören zu müssen, doch Lily riss sich am Riemen. »Was hättest du davon, mir Märchen aufzutischen? Solche Spielchen hast du gar nicht nötig, Conor.«

»Warum interessieren dich diese alten Geschichten? Ausgerechnet jetzt? Ich meine, komm schon, wie lange ist das her? Mindestens zehn Jahre.«

»Meine Therapeutin möchte, dass ich mit allen Menschen spreche, die mir dabei helfen können, meine Erinnerungslücken zu schließen«, log sie, denn eigentlich war ihr eingeschärft worden, die Lücken zu akzeptieren, einfach damit weiterzuleben. »Du weißt ja, dass ich diesen schweren Unfall hatte. Daran habe ich immer noch zu knabbern. Das ist etwas Posttraumatisches.«

»Mhm, verstehe schon«, behauptete er, obwohl sie glaubte, dass er rein gar nichts verstand. »Das war heftig, dieser Unfall.

Wochenlang gab's in Carraig kein anderes Thema mehr. Der Goldjunge und die kleine Sheridan ... Es war ein Wunder, dass ihr beide überlebt habt. Den Wagen hat's zerquetscht wie eine Ziehharmonika. Ich habe gesehen, wie sie ihn abtransportiert haben. Das war ein einziger Blechhaufen.«

»Du kannst dir sicher vorstellen, dass der Unfall einige Spuren hinterlassen hat. Daher würde es mir viel bedeuten, wenn du mir sagen könntest, was auf der Crannóg passiert ist.«

»Ob ich das noch rekonstruieren kann? Wir haben uns früher ja öfter mal nach der Arbeit getroffen. Gott weiß, was mich dabei geritten hat, mit Elsies kleiner Schwester abzuhängen.«

»Vielleicht wolltest du dich an ihr rächen?«, mutmaßte sie. »Du hast die Trennung nicht gut verkraftet.«

»Kann schon sein.« Er schnaufte wie ein Bulle. »Auf der Crannóg ist rein gar nichts passiert, Lily. Du hattest die kindische Idee, Tiernan eifersüchtig zu machen, weil er sich mit dieser Italienerin vergnügt hat. Im Gegenzug hast du mir verraten, dass Elsie donnerstags auf dem Gnadenhof in Glengarriff aushilft und dort ständig Freiwillige gesucht werden. Das war unser Deal. Ich helfe dir, an Tiernan ranzukommen, und du hilfst mir mit Elsie. Wir saßen eine Weile auf der Crannóg rum und haben Sterne gezählt, sicher eine Stunde lang, bis du endlich der Meinung warst, dass es reicht.«

Sie lockerte ihre Schultern, fast hätte sie gelacht. »Das war's? Mehr ist nicht passiert?«

»Keine Sorge. Wir waren uns einig, dass es eine Entgleisung war. Dieser eine Abend, als du vorbeigekommen bist und wir ... Erinnerst du dich überhaupt daran?«

»Leider«, stieß sie aus. »Ich könnte mich heute noch dafür ohrfeigen.«

»Weiß Elsie davon?«

»Ich hab's ihr nie gesagt.«

»Ist besser so«, brummte er. »Da kam einfach viel zusammen. Wir haben beide nach Bestätigung gesucht, schätze ich. Mein Ego war nach der Trennung ziemlich angekratzt und du warst sowieso nicht gerade selbstbewusst. Und an diesem einen Abend ...«

»Wir müssen das nicht vertiefen. Daran erinnere ich mich leider gut genug.«

»Was macht Elsie jetzt eigentlich?«

KAPITEL 23

Die Trauer verlief nicht in erwartbaren Phasen, wie sie in Fachbüchern beschrieben wurden, sondern war ein chaotischer Prozess. An manchen Tagen spürte Lily sie kaum, blendete den Verlust aus und konzentrierte sich auf den täglichen Trott. An anderen Tagen fuhr sie zu ihren Eltern, weil ihr Herz aufgescheuert war und schmerzte wie eine entzündete Wunde.

Es war ein durchwachsener Tag, als sie beschloss, den Cavehill zu besteigen. Das Sonnenlicht flackerte über die verschlungenen Pfade und ließ die Herbstheide leuchten. Lily nahm die Natur um sich herum kaum wahr. In Gedanken schrieb sie Briefe an Violet oder sprach mit ihr, als ginge sie neben ihr her. Nach zwei Stunden – in denen sie probeweise Worte formulierte, um Tiernan von ihrem Baby zu erzählen – erreichte sie den höchsten Felsen. Erst jetzt gelang es Lily, ihre Umgebung bewusst wahrzunehmen. Wild riss der Wind an ihrem Haar und drang durch alle Schichten ihrer Kleidung. Der Ausblick war grenzenlos. Belfast lag wie ein Mosaik vor ihr, über den Himmel zogen rötlich eingefärbte Wolken und in der Ferne wellte das Meer. Unbeeindruckt von den Schicksalsschlägen hatte sich die Welt weitergedreht. Die Sonne ging auf. Die Sonne ging unter. Darüber konnte man sich empören oder darin eine Chance erkennen.

Lily rief sich Violets Worte ins Gedächtnis. *Und als er auf dem höchsten Hügel stand ...*

Zuversicht flammte in ihr auf. Ein erfülltes Leben bedeutete, das ganze Herz hineinzulegen, und genau das hatte sie vor.

* * *

Als sie vor einigen Wochen nach Carraig gefahren war, hatte Violet noch gelebt. Dieser Gedanke begleitete sie. Nun würde sie zum ersten Mal allein im Schneehaus leben und dort zum ersten Mal das volle Gewicht ihres Verlusts erfassen.

Auf der Rückbank stand eine Transportbox, in der Lysander sie vermutlich mit sämtlichen Flüchen belegte, zu dem sein Katzenherz fähig war. Nach reiflicher Überlegung hatte sie beschlossen, ihn nach Hause zu bringen. Zwar hatte Tiernan angeboten, sich um den Kater zu kümmern, aber ihr war ein anderer Mensch in den Sinn gekommen. Jemand, der Trost bitter nötig hatte. Seit der Beerdigung hatte Lily nur ein einziges Mal mit Arwyn telefoniert. Er komme schon klar, kein Problem, er sei ja nicht aus Zucker. Doch die Worte wirkten wie Hülsen, die er seinen Gefühlen überstülpte.

Wie ein Tropfen Milch lag das Schneehaus in den Hügeln. So leuchtend schön wie immer. Von außen betrachtet, schien sich nichts verändert zu haben. Das Dach saß auf den Mauern, die Tür hing in den Angeln, die Fenster waren matte Quadrate.

Zuerst befreite sie Lysander aus der Transportbox. Es dauerte eine Weile, bis der Kater begriff, dass er zu Hause war – dann schoss er in den Garten und verschwand im Brombeerdickicht, als fürchtete er, wieder seiner Freiheit beraubt zu werden.

Lily schulterte ihre Reisetasche und stapfte zum Haus. Mühelos glitt der Schlüssel ins Schloss, knarzend sprang die Tür auf und eine kalte Hand legte sich um ihre Gurgel. Wie angewurzelt blieb sie im Korridor stehen. Stille umfing sie. Es war dunkel, roch nach Staub und Holz.

»Ich bin wieder da«, sagte sie, als würde jemand auf sie warten.

Das Schneehaus war ihr vertraut wie eine alte Freundin. Nachdem sie ihre Tasche ins Schlafzimmer gebracht und dort die Fenster aufgerissen hatte, wanderte sie durch die Räume. Sie ließ sich Zeit, um alles auf sich wirken zu lassen.

Nach der Beerdigung hatten sie das Haus aufgeräumt und gründlich geputzt, doch Violet steckte immer noch in jedem Winkel. Eine leere Vase auf dem Küchentisch, ihre Handtasche an der Garderobe, Parfümflakons im Badezimmer. Lily nebelte sich in Guerlain ein, dann trat sie ins Wohnzimmer. Das Pflegebett stand vor den Fenstern, nur die Bettwäsche fehlte. Hier war Violet gestorben, ja, aber hier hatte sie auch gelebt. Durchs ganze Haus wehten Erinnerungen aus so vielen Jahren. Die Sonne strahlte ins Zimmer, ließ das Holz der Möbel glänzen und Staubpartikel durch die Luft glitzern. Wie Sternenstaub. Lily streckte die Hand danach aus. Obwohl sie traurig war, erfüllte sie ein merkwürdiges Glücksgefühl. Ihr Blick wanderte hinaus in den Garten, dann zückte sie ihr Telefon.

* * *

Ava kletterte auf ihren Schoß, rieb ihre dreckigen Füße über den Leinenstoff ihrer Hose, um es sich bequem zu machen. »Ich habe die Fee ins Bett gelegt«, flüsterte sie. Ihr Atem roch nach dem künstlichen Erdbeeraroma eines Kaubonbons.

»Ja, wirklich?« Lily legte ihr Telefon beiseite und schlang die Arme um das Kind.

»Aber zuerst habe ich sie gewaschen, weil sie so schmutzig war und gestunken hat.«

»Und dann hast du sie in ein Bettchen gelegt und zugedeckt?«

Ava schmiegte sich so vertrauensselig an ihre Brust wie ein Kätzchen. »Was essen Feen eigentlich?«

»Das weiß ich nicht so genau. Vielleicht Blütenknospen und Morgentau?«

»Und Schokolade«, ergänzte Ava mit Bestimmtheit. »Wann wachen Feen auf?«

»Immer, wenn es dämmert. Dann tanzen sie zusammen, fliegen wie Libellen durch die Luft.«

»Meine Fee hat gar keine Flügel.«

»Die wachsen ihr bestimmt noch. Genau dort.« Mit dem Zeigefinger fuhr sie über Avas spitze Schulterknochen.

»Na, ihr?« Tiernan kam mit einem Tablett über die Wiese geschlendert. »Seid ihr durstig? Jetzt gibt's Limo.«

Mit einem Freudenschrei sprang Ava von ihrem Schoß und schwirrte um ihren Vater herum. »Ich hab Lily von der Fee erzählt.«

»Du meinst diese Schlafmütze?« Er stellte das Tablett auf dem Tisch ab und griff zu der Karaffe. »Hat sie inzwischen mal die Augen aufgemacht?«

Ava schüttelte den Kopf und kletterte auf einen Stuhl. Ihre kleinen Hände umschlossen das Glas, das Tiernan mit Limonade auffüllte. »Wenn es dämmert, hat Lily gesagt.«

Nachdem er einen Blick hinauf in den Himmel geworfen hatte, lächelte er. »Dann dürfte es ja bald so weit sein. Meinst du, wir können sie mal kennenlernen?«

»Es ist ein Geheimnis, das nur den Kindern gehört«, wisperte Ava.

»Aber Lily und ich waren auch mal Kinder. Du hast doch die Fotos gesehen. Wir waren so richtig kindlich. Lily hatte Pausbacken so groß wie Wassermelonen.« Zur Demonstration blies er die Wangen auf.

Kritisch blickte Ava ihren Vater an und wischte sich mit dem Unterarm eine Haarsträhne aus der Stirn. »Wenn ihr ganz leise seid, könnt ihr vielleicht mal mitkommen. Aber vorher muss ich die Fee fragen.«

Die Eiswürfel klirrten gegen die Gläser. Die Limonade war sauer, besaß kaum Süße. Lily trank in großen Schlucken.

»Sie sieht aus wie ein altes Baby«, murmelte Ava und fischte eine Zitronenscheibe aus ihrem Glas. »Wie ein ganz kleines Baby, nur ganz alt.«

Tiernan warf Lily einen fragenden Blick zu, den sie mit einem Achselzucken erwiderte, obwohl sich ein mulmiges Gefühl in ihrem Bauch ausbreitete. Baby! Warum ausgerechnet wie ein Baby? Hatte Violet nicht immer von der blühenden Fantasie des Mädchens geschwärmt?

»Ava, mein Schatz«, sagte er und beugte sich über den Tisch. »Wo hast du die Fee noch mal gefunden? Ich hab's vergessen.«

»Beim Baum. Erst dachte ich, das wären ganz große Regenwürmer, aber es waren Füßchen, und da habe ich sie ausgegraben. Der Boden war so weich wie Brei.« Ava ballte die Hände zu Fäusten, öffnete sie wieder und machte schmatzende Geräusche.

»Ausgegraben?«, fragte Lily irritiert.

»Ja, aber ich war ganz vorsichtig. Sie ist nicht mal aufgewacht.«

»Das hast du gut gemacht, Ava. Schön vorsichtig sein«, sagte Tiernan abwesend und starrte Lily an, als erwartete er von ihr eine Erklärung. »Wie, äh, wie lange lebt die Fee denn schon da?«

»Schon über dreihunderttausendfünfmillionen Jahre. Und ein paar Zerquetschte.«

Seitdem Ava das Wort bei Arwyn aufgeschnappt hatte, baute sie es immer wieder ein. *Drei Bananen und ein paar Zerquetschte.*

Lily lächelte schwach. »Wow! Das ist eine ganz schön lange Zeit. Dann muss sie wirklich sehr alt sein. Und sie sieht aus wie ein ...«

»Baby! Das hab ich doch schon hunderttausendmal gesagt. Ich gehe jetzt wieder zu ihr und frag sie mal.« Ehe sie etwas erwidern konnten, rannte Ava über die Wiese und verschwand zwischen den Brombeerhecken.

»Komische Geschichte«, bemerkte Lily, nachdem sie ihr Glas geleert hatte.

»Ein Fall für die Kinderpsychiatrie, was?« Lachend winkte er ab. »Nein, nein. Das ist nichts anderes als Kinderfantasie.«

»Aber wie Ava darüber gesprochen hat, war so greifbar, als würde es diese Fee wirklich geben. Findest du nicht?«

»In ihrer Fantasie existiert diese Fee ja auch. Ava ist fünf Jahre alt. Solche Geschichten erzählt sie mir tagtäglich. Du glaubst gar nicht, was sie sich alles einfallen lässt.« Tiernan schnalzte mit der Zunge, dann streckte er die Beine von sich und verschränkte die Arme im Nacken. Sein Blick ruhte auf ihr und machte sie nervös. Mit dem Zeigefinger tippte sie auf ihr Handy, um das Display zu aktivieren. Kurz nach drei. Keine Anrufe.

»Bereit für unseren Abschlussball?«, fragte er.

Lily schob das Handy beiseite und lehnte sich vor, bis ihr Kinn fast das Limonadenglas berührte. »Du meinst unser Rendezvous?«

»Aye, genau das meine ich!« Seine Augen leuchteten im flackernden Sonnenlicht, als er ihr entgegenkam und sich mit den Ellbogen auf dem Tisch abstützte. »Könntest du das Wort vielleicht wiederholen und mir dabei tief in die Augen schauen? Allein der Klang macht mich an.«

»Abschlussball«, hauchte sie ihm entgegen, dann lehnte sie sich zurück und beobachtete, wie Tiernan amüsiert den Kopf schüttelte.

»Ich hoffe, der Abend wird besser als diese enttäuschende Performance.«

»Versprochen. Wann und wo sollen wir uns eigentlich treffen?«

»Ich lade Ava um sieben bei meinen Eltern ab, dann komme ich zu dir. Wir fahren zur Party, gratulieren und machen ein bisschen Small Talk mit den anderen Leuten. Wie geht's den Großeltern in der Seniorenresidenz? Was macht das Wetter in Saltmore? Irgendwann verziehen wir uns in ein stilles Eck und dort werde ich dir erzählen, dass du mich komischerweise ziemlich nervös machst, obwohl mich für gewöhnlich nichts so schnell aus der Ruhe bringt. Wenn's gut läuft, geht es dir genauso. Wir teilen uns eine Flasche Wein und du wirst sagen, dass du über mein Angebot nachdenkst.«

»Welches Angebot?«

»Tja, um das zu erfahren, brauchst du dieses Rendezvous mit mir.«

»*Oui, ce serait sympa*«, sagte sie, wohl wissend, dass Tiernan kein Wort verstand.

»Oh, Croissant, Croûtons«, wisperte er – vermutlich die einzigen französischen Brocken, die er beherrschte –, dann nahm er ihre Hand und hauchte einen Kuss darauf. »Béchamel, Mademoiselle!«

»Spinner.« Kichernd entzog sie sich ihm und griff zur Karaffe, um Limonade in die leeren Gläser zu füllen. »Erzähl mir lieber …«

Eine helle Kinderstimme unterbrach sie. »Daddy!«

Sie rissen die Köpfe herum und starrten in den sonnenbeschienenen Garten, der in warmen Farben leuchtete. Die Luft war voll herbstlicher Aromen, erdig und süß. Aus dem Schatten des Dickichts war Ava hervorgetreten. Ihr Haar flatterte im Wind, ihr Rock wurde zu einer rosafarbenen Wolke aufgebauscht. Hoheitsvoll schritt das Mädchen über die Wiese. Auf ihrem Gesicht lag ein Lächeln, in ihren Armen eine erdverkrustete Schachtel. Die Vögel trillerten Abendlieder. Die Grillen zirpten im hohen Gras, erzählten längst vergessene Geschichten.

»Was hast du da gefunden?«, wollte Tiernan wissen. Ava legte eine silberfarbene Schatulle aus Blech auf den Tisch. Rostig an den Ecken. Der Schriftzug auf dem Deckel war kaum zu entziffern, doch Lily genügte der Schwung der Buchstaben.

»Ölpastellkreiden von *Sennelier*«, murmelte sie. »Die hat Violet immer benutzt.«

»Das ist aber ein Feenschatz«, wurde sie von Ava korrigiert. Sie klappte die Schatulle auf und hob mit spitzen Fingern eine Kette empor.

»Nein!«, stieß Lily aus und griff danach. »Das gibt's nicht.« Lachend tastete sie über die fein gearbeiteten Blütenblätter aus Weißgold, in deren Mitte eine Süßwasserperle schimmerte.

»Was ist mit dir?«, fragte Tiernan belustigt. »Hast du den Verstand verloren?«

»Die Kette! Das ist meine Kette! Weißt du nicht mehr?« Sie ließ den Anhänger in der Luft baumeln, dann presste sie ihn in ihre Faust. »Ich dachte, ich hätte sie beim Unfall verloren. Elsie musste stundenlang danach suchen, weil ich sie damit verrückt gemacht habe. Und jetzt liegt sie hier im Garten? Direkt vor meiner Nase?«

»Bist du sicher? Das ist deine Kette? Warum hättest du so etwas Wertvolles einbuddeln sollen?« Tiernan taxierte sie aus zusammengekniffenen Augen. »Das war doch ein Erbstück, oder nicht?«

»Ja, sie hat Grace gehört und ist mindestens hundert Jahre alt, wahrscheinlich älter.«

»Wer ist Grace?«, fragte Ava und schleifte ihren Stuhl über die Wiese, um sich dicht neben Lily zu setzen.

»Meine Großmutter. Sie hat die Kette schon getragen, als sie noch mit ihren Eltern in Galway gewohnt hat. Das ist richtig lange her. Ich habe sie zur Kommunion geschenkt bekommen.« Erneut hob Lily das Schmuckstück empor und ließ es pendeln. Fasziniert verfolgte sie die schwingende Blüte. Das Metall war matt und funkelte nicht mehr, doch das würde ein Goldschmied sicher wieder hinbekommen.

»Ich verstehe immer noch nicht, warum du deine Kette eingegraben hast. Das macht doch überhaupt keinen Sinn.«

»Für die Feen«, lispelte Ava und warf Lily einen glühenden Blick zu. »Stimmt's? Du wolltest sie den Feen schenken.«

Ihre Freude trübte ein, löste sich auf und verwandelte sich. »Vielleicht«, sagte sie abwesend. »Ich erinnere mich nicht mehr.«

Doch Lily ahnte, weshalb sie die Kette damals vergraben hatte. Es war ein altes Ritual, das sich in ländlichen Regionen hartnäckig hielt. Schwangere Frauen versuchten, ihre Kinder vor der Magie der Feen zu schützen, indem sie ihnen etwas Wertvolles vermachten – so kostbar wie möglich und so bedeutungsvoll, dass der Verlust schmerzte. Durch diese Opfergabe sollten die magischen Wesen besänftigt werden. Es gab viele solcher Bräuche. *Pflanze Primeln vor dem Haus, damit die Feen die Schwelle nicht übertreten. Lass das Fenster des Kinderzimmers niemals offen stehen, sonst holen die Feen dein Baby und ersetzen es durch ein Wechselbalg. Meide Glockenblumen, denn wenn du hineinfällst, ziehen die Feen dich in ihr unterirdisches Reich.* Lily musste sich an diese Gebote erinnert haben, als sie von ihrer Schwangerschaft erfahren hatte. Ihr wertvollster Besitz war die goldene Kette und sie hatte sie für ihr Kind hergegeben.

Es musste heute Abend geschehen. Lily würde nicht mehr auf den richtigen Moment warten, sondern einen Moment dazu auserwählen. Heute würde sie mit Tiernan sprechen.

KAPITEL 24

Schwarze Slips. Im besten Fall mit Spitzensaum. Ihre Unterwäsche war unspektakulär. Liebestöter, würde Maggy sagen, doch in einer rosafarbenen Schachtel bewahrte Lily ein Dessous-Set von *Coco de Mer* auf, das sie vor zwei Jahren in Vorbereitung auf ein enttäuschendes Date mit einem anderen Übersetzer gekauft hatte. Himbeerroter Balconette-BH, Seidenhöschen. Während sie hineinschlüpfte und sich im Spiegel betrachtete, stellte sie sich vor, wie Tiernan sie darin bewunderte. Später, wenn nicht alles schiefging.

Das Kleid war ein schimmernder Nachthimmel, der sich wie eine zweite Haut an ihren Körper schmiegte und am Rücken tief ausgeschnitten war. Sie hatte es im Schaufenster einer Belfaster Boutique entdeckt – eigentlich weit außerhalb ihres Budgets. Trotzdem hatte sie es anprobiert und im Spiegel dieses hoffnungsvolle Mädchen erkannt, das sich damals mit glühender Erwartung des Abschlussballs betrachtet hatte. Deswegen hatte sie es gekauft.

Lily streichelte über ihren Bauch, während sie ihrem Spiegelbild gegenüberstand. Heute würde sie Tiernan alles sagen, schwor sie sich. In gewisser Weise genoss sie das Gefühl, die Kontrolle über das Geheimnis zu besitzen, diesen

Wissensvorsprung, aber sie wollte nichts mehr zurückhalten. Nachdem sie Parfüm hinter ihre Ohren und auf ihren Scheitel gesprüht hatte, griff sie nach dem Ultraschallbild und schob es in ihren BH. Dieses Mal würde sie es durchziehen.

* * *

Um halb acht hörte sie Kiesel unter Autoreifen knirschen, dann ein kurzes Hupen. Nach einem prüfenden Blick in den Spiegel schnappte Lily sich ihre Sneakers, griff zum Trenchcoat und trat aus der Tür.

Es dämmerte. Über den Hügeln dehnte sich ein atemberaubender Himmel aus. Blassblau, pfirsichfarben, rosé. Im Dunst, der aus den Wiesen aufgestiegen war, sah die untergehende Sonne aus wie ein Rubin. Lily sog die herbstliche Luft tief in sich auf.

Sie war bereit.

Als die Tür des Fords aufsprang und Tiernan ausstieg, strahlte sie. Das Kleid gab ihr das Gefühl, sich verwandelt zu haben – ließ ihre Bewegungen fließender und anmutiger werden.

Tiernan blies die Wangen auf, während sein Blick über ihren Körper wanderte. Auch er hatte sich in Schale geschmissen, trug eine nachtgrüne Anzughose und ein weißes Hemd, das seinem leicht gebräunten Teint schmeichelte. »Wow! Wer bist du? Königin der Nacht!«, witzelte er und breitete die Arme aus, um sie an sich zu drücken. »Ich wusste gar nicht … Dieses Kleid! Ich muss den Leuten gleich verklickern, dass du *mein* Rendezvous bist, damit sie sich keine falschen Hoffnungen machen. Du siehst unglaublich aus.«

»Das kann ich nur zurückgeben. Und du riechst so gut.«

»Da wären wir also, Lilian Sheridan. Das ist unser großer Abend.« Tiernan trat einen Schritt zurück und schüttelte den

Kopf, als könnte er nicht glauben, tatsächlich an diesem Punkt angelangt zu sein. »Wir haben monatelang gebüffelt, hart an uns gearbeitet, lange gewartet, aber es hat sich ausgezahlt. Jetzt stehen uns alle Türen offen. Darf ich dich zu unserem wohlverdienten Abschlussball chauffieren?«

»Liebend gern«, säuselte sie und hob das Kinn. »Aber streng genommen ist es gar kein Abschluss, sondern ein Anfang.« Zumindest hoffte sie das, denn eine Hürde musste sie noch nehmen. Sie klebte zwischen himbeerrotem Spitzenstoff und nackter Haut.

Kaum saßen sie im Wagen, kramte Tiernan eine selbst gebrannte CD aus dem Handschuhfach und hielt sie ihr unter die Nase. »Der Soundtrack zu unserer Teenagerromanze. Haben wir damals gehört. Die CD lag in demselben Schuhkarton, in dem ich auch das Polaroid gefunden habe.« Ein bisschen zerkratzt, mit blauem Edding beschriftet und von unschätzbarem Wert. *Hanson – MMMBop.*

* * *

Paraffinfackeln brannten im Garten zwischen den Gewächshäusern und warfen einen goldenen Schein auf den Weg. Das Licht flackerte im Wind so rhythmisch, als würde es sich zur Musik bewegen.

Die Torflügel der großen Halle standen offen. Ein paar Menschen hatten sich davor versammelt, um an ihren Zigaretten zu nuckeln. Bunte Chiffonkleider, Anzüge in gedeckten Farben. Neugierig starrten sie ihnen entgegen.

»Kenne ich hier überhaupt jemanden?«, fragte Lily und wurde von einer urplötzlichen Scheu befallen.

»Klar, Alex und Paula kommen. Du warst doch mit uns im Pub. Außerdem treffen wir bestimmt ein paar Leute von früher«, versprach er. »Die McCarthys kennen ja Gott und die Welt.«

»Wir haben gar kein Geschenk dabei.«

»Bekommst du kalte Füße?« Tiernan lachte sie an. »Keine Sorge. Wir kommen nicht mit leeren Händen. Die Belegschaft hat zusammengelegt und ihnen einen Wochenendtrip nach London geschenkt. Und bevor du fragst: Ja, alle wissen, dass du mich heute Abend begleitest. Alle wissen, mit wem ich ständig telefoniere, und alle gehen davon aus, dass ich insgeheim den Plan verfolge, dich zurück nach Carraig zu holen.«

Lily warf ihm einen erheiterten Blick zu. »Ist da was dran?«

Anstatt zu antworten, legte Tiernan seine Hand auf ihren Rücken und bugsierte sie in den Festsaal.

Die Gäste tranken Champagner aus Kristallschalen, schwenkten Pints oder saßen mit Whiskeygläsern an der Bar. Die Stimmung war aufgeheizt, die Luft stickig. Auf der Bühne spielte eine Folk-Band, während ein paar Frauen auf der Tanzfläche standen und sich über die Musik hinweg unterhielten. Nur ein silberhaariges Paar nutzte die Fläche und tanzte einen souveränen Quickstepp.

Abgesehen von den Kuchenplatten sah das Büfett schon ziemlich geplündert aus. Im Vorbeigehen hob Tiernan die Deckel der Wärmebehälter an. Einsame Pommes, verklebte Nudelklumpen, angetrocknete Bratensoße und ein kläglicher Rest Erbsengemüse.

»Für die Belegschaft gibt's also nur noch Torte und Bier.«

»Aber wir wussten doch, dass wir erst zur Party eingeladen sind. Hast du Hunger?«

»Ich hab immer Hunger. Deswegen horte ich im Büro auch Chips, Kekse und anderen ungesunden Kram. Wenn wir's nicht mehr aushalten, schleichen wir uns rüber und räumen meine Schublade aus.«

Sie schoben sich durch den Saal, um dem Brautpaar zu gratulieren. Lily hätte andere Blumen gewählt, aber in Kombination mit den Eukalyptuszweigen sahen die roten Rosen ganz hübsch aus. Kinder krochen unter Tische, nestelten dort vermutlich an fremden Schnürsenkeln herum oder düsten johlend durchs Gewimmel. An der Stirnseite entdeckten sie den Bräutigam, der sich gerade mit zwei älteren Damen unterhielt. Liam war ein schlanker Mann mit strengen Gesichtszügen, doch als Tiernan ihm auf die Schulter tippte, breitete sich ein Grinsen auf seinem Gesicht aus.

»O'Boyle!«, grüßte er mit polternder Stimme. »Wollte schon ein Kommando losschicken, um dich suchen zu lassen.«

»Alles Gute zur Hochzeit! Du siehst aus wie ein gemachter Mann. Der Ring steht dir.«

Die Männer umarmten sich lachend, bevor Tiernan den Arm um Lilys Taille legte. »Und das ist Lily Sheridan. Ihr müsstet euch eigentlich noch von früher kennen.«

»Kennen ist zu viel gesagt, aber ich erinnere mich an deinen Namen! Habe ihn in letzter Zeit wieder öfter gehört.« Liam reichte ihr die Hand. »Schön, dass du hier bist.«

»Danke, dass ich Tiernan begleiten darf«, erwiderte sie. »Und alles, alles Liebe zur Hochzeit.«

Nachdem sie ein paar Worte gewechselt hatten – die Braut kam kurz vorbeigewirbelt, ließ sich gratulieren und verschwand wieder –, machten sich Tiernan und Lily auf die Suche nach einem Platz. Zielstrebig steuerten sie auf die Tische im hinteren Teil der Halle zu.

Gerade war Lily einem Kellner ausgewichen, der ein voll beladenes Tablett mit leeren Gläsern balancierte, als sie am Arm gepackt wurde. »Nein!«, rief ihr eine rothaarige Frau entgegen. »Das kann ja wohl nicht wahr sein! Bist du verrückt, hier aufzukreuzen und mir nichts zu sagen? Ich glaub's ja nicht.«

»Katie?«, fragte sie verdutzt. »Katie Corrigan?« Ihre Freundin von damals war kaum wiederzuerkennen, hatte abgespeckt, sodass ihre Wangenknochen deutlich hervortraten, und ihre Haare gefärbt. Doch die Augen waren immer noch vom selben Smaragdgrün.

»Ich dachte nicht, dass wir uns jemals wiedersehen. Du in Belfast, ich in Norfolk. Als wären das unüberbrückbare Distanzen. Ist das schön.« Katie schloss sie in die Arme, während sie die Hand nach Tiernan ausstreckte. »Und du bist auch hier? Wie kommt das? Warst du nicht in Amerika? Ich muss alles wissen.«

Lily gönnte sich ein Stück Schokoladentorte mit einer rumdurchtränkten Sahneschicht und plauderte mit Katie, die nach dem Austausch der wichtigsten Informationen dazu übergegangen war, ausschweifend von ihrer Arbeit zu erzählen. Gemeinsam mit ihrem Mann William kaufte sie baufällige Landsitze auf, restaurierte sie und vermarktete die Häuser »meistens an neureiche Russen oder Amis, die was von georgianischer Architektur halten«. Erst gestern hatten sie eine Villa mit zehn Zimmern in Salisbury erstanden. William zeigte Fotos.

Auch wenn Tiernan sich bemühte, interessiert zu wirken, spürte Lily seine wachsende Ungeduld. Gelegentlich verschwand er in der Menge, gesellte sich zu Bekannten oder versorgte den Tisch mit Getränken von der Bar. Irgendwann – er war soeben mit einem Gin Tonic zurückgekommen – legte er eine Hand auf ihre Schulter.

»Alex braucht meine Hilfe. Gab wohl einen Rohrbruch im Verwaltungstrakt. Darum müssen wir uns kümmern.«

»Du machst Scherze!« Sie verzog entgeistert das Gesicht. »Habt ihr dafür keinen Hausmeister oder so?«

»Doch, da gibt's jemanden, aber der ist heute nicht hier«, erwiderte er, schob seine Hand in ihren Nacken und beugte sich so weit hinab, dass sein Atem sie kitzelte. »Ich hab mir den Abend auch ein bisschen anders vorgestellt. Wenn ich zurückkomme, verziehen wir uns, okay?«

Lily sah ihm nach, als er sich entfernte und durch eine unscheinbare Tür hinter dem Büfett verschwand.

»Und ihr zwei?«, erkundigte sich Katie vorsichtig. »Nach dem Unfall war ja alles weg. Ist irgendwas davon zurückgekommen?«

Mehr, als du dir vorstellen kannst, dachte sie, schüttelte aber den Kopf. »Mein Gedächtnis ist immer noch lückenhaft, aber ich weiß, was damals passiert ist. Tiernan hat endlich mit mir darüber gesprochen. Ich kenne die Geschichten.«

»Dann weißt du, warum er den Kontakt zu dir abgebrochen hat? Es gibt eine Erklärung?« Es war Katie anzusehen, dass sie zauderte. Sie brannte vor Neugier, bemühte sich aber um taktvolle Zurückhaltung. Ihre Augen huschten über den Boden, als suchten sie dort nach den richtigen Worten.

»Wir haben schon vor dem Unfall ziemlich viel durchgemacht.« Lily griff zur Kuchengabel und kratzte einen Sahnerest vom Teller. »Unsere Freundschaft hat sich verändert und wir haben es nicht geschafft, souverän damit umzugehen.«

»Klar, ihr habt euch weniger gesehen, weil Tiernan ja mit Isabella zusammen war, aber ich …« Katie hielt inne und strich sich bedächtig eine rote Strähne hinters Ohr, bevor sie mit gedämpfter Stimme fortfuhr. »Plötzlich bist du nicht mehr mitgekommen, wenn wir zur Ruine gegangen sind, hast alle Partys sausen lassen und dich komplett zurückgezogen. Als ich dich darauf angesprochen habe, hast du mir immer von deinen Kunstmappen erzählt. Aber daran lag es nicht, oder? Es lag an Tiernan.«

»Vielleicht? Ich kann ja nur spekulieren.« Ihr Lächeln fühlte sich falsch an und musste auch so aussehen. Lily verschränkte die Arme vor der Brust und spürte dabei das Ultraschallbild, das an ihrer Haut klebte. »Jedenfalls war es nach dem Unfall einfacher für ihn, den Kontakt abzubrechen, als sich mit mir auseinanderzusetzen.«

»Außerdem hattet ihr ja beide mit einem Trauma zu kämpfen. Du mit der Amnesie und er mit seiner …« Katie tippte auf ihr linkes Knie und verzog das Gesicht, als könnte sie das Wort nicht aussprechen. »Du weißt schon.«

»Mhm. Es waren stürmische Zeiten«, wich Lily aus, während sie in ihrem Gin Tonic rührte, bis ein Strudel entstand. Es war so bequem, alles auf den Unfall zu schieben und damit jedes Verhalten mit seinen Nachwirkungen zu rechtfertigen.

»Aber jetzt seid ihr zurück. Ihr kommt hier reingeschneit, als wär's nie anders gewesen. Das freut mich, ehrlich. Tiernan O'Boyle und Lilian Sheridan. Ist es das, wonach es aussieht?« Ein Grinsen breitete sich auf Katies Gesicht aus und entblößte mit Gold überkronte Backenzähne.

»Ich weiß nicht. Wonach sieht es denn aus?«

»Nach etwas Schönem.«

»Ja, das ist es«, erwiderte sie versonnen. »Das ist es wirklich.«

»Und das ist ja wohl ein Grund zum Feiern.« Katie erhob sich und strich den Stoff ihres fliederfarbenen Kleides glatt, dann zog sie Lily auf die Füße. »Zeit für *Riverdance*. Zeig mir, dass du dich noch an unsere *Irish Dance Classes* erinnern kannst!«

Nachdem sie einen letzten Blick zur Tür geworfen hatte, durch die Tiernan verschwunden war, folgte sie Katie durchs Gedränge. Lily war froh, sich in den Rhythmus fallen lassen zu können und keine Erklärungen mehr liefern zu müssen. Auf der Tanzfläche war alles eine Frage der Unbefangenheit. Wie sehr fühlst du die Musik? Kannst du dich bewegen, ohne daran zu denken, wie du dabei aussiehst? Lily war es egal. Inmitten hitziger und strahlender Menschen fühlte sich alles so absurd leicht an. Sie tanzte mit Katie, flirtete ein bisschen mit dem hünenhaften Sänger und trank zwischendurch mit Paula einen Shot an der Bar.

Irgendwann schlüpfte sie aus ihren Stilettos und versteckte sie hinter einem Lautsprecher. Als sie wieder auf der Tanzfläche stand und sich suchend nach Katie umsah, tauchte Alex vor ihr auf. Sie packte seinen Hemdsärmel. »Seid ihr endlich fertig mit diesem Rohr?«, rief sie.

»Aye, schon eine ganze Weile.« Alex deutete zu den Tischen, die rings um die Tanzfläche standen. »Sag ihm, dass er tanzen soll.«

Lässig zurückgelehnt saß Tiernan auf seinem Stuhl und bemühte sich nicht mal, sie unbemerkt zu beobachten, sondern starrte ihr entgegen. Wie lange saß er schon dort? Lily straffte die Schultern, dann schlenderte sie auf ihn zu. Sein Lächeln ließ ihr Herz höherschlagen, vielleicht auch der Alkohol und das Herumwirbeln auf der Tanzfläche – vielleicht war das alles eine perfekte Mischung.

»Tanz mit mir!«, forderte sie ihn auf.

»Ich hab noch …« Er hob seinen Drink empor.

Wortlos griff sie danach und leerte ihn in einem Zug. Eiskalt, seifig, dann ein brennendes Gefühl im Bauch. Lily schüttelte sich. »Jetzt nicht mehr«, verkündete sie mit einem triumphierenden Lächeln und stellte das Glas auf den Tisch. »Kommst du?«

»Mit meinem Bein sieht das nicht gerade grazil aus und …«

»Ich muss mit dir tanzen, Tiernan. Das ist schließlich unser Abschlussball. Darauf habe ich zehn Jahre lang gewartet.« Sein kritischer Blick veränderte sich, als sie seine Hände ergriff, wurde so warm, dass sie ihn förmlich auf der Haut spürte.

Tiernan wirbelte sie unter seinem Arm durch, zog sie zu sich, um sie in der nächsten Sekunde wieder loszulassen. Obwohl die Musik dröhnte, kam es ihr vor, als würden sie zum Klang ihres eigenen Lachens tanzen. Alles vibrierte. Die Luft, ihr Herz. So hatte sie sich seit Jahren nicht mehr gefühlt. Lily konzentrierte sich auf das Leuchten in seinem Gesicht und seinen festen Griff, wenn er sie packte. Heute nicht, schoss es ihr durch den Kopf. Dieser Abend war viel zu schön, um ernste Gespräche zu führen. Sie war viel zu glücklich.

Schließlich wurde die Musik langsamer und alles verebbte zu einem trägen Wiegen.

»Wann gehen wir?«, wisperte er ihr zu, als er den Arm um ihre Taille schlang.

»Warte noch ein bisschen.«

Tiernan knurrte unwillig, woraufhin Lily sich noch fester an ihn drückte. »Ich will noch ein Stück von der Hochzeitstorte, dann hauen wir ab.«

»Vergiss die Hochzeitstorte. Ich hab Doppeldecker-Eis in der Kühltruhe«, witzelte er.

Im Hintergrund skandierte die Menge und rief nach dem Brautpaar, das eins dieser Hochzeitsspiele machen sollte. *Hochzeitsbingo. Wie gut kennst du mich?*

Lily hatte es eilig und bahnte sich ihren Weg zu den Toiletten. Im Vorbeigehen vernahm sie fremde Stimmen. »Oh, Vorsicht! Halt!«

Hörte sie zuerst das Knirschen oder spürte sie zuerst den Schmerz? Als sie an sich hinabblickte, wurde ihr schlecht. Lily stand in einem zersprungenen Glas, inmitten bedrohlich scharfer Scherben, die im Licht funkelten. Rotwein oder Blut? Ihr Gesicht verzerrte sich, dann stiegen Tränen in ihre Augen. Scheiße. Plötzlich wurde sie von starken Händen umfasst.

»Komm da raus, verdammt.« Tiernan manövrierte sie auf den nächstbesten Stuhl, dann kniete er sich vor ihr hin. Mit verkniffener Miene inspizierte er ihren Fuß.

»Ist es tief?«, fragte sie.

»Du bist reingetreten. Natürlich ist es tief.«

»Aber ich muss nicht ins Krankenhaus, oder?«

Tiernan ignorierte ihre Frage. »Halt den Fuß oben«, wies er sie an. Irgendwer brachte Wasser, Servietten und einen kleinen Verbandskasten. Die Leute nippten so gespannt an ihren Drinks, als würde sich vor ihnen ein Kontorsionist verbiegen.

Mit den Fingerspitzen pflückte Tiernan die Splitter aus ihrem Fuß, goss erst Wasser, dann Whiskey darüber.

»Er macht es auf die irische Art«, scherzte jemand.

Tiernan drückte eine Kompresse auf ihre Wunden, was Lily mit einem erstickten Stöhnen quittierte. »Du lernst es nie«, schimpfte er, doch sein Grinsen nahm den Worten ihre Schärfe. »Was soll noch passieren? Trittst du irgendwann in eine Bärenfalle?«

»Sorry!«

Blut klebte an seinen Händen, als er sich schwerfällig erhob. »Drück das drauf und bleib hier sitzen. Bin mal kurz Hände waschen. Danach machen wir einen Verband drum.«

Katie flatterte durch den Saal. Vielleicht suchte sie nach ihr, doch Lily machte sich nicht bemerkbar. Inzwischen galt die Aufmerksamkeit der Gäste wieder dem Brautpaar und Lily hockte allein auf ihrem Stuhl am Rande des Geschehens. Sie drückte die Kompresse auf ihre Schnittwunden. Als sie aufgehört hatten zu bluten, bandagierte sie ihren Fuß und legte ihn auf einem freien Stuhl hoch. Die Lust am Feiern war ihr vergangen. Wenn Tiernan zurückkäme, würde sie ihn bitten, mit ihr zu gehen.

Einige Minuten später entdeckte sie ihn. Er sah unglaublich gut aus, wie er sich durch das Gedränge auf sie zuschob. Lächeln rechts, Nicken links, hier ein Wort, da ein Schulterklopfen.

Schließlich zog er sich einen Stuhl heran und setzte sich dicht neben sie. »Tut's sehr weh?«, fragte er, beugte sich vor und legte seine Hand um ihren Knöchel.

»Brennt nur ein bisschen.«

»Warum hast du die Schuhe ausgezogen? Auf einer Party muss man doch damit rechnen, dass irgendwann was zu Bruch geht.«

»Ich wollte tanzen.«

»Barfuß natürlich. Wie auch sonst?« Tiernan seufzte und ließ seine Hand langsam ihre Wade hochwandern. Seine Berührung erschien ihr viel zu intim für diesen Ort.

»Mir reicht's. Lass uns gehen«, flüsterte sie. »Wir könnten noch einen Abstecher zur Ruine machen! Wie damals nach dem Debs.«

Tiernan blies die Wangen auf und bedachte sie mit einem spöttischen Blick. »Du willst zur Ruine? Mit deinem lädierten Fuß? Das bezweifle ich.«

»Erstens habe ich im Auto noch ein paar Sneakers, zweitens bin ich überhaupt nicht schmerzempfindlich. Der Alkohol tut sein Übriges. Mir ist total heiß und ein bisschen schwummrig.«

»Dann solltest du auf keinen Fall irgendwohin gehen, sondern schön hier sitzen bleiben und Wasser trinken.«

»Mir geht's gut«, beteuerte sie.

Tiernan blickte skeptisch auf ihren bandagierten Fuß hinab. »Wir könnten uns noch ein bisschen in den Garten setzen. Dort gibt's Fackeln und so. Habe schon ein paar andere Leute gesehen, die es sich gemütlich gemacht haben.«

Mit den Fingerspitzen glitt sie über seinen Unterarm und beugte sich so weit vor, dass sie glaubte, sein herbes Parfüm auf den Lippen zu schmecken. »Hier ist so viel Trubel. Ich wäre lieber allein mit dir.«

Ein Lächeln flackerte auf, als er den Kopf nach hinten neigte, um ihr ins Gesicht zu sehen. »Mhm, geht mir auch so, aber ich weiß nicht, ob du dich in deinem Zustand bewegen solltest.«

»Die frische Luft tut mir bestimmt gut. Außerdem tut's kaum noch weh.« Um alle Zweifel auszuräumen, erhob sie sich. Ein brennender Schmerz schoss in ihren Fuß, doch sie blinzelte ihn weg. »Kommst du?«

Tiernan schüttelte den Kopf. »Bleib hier, Lily. Ich hole jetzt erst mal deine Sneakers, dann sehen wir weiter«, sagte er und erhob sich. »Zur Ruine …«, hörte sie ihn brummen, als er in der Menge verschwand.

Lily ließ sich wieder auf den Stuhl sinken und nagte an ihrer Unterlippe. Wenn sie die Entfernung richtig einschätzte, müssten sie in zehn Minuten dort sein. Je länger sie darüber nachdachte, desto entschlossener wurde sie. Ein kurzer Abstecher – vielleicht die Gelegenheit, um mit Tiernan zu sprechen.

KAPITEL 25

Lily hatte ihn mit Engelszungen dazu überreden müssen, sie zur Ruine zu begleiten, aber nachdem sie ihm mehrmals versichert hatte, dass ihr Fuß in den Sneakers kaum noch schmerzte und der Trenchcoat warm genug war, ließ er sich darauf ein. Sie verließen die lärmende Hochzeitsgesellschaft, ohne sich zu verabschieden, und spazierten über den Parkplatz, während sie Blaubeermuffins aßen, die sie im Vorbeigehen vom Büfett stibitzt hatten.

Hinter ihnen leuchtete die Destillerie, vor ihnen erhoben sich die Hügel. Von Dunkelheit umfangen wirkten sie wie Tiere, die sich zum Schlafen zusammengerollt hatten. Der Rhythmus der Musik trieb sie über den Pfad, immer weiter, bis es leiser und dunkler wurde.

»Weißt du, was ich mir gedacht habe, als ich damals in der Community Hall saß und alle anderen so überdreht waren, so krass glücklich, weil sie die Schule hinter sich gebracht hatten?«, fragte er unvermittelt. »Ich bin's nicht. Ich war nicht mal ansatzweise glücklich an diesem Abend. Alles hat sich komplett falsch angefühlt.«

Lily hakte nicht nach und dachte stattdessen, dass es irgendwie fair war, dass er den krönenden Abschluss seiner Schulzeit nicht genossen hatte. Ausgleichende Gerechtigkeit.

»Welches Angebot wolltest du mir eigentlich unterbreiten?«, fragte sie und steckte das Papierchen des Muffins zu ihrem Schlüssel in die Manteltasche. »Heute Mittag meintest du, ich bräuchte nur ein Rendezvous mit dir.«

»Mhm, genau.« Tiernan verlangsamte seine Schritte und griff nach ihrer Hand, um seine Finger mit ihren zu verschränken. »Violet ist früher doch regelmäßig in dieses Künstlerquartier nach Achill Island gefahren. Immer für ein paar Wochen über den Sommer. Ich dachte, dass es dir vielleicht gefallen würde, dort zu sein. Dieser Ort hat Violet viel bedeutet – und dir vielleicht auch?«

»Ich war noch nie dort, habe mir nur unzählige Geschichten darüber angehört, aber es muss wirklich sehr schön sein«, murmelte sie und rief sich Fotos in Erinnerung, die Violet mit ihrer uralten Spiegelreflexkamera geschossen hatte. Bemalte Steine lagen in den Blumenbeeten des Quartiers, Windspiele baumelten von den Dächern, Skulpturen standen auf der Wiese – überall war Kunst. So wie im Schneehaus, in dem Violet ihr eigenes Künstlerquartier geschaffen hatte.

»Dann wird es also höchste Zeit, dass du nach Achill Island kommst. Nächstes Jahr hätte ich bestimmt nichts gegen einen Urlaub einzuwenden. Nur so am Rande bemerkt.«

»Möchtest du mich dorthin begleiten?«, fragte sie mit klopfendem Herzen.

»Nett, dass du fragst«, scherzte er. »Aber ja, so habe ich's mir vorgestellt. Während du den Pinsel schwingst, erkunde ich mit Ava die Insel oder melde sie bei einem Malkurs an. Dann hätte ich Zeit, zwischendurch dein schmutziges Malwasser auszukippen. Könntest du dir das grundsätzlich vorstellen? Ein Urlaub mit Ava und mir?«

Lily blieb stehen und umschloss seine Hand noch fester. »Ich hab noch nie ein schöneres Angebot bekommen. Schon gar nicht bei einem Rendezvous. Ich hatte auch noch nie so ein schönes Rendezvous, um ehrlich zu sein. Es ist perfekt.«

* * *

Die Burgruine ragte wie eine Kathedrale vor ihnen in den Himmel. Selbst im Dunkeln erkannte man die filigranen Spitzbögen der Fenster, eine Tourelle und die beiden Gargoyle, die über dem Tor wachten. Der hintere Teil der Burg war komplett verfallen.

Sie schritten durch den Eingang und blieben inmitten des Gemäuers stehen. Das Dach fehlte, sodass sich über ihnen der Nachthimmel ausstreckte. Lily legte den Kopf in den Nacken und suchte zwischen den Sternen nach einem aufblitzenden Schweif.

»Ich hätte damals mit dir zusammen sein sollen«, stieß Tiernan aus. »Warum hab ich das nicht erkannt? Ich frage mich die ganze Zeit, wie unser Leben wohl ausgesehen hätte, wenn ich nicht so verblendet gewesen wäre.«

Sie wandte sich zu ihm um und legte ihre Hände auf seine Brust. »Jetzt sind wir wieder zusammen. Es gibt Ava in deinem Leben. Das ist wichtig. Allein für Ava hat es sich gelohnt.«

Schatten vertieften die Konturen. Im spärlichen Licht schillerten seine Augen wie Mondsteine.

»Zwischen uns war so viel«, sagte er wehmütig und strich ihr eine Locke aus dem Gesicht. »Ich denke, irgendwo existiert noch diese perfekte Version von uns, in der wir einfach zwei Kids sind, die sich auf diese völlig unverdorbene Art lieben. Das geht nicht weg. Das wird immer so bleiben.«

Ihr Herz klopfte heftig gegen ihre Rippen. Tiernan sah so schön aus. Die meisten Leute liebten von außen nach innen, verfielen einer attraktiven Fassade und lernten erst danach, die inneren Qualitäten zu schätzen. Bei ihr war das anders. Lily liebte ihn von innen nach außen, weil sie ein Kind gewesen war, als sie damit angefangen hatte. Ihre Gedanken huschten zu Violet. Die Liebe war vielleicht die einzige Konstante, weil sie weiterwirkte, selbst wenn sich die Wege trennten.

»Willst du dazu gar nichts sagen?«, holte er sie zurück. Anstatt etwas zu erwidern, küsste sie ihn. Wie zwei Teenager knutschten sie in einer windstillen Ecke der Ruine und lachten, wenn Fledermäuse haarscharf über ihre Köpfe hinwegschossen. Lily war glücklich. Wenn sie eins mit Sicherheit von sich behaupten konnte, dann das.

Als sie sich wenig später auf den Weg machten, steuerte Tiernan zielstrebig auf die asphaltierte Straße zu, die direkt ins Dorf hinabführte.

»Oh, wir werden an der Stelle vorbeikommen«, bemerkte Lily und stellte sich den Abgrund vor, in den sie gestürzt waren.

»Die lassen wir hinter uns. Liam meinte, dass sie einen Fahrservice für die Gäste gebucht hätten. Niemand soll betrunken hinters Steuer oder zu Fuß durch die Hügel irren. Vielleicht erwischen wir so einen Shuttlebus. Dann wären wir in fünf Minuten zu Hause.«

Sein Griff war fest, seine Schritte entschlossen. Lily folgte ihm mit wachsender Gespanntheit. Jedes Mal, wenn sie an der Unfallstelle stand, fuhr ein eiskalter Wind durch sie hindurch, der alles zum Erliegen brachte. Ihre Gedanken rissen ab, ihre Gefühle wurden zu einem Kloß komprimiert, der schwer in ihrer Brust hing. Nachdem sie verunglückt waren, hatte es zwanzig Minuten gedauert, bis Henry, der in dieser Nacht als Taxifahrer unterwegs gewesen war, sie gefunden hatte. Beide nur noch halb am Leben. Lily war aus dem Wagen geschleudert, Tiernan zwischen Blech und Felsen eingequetscht worden.

Speichel sammelte sich in ihrem Mund und sie musste sich daran erinnern, ihn hinunterzuschlucken. Wieder kam ihr das Baby in den Sinn und Lily legte eine Hand über ihren Bauch, als wäre es immer noch dort. Vielleicht würde es leben, wenn sie nicht verunglückt wären. Vielleicht wäre Tiernan ... vielleicht wären sie ... vielleicht.

Die Straße wurde einseitig von einem Felsen flankiert, dann kam die Kurve. Wie aus dem Nichts bog die Straße in einem rechten Winkel ab. Keine Verkehrszeichen, keine Leitplanke oder Mauer deuteten die Richtungsänderung an. Wer unaufmerksam war und geradeaus weiterfuhr, steuerte in den Abgrund. Nicht mal nach ihrem Unfall hatten die Behörden dafür gesorgt, dass ein Schild aufgestellt wurde, obwohl ihre Eltern mit beharrlicher Vehemenz darauf hingewiesen hatten.

»Wir hätten draufgehen können«, sagte Tiernan bitter und blieb zwei Schritte vom Abgrund entfernt stehen. »Die Garda meinte, dass wir ungefähr mit siebzig Sachen unterwegs waren. Es ist ein Wunder, dass wir überlebt haben, ein einziges Wunder, dass wir heute so verdammt lebendig sind.«

Mit unmittelbarer Klarheit erkannte sie den Moment. Es war so weit. Lily lehnte sich an die Felswand, als benötigte sie eine Stütze, um aufrecht zu stehen. »Ich muss dir etwas Wichtiges sagen, Tiernan.«

»Aye?« Das verschwörerische Flimmern seiner Augen passte nicht zu dem Ziehen in ihrem Bauch und zu der Ernsthaftigkeit, mit der sie ihn anstarrte.

»Ich muss dir etwas sagen«, wiederholte sie im Flüsterton.

»Okay«, flüsterte er zurück und trat nah an sie heran.

Mit zitternden Fingern fuhr sie in den Ausschnitt ihres Kleids und zog das knittrige Ultraschallbild hervor. Es hatte stundenlang an ihrer Haut geklebt. »Ich war schwanger.« Lily hielt den Atem an, während sie auf seine Reaktion wartete.

»Wie meinst du das?«, fragte er mit einer Stimme, die so spröde klang, als könnte man sich daran einen Spreißel holen.

Als sie ihm das Ultraschallbild reichte, starrte er es sekundenlang an. Sein Blick schien sich förmlich durch das Papier zu bohren.

»In der neunten Woche habe ich das Kind verloren. Kurz nach dem Unfall. Ich war noch nicht bei Bewusstsein, als es passiert ist.«

»Was?« Verständnislos glotzte er sie an.

»Ich hatte es vergessen. Violet hat mir erst kurz vor ihrem Tod davon erzählt. Ich hatte es vergessen, Tiernan. Ich wusste es nicht.«

»Du warst schwanger?«, fragte er und wich einen Schritt zurück.

»Ich hab's verloren.«

»Ich weiß gar nicht ...« Er sog scharf die Luft ein. »Wir hatten ein Kind?«

»Nur kurz. In der neunten Woche ist es noch ganz klein, aber das Herz hat geschlagen und es war schon alles dran.«

»Lily«, keuchte er und fuhr sich mit der flachen Hand übers Gesicht. »Das darf doch nicht wahr sein.«

»So gesehen ist bei dem Unfall also doch jemand gestorben.«

»Dann war's gar keine Lüge?«

»Wie bitte?«

»Ich dachte die ganze Zeit, du hättest mich verarscht, weil du so wütend warst. Ich dachte, es wäre nur eine kindische Eifersuchtsnummer. Rache oder keine Ahnung. Irgendeine Scheiße, mit der du mir den Abend versauen wolltest, weil ich mit Isabella hingegangen bin und du niemanden hattest. Ich dachte, das wäre alles nur Show.«

Lily presste ihren Rücken gegen den kalten Stein. Entsetzt glotzte sie ihn an und konnte kaum glauben, was er gerade gesagt hatte.

»Scheiße!«, fluchte er. »Ich dachte, du hättest mich angelogen. Das hat alles kaputtgemacht!«

»Ich habe mit dir darüber gesprochen?«

»In dieser Nacht ...« Er deutete fuchtelnd zum Abgrund, als lägen dort seine Erinnerungen. »Du hast mir an den Kopf geknallt, dass du schwanger bist. Einfach so. Ich hab dir kein Wort geglaubt, weil wir immer verhütet haben ... Du bist komplett ausgerastet. Ich wollte dich zu Violet bringen, weil ich einfach nicht mehr weiterwusste und dachte, sie könnte uns helfen. Vermitteln! Wir waren fast da, aber dann hast du diese verdammte Tür aufgerissen. Es ging alles so schnell, dass ich gar nicht schalten konnte. Und dann bin ich Wochen später im Krankenhaus aufgewacht.« Er öffnete den oberen Knopf seines Hemdes, lockerte den Kragen und atmete tief durch.

»Du wusstest die ganze Zeit, dass ich schwanger war?«

Ein gequältes Stöhnen kam über seine Lippen, dann fuhr er sich mehrmals durchs Haar. »Ich war mir sicher, dass es keine Schwangerschaft gab. Es gab ja auch kein Baby. Monate nach unserem Unfall habe ich Katie gefragt, ob sie etwas mitbekommen hat. Sie hat nur die Nase gerümpft und mich wie einen Volltrottel hingestellt. Da war mir klar, dass du gelogen hattest. Zumindest dachte ich das bis gerade eben.«

Lily beugte sich vornüber, stützte sich auf ihren Knien ab. »Warum hätte ich so etwas abziehen sollen? Warum hätte ich dich anlügen sollen, Tiernan?«

»Weil ich dir wehgetan hatte. Weil du total verletzt warst, wütend, irrational. Weil du wolltest, dass ich mich von Isabella trenne. Keine Ahnung.«

Lily ballte ihre Hände zu Fäusten, bis sich die Nägel schmerzhaft in ihr Fleisch gruben. »Deswegen hast du den Kontakt zu mir abgebrochen«, schlussfolgerte sie.

»Auch, aber vor allem, weil du die Tür aufgerissen hast und mein Leben danach für sehr lange Zeit einfach nur beschissen war.«

»Ich …« Sie wollte sagen, dass sie sich nicht erinnern konnte, als würde sie damit die Schuldgefühle loswerden, die in ihrem Bauch aufwallten. Der Wind säuselte um die Felsen, strich über sie hinweg, als wollte er die Worte verwehen. Lily richtete ihren Blick hinab ins Dorf, das in der Nacht glomm wie ein Lagerfeuer. In der Ferne lärmten Menschen. Wahrscheinlich erreichte das Fest gerade seinen Höhepunkt. Vorhin hatte sie sich noch von dieser Ausgelassenheit mitreißen lassen. Jetzt war sie so erschüttert, dass ihr die Tränen kamen. Sie versuchte, mit einem Kräuseln der Nase dagegen anzukämpfen, doch es half nicht. »Es tut mir so leid, Tiernan«, flüsterte sie. »Mir tut das alles so sehr leid.«

»Am liebsten hätte ich diese Geschichte dort gelassen, wo sie hingehört. In absoluter Vergessenheit. Ich wollte nie mehr davon anfangen, weil ich …« Er verstummte, schüttelte nur langsam den Kopf.

Ihre Tränen flossen nun ungehindert, sie schmeckte das Salz und wischte mit dem Mantelärmel über ihre Lippen.

Tiernan wirkte wie erstarrt. Mit verschränkten Armen stand er da, während sich sein Blick irgendwo in den Hügeln verlor. »Meine Güte! Wir hätten ein Baby gehabt«, sagte er leise. Die Schärfe war aus seiner Stimme gewichen. »Stell dir das mal vor, Lily. Wir wären Eltern gewesen. Du und ich. Wir hätten ein Baby gehabt, das aussieht wie wir. Es wäre perfekt gewesen. Absolut perfekt.«

Als sie ihm in die Augen sah, strauchelte ihr Herz. Waren das Tränen?

Kein Auto kam an ihnen vorbei. Kein Shuttlebus mit angeheiterten Gästen tauchte auf. Lily war froh darum. Schweigend stapften sie den Lichtern des Dorfes entgegen und versuchten, die neuen Erkenntnisse einzuordnen. Damals hatte sie ihren ganzen Mut zusammengenommen, um Tiernan beizubringen, dass sie schwanger war. Warum sie sich dafür ausgerechnet den Abschlussball ausgesucht hatte, konnte sie sich nur damit erklären, dass sie einem jähen Impuls gefolgt war. Vielleicht in der Hoffnung, Tiernan würde sich für sie entscheiden, wenn er erst von ihrem Baby erfuhr. Vielleicht hatte sie ihn angefleht, bei ihr zu bleiben. Vielleicht, vielleicht … Und dann hatte sie die Tür aufgerissen und damit indirekt den Unfall verursacht.

»Ich glaube, jetzt haben wir uns alles gesagt, oder?«, fragte sie vorsichtig und zog den Gürtel des Mantels enger um ihre Taille.

Erst verlangsamte er seine Schritte, schien über ihre Frage nachzudenken, dann blieb er stehen und wandte sich zu ihr um. »Ich hoffe nicht.«

Lily legte den Kopf schief, verunsichert, weil sie nicht so recht wusste, wie sie seine Aussage verstehen sollte.

»Ich hoffe, dass wir uns noch jede Menge zu sagen haben. Hey, ich bin der glücklichste Mensch, seitdem du wieder hier bist«, erklärte er lächelnd und zog sie zu sich heran. »Nach allem, was passiert ist, hätte ich das nie gedacht, aber so ist es eben. Meine Fehler, deine Fehler. Ich kann das alles beiseiteschieben, weil ich will, dass wir das hinbekommen. Egal, was du brauchst. Ich will's dir geben, Lily. Ehrlich. Ich will genau das hier.«

Noch nie hatte sie einem anderen Menschen ihre Gefühle gestanden, noch nie ihr ganzes Herz hineingelegt, aber heute … Das war ihre Sternstunde, dachte sie und sog die kalte Nachtluft tief in sich auf. »Ich hab dich so sehr geliebt, Tiernan«, sagte sie im Ausatmen. Sie schaffte es nicht, die Worte in die Gegenwart zu holen, obwohl sie genau dorthin gehörten.

Er schien sich nicht daran zu stören. Sein Lächeln wurde groß und hell, füllte sein ganzes Gesicht aus. Tiernan legte seine Hände auf ihre Wangen und küsste sie.

Langsam und gefühlvoll beschrieb er dieses Kalenderblatt. Sie würde sich immer daran erinnern, wie sie nachts mitten auf der Landstraße standen und sich küssten, als wäre das genug für ein ganzes Leben. Ihr kamen schon wieder die Tränen, doch diesmal wurde alles leicht.

Selbst das Vermissen und Vergessen.

KAPITEL 26

Im Schneehaus war es mucksmäuschenstill. Nur das zerknüllte Geschenkpapier auf dem Schreibtisch und die müde glimmende Lichterkette erinnerten an das Fest, das sie gestern gefeiert hatten. Diesmal war Lily die Gastgeberin gewesen, hatte das Haus geschmückt und ihre Familie mit Mince Pies empfangen.

Die anderen schliefen noch, als Lily in ihre Stiefel stieg, ihren Mantel zuknöpfte und sich das Geschenk unter den Arm klemmte. Im Flur standen immer noch einige Kartons, die darauf warteten, endlich ausgepackt zu werden. Seit zwei Wochen war sie damit beschäftigt, ihre Habseligkeiten einzusortieren, Möbel zu verrücken und sich an das Gefühl zu gewöhnen, ohne Violet hier zu leben.

Kaum hatte Lily die Tür geöffnet, fegte Wind ins Haus. Sie blinzelte. Lautlos war in der Nacht Schnee gefallen und strahlte ihr nun entgegen wie eine Leinwand. Die *Cailleach* hatte ihren Schleier ausgebreitet, dachte sie. Ein Gruß von Violet.

Alles schien zu leuchten an diesem Dezembermorgen. Der Puderschnee knirschte unter ihren Sohlen, als sie durch den Garten stapfte. Es war so kalt, dass Lily ihren eigenen Atem sehen konnte. Sie beeilte sich und versuchte, auf die Trittsteine zu treten, die früher zum Vardo geführt hatten. Es war immer noch befremdlich, dass der Wagen fehlte, doch Schnee bedeckte die karge Erde und machte den Anblick erträglicher. Alles war erträglicher geworden. Die Trauer hatte sich verändert, überwältigte sie nicht mehr, sondern begleitete sie wie ein Schatten, der nun zu ihr gehörte und an den sie sich gewöhnt hatte.

Wie so viele Male zuvor schlüpfte sie zwischen den Eiben hindurch auf das Anwesen der O'Boyles. Es war erst acht Uhr – vermutlich schliefen Tiernan und Ava noch. Mit geröteten und steifen Fingern strich Lily über den Türrahmen, bis sie den Schlüssel ertastete. Leise schloss sie auf und stahl sich ins Haus. Bereits im Korridor war es so mollig warm, als würden drei Öfen feuern. Hastig schlüpfte sie aus dem Mantel, streifte ihre Stiefel ab und hielt für einen Moment inne, um zu lauschen. Keine Kinderstimme, kein Krückenklackern.

Kurz spielte sie mit dem Gedanken, schon mal das Frühstück vorzubereiten, zu dem sie sich verabredet hatten, doch dafür war es noch viel zu früh. Lily schlich die Treppe hoch und tappte auf Zehenspitzen zum Schlafzimmer.

Nur ein dunkles Haarbüschel lugte unter der Decke hervor. Nur ein leises Schnarchen durchbrach die Stille. Behutsam schloss sie die Tür hinter sich, legte das Geschenk auf die Kommode und trat ans Bett. Im ganzen Zimmer roch es nach Schlaf – nicht nach verbrauchter Luft, eher nach Träumen. Sie hob die Decke an und kroch zu ihm. »Guten Morgen«, flüsterte sie in seinen Nacken.

Unter ihren Händen spannte sich sein Körper an. Ächzend wälzte sich Tiernan um. Ein verklärter Blick aus halb geschlossenen Augen, dann ein krummes Lächeln. »Schon so spät«, nuschelte er, umfasste ihre Taille und zog sie zu sich. »Hab ich verschlafen?«

»Nee, wir sind eigentlich erst in zwei Stunden verabredet, aber ich war wach und wollte nicht länger warten.« Sie küsste ihn zärtlich. »Hat sich Ava über ihr Fahrrad gefreut?«

»Mhm, und wie. Hat gleich eine Runde über den Hof gedreht. Wie war's bei euch? Das erste Weihnachten ohne Violet.«

»Ach, ganz gemütlich. Wir haben alte Fotos angeschaut, zu viel getrunken und uns an Shannons Lasagne überfressen. Violet war zwar nicht da, aber sie war trotzdem dabei.«

»Ist Arwyn noch vorbeigekommen?«

»Plötzlich stand er vor der Tür. Er war echt gut drauf und hat mit Pa eine halbe Ewigkeit darüber diskutiert, ob das Dubliner Hurlingteam noch dasselbe ist, nachdem der Trainer gewechselt hat«, erzählte Lily und streichelte dabei über seinen nackten Rücken. »Ich habe ihn ein Stück begleitet, als er nach Hause gegangen ist. Und jetzt rate mal, was er mir verraten hat. Violet hat ihm einen Brief zukommen lassen, den sie mit achtzehn geschrieben hat. Sie hat ihn all die Jahre aufbewahrt.«

»Aye! Davon hast du mal gesprochen. Ich erinnere mich.« Tiernan hob den Kopf, um ihr ins Gesicht zu sehen. »Hat Arwyn dir verraten, was drinstand?«

»Nein, aber er meinte, dass er's für seinen Seelenfrieden gebraucht hat. Was auch immer es war. Vielleicht eine glühende Liebeserklärung. Das kann ich nicht ausschließen und fände es wirklich rührend.«

»Im Nachhinein muss man sagen, dass Violet das alles echt geschickt eingefädelt hat«, überlegte Tiernan. »Sie wusste ganz genau, was passiert, wenn sie dich ins Schneehaus lockt und mich mit Ava antanzen lässt.«

»Ach, du meinst, das war alles Kalkül?«, fragte sie amüsiert.

»Nicht direkt.« Er streckte sich, sodass die Decke von seinen muskulösen Schultern rutschte, dann wälzte er sich herum und vergrub sie unter sich. »Aber sie hat zumindest dafür gesorgt, dass wir wieder Berührungspunkte haben, und darauf vertraut, dass wir schon einen Weg finden.« Sein Gewicht drückte sie tief in die Matratze.

»Das hier ist übrigens ein ziemlich schwerer Berührungspunkt«, stellte Lily fest und glitt mit den Fingern in sein Haar.

»Raubt dir den Atem, was?« Er warf ihr einen belustigten Blick zu, bevor er sie küsste.

»Es ist so schön, wieder hier zu sein«, murmelte sie, strich ihm eine dunkle Strähne aus der Stirn und zwirbelte sie um ihren Zeigefinger. »Alles ist so schön geworden.«

»So wie's sein sollte.«

»Mhm, aber da fehlt noch was.«

Tiernan stützte sich auf den Ellbogen ab. »Und das wäre? Mir kommt's nämlich ziemlich perfekt vor.«

»Ich habe mir in den letzten Wochen viele Gedanken gemacht. Und weißt du, was mir dabei klar geworden ist? Das Cottage muss im Sommer wieder an Touristen vermietet werden«, erklärte sie versonnen.

»Das Cottage?«

Sein verdutztes Gesicht gefiel ihr. Lily schlang die Arme um seinen Nacken und zog ihn so weit zu sich hinab, dass sich ihre Nasenspitzen beinahe berührten.

»Wir haben uns früher immer im großen Wäscheschrank versteckt und Violet hat so getan, als würde sie uns im ganzen Haus suchen, dabei wusste sie genau, wo wir sind. Erinnerst du dich? Dieses Zimmer ist frei. Und noch zwei andere. Ava hätte freie Wahl.«

Seine Augen leuchteten auf, dann wälzte er sich zur Seite und rieb sich mit der flachen Hand über die Stirn. »Nur, damit ich das richtig verstehe: Du möchtest, dass wir das Cottage für Touristen freigeben, hier ausziehen und stattdessen zu dir ins Schneehaus kommen?«

Lily nickte. »Wir drei. Das möchte ich. Meinst du, Ava wäre …«

Wie gerufen schwang in diesem Moment die Tür auf. Mit ihrem zerknuddelten Plüschhasen tapste Ava ins Zimmer.

»Lily?«, ertönte ihre helle Stimme. Sie zog die Nase kraus, blinzelte ins Halbdunkel.

»Guten Morgen.« Lily richtete sich auf und strahlte ihr entgegen. »Hast du schon aus dem Fenster geschaut? Heute Nacht war die Schneefee da. Alles ist weiß.«

Ava schüttelte den Kopf, noch ganz verschlafen, dann kroch sie am Fußende des Bettes unter die Decke und krabbelte zwischen Tiernan und Lily.

»Wir gehen später raus und schauen uns das mal an, hm?« Behutsam legte er den Arm um seine Tochter und küsste ihre Wange. »Hast du was Schönes geträumt?«

»Neee. Ich hab geschlafen«, erklärte sie und zupfte gleichzeitig an Lilys Pullover. »Du? In der Kirche hast du gesagt, du bringst mir was mit. Hast du's dabei? Kann ich's gleich auspacken?«

»Nicht so eilig«, mahnte Tiernan. »Bevor es Bescherung gibt, wollten wir erst mal ganz gemütlich frühstücken.«

»Aber ich hab mich so gefreut. Deswegen bin ich doch extra aufgewacht.« Enttäuscht schob Ava die Unterlippe vor.

»Ach, wisst ihr was?«, gab Lily nach und schlug die Decke zurück. »Eigentlich passt mein Geschenk ausgezeichnet ins Bett.«

Kurz darauf saß Ava mit erwartungsvollem Zahnlückengrinsen zwischen ihnen und löste die Schleife des Satinbandes. Geschenkpapier segelte zu Boden, dann hielt sie ein Buch in den Händen. Leineneinband, Goldprägung, Lesebändchen. Es hatte Lily nicht nur Nerven, sondern auch ein kleines Vermögen gekostet, das Einzelexemplar drucken zu lassen. Vor der Druckfreigabe hatte sie zwar alles geprüft und dennoch einen Rechtschreibfehler übersehen. Die Illustrationen waren nicht farbgetreu und das Papier zu dünn, sodass die

Farben durchschienen. Trotzdem liebte sie dieses Buch. Seite für Seite hatte Lily sich durch ihre Trauer gearbeitet und sie in etwas verwandelt, das sie mit jemandem teilen konnte.

»Faolán«, las Tiernan vor und sah sie überrascht an. »Du hast das gemacht? Das ist deine Geschichte?«

»Mhm, ich hab euch doch gesagt, dass ich die Bilder mitbringe.« Mit einem zufriedenen Lächeln lehnte sie sich zurück und beobachtete, wie Ava das Buch aufschlug. Auf der ersten Seite stand eine Widmung.

»Für Tilly.« Erst runzelte er die Stirn, als wüsste er nichts mit dem Namen anzufangen, doch dann schien der Groschen zu fallen. Er beugte sich vor, um Lily liebevoll über die Wange zu streicheln. Das Blau seiner Augen wurde tiefer, als er lächelte. »Alles für Tilly.«

»Wer ist das? Wer ist Tilly?«, fragte Ava.

»Das sind wir.«

Faolán

Im Hügelland streifte ein kleiner Wolf umher. Seitdem sein Rudel von Wilderern verjagt worden war, lebte er ganz allein in einer Felsenhöhle und wartete darauf, gefunden zu werden. Er war einsam, fürchtete sich vor der Nacht, vor den Geräuschen im Dickicht und den anderen Tieren, die in den Hügeln lebten. Selbst wenn der Mond in seiner ganzen Pracht am Himmel stand und das Land in ein silbernes Licht tauchte, wagte sich Faolán nicht aus seiner Höhle. Er heulte nicht, weil er Angst hatte, seine Stimme zu verlieren. Er sammelte Kieselsteine, Federn, Zweige und seine eigenen Fellbüschel. So versuchte er, alles zu behalten und bloß nichts zu verlieren.

Manchmal schlich er zum See, um zu trinken. Eines Tages beobachtete er dort eine alte Frau, der beim Spazieren ein Stein aus der Jackentasche glitt. Faolán beschloss, ihn ihr zurückzubringen, und begab sich auf eine Reise durch die Hügel – immer am Fluss entlang. Als es dunkel wurde, verkroch er sich unter dichtem Adlerfarn. Fasziniert beobachtete er, wie Sterne vom Himmel fielen und lange Schweife hinter sich herzogen, bevor sie vor seinen Augen verschwanden. Wer fing sie auf? Wenn er Sterne fände, vielleicht im hohen Wiesengras, würde er sie dem Himmel zurückgeben, denn irgendwo dort oben in der schieren Unendlichkeit mussten sie jemandem fehlen. Mit diesem Gedanken schlief er ein.

Erst als die Vögel in den Bäumen zwitscherten, kroch der kleine Wolf aus seinem Versteck. Zuerst sprach er mit einer dicken Regenwolke, die ihre Tropfen verlor, damit auf der Erde etwas wuchs. Dann unterhielt er sich mit einer alten Eiche, die im Herbst ihre Blätter abschüttelte, und mit der Sonne, die ihr Licht dem Mond schenkte, damit er leuchtete.

»Das gehört dazu«, sagten sie alle und schienen sich nicht darum zu kümmern, dass ihnen ständig etwas abhandenkam. Als Faolán ein schneeweißes Haus erreichte, entdeckte er die Frau. Sie saß in einem blühenden Garten und zählte ihre Blumen. Als er ihr den Stein zurückgeben wollte, schüttelte sie den Kopf.

»Den brauche ich nicht mehr«, erklärte sie. »Der Stein lag mir schon die ganze Zeit auf dem Herzen und hat alles beschwerlich gemacht. Ich wollte ihn verlieren.«

»Wie kannst du etwas verlieren wollen?«, fragte Faolán.

Die Frau erzählte ihm, dass sie schon viele Dinge verloren hätte. Zum Beispiel eine wertvolle Uhr, die Arbeit als Köchin und einen Stoffhasen, den ihre Mutter genäht hatte. Aber sie hatte auch viele Dinge gefunden. Zum Beispiel einen Karton voller Schokolade, der von der Ladefläche eines Autos gerutscht war, einen Wollschal und eine Freundin, mit der sie im Duett singen konnte.

»Weißt du, was mich grämt, Faolán? All die schönen Dinge, die ich in Herz und Händen hielt und nie wirklich genießen konnte, weil ich immer gefürchtet habe, sie irgendwann zu verlieren. Jetzt bin ich alt und habe beschlossen, die Angst zu verlieren, damit mir Verlieren keine Angst mehr macht.«

Als Faolán zurück zu seiner Höhle wanderte, ließ er den Stein fallen. In dieser Nacht wagte er sich zum ersten Mal hinaus, um den Mond anzuheulen. Er heulte so laut, dass seine Stimme von den Felswänden zurückgeworfen wurde und sich vervielfachte, bis er wie ein ganzes Wolfsrudel klang. Kaum war sein Ruf verhallt, ertönte ein schaurig schönes Geheul aus der Ferne. Faolán erkannte ihre Stimmen. Das war sein Rudel.

Und als er auf dem höchsten Hügel stand, der Wind in sein Fell griff und das Lied der Wölfe erklang, verstand Faolán, wie gut es war, etwas zum Verlieren zu haben.

ZUM SCHLUSS

Und als wir auf dem höchsten Hügel standen …

Die letzte Seite ist gelesen und ich hoffe, ihr blickt auf eine Geschichte zurück, die euch berühren und bewegen konnte. Wie bei allen Büchern, die ich bisher geschrieben habe, waren auch andere Menschen an diesem Prozess beteiligt, indem sie mich ermutigt und mit mir »nach den Sternen gegriffen« haben. Ich wurde fachlich unterstützt und durfte erfahren, wie ehrlich und konstruktiv sie ihre Meinungen kommuniziert haben. Danke!

Das hier ist eure Seite: Tausend Dank an Sassi – für dein einfühlsames Mitdenken, die Denkanstöße und deine wertschätzende Kritik. Ich liebe deinen feinsinnigen Blick auf die Welt! Danke an Lisa für deine Ehrlichkeit und Begleitung über so viele Jahre hinweg. Außerdem möchte ich mich ganz herzlich bei Melanie, Caro, Theresa, Henrike, Nina und Stephanie bedanken – fürs Lesen des Exposés, der Rohfassung und natürlich für eure wertvollen Impulse hierzu. Mit ihrem medizinischen Fachwissen zu den Themen Onkologie und Sterben hat mich die Ärztin Katharina Vivell unterstützt. Danke, Krokus! Die Illustration zu Faolán stammt von der talentierten Sylvia Leumann. Vielen Dank für deine Arbeit.

Indirekt an diesem Buch beteiligt sind auch alle anderen Menschen, die mich auf meinem Weg begleiten. Meine wundervolle Familie, meine Freund:innen und mein Mann Philipp. Er ist der Fels in der Brandung, der mich immer wieder an das erinnert, was wirklich zählt, und bedingungslos an mich glaubt. Ich kann mich sehr glücklich schätzen, euch an meiner Seite zu wissen.

Bereits zum vierten Mal durfte ich mit Marketa Görgen zusammenarbeiten. Auch dieses Buch hat sie mit viel Feingefühl lektoriert und mit ihrer Expertise rundgeschliffen. Danke für deine tolle Arbeit. Ich weiß deine Impulse sehr zu schätzen.

Zudem gilt mein herzlicher Dank Dr. Rainer Schöttle. Auch mit ihm durfte ich an diesen Sternen arbeiten und ihnen den letzten Schliff verpassen.

Vielen Dank an Nicole Tschierschke und das ganze Team von Amazon Publishing für die wertschätzende Kooperation, die Unterstützung und die Chance, mit meinen Büchern ein Teil von Tinte & Feder zu sein.

Last, but not least möchte ich mich bei euch bedanken, liebe Leser:innen. Ich freue mich über jeden einzelnen Menschen, der seine Zeit mit meinen Büchern verbringt. Das ist ein großes Geschenk, für das ich unglaublich dankbar bin. Mein Traum wird wahr, wenn ich schreibe.

Mehr über mich und meine Bücher findet ihr hier:
https://www.amazon.de/Josephine-Cantrell
www.josephine-cantrell.com
Und auf Instagram: josi.cantrell

Folge der Autorin auf Amazon

Wenn dir dieses Buch gefallen hat, folge Josephine Cantrell auf Amazon. Dann erhältst du eine Benachrichtigung, wenn die Autorin ihr nächstes Buch veröffentlicht. Um der Autorin zu folgen, gehe bitte folgendermaßen vor:

Desktop:

1) Suche auf Amazon.de oder in der Amazon App nach dem Namen der Autorin.
2) Klicke auf den Namen der Autorin, um auf die Autorenseite zu gelangen.
3) Klicke auf den »Folgen«-Button.

Smartphone und Tablet:

1) Suche auf Amazon.de oder in der Amazon App nach dem Namen der Autorin.
2) Klicke auf einen Titel der Autorin.
3) Klicke auf den Namen der Autorin, um auf die Autorenseite zu gelangen.
4) Klicke auf den »Folgen«-Button.

Kindle eReader und Kindle App:

Wenn du dieses Buch auf einem Kindle eReader oder in der Kindle App liest, wird dir automatisch angeboten, der Autorin zu folgen, nachdem du die letzte Seite des Buches gelesen hast.

Zeitfracht Medien GmbH
Ferdinand-Jühlke-Straße 7
99095 Erfurt, Deutschland
produktsicherheit@kolibri360.de

Druck:
CPI Druckdienstleistungen GmbH
im Auftrag der
Zeitfracht Medien GmbH
Ein Unternehmen der Zeitfracht - Gruppe
Ferdinand-Jühlke-Str. 7
99095 Erfurt